rororo

# PORTIA DA COSTA
# DIE SCHWESTERN

**EROTISCHER ROMAN** AUS DEM ENGLISCHEN VON MINK WEINMANN

ROWOHLT TASCHENBUCH VERLAG

Die Originalausgabe erschien 1994 unter dem Titel
«Gemini Heat» bei Black Lace, London.

Deutsche Erstausgabe
Veröffentlicht im Rowohlt Taschenbuch Verlag,
Reinbek bei Hamburg, Juli 2011
Copyright © 2011 by Rowohlt Verlag GmbH,
Reinbek bei Hamburg
«Gemini Heat» Copyright © 1994 by Portia Da Costa
Redaktion Stephan Mayr
Umschlaggestaltung any.way, Cathrin Günther
(Foto: Bildagentur-online/Chromorange)
Satz aus der Utopia, PostScript, InDesign, bei
Pinkuin Satz und Datentechnik, Berlin
Druck und Bindung CPI – Clausen & Bosse, Leck
Printed in Germany
ISBN 978 3 499 25677 6

# INHALT

1. DER KUNSTLIEBHABER 7
2. EIN PRINZ IN DER STADT 32
3. DAS ZWILLINGSSPIEL 58
4. SIEBZEHN 75
5. EIN GEMÜTLICHES HEIM 91
6. IM LAND DES EWIGEN LÄCHELNS 107
7. IM THRONSAAL 129
8. DIE TRÄUME DES SAMURAI 154
9. KOMMEN UND GEHEN 177
10. SÜSSE MISTRY 200
11. IM WHIRLPOOL 231
12. VORSCHLÄGE 252
13. DIE ENTSCHEIDUNG 270

# 1 DER KUNSTLIEBHABER

Diese Hitze ist kaum auszuhalten, dachte Deana Ferraro und beobachtete, wie das Kondenswasser langsam an ihrem Glas herablief. Es war erst Frühsommer – der dreißigste Mai, um genau zu sein –, aber die Temperaturen waren ungewöhnlich hoch, drinnen wie draußen.

Der Schweiß rann ihr ungehindert zwischen die Pobacken und streichelte sie dort wie ein unsichtbarer Liebhaber. Sie stellte sich vor, wie sich die Tropfen in ihrer Vulva sammelten. In der pfirsichweichen Grotte ihres Unterleibs herrschten geradezu vulkanische Bedingungen, was sie nicht verwunderte, denn auch in der Galerie war es drückend heiß.

Es liegt an dieser verdammten Ausstellung!, dachte sie erregt. Sie würde sogar das Blut einer züchtigen Bibliothekarin in einem Nonnenkloster in Wallung bringen, ganz zu schweigen von einer armseligen, sexhungrigen Kreatur wie mir.

«Erotische Visionen – die Kollektion de Guile» – verkündete die Hochglanzbroschüre pompös, dabei war Erotik nur eine milde Umschreibung der Ausstellung. Bei diesem Sammler handelte es sich um einen ausgemachten Perversling, einen Kenner sowohl der feinen Künste als auch der echten Pornographie, und Deana hatte in ihrem Leben schon genug Aktzeichnungen selbst angefertigt, um zu wissen, dass ein solches Werk leicht in beide Kategorien eingeordnet werden konnte. Ihre Zeichnungen lagen in einer «Spezialmappe», die sie in ihrer Dessouskommode aufbewahrte. Es schien jedoch, dass J. K. de Guile, der Besitzer dieser Rabelais'schen Sammlung, gar nichts dagegen hatte, seine Masturbationsvorlagen einem breiten Publikum zu präsentieren.

Hier gab es alles. Solosex, Paare, Gruppen. Penetrationen in aller Deutlichkeit, Analverkehr und Fetische. Jede dunkle, abartige Spielart der wildesten Männerphantasien und mehr.

Und auch der Phantasien der Frauen, dachte Deana und trat unruhig von einem Bein aufs andere, während sie sich fragte, ob die anderen Gäste wohl ihre Gedanken lesen konnten. Es gab Zeiten, da liebte sie einen Zustand wie diesen: das intensive Ziehen in ihrem Unterleib, die Hitze ihrer Spalte und ihre empfindliche, geschwollene Klitoris. Aber hier, in aller Öffentlichkeit, war das kein Vergnügen, allein und ohne Hoffnung auf Linderung. Sie nippte an ihrem Wein und hoffte, dass er ihren Durst ebenso stillen würde wie ihre Lust, aber der gewünschte Effekt blieb aus. Sie verspürte den irrwitzigen Wunsch, sich hier, mitten in der Galerie, zu berühren, um ihre schmerzhafte Gier nach Sex, die sie seit dem Ende ihrer Affäre mit Jimmy plagte, zu befriedigen – wenn auch nur vorübergehend.

Selbst schuld, Ferraro, tadelte sie sich, nippte erneut an ihrem Glas und versuchte, sich auf die gedämpfte Musik von Mozart zu konzentrieren, die von einem Streichertrio im Hintergrund gespielt wurde. Nur eine Idiotin oder Masochistin würde in ihrem frustrierten Zustand eine Ausstellung erotischer Kunst besuchen. Aber was sollte sie sonst tun? Es war ihr Geburtstag, und sie hatte die Nase gestrichen voll.

Eigentlich hätte Delia heute Abend hier sein sollen, ihr Name stand schließlich auf der Einladung. Dass sie stattdessen Deana hergeschickt hatte, war als die schwesterliche Form einer Entschuldigung zu verstehen ... dafür, dass sie ihren Geburtstag nicht miteinander verbrachten, wie sie es sonst zu tun pflegten.

Deana nahm es ihrer Zwillingsschwester jedoch nicht übel und hatte höchstens Mitleid mit ihr. Auch wenn die Sammlung de Guile ihrer Libido überhaupt nicht guttat, war sie doch einem Abendessen mit dem widerlichen Russell vorzuziehen. Was, zum Teufel, fand Delia bloß an ihm?

Deana bahnte sich den Weg an einer Gruppe plaudernder Prominenter vorbei zu einem der Exponate – dann wünschte sie sich fast, woanders hingegangen zu sein. Es handelte sich bei dem Werk um eine wandhohe Farbfotografie mit der Darstellung eines Mannes und einer Frau beim Liebesakt. Man konnte sie keineswegs als eine dieser verträumten Abbildungen bezeichnen, die an strategischen Stellen unscharf gehalten oder schattiert waren. Nein, das Paar kopulierte fröhlich in aller Deutlichkeit, und ihre ineinandergeschobenen Geschlechtsorgane befanden sich direkt im Zentrum der Fotografie.

«Gütiger Himmel», flüsterte Deana und trank noch einen Schluck Wein. Als sie die kühle Flüssigkeit in ihrem Mund spürte, kamen ihr zwei Gedanken. Zum einen, dass dies bereits ihr drittes Glas war und sie bald einen Schwips haben würde, zum anderen, dass das Foto an der Wand alles nur noch viel schlimmer machte. Oder das Gegenteil bewirkte, je nachdem, wie man die Lage betrachtete. Wein und Sex waren nach Deanas Erfahrung untrennbar miteinander verbunden, und nun wünschte sie, mit Jimmy nicht so überstürzt Schluss gemacht zu haben. Sie starrte sehnsüchtig auf die Fotografie. Sie brauchte so dringend, was *denen* dort oben vergönnt war, und obwohl Jimmy phantasielos war, so war mit ihm wenigstens schlichter, harter Sex mit Orgasmusgarantie zu haben.

Deana bediente sich der kreativen Fähigkeit des «Visualisierens» und versetzte sich an die Stelle der Frau auf dem Foto. Sie sah eine schlanke Gestalt mit wohlgeformten Rundungen, dunklem Haar und Augen und einem apricotfarbenen Teint. Ein sinnliches Mädchen mit einer guten Figur, einem hübschen, herzförmigen Gesicht und großen, glänzenden Augen, deren Mund zwar klein war, doch mit natürlichen roten Lippen, die, zu einem Schmollen aufgeworfen, darum bettelten, geküsst zu werden.

Deana lachte über ihre Eitelkeit und zog ihr dünnes, schwarzes Kleid über den sanft geschwungenen Hüften glatt.

Es saß zu neunundneunzig Prozent perfekt, lediglich über ihren Brüsten spannte der schwarze Baumwollstoff ein wenig. Dass dem so sein würde, hatte sie sofort bemerkt, als sie das Kleid auf dem Flohmarkt entdeckte, aber es hatte ihr so gut gefallen, dass sie es auf der Stelle anprobieren musste. Der Standbesitzer hatte durch die Vorhänge seiner provisorischen Umkleidekabine gespäht. Er musste geahnt haben, dass sie das Kleid des Schnitts wegen ohne einen BH tragen musste und ihm daher ein freier Einblick gewährt würde. Doch Deana hatte sich nicht daran gestört, ihm ihren bloßen Busen zu zeigen. Es gefiel ihr, denn sie hatte oft Freude daran, betrachtet zu werden. Insbesondere von einem so gutaussehenden Burschen wie dem Marktverkäufer.

Doch konnte sie sich nicht vorstellen, dass es Delia ähnlich erging. Oder dass ihr das Kleid gefallen würde. Ein Secondhanddress aus indischer Baumwolle mit gerüschtem Saum und Spiegelplättchen entsprach sicher nicht dem Geschmack ihrer Schwester, und plötzlich fragte sich Deana besorgt, ob sie sich nicht hätte mehr darum bemühen sollen, wie die Frau auszusehen, die sie heute Abend spielte.

Vom Gesicht her war dies eine leichte Aufgabe. Sie und Delia waren eineiige Zwillinge, und ihre Ähnlichkeit war so verblüffend, dass es sogar ihren Eltern gelegentlich schwergefallen war, sie auseinanderzuhalten. Mittlerweile hatten sie sich jedoch so unterschiedliche Stylings zugelegt, dass es zunehmend einfacher wurde, die Ferraro-Schwestern voneinander zu unterscheiden. Bei einem Anlass wie diesem hätte Delia vermutlich etwas Subtileres, Neutraleres getragen, ganz im Stil von Jean Muir. Delia hätte ihr glänzendes Haar außerdem viele Male gebürstet, und es würde ihr in seiner nussbraunen Pracht nicht so unordentlich über die Schultern fallen wie das von Deana. Und ihre vernünftige Schwester würde Perrier mit einer Scheibe Zitrone trinken, für den Fall, dass ihr Chef auftauchte – und sicherlich nicht ein Glas Frascati nach dem anderen in sich hineinschütten, als wäre es völlig außer Mode gekommen, nüchtern zu sein.

Die kopulierenden Körper auf dem Foto wurden Deana plötzlich doch zu viel, und sie beschloss weiterzuschlendern. Vielleicht gab es irgendwo in diesen Räumlichkeiten noch etwas Unverfänglicheres zu betrachten, das ihr nicht so sehr das Gefühl gab, es nötig zu haben.

Doch während sie den Katalog durchblätterte, spürte sie mit einem Mal etwas Seltsames. Die feinen Härchen in ihrem Nacken stellten sich auf, und sie sah einen dunklen Schatten von links in ihr Blickfeld gleiten. Sie keuchte auf, als eine Art von Präsenz nach ihr zu greifen schien und sie zu streicheln begann. Die langsamen Berührungen wirkten vertraut, waren wie geisterhafte, männliche Fingerspitzen, die über das feuchte Fleisch ihres Geschlechts glitten.

So unauffällig wie möglich wandte sie sich nach links.

Ein Mann stand vor dem nächsten Ausstellungsstück und betrachtete es eingehend. Ein Mann, so dunkel und erotisch, dass er selbst eines der Exponate hätte sein können. Deana zwang sich, ihn nicht länger anzustarren, und senkte den Blick wieder auf den Katalog, während ihr inneres Auge zu visualisieren begann ... und sich *ihn* statt sich selbst in dem Kunstwerk vorstellte.

Deana hielt die Hochglanzseiten des Katalogs so fest umklammert, dass ihre Knöchel weiß hervortraten, während sie sich fragte, warum sie sich plötzlich vorkam, als würde sie ebenfalls zur Schau gestellt. Es war, als betrachtete der Mann sie intensiv durch den Stoff ihres Kleids und studierte ausgiebig jedes Detail ihres nackten Körpers, obwohl es eigentlich so aussah, als betrachtete er eine kleine Zeichnung in Sepia, die Darstellung einer masturbierenden Frau.

Das ist bloß Einbildung, Deana, schalt sie sich. Du bist betrunken. Vermutlich ist er nichts Besonderes und ohnehin nicht an dir interessiert.

Trotzdem glühte ihre Haut stärker als sonst, und es kam ihr vor, als flösse die Hitze von ihrem Gesicht und ihrer Kehle hinab zu ihrem Geschlecht, ohne dass sie etwas dagegen tun konnte. Sie war sich ihrer selbst mehr denn je bewusst, und das Gefühl verdoppelte, verdrei- und vervierfachte sich. Ihre Brüste schwollen an und drückten aufreizend gegen den lächerlich dünnen Stoff ihres Kleids. Es war, als hielte jemand aus nächster Nähe einen Röntgenstrahl auf ihren Körper gerichtet und hätte seine lüsterne Freude daran, dass sie kaum Unterwäsche trug.

Plötzlich konnte sie sogar ihren eigenen Duft riechen, obwohl sie sich üppig mit einer nach Rosen duftenden Körperlotion eingerieben hatte, bevor sie zu der Ausstellung aufgebrochen war. Doch angesichts des düsteren Schattens, der nur wenige Zentimeter von ihr entfernt dastand, verströmte ihr Körper den Geruch von Moschus, Sex und Schweiß. Ein Schwall Pheromone hatte sich über ihr unaufdringliches Parfüm gelegt und schien sie wie ein lockender Nebel zu umgeben.

So unauffällig wie möglich schlenderte Deana davon. Der Adrenalinstoß in ihren Adern machte sie benommen, und sie musste dringend die Damentoilette aufsuchen, um etwas Parfüm aufzutragen und ihrem Körper ein wenig Abkühlung zu verschaffen. Dann erst würde sie wieder in der Lage sein, in den Ausstellungsraum zurückzukehren und dem dunklen, verstörenden Fremden zu begegnen. Sie griff nach einem weiteren Glas Wein mit dem Vorsatz, es langsam zu genießen, dann sah sie sich um. Es gab kein Schild, das den Weg zur Damentoilette wies, aber sie entdeckte einen Durchgang, hinter dem sie vermutlich zu finden war.

Die Galerie war modern und weitläufig, daher schien noch niemandem die Empore im ersten Stock aufgefallen zu sein, die vermutlich einen guten Überblick auf die Ausstellungsräume bot. Deana konnte von ihrer Position aus recht wenig vom Obergeschoss erkennen, doch ragten einige Bilderrahmen über die weiß gehaltene, schlichte Brüstung heraus. Offensichtlich wurden an der Wand dahinter weitere Kunstwerke ausgestellt, also beschloss Deana, hinaufzugehen und sie sich anzusehen.

Sie brauchte einige Minuten, bis sie den richtigen Aufgang entdeckt hatte, doch als sie auf die Empore trat, war der Ausblick enttäuschend. Zugegeben, von der hüfthohen Balustrade aus konnte sie die gesamte Galerie und die schick gekleideten «Kunstliebhaber» gut überblicken, aber der dunkelhaarige Fremde glänzte durch Abwesenheit.

«Gut gemacht, Ferraro», murmelte sie, «er ist gegangen. Du hättest ihn ansprechen sollen, als du noch die Möglichkeit dazu hattest, du blödes Huhn.»

«Wen ansprechen sollen?»

Die Stimme neben ihr war leise und hatte einen rauen Unterton. Sex pur, gefiltert durch eine menschliche Stimme, und Deana wusste ganz genau, wem die Stimme gehörte. Langsam, fast zögernd, drehte sie sich um.

Ihr erster Eindruck wurde ihm nicht gerecht. Sie hatte in Gedanken bereits eine Zeichnung von ihm angefertigt, aber vor ihr stand ein Meisterwerk, eine lebende Komposition, mit feineren und sensibleren Zügen als sämtliche Exponate dieser obszönen Sammlung.

«Wen wollten Sie ansprechen?», insistierte die Erscheinung in Schwarz, aber Deana starrte ihn bloß mehrere Sekunden lang an: den lächelnden Mund, die großen, dunklen Augen, seine Hände, den Körper und auf das, was sich zwischen seinen Beinen befand. Seine schmalen, dunklen Augenbrauen hoben sich fragend und amüsiert, und es schien eine Ewigkeit zu dauern, bis sie ihre Stimme wiederfand.

«Sie», erwiderte sie brüsk und entschied sich in diesem Moment, ihr Ich hemmungslos auszuleben. Er war pure Erotik auf zwei Beinen, aber sie hatte keine Angst vor ihm. Sie wollte ihn, ja – jetzt und ohne Zweifel –, aber sie hatte keine Angst vor ihm. Auch wenn eine kleine Stimme in ihrem Inneren ihr etwas anderes zuflüsterte.

«Ja», sagte sie, als sie sich zu ihm drehte. Von Panik erfasst, sprach sie das Erste aus, was ihr in den Sinn kam. «Sie scheinen einer der Wenigen hier zu sein, die sich wirklich für Kunst interessieren. Also dachte ich, es wäre eine gute Gelegenheit, Sie anzusprechen und zu hören, wie Sie die Ausstellung finden. Ich bin selbst Künstlerin, und ich wollte ... ich wollte meine Eindrücke mit jemandem teilen.» Nervös hielt sie inne, als ihr klarwurde, dass sie unablässig gequasselt hatte, während er sie immer noch mit einem sanften, hintergründigen Lächeln ansah. «Sie sind doch interessiert, oder?»

«Natürlich. Interesse ist mein Spezialgebiet.» Er schnippte elegant mit den Fingern, während er diese kryptische Bemerkung fallenließ. Deana fiel auf, wie sorgfältig seine schlanken Hände gepflegt waren, und plötzlich stellte sie sich vor, wie er die Finger wissend über ihren Körper streifen ließ, ihre empfindlichsten Stellen erkundete und sie von Höhepunkt zu Höhepunkt brachte. Als sie seine karamellfarbenen Fingerspitzen betrachtete, konnte sie fast ahnen, wie sie glänzen würden, wenn er ihre feuchte Höhle berührte.

«Ist das so?», fragte sie keck und spürte, wie sie errötete. Doch die Hitze in ihr stieg erneut hinauf zu jenem Körperteil, der sich nach diesem dunkelhaarigen Fremden verzehrte. «Sind Sie selbst Künstler? Maler? Oder Zeichner?»

«Nein, bedauerlicherweise verfüge ich nicht über das nötige Talent. Ich begnüge mich mit der Betrachtung von Schönheit», antwortete er, während er seinen Blick unverhohlen über ihren Körper streifen ließ. Als er wieder zu ihr aufsah, trafen sie seine dunkelblauen Augen wie ein elektrischer Blitz. Es war nicht nur das starke Verlangen, das aus ihnen sprach, sondern auch die Tatsache, dass Deana bei seinem dunkleren Teint braune oder graue Augen erwartet hatte.

Auch die schräge Form seiner Augen war ungewöhnlich. In seinem europäisch angehauchten Gesicht wirkten sie wie die Augen einer Katze, irgendwie asiatisch, groß mit dichten dunklen Wimpern und Augenlidern, die sich an der Innenseite leicht wölbten. Mr. Unbekannt schien östliche Wurzeln zu besitzen.

Auch sein Haar verriet seine Herkunft. Es war schwarz wie Pech und glatt wie Wasser. Er trug es glatt nach hinten gekämmt und im Nacken zu einem Pferdeschwanz gebunden. Der feste, satte Glanz erinnerte Deana an das Fell einer Robbe, doch noch im gleichen Moment korrigierte sie ihren Eindruck. Robben waren verspielt und niedlich, dieser Mann war das glatte Gegenteil. Er war wie ein Hai oder eine Königskobra, die nur darauf wartete, zuzuschlagen – und dabei mörderisch grinste. Und auf einmal wurde Deana bewusst, dass sie sich besser vor ihm in Acht nehmen sollte.

«Ich auch», antwortete sie schließlich etwas verzögert. Er muss mich für eine komplette Vollidiotin halten, dachte sie, und es ärgerte sie, wie wenig sie ihn beeindruckte. «Wir sollten uns zusammentun.»

Das war eine relativ harmlose Bemerkung gewesen, doch seine dunklen Augen schienen aufzuleuchten, und er blickte sie so herausfordernd an, als hätte sie ihn angefleht, er möge sie auf der Stelle ausziehen und nehmen. «Das wäre mir ein Vergnügen», raunte er, während er auf ein Gemälde in ihrer Nähe deutete, das die gleiche erotische Wirkung besaß, die Deana vor wenigen Minuten noch so heftig hatte erbeben lassen.

Großer Gott, dieser Mann ist das reine Klischee, dachte sie, während sie ihm folgte. Ein erotisches Klischee. Der klassische «Mann in Schwarz», der vor den blanken Wänden der Galerie wie eine Ikone wirkte. Ein dunkelhaariger, gutaussehender Fremder, der zehn von zehn zu vergebenden Punkten für Pflicht und Kür bekam – auch wenn er bei näherem Hinsehen einige weitere aufschlussreiche Eigenheiten besaß.

Natürlich war er hochgewachsen. Gemessen an ihrer eigenen Körpergröße von einem Meter dreiundsiebzig, musste er etwa einen Meter fünfundachtzig groß sein. Er war ein dunkler Typ, nicht nur wegen seines dunklen Haares, auch seine Haut war leicht getönt. Sie schimmerte wie weiches, poliertes Holz, und sein Teint, bernsteinfarben mit einem Hauch von Oliv, lieferte einen weiteren Hinweis auf seine fernöstliche Abstammung.

Gutaussehend? Ja, wenn auch nicht im gängigen, langweiligen Sinn. Wenn Schönheit seine Leidenschaft war, so erfüllte er sie selbst in absoluter Reinform. Der einzige Makel in seinem nahezu perfekten Gesicht war eine dünne weiße Narbe, die sich auf seiner linken Schläfe vom Haaransatz bis zur Augenbraue zog. Diese und seine erstaunlich katzenhaften Augen erschufen zweifelsfrei ein neues Bild von Männlichkeit. Er hatte rote, volle Lippen und eine gerade, markante Nase, deren Spitze kaum sichtbar angehoben war.

Fast selbstvergessen blickte Deana ihm zwischen die Beine und fragte sich, wie wohl sein Geschlecht aussehen würde. Sie hatte zwar nie etwas auf alte Binsenweisheiten gegeben, doch wenn sie seine langen, schlanken Hände und die männliche, leicht emporgewölbte Nase betrachtete, konnte sie sich vorstellen, dass auch sein Penis von ähnlich kräftigem Wuchs war. Lang und von sehniger Kraft mit einer unerhört aufreizenden Eichel, mit der er tief in eine Frau eindringen konnte, um sie genau im Zentrum ihrer Lust zu verwöhnen. Er trug eine enggeschnittene, schwarze Lederhose, und die bemerkenswerte Wölbung zwischen seinen Beinen schien ihren Erwartungen recht zu geben.

Natürlich musste er sie dabei erwischen, wie sie dorthin starrte ...

Mit aufreizender Lässigkeit blickte er an sich selbst hinab zu seinem lederbedeckten Gemächt, dann sah er langsam wieder auf. Sein schmales Lächeln war auf abstoßend selbstgefällige Weise männlich. Nun nahm er ihre Vorzüge genauso ausführlich in Augenschein. Vollkommen ungeniert. Mochte er auch noch so wahnsinnig gutaussehend und das sinnliche Knistern zwischen ihnen stark sein, Deana hätte ihm am liebsten einen Kinnhaken verpasst.

Männer. Sie waren doch alle eingebildet ... selbst wenn sie einen Grund dazu hatten.

«Haben Sie genug gesehen?», fragte sie trotzig.

«Nein. Eigentlich nicht. Aber die Nacht ist ja noch jung ...» Sein Lächeln vertiefte sich zu einem breiten Grinsen, das Deana einen Stoß in den Solarplexus versetzte – und in eine andere, deutlich empfindsamere Gegend. Sie fühlte die Hitze in sich aufsteigen. Fühlte, wie sie zu schmelzen begann. Wie ihr das Wasser auf der Haut herablief.

«Begleiten Sie mich, meine Liebe», sagte er und griff nach ihrer freien Hand. «Lassen Sie uns doch ein paar Kunstwerke ansehen. Die besten Ausstellungsstücke sind hier oben zu sehen, und wir haben sie ganz für uns.»

Überrascht fuhr er zusammen, als sich ihre Finger berührten, und Deana lächelte und genoss diesen winzigen Moment der Macht. «Sie sind so warm», sagte er, als er ihre Hand fest umschloss und dabei ihren Arm ausstreckte. Einen Augenblick lang schien er ihn wie ein außergewöhnliches Kunstwerk zu betrachten, dann ließ er die Fingerspitzen seiner freien Hand in einer sanften, geschmeidigen Liebkosung von ihrem Handgelenk zu ihren nackten Schultern hinaufgleiten. Dieser lange Fingerstreich fühlte sich köstlich sanft und kühl an, obwohl Deana wusste, dass ihm ihre Haut heiß vorkommen musste. «Haben Sie Fieber? Oder könnte Sie etwas anderes erhitzt haben?» Seine dunkelblauen Augen bohrten sich regelrecht in sie, als wollte er hören, dass er der Grund war.

Doch diese Genugtuung gewährte Deana ihm nicht. «Meine Körpertemperatur ist immer leicht erhöht. Das liegt in der Familie. Es hat also nichts mit Ihrer Gegenwart zu tun, falls Sie das dachten.» Sie bemerkte, dass sie noch immer ihr Weinglas umklammert hielt, und hob es an die Lippen, um sich ein wenig Mut anzutrinken.

Doch noch bevor sie einen Schluck nehmen konnte, griff ihr Begleiter danach und hob es zu einem Trinkspruch an.

«Dann stoßen wir auf die Hitze an», wisperte er sanft, «und besonders auf heiße Frauen.» Er nahm einen Schluck Wein, und als er ihn die Kehle hinabrinnen ließ, bewegte sich sein Kehlkopf sinnlich auf und ab. Dann hielt er *ihr* das Glas an den Mund, brachte ihre Lippen an den Rand und zwang sie, den restlichen Wein auszutrinken.

Deana fühlte sich auf einmal wie auf einer Achterbahnfahrt. Normalerweise benahmen sich Männer ihr gegenüber anders und behandelten sie mit mehr Respekt. Doch dieser dunkelhaarige Fremde hatte sie innerhalb weniger Minuten nach ihrer ersten Begegnung willenlos gemacht. Gehorsam trank sie das Glas leer und blieb regungslos stehen, während er es mit einer schnellen Bewegung neben sie auf den Boden stellte, sich genauso schnell wieder aufrichtete und ihr mit einer raschen Fingerbewegung über die Lippen strich.

«Wie heißen Sie, verehrte Kunstliebhaberin?», hörte sie ihn mit samtiger Stimme fragen, die weitaus mehr Wirkung auf sie hatte als der Wein.

«D–» Fast hätte sie ihren Namen verraten, doch eine Millisekunde bevor sie ihn aussprechen konnte, begann eine Alarmglocke in ihr zu schellen. Vielleicht war es ja unerheblich, aber sollte sie hier nicht für Delia gehalten werden?

«Dee», antwortete sie nach kurzem Zögern. «Ich werde Dee genannt.»

Und das stimmte. Sie wurde Dee genannt – genauso wie Delia, besonders, wenn ihr Gegenüber sich nicht sicher war, mit welcher von den beiden Schwestern er es zu tun hatte.

«Und ich werde Jake genannt», erwiderte ihr Begleiter. Noch bevor sie zurückweichen konnte, hatte er ihr einen Arm um die Schultern gelegt und drehte sie dem nächsten Ausstellungsstück zu. «Also, Dee, was halten Sie davon?»

Es handelte sich um ein Ölgemälde von unfassbarer Schönheit. Es war das beste der ganzen Ausstellung und auch das aufwühlendste. Ganz besonders jetzt und hier, da Jake ihr zart über die Schultern strich, als seien er und sie bereits seit Jahren ein Liebespaar.

*Gegen die Brüstung* zeigte eine maskierte Frau, die über eine niedrige, weiße Mauer gebeugt war und von einem dunkelhaarigen, breitschultrigen Mann von hinten genommen wurde. Seine zerknitterte Jeans deutete an, dass er lediglich die Hose geöffnet hatte und ansonsten vollständig angezogen war. Im Gegensatz dazu war die Frau von der Taille abwärts nackt. Ihr zartrotes Kleid war ihr grob bis zu den Schultern hochgeschoben worden, ihr Höschen war kaum mehr als ein zerknittertes Häufchen Stoff um ihre Fußknöchel. Wo die Figur ihres Peinigers den Blick auf ihre blassen Schenkel und den Po freigab, waren rote Striemen zu erkennen, die darauf schließen ließen, dass sie gerade geschlagen worden war. Ihre Arme waren auf den Rücken gebogen, sie trug Handschellen, und ihre zarten Handgelenke schienen mehr als jedes andere Detail des Bilds den Blick auf sich zu ziehen. Es war nicht eindeutig, ob sie tatsächlich gezwungen oder einfach nur gefickt wurde. Doch das schien keine Rolle zu spielen.

«Großartig, oder?», fragte Jake, während er ihr von den Schultern abwärts über die nackte warme Haut ihres Rückens strich. Sie spürte, wie die Manschette seines Seidenhemds sanft über ihre Haut glitt, dann bewegte sich seine Hand langsam an ihren Rippen entlang nach vorn und umfasste ihre Brust in einer federleichten Berührung.

Deana nahm sie genauso wahr wie seine rauchige Stimme, doch noch immer stand sie im Bann des Gemäldes. Zwar konnte man nur wenig vom Gesicht der Frau sehen, aber ihre Miene gab keinen Aufschluss darüber, dass sie Qualen erlitt. Im Gegenteil, ihr schlanker Rücken wölbte sich voller Sinnlichkeit, und die Striemen auf ihrer zarten, weißen Haut sahen eher nach Lustmalen aus. Der Kerl, der sie nahm, blieb ein Unbekannter – ein dunkles Tier, ein Accessoire ihrer Lust, weniger ein Gegenpart, der sie benutzte.

Gleichzeitig hatte die dunkle Gestalt etwas Vertrautes. Deana wagte nicht, sich umzudrehen und Jake anzusehen, doch sie konnte sich vorstellen, dass er der große, dunkle Lüstling war.

Erst als sie den sanften Druck auf ihrer Brustwarze spürte, wurde sie abrupt aus ihren Gedanken gerissen. Er hatte ihren angeschwollenen Nippel zwischen die Finger genommen und massierte ihn langsam, aber bestimmt. Deana konnte kaum glauben, was gerade geschah. Oder was sie gerade zuließ. Oder, schlimmer noch, dass sie instinktiv auf ihn reagierte und langsam mit den Hüften zu kreisen begann, während der Schmerz aus ihrer Brustwarze direkt in ihre pochende Klitoris fuhr – ein genauso heftiger, wenn auch tiefer liegender Schmerz.

«Macht dich das an?», fragte Jake. Sein warmer Atem strich ihr über den Nacken, als er ihr Haar mit der freien Hand zur Seite strich und seine Lippen ganz sanft auf ihre Schulter drückte. Sie spürte seine Zähne auf der Haut, fest und gefährlich. Dann eine einzige kurze Berührung seiner Zunge. Und gerade als sie dachte, er würde sie beißen, ließ er ihr Haar zurückschwingen und umschloss ihre andere Brust mit der Hand.

«Macht dich das an, Dee?», fragte er wieder, während er ihre Brüste zärtlich knetete und die weiche Rundung ihres Busens mit seinen starken Händen umfasste. Jetzt hielt er beide Nippel zwischen den Fingern. Deana hatte keine Ahnung, ob er das Gemälde meinte oder seine Berührung, doch das war auch bedeutungslos. Sie hörte sich «Ja» aufseufzen – und ihre Antwort galt für beide Fragen.

«Gut», flüsterte er und stieß die Spitze seines harten Penis heftig in die baumwollbedeckte Spalte ihres Pos.

Deana wusste, dass sie sich aus seiner Umklammerung befreien sollte, doch stattdessen presste sie ihren Körper einladend gegen ihn. Mit einer genauso unverblümten Geste klemmte sie sich seinen Ständer zwischen ihre festen Pobacken. Unter ihrem dünnen Kleid trug sie lediglich einen String-Tanga, und als Jakes Penis hart gegen ihren Po stieß, spürte sie, wie der schmale Seidenstoff aufreizend gegen ihren Anus rieb.

Doppelt erregt durch das grobe Kneten ihrer empfindsamen Brüste und die langsame, ausgiebigere und viel subversivere Stimulation von hinten, stöhnte Deana auf. Er stieß sie heftig gegen sein Becken, und als Deana scharf Luft holte und eine Hand zwischen ihre Schenkel legte, hörte sie ihn teuflisch lachen.

«Ja, Dee, tu es», drängte er. «Streichle dich, du weißt, dass du es willst. Das Bild hat dich heiß gemacht, nicht wahr? Berühre dich, Dee, streichle deinen Kitzler. Deine Möse schreit danach … Na, komm schon, Dee. Verwöhn dich ein bisschen. Tu es!»

Seine Worte nötigten sie fast so sehr wie ihr körperliches Verlangen. Die Situation war vollkommen unreal – und in diesem sexuell aufgeladenen Moment gab es keinen Grund, ihm zu widerstehen. Deana schob ihr Kleid über ihre Knie, dann über die Schenkel und schließlich über den Bauch. Mit einer Hand hielt sie den Stoff an der Hüfte fest, mit der andern fuhr sie unter ihren String. Ihre Schamlippen öffneten sich, und ihr Schoß war heiß und glitschig.

«Bist du feucht, Dee?»

Sie nickte, während sie zärtlich mit den Fingern in ihrer nassen Vulva spielte. Dabei drohten ihr fast die Beine unter ihr nachzugeben.

«Zeig es mir.»

Deana spürte, wie ihr Geschlecht durch die Berührung zu pulsieren begann. Sie erzitterte vor Verlangen, als sie die feucht glänzenden Finger Jake entgegenstreckte.

«Steck sie in den Mund», verlangte er.

Sie schmeckte scharf, salzig, nach Meer, und als sie sich gierig die Finger abschleckte, war sie erstaunt, wie sehr sie es genoss. Sie hatte ihren eigenen Liebessaft schon früher gekostet, doch nie derartig verlangend und noch nie für einen Mann.

«Und jetzt lass *mich* dich schmecken.»

Erneut ließ sie die Hand nach unten gleiten und strich mit zwei Fingern durch den feuchten Nektar zwischen ihren Schenkeln. Dann hob sie die Hand und legte Jake die Fingerspitzen an die Lippen. Er neigte sich vor, beugte den Kopf über ihre Schulter, und während er ihr Aroma von ihren Fingern kostete, nahm sie den berauschenden Hauch seines Parfums wahr – eine derartig blumige Duftnote, dass sie einen Moment lang selbst ihren Körpersaft übertönte. Deana atmete einen Duft von Lavendel und Maiglöckchen ein, der so intensiv und betäubend war, dass sie sich wand und sich noch fester gegen seinen Körper drückte, um mit ihrem Po seine harte Rute zu umschließen.

«Ja», raunte er, während er wie ein Baby an ihren Fingern sog. Einer Ohnmacht nahe, wusste Deana nicht, ob er den Geschmack ihres Liebessafts oder die Liebkosung durch ihren Unterleib genoss. Während er sich an ihr rieb, spürte sie, wie er ihre Fingerspitzen mit der Zunge neckte und umspielte.

«Sieh dir das Bild an, meine schöne Dee», murmelte er und griff nach ihrer Hand, um sie erneut zwischen ihre Schenkel zu führen. Jetzt berührte sie sich unter seiner Anleitung. Er presste ihre Fingerspitzen auf ihre Klitoris, während er zwei Finger in ihre feuchte Spalte schob. «Sieh es dir genau an. Willst du nicht genau das? Genau hier? Mit mir?» Eine leichte Bewegung seiner Finger, und Deana stöhnte auf. Ihre Stimme hallte verräterisch von der schmalen Empore wider. Es konnte jederzeit jemand neugierig hochkommen und auf diesem verlassenen Stockwerk eine Frau entdecken, die gerade heftig von einem Mann befriedigt wurde, dessen Hände auf ihren Brüsten und zwischen ihren Beinen spielten.

Es war bizarr. Eine Halluzination. Was könnte es sonst sein? Sie hatte diesen Mann erst vor wenigen Minuten kennengelernt, und jetzt berührte sie sich für ihn, rieb sich, weil er es wollte, und empfand Lust daran, *ihm* zu gefallen – während er mit seinen Fingern tief in ihr war. Sie bäumte sich auf. Sie wollte nicht wirklich glauben, was sich gerade zutrug. Ihre Klitoris war unter ihrer Berührung angeschwollen und zu einer heiß pulsierenden Perle geworden, die mehr und weitaus Besseres verlangte.

«Ja, Dee, du willst es.» Er sprach leise, doch er klang absolut triumphierend. Der winzige Orgasmus, den sie eben erlebt hatte, raubte ihr vollends die Sinne. «Und du sollst es bekommen, meine Süße. Genauso wie auf dem Bild.» Er nahm seine Hand von ihrer Brust, umfasste ihr Kinn und drehte es so, dass sie auf das Gemälde starren musste, das sie unglaublich erregte. «Sag ja, Dee», schmeichelte er, während er seine Finger mit einer geschmeidigen Bewegung noch tiefer in sie hineingleiten ließ.

Ihr gesunder Menschenverstand schlug Alarm. «Nein! Befreie dich! Knall ihm eine und verschwinde!» Doch stattdessen hörte sich Deana ein schwaches, mattes «Ja» schluchzen. Sie war zu nichts anderem mehr fähig …

«Dann komm mit.»

Deana hatte erwartet, dass er seine Finger zurückziehen würde. Doch er führte sie so, wie sie waren, zur Balustrade. Sie errötete vor Scham, als er nicht von ihr abließ. Als er sie auf die niedrige Brüstung zuschob, war es, als beherrschte er sie über ihre Vagina. Mit dem Daumen stimulierte er ihre Klitoris und führte sie durch sanften Druck.

Es war erniedrigend, doch Deana schaffte es nicht, sich ihm zu verweigern. Sie reagierte mit einer Leidenschaft auf ihn, die sie noch nie zuvor verspürt hatte. Sie hatte bislang in ihren Beziehungen mit Männern immer die Oberhand behalten, ob durch ihre Raffinesse oder die Stärke ihrer Persönlichkeit. Doch für Jake war sie nur ein ausgehungertes weibliches Wesen, mit dem er machen konnte, was er wollte. Ein Objekt. Ein Körper. Nichts weiter als ein Körper, mit dem er sich amüsieren konnte. Noch nie in ihrem Leben hatte sich Deana lebendiger und bereiter gefühlt. Sie war zwischen seiner Hand und seiner schwellenden Erektion eingeklemmt, und beides entfachte eine wilde Lust in ihr.

«Heb dein Kleid an», befahl er, als sie die hüfthohe, weiß getünchte Mauer erreicht hatten. Unter ihnen amüsierte sich die glanzvolle Partygesellschaft bei Champagner und versuchte, sich gegenüber den anstößigen Kunstwerken an den Wänden gleichgültig zu geben. Dabei ahnte niemand, dass über ihren Köpfen ein weitaus realeres Motiv in Szene gesetzt wurde.

Deana wusste, dass früher oder später jemand den Kopf heben würde. Auch wenn man nur ihren Oberkörper sah, wären die Bewegungen während des Liebesakts, das Stoßen, ein aufbäumender Körper, der von hinten genommen wurde, unmissverständlich. Verzweifelt fragte sie sich, wie lange Jake und sie unbeachtet bleiben würden.

«Bitte nicht», bat sie mit rauer Stimme.

«Aber bitte doch», zischte er, und es schwang etwas unüberhörbar Erbarmungsloses in seinen Worten mit. «Heb dein Kleid an, Dee. Du weißt, dass du nichts anderes willst.» Sie protestierte matt, als er nach unten griff und im Begriff war, selbst Hand anzulegen. Schließlich raffte sie doch ihren Rock zusammen und schob ihn zögernd in Richtung Taille hoch.

«Heb es ganz hoch, Dee.»

Ungelenk mit dem Stoff kämpfend, schob sie das Kleid schließlich ganz nach oben und war zutiefst beschämt, denn sie trug nichts weiter als einen winzigen String-Tanga, der nun den Blick auf die verlockend süßen Rundungen ihres Pos freigab.

«Wunderschön …» Er fuhr mit einer Fingerspitze über die Rundung ihres Pos und tauchte tief in den unbedeckten Spalt ein, um anschließend den Weg an der anderen Rundung ihres festen Hinterns fortzusetzen. Ohne großes Aufheben hakte er die Daumen in den elastischen Bund ihres Strings und begann, ihn aufreizend langsam abzustreifen. Nach wenigen Sekunden hatte er ihr das lächerliche Stückchen Stoff bis zu den Knien herabgezogen. Nun schob er ihr sein Knie zwischen die Beine und drückte ihre Schenkel so weit auseinander, dass die schwarze Spitze des Strings zwischen ihren Beinen bis aufs Äußerste gedehnt wurde.

Vor ihrem inneren Auge sah Deana ihren seidenweichen Po, der genauso nackt war wie der der Frau auf dem Gemälde. Zwar hatte Deana keine Liebesmale, doch auf eine gewisse Weise fühlte auch sie sich gebrandmarkt. Dieser Mann hatte sie berührt und seine Finger tief in ihre Spalte geschoben, so tief, dass ihr im Grunde ihres Herzens klar war, dass sie das für immer verändern würde.

Deana spürte die kochende Hitze in sich. Ihre Vulva lag entblößt vor ihm und glänzte feucht. Ein Tropfen ihres Liebessafts lief ihr wie Honig über den Schenkel und setzte seinen Weg unaufhaltsam nach unten fort. Hinter ihr würde Jake das Rinnsal deutlich sehen können. Nie zuvor war sie so feucht gewesen, und Deana spürte – ohne wirklich zu wissen, weshalb –, dass Jake das vollkommen klar war.

Er stand locker hinter ihr, doch dann bemerkte sie, wie er einen Schritt auf sie zutrat. Mit den Händen griff er nach ihrem nackten Po und knetete ihn, wie er es mit ihren Brüsten getan hatte.

«Wunderschön», seufzte er ihr ins Ohr, als er das straffe, feste Fleisch drückte, ihren Po auseinanderzog und in unerträglich langsamen Kreisen massierte, die sie demütig seufzen ließen ... bis sie in verbotener Entzückung zum Höhepunkt kam. Ihre Empfindung wurde bis ins Unerträgliche gesteigert, als er ihren Po fast schmerzhaft weit auseinanderzog, und es schien, als wolle er einen Blick auf ihre Rosette erhaschen.

«Wunderschön», flüsterte er wieder, und das Wort nahm eine so greifbare Gestalt an, dass es Deana vorkam, als habe er sie dort berührt, genau an jener winzigen, bebenden Öffnung.

Jetzt wusste sie, dass die Frau auf dem Gemälde anal genommen wurde. Man konnte es zwar nicht sehen, doch Deanas weiblicher Urinstinkt sagte es ihr. Es war der gleiche Instinkt, der ihr sagte, dass Jake es auch wusste, dass er mehr über das Bild und seine Entstehung wusste – und dass er es nachstellen wollte, um es auf dieser Brüstung zum Leben zu erwecken.

«Nein! Bitte nicht», flehte sie atemlos, doch er stand bereits dicht hinter ihr und öffnete seine Hose. Das scharfe Ratschen des Reißverschlusses klang wie eine drohende Gefahr. «Bitte nicht so! Nicht hier!»

Als er sich von hinten gegen sie lehnte, wurde sie nach vorn gegen die Brüstung gepresst. Deana konnte sich nur mit einer Hand abstützen, da sie mit der anderen noch immer ihr Kleid gerafft hielt. Sie wimmerte leise und ängstlich auf.

«Alles in Ordnung, meine Süße», beruhigte er sie, doch die Sanftheit in seiner Stimme wirkte auf sie bedrohlicher, als jeder schroffe Ton es vermocht hätte. «Nicht hier. Nicht jetzt. Aber bald ...» Deana spürte seinen Schwanz durch ihr Schamhaar fahren und neckend gegen jenes zarte Tor stoßen, das vor seinem Eindringen erzitterte. Er fühlte sich so riesig an, so glatt ... Die samtweiche Haut seiner Eichel war heiß. Immer wieder neckte das runde, dicke Ende seines Schwanzes ihre Rosette mit unverschämten Stößen, doch als er sich mit voller Länge in sie presste und fast in sie eindrang, glitt sein Penis nach unten ab, und Deana verspürte einen kurzen Stich des Bedauerns.

Sie hatte solche Angst davor gehabt, dass er Analsex mit ihr haben würde, Angst vor dem Schmerz und viel mehr noch vor dem Verlust ihrer Würde, doch jetzt, da der Augenblick vorbei war, wünschte sie fast, er hätte es getan. Seit sie ihre Unschuld verloren hatte, waren ein paar Jahre vergangen, doch plötzlich hatte sie bei diesem merkwürdigen Mann, dieser Präsenz, die aus dem Nichts zu kommen schien, das Verlangen, ihm etwas nie Dagewesenes zu schenken. Etwas Neues und Unberührtes, das Jake als Erster kosten durfte.

Noch bevor Deana ihre Gefühle richtig erfassen konnte, drang er in sie ein, stieß seinen großen, harten Schwanz kraftvoll in ihre Vagina. Ihre samtweichen Schamlippen öffneten sich seinem pochenden Schwanz, und als sie den Oberkörper vorbeugte, wurde ihr schwindelig. Sie begriff kaum, wie ihr geschah, denn für einige Sekunden nahm sie nichts anderes wahr als seinen Ständer, den er in voller Länge in sie hineinschob. Er ließ sich Zeit damit, und unterdessen wanderten seine Finger an ihrem Bauch hinab, tauchten in den Busch zwischen ihren Schenkeln ein und fanden ihre Klitoris. Als er sie berührte, umschlossen ihre Schamlippen zuckend seine Finger und liebkosten ihn in ihrem eigenen Rhythmus. Deana unterdrückte ein Stöhnen und kam sanft zum Höhepunkt. Als sie ihn vor Befriedigung aufkeuchen hörte, überkam sie das intensive Hochgefühl, das nur eine Frau verspüren konnte.

«Du bist ein heißes kleines Luder, meine Dee», raunte er ihr zu, als er seine Hüfte noch einmal kreisen ließ und mit dem Finger über ihre Klitoris rieb. Deana bemerkte den Geschmack von Blut, da sie sich zu fest auf die Unterlippe gebissen hatte. Was er da mit ihr anstellte, war einfach zu unglaublich, als dass sie es hätte still genießen können, und doch konnte sie, nein, durfte sie nicht aufschreien. Die Gästeschar unter ihnen wartete doch nur darauf, ihre Ekstase zu hören, während er ihre Perle unerbittlich quälte. Er hatte sie aus den schützenden Fältchen befreit und drückte und zwirbelte sie, bis Deana nicht mehr anders konnte, als die Hüften in seinem Rhythmus zu bewegen.

Sanft klangen seine schmeichelnden Worte zu ihr, als zähme er sie wie ein begabter Reiter ein widerspenstiges Fohlen. Er beruhigte sie, besänftigte sie und wisperte ihr Worte zu, um sie zu zügeln, während er fortfuhr, den intimsten Punkt ihrer Lust zu stimulieren.

Deana fühlte sich, als würde ihr Körper in seine Einzelteile zerfallen und sich in seinen Säften auflösen. Ihr liefen Tränen über die Wangen, der Schweiß rann ihr von den Achseln zwischen die Brüste, in ihren Schoß hinab, und ihr Liebesnektar umfloss Jakes harte Rute und strömte in silbernen Rinnsalen aus ihrer Vagina langsam an ihren Schenkeln hinab.

«Ich ... ich kann nicht», flüsterte sie kaum hörbar. Ihre Stimme kam gebrochen und keuchend aus ihrer Kehle.

«Doch, meine süße Dee, du kannst», hörte sie ihn antworten, während er sie unerbittlich mit dem Finger stimulierte. Trotz ihrer Benommenheit bemerkte Deana erstaunt, dass er sich bis jetzt kaum in ihr bewegt hatte. Er hatte seinen Schwanz unglaublich tief in sie hineingestoßen und damit den engen, feuchten Tunnel ihrer Muschi auf eine Weise gedehnt, die sie noch nie zuvor erlebt hatte. Doch seit diesem ersten langen Stoß hatte er sich nicht mehr bewegt. Er blieb steif in ihr, als wollte er sich mehr an den Zuckungen *ihres* Geschlechts ergötzen.

«Doch, du kannst es, Dee», wiederholte er unnachgiebig. «Ich werde dich jetzt ficken. Und du wirst so sehr kommen, dass du am liebsten aufstöhnen, schreien und laut betteln möchtest.» Als seine Hüfte zu rotieren begann, ließ Deana den Rock fallen und presste sich die Hand auf den Mund, um nicht laut aufzuschreien. Mit seinem freien Arm umfasste er ihre Hüften, drückte sie an sich und trat einen Schritt zur Seite. Noch immer ineinander verschlungen, zog er ihren Körper zu Boden.

Deana lehnte sich nach vorn, stützte sich mit den Ellenbogen auf den polierten Hartholzboden und presste ihr schwitzendes Gesicht gegen ihre Unterarme. Sie biss sich ins eigene Fleisch, als Jake begann, sie hart und schnell von hinten zu nehmen. Er hielt ihre Hüften umklammert, um ihr Halt zu geben, und es schien keine Rolle zu spielen, dass er ihre Klitoris nicht mehr berührte. Mit jedem Stoß, jedem Eindringen, jeder Berührung seines Schwanzes schien er ihre Empfindungen auf tausendfache Weise zu entzünden.

Mit einem explosiven Orgasmus, der ihren Unterleib in rhythmischen, pulsierenden Bewegungen um den Eindringling schloss, spürte Deana, wie sich ihre Seele erhob und aus ihrem Körper befreite. In diesem unglaublichen, beinahe überirdischen Moment hatte sie kein Bedürfnis mehr, zu schreien. Deana schwebte wie ein Stern durch eine Welt aus stiller, weißer Pracht, losgelöst von ihrem gepeinigten Körper und der dunklen Macht, die in und über ihr wütete … Von weit her hörte sie Jake leise aufstöhnen und fühlte, wie sein Penis tief in ihr pochend zuckte.

Es war das erste Mal, dass sie wirklich *gespürt* hatte, wie ein Mann in ihr kam und sich seine Hoden im letzten Moment zusammenzogen. Ihr Geist tauchte aus jener Leere wieder auf, um in diesem Augenblick ganz da zu sein. Jake überschwemmte sie mit einem Ansturm der Gefühle, seine zuckende Erregung verschmolz mit ihrer Lust zu etwas vollkommen Neuem. Deana ließ ihrem Schluchzen und Stöhnen freien Lauf und bedankte sich bei ihrem Peiniger absurderweise, während das Pochen seiner Lanze in ihr langsam abebbte.

Als er aus ihr herausglitt, stellte sie sich ihr Bild vor: zwei schwarzgekleidete Gestalten, die es wild auf einem polierten Hartholzboden miteinander trieben, das erotischste Gemälde der Galerie, lebender Sex, eine Sondervorstellung. Deana war es mittlerweile egal, ob man sie sehen oder hören konnte, und es erstaunte sie fast, dass sie noch immer ungestört waren. Sie richtete sich auf, zog den Tanga hoch, und die Nässe zwischen ihren Schenkeln ließ sie erschaudern. Die Körpersäfte. Der Schweiß. Sie wurde davon überflutet und spürte, wie sie ihr die Beine hinabliefen. Ihr lächerliches Stückchen Unterwäsche war vollkommen feucht, und sie hatte das Bedürfnis, sich zurückzuziehen, um ihren Körper von den Spuren zu säubern.

Mit kraftlosen Beinen wandte sie sich Jake zu. Er lehnte mit dem Rücken gegen die Balustrade. Seine Lederhose stand noch offen, und sein schlaffer, glänzender Schwanz lag unbedeckt da. Als sie ihn zum ersten Mal sah, wurde Deana aus unerfindlichen Gründen rot. Sie griff nach ihrer Handtasche, die schon längst zu Boden gefallen war, und erst das Rascheln ihres Kleids schien Jake aus seiner postkoitalen Trance zu erwecken, doch er sagte kein Wort. Erst sein triumphierendes Lächeln machte ihr bewusst, was sie ihm soeben erlaubt hatte.

Großer Gott, ich muss verrückt sein! Ich habe mich von einem vollkommen fremden Mann für einen schnellen Fick benutzen lassen ... Ich bin eine Schlampe. Ein Flittchen. Eine Hure. Schnell für einen Fick zu haben.

«Entschuldige mich ... es tut mir leid», murmelte sie und fragte sich sogleich, wofür zum Teufel sie sich eigentlich entschuldigte, als sie die Balustrade in Richtung

Treppe entlanglief. Fast schon rennend suchte sie nach einem Ort, an dem sie vor Jakes befriedigtem, höhnischen Lächeln sicher war, doch sie wusste, dass es dieses Paradies nicht gab. Es gab keinen Ort, an dem sie sich vor der harten Realität eines Schwanzes verstecken konnte, der noch immer von ihrem Körpersaft glänzte.

Deana brauchte eine Weile, bis sie sich frisch gemacht hatte.

Jakes Sperma floss so schnell aus ihr, dass sie es gerade noch schaffte, sich die Schenkel abzuwischen. Schließlich knüllte sie ihren ruinierten String-Tanga zusammen und beruhigte sich damit, dass ihr langes Kleid die Spuren ihrer Sünden verdecken würde: ihre nasse, fleischige Möse, ihre geschwollenen Schamlippen und den klebrigen Samen, der ihr auf den Schenkeln trocknete.

Normalerweise brauchte Deana nicht viel Make-up, doch das wenige, das sie heute Abend aufgelegt hatte, war vollkommen verwischt. Ihre Wangen waren mit Mascara verschmiert, und das letzte bisschen Lippenstift hatte sie sich von den Lippen gebissen. Deana ließ sich mehr Zeit, als sie tatsächlich brauchte. Sie trug frisches Make-up auf und ging langsam und bedächtig vor, weil sie den Augenblick hinauszögern wollte, an dem sie dem Mann gegenübertreten musste, der von ihr Besitz ergriffen hatte.

Doch als sie schließlich zurückging, war er nirgends mehr zu sehen.

So unauffällig wie möglich ließ sie den Blick über die Galerie, die Flure und den Ausstellungsraum schweifen. Ein paar Mal dachte sie schon, sie hätte ihn entdeckt – eine schlanke Gestalt in schwarzer Seide und Leder –, doch das war genauso eine Illusion wie die Ausstellungsstücke selbst.

Dieser Bastard, dachte sie, und dabei hasste sie ihn so leidenschaftlich, wie sie seinen dunklen, sehnigen Körper begehrt hatte. Er war gegangen ... Er hat mich genommen und ist dann einfach verschwunden!

Ihres mit Abstand attraktivsten Akteurs beraubt, hatte die Galerie mit all den unerhörten Gemälden plötzlich ihren Reiz verloren. Noch immer wurde Wein ausgeschenkt, doch allein der Gedanke daran widerstrebte Deana. Sie rollte den Ausstellungskatalog in der Hand zusammen und trat in die dunkle, warme Nachtluft hinaus.

Als sie draußen auf dem Gehsteig stand und überlegte, ob sie ein Taxi oder die U-Bahn nehmen wollte, kam ihr ein ganz und gar merkwürdiger und unglaublicher Gedanke ...

Irgendwo in diesem irren Großstadtdschungel befand sich ein Mann namens Jake, mit dem sie Sex gehabt hatte. Deana legte die Fingerspitzen auf ihre Lippen und dachte an ihre Orgasmen und die Lust, die sie verspürt hatte. Und dann wurde ihr bewusst, dass er sie während dieses ganzen verrückten Abenteuers nicht ein einziges Mal auf den Mund geküsst hatte.

# 2 EIN PRINZ IN DER STADT

Ich bin vom Teufel besessen, anders kann es nicht sein!, dachte Delia, während sie im Dunklen lag.

Hinter ihren festgeschlossenen Augen tauchte leicht verschwommen ein gutaussehendes Gesicht auf. Die lange, gebräunte Gestalt eines starken Männerkörpers mit einer wunderbaren Erektion.

Lautlos glitt ihr Traummann zwischen ihre weit gespreizten Schenkel und drang in ihre tropisch heiße Höhle ein, die sich nach ihm verzehrte. Entschlossen wagte sich sein riesiger Schwanz vor und weitete ihr Innerstes. Mit einem rauen, lustvollen Seufzen hob Delia ihre Hüften, um ihm entgegenzukommen.

Sag jetzt nichts! Bitte, mein Prinz, sag nichts!, bettelte sie stumm, als er sich in ihr zu bewegen begann. Ihr Körper bewegte sich schneller und erklomm den Anstieg zum Höhepunkt, doch war ihr bewusst, dass ihr der Orgasmus jeden Augenblick geraubt werden konnte. Durch Worte zerstört werden konnte. Die Gier nach einem Höhepunkt wütete in ihrem Körper und war doch zugleich so rasch vergänglich. Wenn ihr Liebhaber auch nur ein Wort sprechen würde, wäre ihre Lust dahin, aufgelöst, zerstört. Sie wäre sich selbst überlassen, hinge förmlich in der Luft – und bliebe unbefriedigt.

Doch das Schicksal meinte es mit ihr so gut wie in der vergangenen Nacht. Das Bild ihres gutaussehenden, dunklen Prinzen blieb klar, stark und ungetrübt vor ihrem inneren Auge bestehen. Und bereits zum zweiten Mal gehorchte ihr jene Vermischung der Phantasie mit der körperlichen Realität. Der Mann über ihr stöhnte und keuchte, doch er sprach kein Wort. Je tiefer er in sie eindrang, desto zufriedener wurde sein Gemurmel, das jedoch nur ihn kehligen Lauten an ihr Ohr drang.

Er hielt ihren Po fest umklammert und stieß immer schneller in sie hinein, und plötzlich fühlte Delia Panik in sich aufsteigen. Sie war noch nicht so weit. Es war zu früh. Das Gesicht ihres Prinzen verschwamm zu einem ausdruckslosen Nichts, und die sorgfältig gereifte Phantasie schien zu verblassen.

Nein! Nicht jetzt! Geh nicht, bettelte sie, während ihr vollkommen bewusst war, dass sie ihre eigene Vorstellungskraft anflehte. Delia begann, sich unter dem Griff ihres Liebhabers zu winden, und schob sich die Finger zwischen die Schamlippen. Ein unzufriedenes Grunzen ertönte in ihrem Ohr, doch das war ihr egal. Mit immenser Willenskraft beschwor sie ihre süße, dunkle Vision herauf und presste einen Finger fest auf ihre pochende Klitoris. Sie begann, die winzige, feuchte Perle derartig heftig zu reiben, dass ihr Liebhaber fast überflüssig wurde.

Als sich ihre heißen, geschwollenen Schamlippen öffneten, gab sie ein erleichtertes Seufzen von sich, und in ihrer Phantasie wurde ihr Finger zu dem des Prinzen, der nun wieder in ihr war. Ein paar Augenblicke später verwandelte er sich auf magische Weise in seine Zunge, die, spitz und feucht, ihre Lust mit zuckenden und tanzenden Bewegungen anfachte.

Die Bilder vor ihren Augen waren klar und machten sie so heiß, dass sie es kaum aushielt. Was vorher noch Einbildung gewesen war, schien jetzt vollkommen echt zu sein. Sie hörte die Worte aus ihrem Inneren kommen. «Wunderschön», hauchte eine Stimme, und vor ihrem geistigen Auge sah Delia für eine Sekunde das Gesicht ihres dunklen Prinzen. Es war das erste Mal, dass sie ihn so deutlich vor Augen hatte, und sein Bild wühlte sie derartig auf, dass sie fast zum Höhepunkt kam. Doch bevor sie es festhalten konnte, war es verschwunden und hinterließ bloß eine Erinnerung: eine Phantasie, wie eine der Zeichnungen ihrer Schwester ... Erstaunlicherweise war jedoch ein Duft geblieben. Eine atemberaubende Mischung aus schwerem Blütennektar, der nicht aus dem Raum stammte, in dem sie lag, sondern aus dem geheimen Garten ihrer Lustbilder und Träume.

Und als der Orgasmus sie wie eine Welle erfasste, machte ihr ihre Phantasie ein weiteres Geschenk. Als Delia sich auf die Fingerknöchel biss, um nicht aufzuschreien, hatte sie nicht etwa den Geschmack ihrer eigenen Haut auf der Zunge, sondern unverkennbar den eines Mannes. Jenes salzige Aroma eines steifen, dicken Schwanzes und der Säfte, die aus ihm flossen.

Als sie kam, hätte sie schwören können, dass sie ihren Prinzen geschmeckt hatte.

Es hatte Russell nicht gefallen. Überhaupt nicht. Und als Delia unter der Dusche stand, ihren Körper abkühlen wollte und noch immer erhitzt war, wurde ihr klar, dass ihre Wallungen größtenteils von ihrem Zorn herrührten.

Was, in aller Welt, stimmte nicht mit ihm? Die meisten Kerle gingen begeistert mit ihr ins Bett, nicht aber der zimperliche Russell. Er schien nur Spaß zu haben, wenn sie sich passiv verhielt. Anfangs war das kein Problem gewesen. Sie hatten auf so viele Arten perfekt zusammengepasst, dass der alles andere als grandiose Sex auf Delias Tagesordnung nicht besonders weit oben gestanden hatte.

Doch irgendwie hatte sie sich in den letzten Wochen verändert. Oder ihre Libido. Sie konnte nicht genau sagen, wann diese Verwandlung eingesetzt hatte, aber sie wusste, dass sie sich nach gutem Sex sehnte und nach viel Sex. Sie wollte Orgasmen ohne Ende, sehnte sich nach einem aufregenden Liebesleben mit all den Geräuschen und Spielchen, die dazugehörten. Und mit jedem weiteren langweiligen Erlebnis, das sie mit Russell hatte, wuchs ihre Begierde.

Natürlich hatte sie sich bei ihrer Schwester Rat geholt. Deana war zwar fünfzehn Minuten nach ihr auf die Welt gekommen, doch in Sachen Sex war sie ihr um Lichtjahre voraus. Sie hatte Delia zwei Ratschläge erteilt. Der erste lautete schlicht: Schick diesen erbärmlichen Vollidioten zum Teufel! Eine drastische Maßnahme, über die Delia mehr und mehr nachdachte. Deanas zweiter Rat war, dass Delia ihrer Phantasie freien Lauf lassen sollte. Im Bett und außerhalb des Betts. Deana hatte diesen Ratschlag sofort in die Tat umgesetzt, und so war der «Prinz» in ihr Leben getreten.

Ihr war klar, dass er ein absolutes Klischee war, doch er erfüllte seinen Zweck so gut, dass ihr das nichts ausmachte. Die Macho-Sex-Phantasie, die sie heraufbeschwor, löste bei ihr weitaus heftigere Verzückung aus, als Russells Schwanz es jemals vermocht hatte. Ihr Prinz war groß, dunkelhaarig und unsagbar männlich. Seine schlanke Gestalt und sein großer Schwengel wurden auf phantastisch-orgasmische Weise real, wenn sie sich ihn vorstellte. Auf Deanas Anraten dachte sie vor dem Sex, beim Sex und nach dem Sex an ihn ... und zu vielen anderen Gelegenheiten. Sie hatte noch nie sein Gesicht gesehen – abgesehen von jenem Augenblick heute Morgen –, doch sie kannte jedes noch so winzige Detail seiner sexuellen Spielarten.

Ihr Prinz genoss es, wenn sie ihren Höhepunkt laut auslebte, und er tat einiges, um sie dazu zu bringen. Dazu gehörte, dass er stundenlang ihren Körper und ihr Geschlecht mit Händen und Mund liebkoste, bevor er auch nur Anstalten machte, in sie einzudringen. Diese Phantasien kamen Delia sehr entgegen, denn sie schaffte es nun, ihre köstlichen Visionen auf wundersame Weise in den wenigen Minuten zu durchleben, die Russell für sein übliches Rein-raus-Geplänkel in Anspruch nahm.

Und genau das war heute Morgen passiert, als Russell sie um diesen unrühmlichen Quickie angebettelt hatte, bevor sie zur Arbeit aufgebrochen waren. Er hatte etwas davon gemurmelt, dass er es ihr zum Geburtstag besorgen wollte, und um des lieben Friedens willen hatte Delia eingewilligt und sich ihrer Phantasie bedient.

Sie hatte ihre neue Droge ausprobiert und ihren Prinzen ins Bett geholt. Wie ein junger Gott war er in die heiße, feuchte Tiefe ihrer Vagina eingedrungen, und sie hatte aufgestöhnt und sich gewunden, bevor sie einen sensationellen Orgasmus bekommen hatte, der ihr fast die Sinne raubte.

Danach hatte Russell ihr die kalte Schulter gezeigt, und das hatte Delia sehr, sehr wütend gemacht. Immerhin hatte sie mit ihm geschlafen – obwohl sie eigentlich gar nicht gewollt hatte. Sie kam zu spät ins Büro, und das an einem Tag, an dem Pünktlichkeit und Effizienz entscheidend waren. Und als Dank hatte Russell nichts Besseres zu tun, als zu schmollen.

O Gott, das verhieß nichts Gutes! Die Wut auf Russell löste in ihr die merkwürdigsten Gefühle aus. Sie war schon wieder erregt. Heiß. Fast unbewusst rief sie erneut ihren Prinzen auf den Plan und befahl ihm, die Dusche mit ihr zu teilen. Für den Monat Mai spielte das Wetter total verrückt. Obwohl es gerade einmal halb acht Uhr morgens war, lief Delia der Schweiß aus allen Poren. Sie hatte das Gefühl, aus ihrem tiefsten Inneren heraus zu schwitzen und in der Hitze dahinzuschmelzen – innen wie außen. Alles an ihr fühlte sich schlaff und nachgiebig an, bis auf die Stellen, die die Königreiche ihres Prinzen waren: die schmerzenden Brustwarzen und die pochende, geöffnete Spalte zwischen ihren Schenkeln. Mit einem resignierten Stöhnen fasste sie nach unten, um sich selbst zu befriedigen. Sie war ohnehin zu spät dran, also würde sie so oder so Ärger bekommen. Als sich ihre feuchte Vagina wie eine Blume öffnete, durchzuckte Delia ein boshafter Gedanke, der ihr noch mehr Lust verschaffte, denn wenn sie noch länger unter der Dusche blieb, um zu masturbieren, würde auch Russell zu spät zur Arbeit kommen.

Wir sind allein, mein Herr, wisperte sie, als sie die Schenkel spreizte, damit der Prinz seinen Zauber über ihre Finger legen konnte. Es war seine wundervolle Hand, die ihre Fingerkuppen sanft über die Klitoris streicheln ließ. Es war seine Geschicklichkeit, die ihr den Atem und den letzten Funken Verstand raubte. Sie lehnte gegen das nasse Glas der Duschkabine und presste die Brüste und den Bauch fest dagegen, um dann die Hüfte anheben und sich die Finger tiefer zwischen die Beine schieben zu können. Delia konnte nicht mehr glauben, dass es ihre eigene Hand war, die sich da in ihrer Lustspalte bewegte. Ihr empfindlicher Körper sagte ihr, dass es der hoch aufgeschossene, leicht gebräunte Körper des Prinzen war. Es war seine Brust, die ihre Nippel stimulierte, und seine geschwollene Rute, die in ihre Möse drängte und sich in ihr rieb.

Delia bäumte sich gegen die Fliesen auf, die ihr keine Kühlung mehr verschaffen konnten, um das umwerfende Finale heraufzubeschwören. Sie hielt ihre zarte Liebesperle noch immer zwischen den Fingerspitzen und presste die Brüste gegen die Duschwand. Mit der freien Hand fasste sie hinter sich und schob sie sich zwischen die Pobacken. In ihrer überwältigenden Phantasie ließ sich ihr Prinz hinter ihr auf die Knie fallen und begann heißhungrig an ihrer Rosette zu lecken. Als sie die winzige Öffnung zart umspielte, war es ihr dunkler Eindringling, der sie leckte und mit der Zungenspitze in sie stieß, als wolle er zu ihrer lustvoll pochenden Klitoris durchdringen.

«O ja, o ja, o ja», flüsterte sie. Das Wasser lief ihr in den Mund, als sie sich an der Duschwand entlang nach unten gleiten ließ, während ihre Finger unaufhörlich weiterspielten ...

Delia war später dran, als sie befürchtet hatte. Sie kam unpünktlich, hatte schlechte Laune und fühlte sich alles andere als gut an einem Tag, an dem sie eigentlich perfekt aussehen sollte.

Schon während sie den Wagen durch den morgendlichen Straßenverkehr lenkte, fühlte sie sich trotz der ausgiebigen Dusche wieder verschwitzt. Als Russell ihr die Nachwirkungen ihres heimlichen Stelldicheins unter der Dusche mit seinen beleidigenden Bemerkungen vermiest hatte, war ihre Wut auf ihn nur noch gewachsen. Sie würde sich der unschönen Aufgabe stellen müssen, ihn abzuservieren. Doch als Delia durch die Flure zu den Aufzügen des De Guile Towers ging, wurde dieses Problem zu einem weiteren auf einer Liste unangenehmer Dinge, die ihr bevorstanden. Zunächst nervte sie die Tatsache, dass sie dank Russells «Geburtstagsdinner» die gleiche Kleidung wie am Vortag anhatte. Delia, die größten Wert darauf legte, jeden Tag ein anderes Outfit zu tragen, war das noch nie passiert. Sie wünschte sich sehnlichst, sie hätte sich gestern Abend durchgesetzt und wäre wie geplant zu der Kunstausstellung gegangen. Wäre sie doch wenigstens nach dem Sex nach Hause gefahren!

An jedem anderen Tag hätte sie sich am späten Vormittag davongeschlichen, wäre nach Hause gefahren und hätte sich umgezogen. Doch heute war kein normaler Tag. Jackson K. de Guile, der oberste Chef, war gekommen, um die britische Filiale seines Konzerns zu besuchen. Der Boss der Bosse. De Guile wie in *De Guile International* und *De Guile Tower*. In diesem Moment saß er womöglich in seinem Penthouse-Büro und blätterte in ihrer Personalakte. Das Penthouse war der sagenumwobene Adlerhorst im obersten Stockwerk des imposanten Gebäudes, in dem Delia arbeitete. Ihr Büro lag zwar ein paar Stockwerke tiefer, doch sie konnte jeden Augenblick nach oben gerufen werden. Hinter vorgehaltener Hand sprach man von informellen Personalgesprächen, die auf einem Zufallsprinzip basierten, und bei ihrem Glück war es ziemlich wahrscheinlich, dass ausgerechnet sie, die Verwaltungsleiterin Delia Ferraro, zum Oberboss gerufen wurde, wenn sie das Kostüm vom Vortag trug, keine Strumpfhose anhatte und sich in ihrer Unterwäsche unwohl fühlte. Just nach ihrer Ankunft im Büro nahm sie dankbar einen Schluck aus der Kaffeetasse, die ihr ihre Sekretärin hingestellt hatte, und verschwand geradewegs auf der Damentoilette.

Sie betrachtete sich im Spiegel. Gemessen daran, wie sie sich fühlte, sah sie zugegebenermaßen gar nicht so schlecht aus.

Ihre Frisur und ihr Make-up waren so sorgfältig und stylish, wie es dieses verrückte Wetter erlaubte. Zum Glück hatte sie für ihre seltenen Übernachtungen bei Russell eine kleine Kosmetiktasche in seinem Bad deponiert. So hatte sie sich immerhin halbwegs vernünftig schminken und Parfum und Deo benutzen können. Und sie hatte Glück. Denn obwohl ihr kastanienbraunes Haar unverschämt dick und wellig war, besaß sie ein angeborenes

Geschick, es mit einer schicken Businessfrisur zu bändigen. Heute hatte sie sich für eine Nackenrolle entschieden. Mit einer gekonnten Drehung – ganz ohne Haarlack und Haarspray – straffte sie die widerspenstigen Locken nach hinten.

Mein Gott, warum war es nur so heiß? Delia zog eine kleine Dose Puder aus der Tasche und betupfte die kaum wahrnehmbaren glänzenden Partien auf Stirn, Kinn und über der Oberlippe. Bei diesem Wetter war es einfach unmöglich, frisch zu bleiben. Delia fühlte sich mitgenommen, fast schon animalisch, als verwandelte die unnatürliche Hitze sie in einen Zustand heißer Begierde. Ob es wohl Zufall war, dass ihr neues Bedürfnis nach Sex von diesen rekordverdächtigen Temperaturen begleitet wurde?

Als sie ihr erhitztes Gesicht im Spiegel betrachtete, wünschte sich Delia, sie könnte ein wenig mehr so sein wie Deana. Ihr Schwesterherz verzichtete in der Regel darauf, wie aus dem Ei gepellt herumzulaufen. Wenn es heiß war, zog sie sich einfach ein Strandkleidchen oder irgendeinen halbdurchsichtigen Rock über, den sie mit einem Mieder und einem winzigen Slip kombinierte. Wenn überhaupt! Auch wenn dieser Stil nicht nach Delias Geschmack war, musste sie zugeben, dass ihre nutzlose Zwillingsschwester, die allen Konventionen entsagte, am Ende immer göttlich aussah. Wie eine New-Age-Nymphe, die so entspannt und sinnlich war, wie man es sich nur vorstellen konnte. Und die immer, Betonung auf *immer*, Lust auf Sex hatte.

Sex! Verdammt! Nicht schon wieder! Delia strich mit den Fingerspitzen über den dunkelblauen Leinenstoff ihres Kostümrocks und fragte sich, was diese Hitzewelle mit ihren Hormonen anstellte. Heute war möglicherweise der bedeutendste Tag ihrer Karriere, und vielleicht stand ihr gleich eines der wichtigsten Jobgespräche überhaupt bevor, doch sie hatte nur erotische Phantasien im Kopf. Erotisch in Form eines imaginären dunklen Liebhabers, der ihrem Liebesleben mit Russell nicht nur neuen Schwung verlieh, sondern ihr vor allem zeigte, wie erbärmlich es eigentlich war.

Und da war dann noch eine ganz andere Sache. Erstaunlich für einen sexuell so desinteressierten Mann wie Russell, hatte er sie mit einem ziemlich schlüpfrigen Geburtstagsgeschenk überrascht, das sie heute Morgen in Ermangelung frischer Unterwäsche hatte anziehen müssen.

Es fühlte sich merkwürdig an, einen zitronenfarbenen Seidenbody anstelle der üblichen Baumwollunterwäsche von Marks & Spencer unter dem maßgeschneiderten Kostüm zu tragen. Das spitzengesäumte Hemdchen strich ihr erregend über die Nippel, aber viel schlimmer noch war der Druckknopfverschluss zwischen ihren Beinen, der sich langsam in ihre Furche grub. Mit jeder Bewegung schien er gegen ihre Schamlippen und die Klitoris zu reiben, und sie wollte sich lieber nicht vorstellen, in welchem Zustand der dünne Seidenstoff mittlerweile sein musste. Sie schwitzte und war schon wieder leicht erregt, dabei hatte sie in den letzten zwölf Stunden schon zwei Mal Sex gehabt … Sie wollte gerade in einer der Kabinen verschwinden, um ihre Unterwäsche wieder zurechtzurücken, als die Tür der Damentoilette aufgerissen wurde.

«Delia! Kommen Sie!», rief ihre Sekretärin Susie in heller Aufregung. «De Guiles persönlicher Assistent hat gerade angerufen. Sie sind die Nächste! Sie sollen für ein ‹informelles Gespräch› nach oben kommen!»

Während sie im Aufzug stand, schwirrten Delia eine Million Gedanken durch den Kopf, und die meisten davon waren Schuldzuweisungen an sie selbst.

Warum war sie nicht doch nach Hause gefahren, um sich umzuziehen? Irgendeine Ausrede wäre ihr doch sicherlich eingefallen. Was, in aller Welt, hatte sie davon abgehalten, die Ausstellung ihres Oberbosses *nicht* zu besuchen? Zu de Guiles unangenehmem Zufallskonzept gehörte nämlich auch, dass er bei denjenigen, die eine Einladung erhielten, nachfragte, wie ihnen seine Sammlung gefallen habe. Und sehr zu Delias Bedauern konnte nur Deana diese Frage beantworten!

Und am meisten wurmte sie, dass sie sich selbst nicht den Gefallen getan hatte, etwas mehr über den mysteriösen de Guile herauszufinden. Ihm gehörte das Unternehmen, für das sie tätig war, er zählte zu den wohlhabendsten Männern der Welt, und doch hatte sie keinen Schimmer, wie er aussah, geschweige denn, wie alt er war.

Während sie vor seinem Büro wartete, versuchte sie, ihn sich vorzustellen. Wie sah jemand aus, der so mächtig und unsagbar reich war? Wie Ross Perot oder einer dieser grauhaarigen Millionäre aus den klassischen Seifenopern? Doch das einzige Bild, das Delia in den Kopf kam, war ...

«Er lässt bitten, Miss Ferraro», murmelte de Guiles farbloser, aber effizienter Assistent.

Delias Herz begann schneller zu schlagen, Adrenalin rauschte durch ihre Adern. Das war albern! Er war auch nur ein Mann und wahrscheinlich ein ziemlich langweiliger alter Sack. Sie machte ihren Job gut. Wenn nicht sogar hervorragend. Was hatte sie also zu befürchten? Und selbst wenn er sie nach seiner dämlichen Ausstellung fragte, war es ja wohl kein Verbrechen, die Einladung an die eigene Schwester weiterzugeben, oder?

Sie betrat ein riesiges Büro. Von ihrer Position an der Tür aus schien es sich über die gesamte Längsseite des Gebäudes zu erstrecken, und die einzige Person, die hier arbeitete, saß weit von ihr entfernt an einem riesigen Schreibtisch und las. Der dunkelhaarige Mann schien in eine Akte vertieft, die aufgeschlagen vor ihm lag. Seine Augen waren hinter einer goldgeränderten Lesebrille verborgen, und seine Gestalt und Größe ließ sich hinter dem massiven, mit Leder bezogenen Holzschreibtisch nur erahnen. Dieser Mann hätte für Delia absolut fremd sein müssen ... doch es war der Mann, der sie geküsst, verwöhnt und sie in ihren Wachträumen der letzten lustbestimmten Wochen auf alle erdenkliche Arten besessen hatte.

Und als der «Prinz» sich elegant erhob und geschmeidig auf sie zuging, um ihr die Hand zum Gruß entgegenzustrecken, spürte Delia die gleiche, vertraute sexuelle Erregung.

Ein paar Sekunden lang konnte sie weder denken noch sprechen oder atmen, und später fragte sie sich oft, wie sie es überhaupt geschafft hatte, sich auf den Beinen zu halten.

Der Mann vor ihr war nicht *real*, doch er war da. Das hier war ihre trostlose, öde Stadt und nicht der geheime Garten ihrer Phantasien – trotzdem war *er* es, dessen Gesicht sie heute Morgen in jenem Moment gesehen hatte. Und wenn sie jetzt das Ungeheuerliche tun und auf die Knie gehen, seine maßgeschneiderte Anzughose öffnen und seinen Schwanz in den Mund nehmen würde, dann würde sie den gleichen Geschmack auf der Zunge haben, den sie bereits in ihrer Phantasie gekostet hatte.

Vor ihr stand das Klischee, der Prototyp, das Ideal eines großen, dunkelhaarigen, gutaussehenden Mannes. Es war der Mann, dessen Mund, Hände und Körper ihr sexuelles Empfinden vollkommen ausgeschöpft hatten, seit sie das erste Mal von ihm geträumt hatte.

«Delia Ferraro», sagte er sanft, und der Klang seiner Stimme war ihr nur allzu vertraut. «Wie geht es Ihnen? Sie wirken ein wenig überrascht.»

Delia schwirrte der Kopf. Es war verrückt. Er kannte sie nicht. Es waren *ihre* Träume, nicht seine! Wie konnte er wissen, welche Rolle er für sie spielte?

«Ich ... es tut mir leid», murmelte sie, und ihr wurde tatsächlich schwindelig. «Sie sind ... Ich hatte Sie mir ganz anders vorgestellt. Ich –»

Doch sie brachte nicht heraus, was sie sagen wollte. Denn in diesem Moment schienen große Wolken aus gedämpftem weißem Licht zwischen ihr und de Guile zu explodieren. Die Hitze war an diesem Morgen einfach tödlich, und selbst in diesem klimatisierten Raum schien sich plötzlich alles um Delia zu drehen. Sie würde jeden Moment ohnmächtig werden, das war ihr klar, doch gerade als der Teppichboden gefährlich zu schwanken begann, spürte sie, wie sie hochgehoben und leichtfüßig quer durch den Raum getragen wurde. Noch bevor ihr dämmerte, was geschehen war, wurde sie auf einem weichen Ledersofa abgelegt, das Teil eines Arrangements aus großzügigen, modernen Sofas und Sesseln war, die um einen gläsernen Kaffeetisch gruppiert standen. Von der Besprechungsecke aus hatte man durch ein Panoramafenster eine atemberaubende Sicht über die gesamte Stadt. Da sie jedoch nur verschwommen sah, bemerkte Delia sehr wenig davon. Einige Sekunden später wurde ihr ein Glas Wasser an die Lippen gehalten, und eine kräftige Hand stützte ihr den Kopf, damit sie trinken konnte.

Das Wasser war kühl und prickelte sanft, was ihre Sinne wieder zum Leben erweckte. Delia blinzelte aufgeregt und schaffte es, den Mann näher in Augenschein zu nehmen, der neben ihr saß und mit seinen Knien fast ihre nackten Beine berührte.

«Geht es wieder besser?» De Guiles samtige Stimme war genauso unglaublich wie sein Aussehen. Und genauso vertraut. Delia verspürte den manischen, fast unerträglichen Drang, ihn zu bitten, er möge das Wort «wunderschön» für sie aussprechen. Doch als sie langsam wieder zu sich kam, besann sie sich eines Besseren.

«Ja, vielen Dank. Mir geht es wieder gut», erwiderte sie so gelassen wie möglich. «Es tut mir leid, was eben passiert ist, Mr. de Guile. Es liegt an der Hitze ... ich kann mich einfach nicht daran gewöhnen.»

«Mr. de Guile?» Als er seine pechschwarzen Augenbrauen amüsiert nach oben zog, konnte sich Delia im Leben nicht vorstellen, was ihn dazu bewog. Das *war* doch sein Name!

«Sind wir heute ein wenig formell, Miss Ferraro?» Er lachte leise in sich hinein. Dann streckte er unversehens den Arm aus und nahm ihr das Glas aus der zitternden Hand. Nachdem er es abgestellt hatte, legte er ihre Hand in seine und begann, mit dem Daumen langsame, sinnliche Kreise auf der Innenfläche zu zeichnen. «So warm», flüsterte er. «Davon steht gar nichts in der Personalakte, Dee, stimmt's?» Er hob ihre Hand an seine Lippen, um einen Kuss an die Stelle zu setzen, die er zuletzt berührt hatte.

Als ihre Handfläche feucht wurde, spürte Delia die Feuchte auch an anderen Körperstellen. Zwischen den Schenkeln pulsierte ihr Geschlecht gegen den seidenen Spitzenbody. Und während Delias Verstand einen Augenblick lang aussetzte, entfachten ihre Hormone ein wahres Feuerwerk. Als de Guile seine Zunge bewegte, stöhnte Delia auf und wurde ohne Umschweife in ihre Phantasiewelt und zu ihrem Prinzen getragen. Sie lag auf einem Bett, den Rücken auf die Seidendecke gepresst, während ihr Prinz seinen Kopf zwischen ihre gespreizten Schenkel senkte. Diese Vorstellung war so real, dass Delia auf dem Sofa hin und her rutschte, ohne zu merken, dass sich ihr enger Rock nach oben schob und dabei ihre nackten Beine in voller Länge entblößte. Sie war bereit ...

«Mr. de Guile! Bitte!», rief sie und zog ihren Arm ruckartig weg. Er hatte begonnen, an ihrer Handfläche zu saugen, und dabei ein fast obszönes Lustgefühl in ihr ausgelöst. «Ich ... ich dachte, wir unterhalten uns über meine Arbeit ... über meine Leistung ...»

«Meine süße Dee», flüsterte er, «ich weiß alles über deine Leistung.» Er hielt inne, richtete sich auf und legte die goldgeränderte Brille auf dem Couchtisch ab.

Delia hatte große Mühe, nicht vor Erstaunen nach Luft zu schnappen.

In ihren Sexträumen hatte sie immer den Eindruck gehabt, dass ihr Prinz braune Augen besaß – so dunkel wie sein schwarzes Haar und sein schöner Teint. Jackson de Guile besaß beides: das geheimnisvolle, erotische Aussehen ihres Phantomliebhabers und den kupferfarbenen

Hautton. Doch jetzt bemerkte Delia, dass seine Augen das Bild vollkommen veränderten. Sie waren blau. Dunkelblau. Ein Blau, wie es nur der stürmische Indische Ozean besaß. Und sie strahlten unglaublich.

Außerdem hatten sie eine erstaunliche Form. Sie waren mandelförmig, der äußere Winkel neigte sich ein wenig nach oben. Sie wusste, dass sein zweiter Vorname Kazuto lautete, doch sie hatte nicht erwartet, dass seine japanische Herkunft so deutlich sichtbar sein würde.

Das alles hatte eine unglaubliche Wirkung auf sie. Erst stahl er sich in ihre Phantasien, und dann sah er anders aus als erwartet. Plötzlich überkam Delia ein Gefühl der Orientierungslosigkeit. Irgendwie war sie in ein fremdes Reich der sexuellen Sinnlichkeit abgedriftet, in dem alles, was ihr Halt gab, rasch zu zerfallen schien.

«Ist dir gar nicht aufgefallen, dass ich eine Brille trage?», wollte er wissen und blinzelte sie an, als wolle er damit das Leuchten seiner Augen unterstreichen. «Es ist eine Lesebrille. Ich habe nämlich gerade deine Personalakte studiert, Dee. Und zwar sehr gründlich.»

«Warum?», fragte sie und starrte ihn weiter an. Unaufhörlich fragte sie sich, weshalb er sie «Dee» nannte und duzte. Die Personalakten waren sehr umfangreich, doch sicher waren darin nicht die Spitznamen vermerkt. Delia stellte fest, dass hier etwas äußerst Merkwürdiges vor sich ging, doch da sie der fleischgewordenen Verkörperung ihrer Träume gegenübersaß, schaffte sie es nicht, die richtigen Fragen zu stellen.

Er war mehr als nur der Mann ihrer Träume. Und anders ... Er besaß die Attraktivität, die für eine sexuelle Phantasie unabdingbar war, doch hatte ihr Prinz tatsächlich diese feine weiße Narbe an der Schläfe besessen? Und war sein Haar so lang, dass er es zu einem Pferdeschwanz zurückbinden musste? Diese Abweichungen machten ihn allerdings nur noch attraktiver für Delia. In seinem italienischen Maßanzug wirkte er genauso erotisch auf sie wie in seiner ungezügelten Nacktheit. Als sie ihn beobachtete, warf er den Kopf zurück und lachte über ihre Frage. Sein bronzefarbener Hals beschrieb eine elegante Kurve von seinem weißen Hemdkragen hinauf, und Delia wäre fast in Tränen ausgebrochen, so sehr sehnte sie sich danach, ihn zu küssen.

«Warum?», wiederholte er, wobei er die Hand ausstreckte und ihr mit kühlen Fingern über die Wange fuhr. «Weil ich dich will, Dee. Du faszinierst mich. Du bist genau so, wie deine Personalakte es beschreibt, und doch bist du eine wundervolle Überraschung. Und es macht mir Spaß, mit zwei vollkommen verschiedenen Frauen zusammen zu sein.»

Als er die Fingerspitzen langsam über ihre Wange, das Kinn und keck tiefer gleiten ließ und die Kurve ihres Ausschnitts umzeichnete, ging in Delias Kopf der Alarm los. Eine Art hellblinkendes Signalfeuer.

Deana! Die Erotikausstellung! Gestern Abend! Natürlich! De Guile hatte seine eigene Ausstellung besucht ... und Deana getroffen.

Und jetzt berührte er *sie*, Delia, auf *diese* Weise. Sprach vertraut mit ihr. Unanständig. Was in aller Welt hatte Deana zu ihm *gesagt*? Was hatte sie *getan*?

Doch als Jackson Kazuto de Guile begann, das enggeschnittene Jackett seiner Verwaltungsleiterin aufzuknöpfen, lag die Antwort auf der Hand. Er zog sie aus, weil er das gestern Abend bereits getan hatte. Oder zumindest glaubte er das.

Widerstreitende Gefühle und Überlegungen schwirrten in Delias Kopf umher, während ihr Körper von seinen Empfindungen überrollt wurde. Die vernünftige, rationale Stimme in ihr forderte: «Sag es ihm jetzt! Erkläre es ihm, bevor er dich auszieht und es kein Zurück mehr gibt.»

Dann meldete sich eine andere, lautere Stimme zu Wort. Es war die Stimme ihrer Sinne und Träume. Die Stimme ihrer allesverzehrenden Lust.

Er gehört mir!, rief sie. Er gehört mir, Deana, und du hast ihn mir gestohlen! Miststück! Er gehört mir, und ich will ihn zurückhaben!

Was sie tat, war alles andere als vernünftig. Denn als de Guile mit flinken Fingern die Knöpfe öffnete, hob Delia die Hand, um ihm zu helfen.

Ihr gesunder Menschenverstand unternahm einen letzten Versuch. «Mr. de Guile, bitte», keuchte sie, als er die dunklen Aufschläge beiseiteschob und ihre spitzenbedeckten Brüste entblößte.

«Ich habe dir doch gesagt, dass ich ‹Jake› genannt werde», erwiderte er, und sein ozeanfarbener Blick ließ ihre flehenden, grauen Augen nicht mehr los. Er umfasste ihre Brüste und begann sie mit einer Schroffheit zu kneten, die ihr den Atem raubte. Doch das war genau das, was sie wollte. «Mein Gott, Dee, du bist wirklich hinreißend! Gestern Abend musste ich leider aufbrechen, doch ich wäre am liebsten geblieben. Als ich heute Morgen aufwachte, habe ich als Erstes an deinen Körper gedacht. Ich musste mich selbst befriedigen und habe daran gedacht, wie sich deine Brüste anfühlen und wie sie aussehen würden, wenn ich dich ausziehe. Denn du warst nicht da! Allein der Gedanke, wie es sich angefühlt hat, in deinen köstlichen Körper einzudringen. Wie feucht, heiß und bereit du warst. Es machte mich fast verrückt, dass ich nicht wusste, wie du schmeckst … Ich habe dich noch nicht einmal geküsst. Ist dir das aufgefallen, Dee?»

Er flüsterte dicht an ihre Wange geschmiegt, bevor er den Kopf hob und seinen Worten Taten folgen ließ.

Ohne nachzudenken, öffnete Delia die Lippen für diesen ersten, köstlichen Vorstoß in ihren Mund. Seine Zunge fühlte sich kühl und feucht an, als sie sich in ihrer heißen Mundhöhle wand, und sie erwiderte seinen Kuss sofort und ohne Zurückhaltung. Noch während sie in das zärtliche Duell ihrer Zungen versunken war, ließ Delia die Gedanken schweifen und stellte sich vor, wie seine Haut und sein Schwanz schmeckten, wie wohl die Beschaffenheit und der Geschmack seiner intimsten Körperstellen sein mochten. Dann bemerkte sie, dass er ihr Jackett mit beiden Händen am Revers umfasste, um es ihr ein Stück weit die Arme hinunter abzustreifen.

Gefesselt wie eine Sklavin, waren ihre Arme in der Jacke gefangen, und ihr Hals, ihre Schultern und ihr Busen gehörten ihm. Irgendwo in ihrer Phantasie stieß er mit der Zunge tiefer in ihren Mund und bezwang ihn, während er mit den Händen Besitz von ihren Brüsten ergriff. Zärtlich, fast zögerlich kniff er ihre Nippel und rollte sie hin und her. Ein köstliches Ziehen schoss in ihre Klitoris, und während er an ihren empfindsamen Brustwarzen zupfte, reagierte ihre Vulva mit einem heftigen Pochen. Ihre Spalte war so willig, dass sie fast ohne jede Berührung gekommen wäre.

Delia wollte seinen Namen ausrufen, ihn «Eure Lordschaft» und «mein Gebieter» nennen und ihm eine Million anderer Phantasietitel geben, doch seine Zunge bewegte sich noch immer in ihrem Mund. Sie schmiegte sich stärker an ihn und bot ihm ihre Brüste mutig dar.

Auf seine Reaktion musste sie nicht lange warten. Mit einer Geschicklichkeit, die von großer Erfahrung sprach, ließ er die Spaghettiträger ihres Spitzenoberteils von ihren Schultern gleiten und entblößte sie. Als Delia bewusst wurde, wie grotesk es war, was ihr da widerfuhr, schnappte sie nach Luft. Sie saßen vor einem frei einsehbaren Fenster am helllichten Tag, sein Büro war nicht abgesperrt, und jeden Moment konnte eine Sekretärin oder eine Schreibkraft hereinkommen ... und würde sie mit nackten Brüsten, vertieft in einen Kuss vorfinden.

«Aber, Mr. de Guile», murmelte sie an seinen Lippen. Ihre eigene Verwundbarkeit versetzte sie in Erregung. Während sie nackt bis zur Hüfte vor ihm saß und ihre Arme im festen Stoff ihres Jacketts gefangen waren, war er noch immer tadellos bekleidet.

«Mein Name ist Jake», sagte er und beugte sich nach unten, um eine ihrer angeschwollenen Brüste mit den Lippen zu berühren. «Jake», wiederholte er, als er die Brustwarze zwischen die makellos weißen Zähne nahm und sie zärtlich biss.

Unwillkürlich hob Delia die Hüften an und presste sich an ihn. Ihr Geschlecht erbebte in weichen, feuchten, verlangenden Schauern. Sie wollte, dass er sie dort berührte, mit den Fingern in sie eindrang. Wollte, dass er sie leckte ... seinen Schwanz in sie schob und ihr Innerstes erkundete ... sie wollte alles. Alles, was er zwischen ihren Beinen tun konnte, um ihre maßlose Gier zu stillen. Als Jake ihren steifen, äußerst empfindsamen Nippel sanft mit den Zähnen neckte, stöhnte Delia auf und wand sich unter ihm, sodass sie mit dem Po über das Ledersofa rutschte.

«Hab Geduld.» Sein Atem strich über ihre Brust. «Niemand wird uns stören. Und wir haben alle Zeit der Welt. Es gibt so vieles, was ich mit dir tun möchte.» Er widmete sich ihrer anderen Brustwarze, sog erst daran, dann hauchte er sie an und tippte an den zusammengezogenen Vorhof, um dann den Nippel mit schnellen Zungenschlägen zu stimulieren.

Er dosierte ihr Lustempfinden und maß ihren Genuss genau ab. Es war wie eine Probe aufs Exempel, um ihre Erregung zu steigern und sie in neue, bisher ungeahnte Höhen voranzutreiben. Bis jetzt war Delia beim Sex immer im Leerlauf gefahren und hatte die Erregung akzeptiert, wie sie gerade kam. Sie war noch nie so lüstern und sehnsüchtig gewesen wie jetzt. Nie hatte sie die Berührung eines Mannes so verzweifelt begehrt, dass sie glaubte, sterben zu müssen, wenn er sie nicht anfasste. Sie brauchte ihn, wie ein Junkie seine Droge brauchte ... Nie zuvor hatte das Feuer so in ihren Brüsten und ihrer Vulva gelodert, nie war sie aus ihrem tiefsten Inneren heraus so zermürbt gewesen, weil jedes sinnliche Fleckchen ihres Körpers danach verlangte, gleichzeitig verwöhnt, geleckt und liebkost zu werden – und das so heftig und wild wie möglich.

Mit langen, katzenähnlichen Zungenstrichen leckte de Guile ihre Brüste, hob schließlich den Kopf und griff nach ihren Händen.

«Halt sie fest, Dee», befahl er leise, als er ihre Hände zu ihren Brüsten führte. Für Delia war dies unbequem, da sie noch immer in ihren Jackettärmeln gefangen war, doch sie gehorchte ihm. Ihr geschwollenes Fleisch fühlte sich warm in ihren Handflächen an, und sie spürte den dünnen Film, den seine Zunge hinterlassen hatte. Als sie ihren Busen mit den Händen umschloss, keuchte sie auf und stöhnte, und weiter unten hatte sie bereits die Kontrolle über ihren Körper verloren ...

Er hatte sie kommen lassen. Er hatte sie zum Höhepunkt gebracht. Dabei hatte sie nur ihre eigenen Brüste berührt und hatte ihr so einen wundervollen Orgasmus geschenkt. Delia glitt wie auf einer Welle zwischen ihrer Phantasie und der Hitze der realen Welt dahin, ergab sich der überschäumenden Brandung ihrer pulsierenden Erregung und spürte hilflos, wie ihr ein Aufschrei über die Lippen kam. Sie drückte ihre Nippel fest zusammen und schluchzte. Dann sah sie de Guile – der ganz plötzlich zu «Jake» für sie geworden war und der schelmisch lachte, als sie sich vor ihn wand.

«Ich wusste, dass du so sein würdest», stellte er fest, während er sich elegant vom Sofa gleiten ließ und zu ihren Füßen kniete. «Als ich dein Foto in der Personalakte sah. Deine Augen ... Ich wusste, dass es leicht werden würde, dich zum Orgasmus zu bringen. Dass du wunderschön aussehen und bei der geringsten Bewegung dahinschmelzen würdest. Als wir uns trafen, wusste ich, dass du dich für mich *gehenlassen* würdest.»

Delia – die sich weder bislang für irgendjemanden hatte gehenlassen noch in ihrem bisherigen Leben leicht zum Orgasmus gekommen war – verspürte den verzweifelten Drang, sich zwischen ihre Schenkel zu fassen. Ihre Möse zitterte und pulsierte wie ein zweites Herz. Alles in ihr schrie danach, berührt und gestreichelt zu werden. Und doch lag es in Jakes Macht, sie freizugeben, um sich selbst berühren zu können.

Wann hatte er die Kontrolle über sie erlangt? Sie konnte den genauen Augenblick nicht festmachen, doch plötzlich war er tatsächlich zu ihrem Gebieter geworden. Ihr Prinz war wirklich in diese Stadt gekommen und übte mit voller Macht seine Aufgabe aus, ihr Lust zu bereiten.

Delia lag zurückgelehnt auf dem Sofa, hatte die Augen geschlossen und hielt noch immer ihre Brüste umklammert, als sie spürte, wie er sein Gewicht ein wenig verlagerte und nach dem Saum ihres Rocks griff. Ohne auch nur eine Sekunde zu zögern, schob er ihr den enganliegenden Stoff, der leicht auf dem Satinunterrock dahinglitt, über die Hüften nach oben. Automatisch hob Delia den Po vom Sofa hoch, und innerhalb weniger Sekunden war sie von der Taille abwärts genauso nackt wie oberhalb, und ihre Kleidung hing ihr in einem wirren Knäuel um die Hüften.

Delia wagte es nicht, den Blick nach unten zu richten, denn ihr war bewusst, dass der dünne Seidenzwickel ihres Spitzenbodys sich verdreht hatte und zwischen ihren Schamlippen eingeklemmt war. Sie konnte einen warmen Luftzug auf ihrem zarten Flaumhügel und ihren entblößten Schenkeln spüren – und nur ein hauchdünner gelber Stoff schützte ihre Blöße vor dem berückenden Blick seiner dunkelblauen Augen.

«Wunderschön ...»

Einen Moment lang erzitterte Delia, aber nicht aus sexueller Begierde. Er hatte es gesagt. Er hatte das Traumwort gesagt. Blaue Augen hin oder her, er war direkt aus ihrer Phantasie zum Leben erwacht, und ihr halbnackter Körper verzehrte sich unendlich nach ihm.

Instinktiv begann Delia, mit den Hüften zu kreisen und sie wie eine orientalische Bauchtänzerin rotieren zu lassen. Es war das Unzüchtigste, das sie jemals getan hatte, doch sie konnte nicht anders.

«Wunderschön», wisperte er erneut und ließ die Finger zärtlich über die Innenseite ihrer Schenkel gleiten.

Delia erbebte, als er den in ihrer Spalte eingeklemmten Seidenbody ergriff und ihn rhythmisch auf der pulsierenden Perle ihrer Klitoris vor- und zurückbewegte. Das durchnässte Stückchen Stoff schmiegte sich außerordentlich gut an, und Delia spürte, wie sie von einer heißen Lustwelle erfasst wurde. Ihre Schenkel zuckten, als sie erneut kam. Kurz bevor es so weit war, war Jake ihr mit den Fingern zwischen die Schamlippen gefahren, um das dünne Stückchen Stoff daraus zu befreien. Sie hatte ein Ziehen gespürt, dann hatte er den Body geöffnet, sodass ihre feuchten Liebeslippen entblößt dalagen.

«Ah! O Gott!», stöhnte Delia, als er seinen Finger tief in ihre Vagina schob. Zwar war er durchaus zärtlich, doch trotzdem war er unverschämt und beging eine unfassbar köstliche Frechheit. Delias Säfte ergossen sich aus ihrer Liebeshöhle auf die schlanken Finger des fremden Mannes.

Mit dem Gesicht war er so nun nah bei ihr, dass sie seinen Atem auf ihrer feuchten Möse spüren konnte. «Entspann dich, Dee», flüsterte er, «lass mich ein.» Er ließ einen zweiten Finger in sie hineingleiten, und dieser, kombiniert mit dem ersten, löste in Delia einen Schwindel aus.

«O Jake, bitte!», schluchzte sie, und ihr wurde bewusst, dass sie ihn zum ersten Mal beim Vornamen genannt hatte. Ihr war nicht ganz klar, worum sie bettelte, doch während sie ihn anflehte, schien ihre Klitoris unter der ersehnten Berührung zu wachsen. Delia konnte sich nicht erinnern, dass sie jemals so groß und geschwollen gewesen war, und nun schien die Lustperle stumm darum zu betteln, befriedigt zu werden. Als Delia die Augen öffnen wollte, kämpfte sie mit ihren schweren Lidern, doch schließlich gelang es ihr, nach unten zu dem durchtrainierten Mann zu blicken, der zwischen ihren Schenkeln kniete.

Und der mit einer fast religiösen Konzentration auf ihr

Geschlecht fokussiert war. In einem Moment der Klarheit gelang es ihr trotz aller Ablenkung, ihn und sein perfekt gestyltes Haar zu bewundern.

Sie hatte noch nie zuvor einen Haarschopf gesehen, der so kräftig, glatt und gesund gewachsen war. Im ersten Augenblick dachte sie, er hätte Haargel benutzt, doch als sie unbeholfen die Hand ausstreckte, um ihn zu berühren, fühlte sie die Seidigkeit seines Haars, das so weich war wie das üppige, dichte Fell eines Tiers. Als er ihre Finger spürte, sah er kurz auf, und sein schmallippiges, katzenhaftes Lächeln bestätigte ihren Eindruck. Er *war* ein Tier. Ein wunderschönes, glänzendes Raubtier auf der Suche nach Beute, ein schlauer, gewiefter Frauenjäger, der sich zwischen ihren nackten Schenkeln sättigen würde.

Jetzt konnte sie die Augen nicht mehr schließen. Entzückt sah sie, wie er erneut lächelte, seine lange rosafarbene Zunge herausstreckte und den Kopf zwischen ihre Beine versenkte. Delia wimmerte auf, als ihre bebende Klitoris göttlich feucht und weich liebkost und ihr Kitzler durch zartes Stupsen zu einem weiteren Orgasmus gebracht wurde, bei dem ihr fast das Herz stehenblieb. Delias Wimmern verwandelte sich in leises Klagen, als er sie mit schnellen Zungenschlägen befriedigte und ihre köstliche Erregung steigerte, bis sie es fast nicht mehr aushielt. Sie öffnete die nackten Schenkel noch weiter und griff, so gut es ihre provisorische Fessel zuließ, in seine elegante Frisur, um sein Gesicht näher an ihr Geschlecht zu pressen.

Mit einem Mal wurde ihr alles zu viel, denn was sie da erlebte, übertraf alles, was sie bislang gekannt hatte. Noch immer tief von ihrem Orgasmus erschüttert, wurde sie von einer großen, weichen Schwärze umfangen, von süßer Vergessenheit, die ihr den Verstand raubte.

Kurz bevor sie ohnmächtig wurde, fühlte sie, wie ein geflüstertes «Dee» ihre noch immer heftig pochende Klitoris umhauchte …

Als Delia wieder zu sich kam, erinnerte sie sich an ihren Traum. Es war ein erotischer Traum voller Wollust gewesen, in dem ihr Prinz ihr auf nie erlebte Weise Lust verschafft hatte. Sie konnte sich genau an jede Berührung seiner Finger auf ihrer Haut und die Liebkosungen seines Mundes erinnern. Diese Sinneseindrücke hatten sich scharf und klar in ihr Gedächtnis eingegraben, doch gab es ein paar erotische Erinnerungsfetzen, an die sie sich nur vage erinnern konnte.

Seine Hand hatte ihren Fuß gestreichelt, bevor er ihn anhob, um ihre Schenkel so weit zu spreizen, dass sie den Blick auf ihr Geschlecht freigaben. Sie erinnerte sich, wie er ihren Fuß geküsst hatte und mit den Händen an den Schenkeln entlang nach oben gefahren war, um mit den Fingerspitzen ihre Schamlippen zu öffnen wie die Blüte einer Orchidee.

Danach hatte sie das Rascheln von Kleidung gehört, und kurz darauf meinte sie, einen unnachgiebigen, bohrenden Druck auf ihrer Vagina gespürt zu haben.

Begleitet von einem langen, sehr männlichen Stöhnen hatte sie seinen harten Schwanz in sich gefühlt.

Doch das war alles, woran sie sich erinnern konnte.

Delia setzte sich vorsichtig zwischen den Kissen auf und ließ die Finger an ihrem Rocksaum entlanggleiten. Sie legte die Stirn in Falten.

Dann überprüfte sie ihren Ausschnitt und die ordentlich geschlossenen Knöpfe ihres Jacketts und runzelte erneut die Stirn.

War es passiert oder nicht? Sie befand sich definitiv in Jackson de Guiles riesigem Büro, doch was in der letzten halben Stunde passiert war, konnte sie nicht mit Sicherheit sagen. Mit einem Blick auf den Schreibtisch am anderen Ende des Raums vergewisserte sie sich, dass wenigstens der Mann selbst keine Erscheinung gewesen war. Er sprach leise in sein Handy, und obwohl es so klang, als sei er in eine ziemlich wichtige Verhandlung vertieft, lächelte er *ihr* zu. Und während sie ihn weiterhin beobachtete, zwinkerte er schelmisch und warf ihr eine Kusshand zu.

Großer Gott, es war wirklich passiert. Zumindest einiges davon ... Doch sie war wieder vollständig bekleidet und ihr Spitzenbody sogar wieder zugeknöpft – wie sie bemerkte, als sie die Schenkel probehalber aneinanderrieb. Sie war tadellos angezogen, doch konnte sie sich überhaupt nicht erinnern, es selbst getan zu haben!

De Guile – oder Jake, wie sie ihn jetzt wohl besser nennen sollte – wirkte cool und gelassen. Wenn sie tatsächlich Sex miteinander gehabt hatten, so ließ er sich nichts davon anmerken. Er klappte sein schmales Handy zu, erhob sich und bewegte sich lautlos über den Teppich auf sie zu. Er sah so perfekt aus wie ein Model aus dem GQ-Magazin, nur zehnmal attraktiver.

Als er sich neben sie setzte, erfasste sie eine weibliche Urangst, die sie sachte zurückzucken ließ. Darüber musste er lächeln. Mit fast katzenhafter Schnelligkeit legte er seine schmale Hand an ihre errötete Wange.

«Du bist so aufregend, so süß, Dee», flüsterte er, als er sich nach vorn beugte, um ihre Lippen mit seinen zu berühren. Es war ein züchtiger Kuss, nur gehaucht, doch spürte sie kurz, wie sich seine Zunge zärtlich auf ihrer Haut bewegte. «Ich möchte den Tag mit dir verbringen. Dich stundenlang erregen. Mit deinem heißen, aufregenden Körper spielen ...», er ließ die Fingerspitzen von ihrer Wange zum Kinn und weiter tiefer zum Hals gleiten, «bis du mich anbettelst. Doch leider habe ich in zehn Minuten ein Meeting, an dem ich unbedingt teilnehmen muss, auch wenn ich immer noch erregt bin.» Er nahm ihre zitternde Hand und legte sie auf seinen harten Schwanz, der sich aus der Enge seiner Hose zu befreien versuchte. Delia fühlte durch den Stoff, wie heiß er war – eine große harte Rute, die pulsierte und pochte, während sie sie festhielt.

Als sie unbewusst begann, ihn zu streicheln, entfuhr

Jake ein kehliges Geräusch. War er mit seinem harten Schwanz in sie eingedrungen?, fragte sie sich verzweifelt und unsicher. Sie hatte davon geträumt, ja, doch es konnte genauso gut nur ein Traum gewesen sein.

Widerwillig schob er ihre Hand von sich und stand mit lässiger Eleganz auf. «Später, meine wundervolle Dee», sagte er, während er sich von ihr entfernte. «Ich muss jetzt gehen.»

Delia musste die Qual im Gesicht gestanden haben, denn Jake kam mit fast mitfühlender Miene zurück zu ihr, nahm die Hand, mit der sie ihn gestreichelt hatte, in seine und hauchte ihr einen Kuss auf die Fingerspitzen.

«Nimm dir den Rest des Tages frei. Geh nach Hause, entspanne dich, und ich hole dich heute Abend um acht Uhr ab.» Damit setzte er sich erneut in Bewegung und ließ sie ohne ein erkennbares Zeichen von Bedauern zurück. Sie hätten genauso gut gerade eine Unterhaltung über die Leistung ihrer Mitarbeiter beenden können – und genau das hatte Delia eigentlich erwartet, bevor er ihr Leben in seine Hände genommen und es komplett auf den Kopf gestellt hatte. «Zieh dir etwas Schickes an, Dee. Etwas, mit dem du die Blicke auf dich ziehst. Ich weiß schon genau, wohin ich dich ausführen werde.» Und damit war er ohne ein weiteres Abschiedswort gegangen. Delia blieb in dem riesigen, luftigen Raum zurück, ohne dass er sich noch einmal nach ihr umgedreht hätte.

Eine Weile blieb sie verdutzt auf dem warmen Ledersofa sitzen. Jakes Assistent würde sicher jeden Augenblick hereinkommen und sich fragen, was Delia noch hier machte, obwohl ihr Boss bereits gegangen war.

Doch die wichtigste Frage ließ ihr keine Ruhe. Hatte er oder hatte er nicht? Er hatte sie berührt, ihr Lust verschafft, sie geleckt ... Doch hatte er auch mit ihr *geschlafen*? Vergeblich versuchte sie sich zu erinnern.

Als sie sich schließlich erhob, erhielt sie die Antwort auf ihre Frage, denn noch während sie ihren Rock glatt strich, bemerkte sie jenes verräterische Fließen. Den leibhaftigen Beweis.

Während sie langsam zur Tür ging, um sich zurück in die neutrale Normalität des Büroalltags zu begeben, lief ein kleines Rinnsal aus ihrem Spitzenhöschen.

«Verflucht seist du, Jake! Verflucht!», flüsterte sie und verfluchte den Mann so inbrünstig, wie sie ihn bereits jetzt vermisste.

# 3 DAS ZWILLINGSSPIEL

«Deana! Wo zum Teufel steckst du? Ich weiß, dass du nicht zur Arbeit gegangen bist!»

Als sie die wütende Stimme ihrer Schwester hörte, ließ sich Deana tiefer in das lauwarme Badewasser sinken und tauchte mit dem Kopf unter, um der Stimme zu entgehen und dem, was unweigerlich folgen würde.

Doch als sie wieder auftauchte und ihr das nasse Haar im Gesicht und am Hals klebte, war die anklagende Stimme ihrer Schwester noch immer zu hören – und wurde lauter.

Sie weiß es!, dachte Deana, während sie aus dem Wasser stieg und sich ein Handtuch um den nackten Körper schlang. Irgendwie hat sie von Jake erfahren ... o Gott, ich hoffe nur, dass es niemand Wichtiges aus ihrem Büro ist!

Deana ließ sich aus mehreren Gründen Zeit mit dem Abtrocknen. Zunächst war es trotz der frühen Mittagsstunde bereits zu heiß, um sich unnötig zu hetzen. Außerdem würde sie auf diese Weise ein wenig mehr Zeit haben, um sich zu überlegen, was sie Delia sagen würde. Und schlussendlich erinnerte sie das Rubbeln des Handtuchs auf ihrer nackten Haut an Jake und daran, wie er sie berührt und genommen hatte. Und obwohl sein plötzliches Verschwinden sie wütend gemacht hatte, konnte Deana einfach nicht aufhören, immer wieder daran zu denken!

Sie hatte noch nie diese Art von Sex erlebt, und sie wollte mehr davon. Wenn irgendwie möglich, überlegte sie, während es zornig an die abgeschlossene Badezimmertür klopfte.

«Deana!»

«Ja?»

«Zieh dich an, und komm sofort raus!»

Draußen entfernten sich spitze Absätze wütend auf dem Parkettboden. Als Deana ihr Handtuch zu einem provisorischen Sarong umfunktioniert, die Tür geöffnet und den Kopf herausgesteckt hatte, war Delia – ihr empörter Racheengel – bereits verschwunden.

Als Deana zaghaft ins Wohnzimmer kam, erlebte sie eine Überraschung. Ihre Schwester, die nur selten Alkohol trank und tagsüber schon gar nicht – entkorkte gerade eine Flasche Weißwein. Auf dem Couchtisch standen zwei Weingläser – eines vor dem Sofa und eines vor dem Sessel –, und Deana wurde klar, dass das Krisengespräch gleich beginnen würde.

«Setz dich, Deana», befahl Delia ruhig, während sie den Wein einschenkte, doch Deana ließ sich nicht täuschen. Ihr Schwesterherz war wegen irgendetwas sehr verärgert – und je gelassener sie war, desto größer war ihre Wut.

Zum ersten Mal verfehlte der Wein seine entspannende Wirkung bei Deana. Als sie an dem billigen Gesöff nippte, musste sie an den Wein vom vorigen Abend denken. Den kühlen, samtigen Nektar, der sie für Jake bereit gemacht hatte.

«Wie war die Ausstellung?», fragte Delia unheilverkündend. «Ist irgendetwas Ungewöhnliches passiert?»

Einen Moment lang erwog Deana, sie anzulügen, doch sie merkte schnell, dass es zwecklos war. Sie und Delia gehörten zwar nicht zu jenen erstaunlichen Zwillingspaaren, die die Gedanken des anderen lesen konnten, doch sie standen sich auf jeden Fall nahe genug, um zu wissen, wann die andere log.

«Äh ... Ja, um ehrlich zu sein, war da etwas. Ein Mann. Ich habe diesen Mann getroffen.»

«Du hast einen Mann ‹getroffen›?» Delia brauchte nicht viele Worte, um ihrer Missbilligung Ausdruck zu verleihen. Und als sie ihrer Schwester ins Gesicht blickte, das ihrem so erstaunlich ähnlich war, wusste Deana, dass sie ihr alles beichten musste.

«Es ist ein bisschen mehr passiert ...» Nachdem sie tief Luft geholt und einen großen Schluck Wein genommen hatte, begann sie langsam und zögernd zu erzählen.

Während sie ihr von den unglaublichen Vorkommnissen in der Galerie berichtete, wagte sie es nicht, ihrer Schwester in die Augen zu sehen. Stattdessen blickte sie so eindringlich in ihr Weinglas, als handelte es sich um eine magische Kristallkugel, und während sie sich wiederholt nachschenkte, sah sie das dunkle Gesicht von Jake, wie das eines Samurai. Ihr unverschämt gutaussehender, gieriger Jake.

«Also», fuhr Delia fort, als Deana die Worte ausgingen. «Du hast dich also von diesem Mann vögeln lassen? Und du meinst, er hat ein leicht asiatisches Aussehen?»

«Ja», flüsterte Deana, die von der Ausdrucksweise ihrer Schwester geschockt war. Delia benutzte dieses Wort sonst nie.

«Tja, das ist schon ein ziemlicher Zufall, Deana ...» Delia schenkte sich Wein nach, trank und zögerte die Spannung weiter hinaus, indem sie innehielt, sich die Pumps abstreifte und das Jackett aufknöpfte.

Für einen Augenblick war Deana überrascht, dass ihre Schwester so extravagante Dessous trug. Doch das vergaß sie schnell wieder, als Delia ihre Diskussion mit entschlossener Beharrlichkeit fortsetzte.

«Also, das ist in der Tat sehr merkwürdig. Denn ich habe heute Morgen einen Mann kennengelernt, der ebenfalls asiatischer Abstammung ist. Einen gewissen Jackson Kazuto de Guile. Soll heißen *J. K.* de Guile. Oder ‹Jake›, wie er genannt werden möchte.» Delia stellte ihr Weinglas bedächtig auf dem Couchtisch ab. «Er ist mein Boss, Deana, und du hast keine zwanzig Minuten nach eurer ersten Begegnung dein Höschen für ihn fallen lassen. Was, in aller Welt, hast du dir nur dabei gedacht? Ich hatte dich gebeten, dich unauffällig zu verhalten!»

«Aber du hast auch gesagt, dass aus deiner Abteilung niemand da sein würde, also machte es überhaupt nichts aus, dass du mir deine Einladung überlassen hast!» Jetzt war auch Deana entrüstet. Wenn Delia weiter auf der Sache herumreiten würde, musste sie einsehen, dass auch sie mitschuldig war. Wenn sie nämlich so vernünftig gewesen wäre, die Ausstellung selbst zu besuchen, anstatt mit diesem Ekel Russell auszugehen, wäre es nie so weit gekommen.

Auf einmal wurde Deana mulmig, als sie begriff, dass Delia tatsächlich mit Jake auf der Empore gewesen wäre, wenn sie die Ausstellung besucht hätte! Ihre Was-wärewenn-Gedanken und die möglichen Folgen türmten sich in ihrem Kopf wie ein Kartenhaus auf, und schließlich kam sie zu der Erkenntnis, dass Delia Jake *mittlerweile* getroffen hatte.

«Was hat er gesagt? Hast du es ihm erzählt? Was hat er dazu gesagt, dass wir Zwillinge sind?», fragte Deana.

«Nicht viel. Nein. Nichts.»

«Was soll das, Delia? Was meinst du damit?» Das mulmige Gefühl beschlich sie erneut, und Deana nahm ein paar weitere Schlucke von dem Wein, um ihre Vorahnungen auszulöschen.

«Es ist genau so, wie ich sage.» Delias Stimme hörte sich merkwürdig an. Sie klang genauso verwirrt, wie Deana sich fühlte. «Er hat nicht besonders viel gesagt. Und weil ich nicht die Chance hatte, ihm zu sagen, dass wir Zwillinge sind, weiß er auch nichts davon.»

Da die Weinflasche mittlerweile leer war, zupfte Deana nervös an einer Ecke ihres Handtuchs herum. Und obwohl es immer noch heiß war, fröstelte sie.

«Also denkt er, er hätte gestern Abend mit *dir* geschlafen?»

«Ja.»

«*Delia* Ferraro?»

«Er nennt uns ‹Dee›.»

«Und hat er ... War er?»

Wie sollte sie es formulieren? Was sollte sie fragen? Gestern Nacht war ein Mann in ihr Leben getreten, der sie auf eine kaum zu beschreibende Weise verändert hatte. Er hatte ihr einen kurzen Moment lang ein Fenster zu einem völlig unbekannten Reich der Sinnlichkeit geöffnet und sie dann genauso schnell wieder geschlossen. Doch nun gab es eine neue Chance. Eine Chance, die durch die Hintertür kam, voller Komplikationen und Stolperfallen.

«Was hat er dazu gesagt, dass wir miteinander geschlafen haben?», platzte Deana schließlich heraus.

Delias Gesicht glich einem Gemälde. Ungeachtet der Situation, hätte Deana am liebsten einen Stift in die Hand genommen, um dieses subtile Spiel der Gefühle festzuhalten. Ihre Schwester war verwirrt, ja, doch ihre Miene war auch voller Aufregung, Wagemut und Erstaunen. Ihre Wut war zwar immer noch erkennbar, doch sie ebbte langsam ab und wurde von etwas abgelöst, das verdächtig nach Komplizenschaft aussah.

«Nun», sagte Delia schließlich, «er ist ein Mann der Tat, nicht wahr? Und weniger der Worte ...»

Deana spürte, wie ihre Gefühle in einen Strudel gerieten, der sich in ihrem Innern so gewaltig drehte und aufbäumte, dass sie keine Luft mehr bekam. «Dieser geile Bock!», rief sie. «Er hat es auch mit dir getrieben, nicht wahr?» Sie konnte nicht wirklich sagen, ob sie eifersüchtig oder voller

Bewunderung war. Und wenn es Bewunderung war, galt sie dem potenten, treulosen Schönling de Guile? Oder ihrer sonst so umsichtigen, disziplinierten Schwester, die endlich einmal etwas Unerhörtes getan hatte? Du meine Güte, es war erst kurz nach Mittag. Sie mussten es im Büro miteinander getrieben haben!

Mit einem Mal lagen sich die beiden Ferraro-Schwestern in den Armen und hielten einander schluchzend fest, nachdem sich die Anspannung zwischen ihnen auf unglaublich erleichternde Weise gelöst hatte. Sie bombardierten sich gegenseitig mit Fragen, beide noch immer etwas eifersüchtig, aber mehr noch vollkommen aufgeregt. Als Teenager hatten sie sich ihre Freunde geteilt und die Jungen gegeneinander ausgespielt, indem sie sich für die jeweils andere ausgaben und nichts davon erzählten. Sie trieben ihr geheimes Spielchen bis auf die Spitze, um zu sehen, wie lange sie den einfältigen Trotteln vormachen konnten, sie gingen bloß mit einem Mädchen aus ...

Doch zum ersten Mal in ihrem Erwachsenenleben hatten sie sich nun einen Mann geteilt – und es war das erste Mal *überhaupt*, dass er gleichzeitig mit beiden schlief. Deana empfand das als ein seltsames, aber erstaunlicherweise passendes Initiationsritual.

«Und was machen wir jetzt?», fragte sie, als sie sich wieder beruhigt hatten und Delia – das war zuvor noch nie passiert – ihr Jackett abgestreift und es sich mit zerknittertem Rock und halb entblößter Brust in ihrem extravaganten gelben Seidenbody auf dem Sofa bequem gemacht hatte.

«Das weiß ich auch nicht so genau», antwortete Delia, während sie geistesabwesend an einem der Spaghettiträger herumspielte, «aber wie unsere Entscheidung auch ausfallen mag, sie muss bis heute Abend getroffen werden.»

«Warum?

«Jake kommt um acht Uhr her, um ‹Dee› abzuholen.»

«Ach du Schande!»

«Du sagst es!»

«Du begehrst ihn ebenso sehr wie ich, oder?», fragte Deana leise, obwohl sie sich diese Frage eigentlich hätte sparen können. Ihre Zwillingsschwester neben ihr war eine brandneue Delia. Eine lebhafte, sinnliche Delia, die sich deutlich von der beherrschten, zielstrebigen Frau unterschied, die eine Beziehung mit dem grässlichen Russell führte.

«Ja ... am liebsten würde ich sagen: ‹Nimm ihn, und werde glücklich.› Aber das kann ich nicht, Deana, ich kann es einfach nicht!»

«Ich ebenso wenig, mein Liebes. Dann bleibt uns nur ein Ausweg ...»

«Oh, das haben wir nicht mehr gemacht, seit wir fünfzehn waren!»

«Aber das ist die einzige Möglichkeit. Hast du eine Münze?»

Während sie ihre Schwester dabei beobachtete, wie sie nach ihrer Handtasche griff, ihren Geldbeutel öffnete und ein Zehn-Pence-Stück hervorholte, erschauerte Deana. Sie gab ihr das Zeichen für «Kopf» und war sich gar nicht sicher, ob sie sich wünschte, dass die Münze zu ihren Gunsten entschied oder nicht.

Mit beneidenswerter Geschicklichkeit warf Delia die Münze hoch, fing sie wieder auf und präsentierte ihr die Oberseite. «Das Zwillingsspiel. Runde eins geht an Deana Ferraro», sagte sie halb neidisch, halb erleichtert, zuckte mit den Schultern und grinste. «Komm, wir sollten uns Gedanken machen, was du anziehst. Er wollte, dass es schick ist und du den Blick aller auf dich ziehst, Deana, und ich glaube nicht, dass sich in deinem Kleiderschrank etwas findet, das diesem Anspruch gerecht wird!»

«Unverschämtheit!», erwiderte Deana liebevoll, sprang auf und folgte ihrer Schwester, die vorausgegangen war. Stil war schließlich Geschmacksache. Doch in diesem Fall, und weil sie von einem gewissen Jackson Kazuto de Guile ausgeführt werden würde, hatte Delia wahrscheinlich recht ...

Um zehn Minuten vor acht war Deana in heller Aufregung, und auch wenn Delia ihr versichert hatte, dass sie sensationell aussähe, war sie sich selbst nicht so sicher.

Die Ferraro-Schwestern hatten aus dem Fundus ihrer beiden Kleider- und Kosmetikschränke ein Mischwesen namens «Dee» erschaffen. Eine Frau, die zugleich wild und sanft war und der es mit ein wenig Glück gelang, jeden Mann auf dieser Erde um den Finger zu wickeln. Selbst einen halbjapanischen Multimillionär mit einer Vorliebe für schnellen Sex.

In dem schmalen Antikspiegel, der im Flur ihres Apartments stand, betrachtete sich Deana als Vamp und spürte ihre Zuversicht wachsen.

Das Oberteil stammte aus ihrer Garderobe. Es war ein schillerndes, paillettenbesetztes Bustier, das Delia zunächst etwas skeptisch betrachtet hatte, bis Deana ihr gezeigt hatte, dass es von einem vertrauenswürdigen Designerlabel stammte. Es zog die Blicke auf sich und betonte stilvoll und sexy Deanas Brüste. De Guile würde den Körper darunter bewundern wollen, und er würde niemals erfahren, dass das glitzernde Oberteil nur fünfzehn Mäuse auf einem Samstagsflohmarkt gekostet hatte.

Weil sie wussten, wie sehr «ihr» Liebhaber auf Leder stand, hatten sich die beiden für einen gerade geschnittenen, schwarzen Rock entschieden, der aus samtweichem, glänzendem Leder gefertigt war. Er gehörte Delia, doch sie trug ihn nicht häufig. Sie mochte ihn zwar, aber es gab nur wenige Anlässe, zu denen er gepasst hätte. Trotzdem signalisierte seine vornehme Länge – er endete knapp über dem Knie – und der gerade, aber nicht auftragende Schnitt ein stilsicheres Understatement, das eher zu Delia passte als zu Deana. So war es auch Delia gewesen, die darauf bestanden hatte, dass Deana rauchgraue Strümpfe trug und fast ihren kompletten Schmuck ablegte. Mürrisch betrachtete Deana die einfachen Silberohrstecker und den dünnen Armreif – mehr hatte Delia ihr nicht zugestanden. Erst hatte sie sich beschwert, doch nun musste sie zugeben, dass ihre Schwester recht hatte. Auch was die Frisur anging. Sie hatte ihr das Haar zu einem sexy geformten Knoten aufgedreht und nur ein paar lockige Strähnen herausgezogen, die ihr dezent geschminktes Gesicht umspielten. Von Delia unbemerkt, hatte Deana allerdings in letzter Sekunde einen etwas dunkleren, pflaumenfarbenen Lippenstift aufgelegt und entgegen dem Plan ihrer Schwester auf die niedrigen Lederpumps verzichtet, und zwar zugunsten von schwarzen Stilettos mit Siebeneinhalb-Zentimeter-Absätzen – ein weiterer Zufallsfund vom Flohmarkt.

«Du siehst gut aus, Herzblatt», flüsterte sie sich zu, während sie den Sitz einer Haarsträhne korrigierte. «Wie lange allerdings, bleibt fraglich.»

Delia hatte gesagt, dass de Guile «Dee» ausführen würde, doch ihrer beider Erfahrung nach würde er sie gleich an Ort und Stelle vernaschen. Deana spürte, wie ihre Brüste unter dem schillernden Top prickelten, als sie sich vorstellte, wie seine langen Finger sie berührten, wie er sie streicheln und erforschen würde, um an Stellen vorzudringen, die er bislang noch nicht berührt hatte. Ihr Oberteil saß perfekt, doch für de Guile würde es kein großes Hindernis darstellen, wenn er ihre Brüste streicheln wollte. Und auch der Rock ließ sich, obwohl er nach unten enger wurde, durch den glatten Unterrock genauso einfach nach oben streifen. Eine schlanke Hand wie die, die sie in der Galerie verführt hatte, würde in kürzester Zeit ihre Schenkel hinaufgleiten, um ihre spärlich bedeckte Scham zu erkunden.

Aber, Deana, genau das willst du doch!

Und das stimmte natürlich. Als Deana die Haustür einen Spaltbreit öffnete und einen langen, dunklen Schatten die

Einfahrt heraufkommen sah, jagte ihr ein heißer Schauer über den Rücken.

Delia hätte die Tür sofort wieder geschlossen, doch Deana konnte es kaum erwarten und ließ ihrer Ungeduld freien Lauf. Mutig trat sie vor die Tür und winkte der Person in der Limousine zu, obwohl diese noch nicht zu erkennen war. Dabei fragte sie sich, ob ihre Schwester sie wohl beobachtete. Sie hielt sich in der Nachbarwohnung versteckt und spähte vielleicht aus dem Fenster.

Als die sexy schwarzglänzende Limousine langsam vor ihr zum Stehen kam, öffnete sich die Fahrertür schwungvoll, und ein Mann – allerdings nicht de Guile – stieg aus.

Deana zögerte, doch als der Chauffeur, ein großer, ernst dreinblickender, blonder Mann, der von Kopf bis Fuß in Schwarz gehüllt war, um den Wagen herumlief und ihr schweigend die Tür zum Rücksitz öffnete, trat sie einen Schritt vor.

Allein der Chauffeur machte sie nervös, allerdings nicht halb so sehr wie die Gestalt, die sich entspannt auf der großzügigen Rückbank zurückgelehnt hatte.

«Dee, wie wunderschön du aussiehst», sagte Jake, als sie neben ihn auf den Sitz glitt. «Und wie erfrischend, dass du mich nicht warten lässt. Das zeugt von einer wirklich sinnlichen Frau, meine Liebe. Bereitwilligkeit. Das weiß ich durchaus zu schätzen.»

Bereitwilligkeit. Deana fragte sich, ob ihm bewusst war, wie recht er mit seinen Worten hatte, doch dann erinnerte sie sich, welchen deutlichen Einblick in ihre Sexualität sie ihm in der Galerie gewährt hatte. Natürlich wusste er, wie heiß sie und wie bereit sie für ihn war! Welche Frau wäre das nicht für einen Mann wie Jackson de Guile? Seine Attraktivität überwältigte sie fast, als er ihre heiße Hand mit seiner kühlen umschloss, um sie mit seinen samtweichen Lippen zu berühren.

Zieh dir etwas Schickes an. Delias Worte hallten ihr im Gedächtnis wider. Und sie hatte sich besonders hübsch gemacht. Doch diesem unglaublich attraktiven Mann neben sich würde sie niemals das Wasser reichen können.

Wieder trug er eine Lederhose, allerdings eine andere als am Vorabend. Diese hatte eine unauffällige, kaum wahrnehmbare Struktur, und die Hose war enger geschnitten. Als wolle er diese maskuline Ausstrahlung etwas abschwächen, trug Jake dazu ein weißes, unglaublich weiches Seidenhemd. Die Ärmel hatten einen fließenden Schnitt, das Hemd besaß einen Stehkragen, den Jake offen trug. Im Kontrast zu der weißen Seide wirkte sein Gesicht wie aus Bernstein, und Deana spürte, wie ihr Begehren wuchs. Als die Tür des Wagens hinter ihr geschlossen wurde, hatte sie nur noch den Wunsch, sich ihm nackt und bereitwillig auf dem breiten Ledersitz hinzugeben. Mit ihrer feuchten Grotte, die nur darauf wartete, diesen männlichen Gott in sich aufzunehmen.

Und wie es schien, konnte Jake ihr ansehen, was sie fühlte.

«Wir haben uns doch erst heute Morgen gesehen, hm?», flüsterte er. Der Blick seiner Augen traf sie wie blaue Laserstrahlen im Halbdunkel der luxuriös ausgestatteten Limousine. Erneut küsste er ihr die Hand, dann drehte er sie langsam herum, ohne den Griff zu lockern, und begann, ihr in langen und bedächtigen Bewegungen über die Handinnenfläche zu lecken.

Panisch dachte Deana daran, welche Stellen diese Lippen heute Morgen mit dem Mund berührt hatten, was er mit ihrer Schwester gemacht hatte ... Als sie sich den Liebesakt der beiden vorstellte, spürte sie ein Echo des Erlebten in sich. Sie fühlte, wie ihre Möse zu pulsieren begann, als erbebe sie im Nachhall, und ihr Liebessaft zwischen den Schenkeln in ihren seidenen Slip floss. O bitte, flehte die Lust in ihr. Tu es noch einmal! Tu es jetzt! Tu es mit *mir*!

Kraftlos sah sie zu, wie er ihre Hand auf den Sitz neben sich legte, als sei sie ein lebloses Objekt. Ihr blieb nichts anderes, als zu warten und ihn zu begehren. Die Limousine fuhr jetzt die Hauptstraße entlang, doch sie hätte genauso gut zum Mond fliegen können – Deanas Interesse an der Welt, die draußen an ihnen vorbeizog, war gleich null.

«Ja, du bist bereit», bemerkte Jake amüsiert. Er betrachtete ihre Brüste, die sich unter dem schillernden Oberteil bebend hoben und senkten, und ihre leicht geöffneten Schenkel. Deana spürte, wie er abwog und sie betrachtete, als sei sie eine Delikatesse. Als überlege er, welche Stelle er zuerst von ihr kosten wolle. Als er näher an sie heranrückte, berührten sich ihre Lippen fast, doch dann legte er ihr einen Finger auf die weich geschminkten Lippen, betupfte mit der Fingerspitze das glänzende Rot und betrachtete den Abdruck auf dem Finger.

«Zu schön, um es zu ruinieren.» Und so presste er ihr seinen Mund auf den Hals und begann, mit der Zunge von ihr zu kosten. Mit einer Hand umfasste er ihren paillettenbedeckten Busen, während er ihr mit den Lippen gelassen über den Hals strich. Er liebkoste ihre zarte Haut und kniff gleichzeitig in den harten Nippel ihrer Brust. Der sanfte, süße Schmerz, der Deana durch den Busen fuhr, ließ sie erbeben und aufstöhnen.

Deana konnte nicht mehr stillhalten und warf einen hektischen Blick zu dem blonden Fahrer, der nur durch eine Glasscheibe von ihnen getrennt war. Als könne er ihre Gedanken lesen, schob sich Jake vor ihr furchtvolles Gesicht und bannte ihren Blick.

«Der Fond ist schalldicht, Dee. Aber keine Sorge, Fargo hat in vielen Jahren schon weitaus mehr als Küsse erlebt...» Erneut zwirbelte er ihre Brustwarze mit den Fingerspitzen, und Deana wand sich lustvoll. «Ja, das würde dir gefallen, nicht wahr, meine Süße?» Seine Stimme hatte einen nachdenklichen Unterton. «Am liebsten möchte ich dich vor vielen Menschen erregen. Sehen, wie du deine nackten Hüften kreisen lässt und vielen Augen Lust bereitest, nicht nur meinen. Wie deine Muschi feucht und pulsierend wartet. Wie ich dich mit den Händen befriedige, während uns andere beobachten und vor Begierde geifern ...»

«Nein! Das ist schrecklich!» Gelogen!

Doch er durchschaute sie ...

«Das ist es nicht, und du weißt es», girrte er, während er ihre Brustwarzen nun mit beiden Händen zärtlich in einem unerträglich langsamen Rhythmus stimulierte. «Du bist in der Galerie herumspaziert und hast dir meine Bilder angesehen ... und dabei hast du dich stärker zur Schau gestellt, als sie es je könnten. Warum sonst hättest du ein so durchsichtiges Kleid und fast nichts darunter tragen sollen?»

Sie widersprach ihm mit einem vielsagenden Räuspern und bohrte die Fingernägel tief in den Ledersitz, als er ihr unvermittelt das Oberteil bis zur Taille herabstreifte.

«Und heute Morgen warst du so schick», sprach er nonchalant weiter, während er ihren unbedeckten Oberkörper sehr sanft berührte und ihr mit beiden Zeigefingern über die Brustwarzen fuhr, als wolle er sichergehen, dass sie steif blieben. «Dieses hübsche Kostüm an einem Körper, den so sehr nach Sex dürstet. Für so etwas gibt es Worte, Dee.» Einen Augenblick lang betrachtete er ihre Knospen, dann ließ er die Hände zu ihrem Rocksaum sinken und begann, ihn nach oben zu schieben. Unaufhaltsam. «Du bist scharf, mein Schätzchen. Du bist unanständig. Leicht zu haben. Du bist geil. Wie viele Frauen würden es einem Mann erlauben, sie zwischen den Beinen zu berühren, nachdem sie ihn eben erst kennengelernt haben? Du bist eine Nutte, Dee. Eine wundervolle, kleine Nutte, nicht wahr?»

Sie schüttelte den Kopf, doch der Rand ihrer Nylons und die Strumpfhalter waren bereits zu sehen. Oberhalb des breiten Saums schimmerte die weiche, sahnige Haut ihrer Schenkel. Nur einen Millimeter vor ihrem Schoß hielt er inne. Doch als Deana erleichtert aufseufzte, fuhr er ihr mit der Hand in die Spalte zwischen den Schenkeln und rieb ihre Vulva unsanft durch den hauchdünnen Stoff ihres Höschens.

«Nein», wimmerte Delia, als er ihre Klitoris durch den feinen Stoff streichelte. Heute Abend wollte sie stärker sein, die Kontrolle nicht so schnell verlieren. Sie hatte Delia versprochen, es zu versuchen.

«Lass uns das mal ausziehen», sagte er plötzlich mit fast schon sachlicher Stimme. Er schob ihr den Rock vollständig nach oben, bis er ihm aus dem Weg war, und hakte die Daumen unter den elastischen Bund ihres fast durchsichtigen Seidenslips, in glänzendem Pfirsich, das zu ihren Strumpfhaltern passte. Doch in diesem Moment schien es nur zu stören.

Auf fast wollüstige Weise gab sie seinem Wunsch nach, hob die Hüften an und half ihm, ihr zitterndes Geschlecht zu entblößen. Es war die Künstlerin in ihr, die es schaffte, relativ emotionslos an sich herabzublicken. Wegen der Hitze hatte sie eigentlich keine Lust gehabt, Strümpfe zu tragen, doch mit den pastellfarbenen Strumpfhaltern bildeten sie den perfekten Rahmen für die weiche, honigsüße Wölbung ihres Liebeshügels ab.

Pervers, wie er war, zog er ihr das Seidenhöschen nur bis zu den Fußknöcheln hinunter – und ließ sie damit weitaus schamloser erscheinen, als wenn er es ihr ganz ausgezogen hätte. Mit den Fingerspitzen spreizte er ihr die Knie. Seine Berührungen waren zärtlich und respektvoll, als fürchte er die spitzen Enden ihrer Stilettos.

«Das gefällt mir schon besser», stellte er fest, während er eine Hand unter sie gleiten ließ und ihren Po an den Rand der Rückbank schob.

Es war, als würde sie zur Schau gestellt. Deana errötete vor Wut, und ihr wurde heiß. Sie schloss die Augen und ließ die Beine, die noch an den Fußknöcheln gefangen waren, einfach auseinanderfallen. Die kühle, frische Luft fühlte sich köstlich an. Ein kleiner, unanständiger Luftstrom kam von irgendwo her aus einem Ventilator und umspielte ihre geschwollene, feuchte Vulva. Das pralle Fleisch schien zu pulsieren und zu pochen, als sei es gerade erst liebkost worden, und zu ihrem Entsetzen spürte Deana, wie Jake dieses Phänomen intensiv beobachtete.

«Ja ... o ja», gurrte er, und ohne ihre Klitoris zu berühren, die sich nach der Berührung seiner Finger verzehrte, schob er ihr mit den Daumen die Schamlippen auseinander.

Deana hatte sich in ihrem gesamten Leben nie nackter gefühlt, nicht einmal auf der Empore der Galerie, als er sie nach vorne beugte, um sie von hinten zu entblößen. Sie ballte die Hände und bäumte sich auf, um ihn an sich zu ziehen, doch er schob sie sanft zurück und legte ihre Hände entschlossen auf den Ledersitz, als seien sie dort angekettet.

«Wir werden uns in ein Privathaus begeben. Es wird eine Dreiviertelstunde dauern», erklärte er, nunmehr ruhig und präzise. «Ich möchte, dass du so bleibst, bis wir angekommen sind, Dee. Offen für mich ... Stell dir vor, es sei ein Test, den du bestehen musst.»

Noch vor sechsunddreißig Stunden hätte Deana protestiert, sich gewehrt und ihm Fragen gestellt. Doch die verzauberte Deana von jetzt blieb absolut reglos sitzen, hielt die Augen geschlossen, und es kam ihr kein Wort über die geschminkten Lippen. Nur einmal stöhnte sie auf, als ihr Begleiter einen Finger in den feuchten, brennenden Schlund zwischen ihren Beinen stieß. Doch dann schwieg sie wieder – selbst während eines entfernt spürbaren Orgasmus, der ihr Schauer über den Körper jagte – und lauschte Jakes erotischen Ausführungen.

Er sprach davon, wie sie es auf der Empore der Galerie miteinander getrieben hatten und was ihm dabei besondere Lust verschafft hatte. Er sprach davon, was er mit ihrem Körper zu tun gedachte und was er sich im Gegenzug von ihr wünschte. Und mit erschreckender Genauigkeit beschrieb er, was er vor sich sah, jedes winzige Detail ihres Körpers – wie sie aussah, wie sie roch und wie sie schmeckte. Kurz zog er den Finger aus ihr heraus, um sie zu kosten, und schob ihn frisch befeuchtet zurück in ihren heißen Schoß.

Deana kam mehrere Male. Ein- oder zweimal kam es ihr nur durch seine Stimme, ein weiteres Mal, als er den Finger wieder in sie hineinschob, und noch einmal, als er seinen Daumen ohne Vorwarnung flach auf ihren Kitzler drückte. Deana hielt die Augen geschlossen und hätte sie auch nicht öffnen können. Doch nachdem sie eine Weile gefahren waren und ihr siebter Sinn ihr signalisierte, dass sie ihr Ziel bald erreicht haben würden, merkte sie, wie er von irgendwo her ein Taschentuch nahm und ihr sanft das Gesicht abtupfte, um die Reste ihres Make-ups zu retten, die nicht von ihren heißen Lusttränen zerstört worden waren. Währenddessen war sein Gesicht nur ein paar Zentimeter von ihrem entfernt, und der berauschende Geruch seines Körpers und das vertraute Eau de Cologne mit dem Duft wilder Blumen ließ sie erneut kommen.

Als die Limousine langsam stoppte, wollte sie sich bewegen – obwohl er sie noch immer festhielt.

«Nein! Nicht bewegen!» Er klang streng. Eiskalt.

Deana spürte, wie ihr Herz wie verrückt klopfte, als der Türgriff der edlen Karosse betätigt wurde und ein stickiger Schwall Stadtluft über ihre entblößte Vulva strich. Sie versuchte, sich wegzudrehen, um ihr schamrotes Gesicht zu verbergen. Noch immer kniff sie die Augen fest zu, als könnten die anderen sie dadurch ebenfalls nicht sehen. Doch Jake schien es darauf abgesehen zu haben, sie vollkommen bloßzustellen. Mit der freien Hand drehte er ihren Kopf bedächtig zur Tür und befahl ihr mit sanfter Stimme: «Öffne die Augen, Dee.»

Als sie ihm gehorchte, begann er, sie heftig, fast brutal zu reiben. Deana versagten die Tränen. Sie starrte in das unbewegte Gesicht des Chauffeurs und entdeckte nicht den Hauch eines Zuckens in seinen verschlossenen Zügen. Nicht einmal dann regte sich etwas in seinem Gesicht, als sie einen heftigen Orgasmus bekam, der ihr fast den Unterleib zerriss, und sie vor Lust laut aufstöhnte, während sie die Hüften wild aufbäumte.

Sie war ein Spektakel. Eine Show. Ein hilfloses, weibliches Geschöpf, dem zur Belustigung des Herrn eingeheizt wurde – vor den Augen des Personals. Deana fühlte sich auf eine Art und Weise beschämt wie nie zuvor in ihrem Leben, und doch kam sie mit großer Lust, die vielleicht deswegen so groß war, *weil* sie bloßgestellt wurde.

«Das wäre dann alles, Fargo», hörte sie die bestürzend gelassene Stimme des Mannes sagen, der sie misshandelt hatte. Der Chauffeur wand sich wie geheißen von Deana ab und überließ deren feuchte, erregte Vulva der heißen, schweren Stadtluft.

«Komm mit, Dee», bat Jake sanft, als Deana vor ihm zurückschreckte. Sie hatte Angst, dass jeden Augenblick ein Fremder vorbeikäme, einen Blick in den Wagen warf und ihre entblößte, gerötete Scham, die noch immer ein wenig pochte, ungehindert betrachten konnte.

Deana fühlte sich wie betäubt, wie eine Gefangene in einem merkwürdigen halbpornographischen Tagtraum, als sie sich vorbeugte, um sich das Höschen wieder anzuziehen.

«Nein, lieber nicht», sagte Jake und griff rasch nach unten, um ihr den Seidenslip abzustreifen. «Ich mag es lieber, wenn du nichts darunter trägst.»

Einen schrecklichen Augenblick lang nahm Deana an, er würde sie fast vollkommen nackt aus dem Wagen aussteigen lassen, doch er hatte keine Einwände, als sie sich den schmalen Lederrock nach unten streifte, ihr Oberteil wieder hochzog und nach ihrer Handtasche griff. Schließlich kletterte sie aus dem Wagen, als sei der Teufel hinter ihr her. Deana wagte keinen Blick zurück auf den Fahrersitz, wo Fargo saß, doch als sie noch einmal in den Wagen zurückschaute, sah sie, wie Jake ihr Höschen einfach mitten auf die Rückbank fallen ließ. Einen Moment lang schien er es zu betrachten, dann grinste er boshaft und trat mit jener mühelosen Eleganz zu ihr auf den Gehsteig, die ihr bereits vertraut war.

Noch immer lächelnd hakte er sie unter und führte sie zu einer vornehmen Stadtvilla, wie sie typisch für den Londoner Stadtteil Mayfair war.

Das Haus wirkte mysteriös und abweisend, da an der Tür kein Schild zu sehen war. Lediglich in der Mitte der dunkel gestrichenen Tür prangte in glänzendem Messing die Nummer siebzehn.

# 4 SIEBZEHN

Jake blickte Deana geradewegs in die Augen, als er klingelte, dann sagte er «De Guile» in das Mikrophon der unauffälligen Gegensprechanlage. Seine Augen wirkten dunkel und geheimnisvoll im sanften Licht des frühen Abends, und sein direkter Blick versetzte Deana einen Stoß. Sie spürte das nackte Fleisch zwischen ihren Schenkeln und die Feuchte ihrer Vulva so deutlich, dass es auch Jake bemerkt haben musste. Mit seinen erotischen, elektrisierenden Augen sah er durch ihre Kleidung hindurch und betrachtete das, was er gerade erst entblößt und woran er sich ergötzt hatte. Und er erfreute sich an dem, was er mit ihrem Körper getan hatte. Deana merkte, wie erleichtert sie war, dass ihr Rock aus festem Leder war, denn jedes leichtere Kleidungsstück wäre von ihren Körpersäften durchtränkt, sobald sie sich hinsetzen würde.

Lautlos wurde die Tür geöffnet, und ein Mann in einem Smoking ließ sie eintreten. Er grüßte Jake mit stummer Unterwürfigkeit, während er Deana keines Blickes würdigte, als habe er genauso wie der schweigsame Fargo beobachtet, was im Auto vor sich gegangen war. Jake führte sie mit ausgesuchter Höflichkeit und Aufmerksamkeit hinein, doch offensichtlich war sie für den Hausdiener – oder was auch immer er war – nur das Sexspielzeug ihres Herrn.

Das Haus war ein elegantes Domizil, von dem man nicht sagen konnte, ob es sich um ein Privathaus, eine Art Club oder sogar ein erstklassiges Bordell handelte. Ohne zu wissen, weshalb, hatte Deana das Gefühl, es wäre alles zugleich. Doch als sie in einen großen und schwach beleuchteten Raum geführt wurden, erschien es ihr am wahrscheinlichsten, dass es am ehesten ein Club war.

An einem Ende des Raums befand sich eine leicht erhöhte, improvisierte Bühne aus poliertem Holz. Ein paar mit weißen Tischtüchern bedeckte Tische, an denen Grüppchen von Gästen saßen und in gedämpftem, erwartungsvollen Ton miteinander lachten und sich unterhielten, standen im Halbdunkel davor. Einige Leute drehten sich nach Jake und ihr um, als sie vorbeigingen, und einen schrecklichen Moment lang fragte Deana sich, ob *sie* hier auftreten würde!

Doch sie wurden an einen der Tische geführt, und nachdem Deana sich erleichtert auf ihren Stuhl hatte fallen lassen, entspannte sie sich und sah sich voller Erstaunen um.

Das *Siebzehn* war kein normales Haus und ganz bestimmt auch kein normaler Club. Jake und sie waren von allen Gästen hier am konservativsten gekleidet, und wenn sie keinen Lederrock und Highheels getragen hätte, wäre Deana sich noch mehr wie eine Außerirdische vorgekommen.

Eine elegant geschminkte Dame am Nebentisch war von Kopf bis Fuß in hautenges Leder gekleidet, und während Deana sie beobachtete, zog die Frau den Reißverschluss ihres Korsetts auf, entblößte eine große schokoladenfarbene Brust mit einem kirschroten Nippel und bot sie dem Mann, der neben ihr saß, zum Kosten dar. Seine Begeisterung war fast ekstatisch, was daran lag, dass es ihm unmöglich war, sie zu berühren. Seine Hände lagen in merkwürdiger Haltung auf der Tischdecke und waren mit schweren Stahlhandschellen gefesselt. Soweit Deana es beurteilen konnte, war das alles, was er trug.

Erstaunt wandte sie sich ab und blickte über ihren Tisch hinweg zum Nachbartisch an Jakes Seite.

Sein einziger Gast – ein ausgesprochen gutaussehender Herr mit grauem Haar, der einen Smoking trug – schien auf den ersten Blick gerade einen Herzinfarkt zu haben. Deana war kurz davor, Jake zu alarmieren, als sie abrupt innehielt und nach Luft schnappte.

Denn plötzlich wurde ihr bewusst, dass das Stöhnen und Zucken des Mannes einen anderen Grund hatte. Aufgewühlt lauschte sie seinem Keuchen und sah zu, wie er den Kopf nach hinten warf, die Hände in die weiße Serviette vor sich krallte und fast sein Champagnerglas umgestoßen hätte.

Schließlich blieb er einen Augenblick lang absolut still sitzen und starrte selig lächelnd vor sich hin, bis eine schlanke junge Frau mit glattem, dunklem Haar unter dem Tischtuch hervorkam und sich ohne Aufhebens neben ihn setzte. Sie war zwar nicht so unbekleidet wie der Lustspender an Deanas Nachbartisch, doch ihr Aufzug war erotischer, als es ein nackter Körper jemals hätte sein können. Enge, schwarze Lederriemen umspannten ihren Körper wie ein maßgeschneiderter Käfig. Ihre nackten Brüste waren auf besondere Weise eingeschnürt: Sie quollen hervor, als seien sie durch ein Paar Stahlringe gepresst worden, die für ihre Größe zu klein waren. Ihr grauhaariger Begleiter erwachte langsam aus seiner postkoitalen Trance, hob die Hand und kniff in einen ihrer Nippel. Das Mädchen ächzte lustvoll.

«Was ist das hier für ein Etablissement?», zischte Deana, nachdem sie ihren Schock überwunden hatte.

«Das ist das ‹Siebzehn›, Dee», flüsterte Jake, während er ihr liebevoll die Hand tätschelte und sein Hemdsärmel ihr wie ein eiskaltes Feuer über den Arm strich. «Doch jetzt sei still, ja? Die Vorstellung beginnt in Kürze.»

Deana gehorchte. Sie war zu sehr außer sich, um mit ihm zu diskutieren. Großer Gott, wir sind in einem Irrenhaus, dachte sie, als eine Frau in einem französischen Dienstmädchenkostüm ihnen eine Flasche Champagner mit Gläsern an den Tisch brachte. Was für eine Vorstellung würde ein Publikum wie dieses erwarten?

Nach wenigen Sekunden wurde das Licht stärker abgedunkelt, und ein paar Scheinwerfer, die bislang nicht zu sehen gewesen waren, schwenkten zur Bühne. Jake und Deana saßen sehr nah am Zentrum des Geschehens – was auch immer sich dort gleich abspielen würde –, und erst jetzt wurde Deana bewusst, dass man ihnen den besten Tisch des Hauses gegeben hatte. Jake drückte ihr ein Glas Champagner in die Hand, und nachdem sie einen dankbaren Schluck daraus genommen hatte, wusste sie, dass auch in diesem Fall die Wahl auf einen besonders edlen Tropfen gefallen war.

Er fühlt sich hier wie zu Hause, dachte sie, als eine sanfte, leicht asiatische Musik zu spielen begann. Das hier ist ein Fetisch-Club, und er ist der Ehrengast. Auf was in aller Welt habe ich mich da nur eingelassen?

Haben *wir* uns eingelassen, korrigierte sie sich, als sie an das geheime Zwillingsspiel dachte. Sie fragte sich, was ihre ach so vernünftige Schwester Delia von dem *Siebzehn* und seinen Gästen halten würde. Deana zuckte zusammen, als sie ihre unbedeckte Vagina wie die Lippen eines Mundes anschwellen und aufklaffen spürte, und rutschte unruhig auf dem – Überraschung! – mit weichem Leder bezogenen Stuhl hin und her. Denn anders als Jake fühlte sie sich hier nicht wie zu Hause. Allerdings stand außer Zweifel, dass dieser Ort sie in Erregung versetzte.

Ohne Vorankündigung erschienen plötzlich zwei Gestalten im grellweißen Scheinwerferlicht. Es waren zwei Männer. Der eine war klein und hatte lange blonde Haare. Der andere war ein schwarzer Hüne mit einem beinahe grotesk muskelbepackten Körper. Beide waren kunstvoll geschminkt, sehr viel stärker als Deana selbst, vollkommen unbekleidet, und ihre enthaarten Körper glänzten.

Als die Musik anschwoll, begannen die Männer, sich im Rhythmus zu bewegen, sie umschlangen sich gegenseitig mit Armen und Beinen und wogten in einem sinnlichen Tanz. Mit den Händen strichen sie über die Körper des anderen, während sie miteinander tanzten, sich aneinanderrieben und sich liebkosten. Nach wenigen Sekunden hatten beide eine Erektion. Nach einem unauffälligen Zeichen stellten sie sich gegenüber, stemmten die Hände in die Hüften, beugten die Knie und begannen ein Duell mit ihren steifen, glänzenden Schwänzen. Zuerst war der Blonde dran, dann der Schwarze. Jeder von beiden berührte mit der Eichel den Bauch und den Penis des anderen …

Deana fand ihren Kampf auf schmerzliche Weise betörend. Ihr Körper schien wie ein Echo auf die Begierde der beiden zu reagieren, und sie wusste genau, was sie sehen wollte. Doch wie in einem tatsächlichen Liebesduell neckten sie sich erst und spielten miteinander. Und es schien, als probierten sie sich mit ihren Ständern auf intime Weise aneinander aus.

Wie reagieren die anderen Zuschauer darauf?, fragte sich Deana. Ihre Vulva, der Jake im Auto bereits kräftig zugesetzt hatte, brodelte nun erregt, und sie hielt es vor Lust kaum aus. Deana war heiß. So zu sitzen, fühlte sich unangenehm an, und daher öffnete sie heimlich die Schenkel, während die beiden Männer im Liebeskampf zuckend die Hüften kreisen ließen. Der Drang, die Hand unter die Tischdecke gleiten zu lassen, überwältigte Deana, und ihr war klar, dass sie nicht die Einzige in diesem Raum war, die sich selbst befriedigen würde. Wahrscheinlich gehörte sie eher zur Minderheit, wenn sie es *nicht* tat. Doch die Situation war noch zu ungewohnt für sie, als dass sie ihrem Wunsch hätte nachgeben können. Ohne nachzudenken, riss sie den Blick von den sich windenden Körpern auf der Bühne los und drehte sich im Dunkeln Jake zu.

Ihr lüsterner Gefährte blickte ihr entspannt lächelnd in die Augen. Als sich ihre Blicke trafen, leckte er sich langsam mit der Zunge über die Lippen und fuhr mit einer Hand unter die Tischdecke. Als er sein Ziel gefunden hatte, stieß er sie gleichzeitig sanft an ... wie um ihr ein Zeichen zu geben.

Was ist mit dir los?, fragte sie – allerdings schweigend, denn sie wagte nicht, zu sprechen. Vor ihren Augen wurde eine homosexuelle Phantasie ausgelebt, und Jake fand sie erregend. Und diese Tatsache schien wiederum *ihre* Erregung zu steigern. Offenbar hatte er seinen Schwanz berührt, und Deana hätte bei dem Gedanken daran beinahe laut aufgestöhnt. Sie dachte an den einen Moment, als sie seinen Penis gesehen hatte – nach ihrem Liebesspiel in dieser verflixten Galerie. Und sie überlegte, wie er, während er anschwoll und sich aus der Enge seiner Lederhose zu befreien versuchte, jetzt wohl aussah und sich anfühlen mochte. Als Jake kurz nach Luft schnappte, fragte Deana sich, ob er seine Hose geöffnet hatte, um seiner Lust Erleichterung zu verschaffen ... Doch dann zog ein lauteres und deutlich präsenteres Keuchen ihre Aufmerksamkeit zurück zur Bühne. Zurück zu dem, was sich im Scheinwerferlicht zwischen den beiden eingeölten Männern abspielte.

Sie hatten eine andere Stellung eingenommen: Der Blonde hatte sich von hinten über seinen Partner gebeugt. Es war anders, als Deana erwartet hatte. Sie war davon ausgegangen, dass der Größere von beiden die dominante Rolle im letzten, unvermeidlichen Akt spielen würde. Doch nun war es der kleinere, blonde Mann. Er bohrte die Zähne in die glänzende Schulter seines Partners, die wie aus Ebenholz gemacht schien, und stieß mit dem harten, steifen Schwanz in die Spalte seines dunklen Hinterns. Sie waren kurz davor, fast trieben sie es miteinander, und das brachte das Publikum erneut zum Keuchen. Und einige beließen es nicht dabei, nur tief Luft zu holen, als der Schwarze sich nach vorn beugte, die Beine weit grätschte und mit vollkommen ruhiger Miene seine Pobacken auseinanderzog, um seinem Partner Einlass zu gewähren. Der blonde Mann stieß daraufhin mit seinem Schwanz wie mit einem Dolch vor und hinein in das ersehnte Ziel.

Als der Schwarze laut und voller Lust zu stöhnen begann und sein Hinterteil im Takt des anderen bewegte, musste auch Deana ihrem sexuellen Trieb nachgeben. Errötet und verschwitzt bemerkte sie, dass Jake sie eindringlich beobachtete. Doch das änderte nichts … Im Schutz des Tischtuchs schob Deana sich den Rock weiter nach oben und öffnete die Beine breit.

«Ja!», hörte sie ihn leise neben sich sagen, während um sie herum die Leute den Akteuren auf der Bühne zujubelten. «Tu es, Dee», lockte er. «Schieb dir den Rock nach oben, und berühre dich. Ich möchte sehen, wie du kommst … jetzt!»

«Ich kann nicht», protestierte sie. Denn wenn sie den Rock weit genug nach oben schob, um masturbieren zu können, wären ihre von Strümpfen bedeckten Schenkel und der nackte Po durch die offene Rückenlehne ihres Stuhls für alle sichtbar.

«Enttäusch mich nicht, Dee.» Zwar flüsterte er seine Drohung nur, doch Deana hatte sie deutlich verstanden. Also glitt sie mit dem Po auf dem Stuhl nach vorn und zog sich den Lederrock ungeschickt nach oben. Dabei lief ihr ein Schauer über den Körper, denn ihr war bewusst, was sie nun für jeden sichtbar präsentierte. Nur die Tatsache, dass um sie herum ähnliche Dinge geschahen, beruhigte sie ein wenig.

Ihre Vulva war nass, als Deana sie berührte, ihre Liebeslippen waren aufs Äußerste angeschwollen, und ihre bebende Klitoris war hervorgetreten. Die winzige Perle war an diesem Abend bereits zu stark erregt worden, und als Deana sie berührte, verspürte sie einen süßlich brennenden Schmerz. Es war ein unangenehmes Gefühl, doch sie hörte nicht auf, ihren Kitzler zu reiben und zu stimulieren. Ihr Liebessaft ergoss sich stärker als jemals zuvor aus ihrer Grotte, und Deana gab einen leisen Schrei von sich, als der Orgasmus sie wie eine Welle ergriff und förmlich wegspülte.

Die Befriedigung kam unerwartet und plötzlich. Sie schien Deana tief in sich hineinzuziehen, weitab von ihrer schummrig beleuchteten Umgebung. Wie aus weiter Ferne fragte sich Deana, wie sie eine derartig intime, fast religiöse Erfahrung mitten in einer Gruppe vollkommen fremder Menschen machen konnte. Wie man etwas so Intimes so offen zeigen konnte – und damit meinte sie sich genauso selbst wie die beiden Männer auf der Bühne.

Obwohl sie sich bereits wund anfühlte, begann sie erneut, sich zu streicheln, während sie die Vorstellung weiterverfolgte. Der blonde Mann war kurz davor, zu kommen, denn er hatte sich mit angespanntem Po auf die Zehen gestellt, um noch tiefer in seinen Partner einzudringen. Deana wartete förmlich darauf, dass er nach vorn fasste, um den anderen zu befriedigen, doch er tat es nicht. Stattdessen hatte er die Hände in die Hüften gestemmt und befriedigte seine eigene Wollust, ohne sich um die Erektion seines Partners zu kümmern. Dessen Schwanz erzitterte zunächst, buckelte dann wie ein gestrandeter Fisch, und schließlich schoss weißer Samen aus der Eichel. Deana hatte noch nie etwas Derartiges gesehen. Er spritzte lange, klebrige Fäden von Samenflüssigkeit, die auf der Bühne landeten. Sie konnte sogar hören, wie die Tropfen auf den polierten Hartholzboden platschten.

Als der letzte Spritzer in hohem Bogen aus seinem Schwanz geschossen war und beide Männer ekstatisch kollabierten, gingen die Scheinwerfer und die Raumbeleuchtung aus. In der absoluten, samtenen Dunkelheit konnte Deana den Sex fast schmecken, der in der Luft lag. Sie fühlte, wie sich die Lust auf vielerlei merkwürdige und geheime Weise zitternd um sie herum entlud.

Sie befand sich in einer Art Schwebezustand, doch als sich ihre Augen langsam an die Dunkelheit gewöhnten, bemerkte sie, wie sich alles um sie herum bewegte. Sie hörte gedämpftes Seufzen und Stöhnen. Erst dachte sie, Jake würde sie gleich berühren, doch als er es nicht tat, fuhr sie fort, sich selbst zu befriedigen – überwältigt von der warmen, betörenden Dunkelheit.

Die Empfindlichkeit ihrer Klitoris ließ sie aufschluchzen, doch ihr Bedürfnis zu masturbieren war so stark wie zu atmen. Deana spürte, wie ihr Verstand zurückkehrte und ihre Lust in einer steilen Kurve nach oben anstieg. Während sie ihren schwitzenden Körper befriedigte, konnte sie ganz in ihrer Nähe Jake spüren, der ebenfalls Hand an sich gelegt hatte. Sie stellte sich vor, wie er seinen Schwanz aus der Enge seiner Lederhose befreit hatte, um ihn bis zum lustversprechenden Höhepunkt zu treiben. Sie erinnerte sich an die Szene in der Galerie, und vor ihrem inneren Auge sah sie nun *Jake*, wie er *sie* von hinten so penetrierte, wie es der blonde Peiniger mit seinem dunkelhäutigen Opfer getan hatte. Und auf bizarre Weise schien sie sich auch an das Erlebnis ihrer Schwester zu «erinnern». Daran, wie sie von ihm geleckt und berührt worden war. Und an die quälende Frage, ob er seinen Schwanz wirklich in sie hineingestoßen hatte.

Dann dachte Deana wieder daran, wie er sie berührt und in der Limousine bloßgestellt hatte. Sie wimmerte bei dem Gedanken, wie ungeheuerlich beschämend das für sie gewesen war. Und wie sehr die Scham ihren Orgasmus gesteigert hatte. Sie rieb mit dem Finger heftig über ihre wunde Klitoris, und als sie schließlich zu einem ausgiebigen Höhepunkt kam und ihre Säfte sich aus ihr ergossen, wurde das Licht wieder eingeschaltet. Deana konnte ihre Umgebung vor lauter Lust zunächst nur undeutlich wahrnehmen, doch eines blieb nicht unbemerkt ... ihr «Liebhaber» wurde gerade von einer anderen Frau geküsst!

Ihre Umarmung versetzte Deana in eine Art Schockzustand, doch viel schockierender war das Gefühl, das sie überkam. Jakes langer, gebogener Hals, als er sich in seinem Stuhl nach hinten lehnte, um von oben geküsst zu werden, war auf seine Weise genauso erotisch wie alles, was auf der Bühne geschehen war. Ihr Verstand sagte Deana, dass sie eifersüchtig sein sollte, doch stattdessen verspürte sie nur einen Kitzel. Die Frau, die Jake küsste, sah atemberaubend gut aus, eine elegante Erscheinung mit einem hellen Teint. Sie trug eine Bluse zu ihrer samtschwarzen Latexhose, und ihr leuchtend rotes Haar, das sie zu einem dicken Zopf geflochten hatte, war Jake über die Schulter auf die bebende Brust gefallen, wo es wie eine glänzende Blutspur lag.

Lieber Himmel, sie vergeht sich ja fast an ihm!, dachte Deana, die ihre Lust gegen ihren Willen erneut erwachen spürte – angeheizt allein durch die pure animalische Dominanz, mit der Jake von dieser Frau geküsst wurde. Die Frau besaß eine absolute, wenn auch nur zeitweise Kontrolle über ihn, und ihre langen, mit unzähligen Diamantringen geschmückten weißen Finger bildeten einen Rahmen für sein dunkles, kantiges Gesicht. Ihre freche, rosafarbene Zunge war deutlich zu sehen, als sie sie tief in seinen Mund bohrte.

Nach geraumer Zeit ließen beide voneinander ab, und die Frau richtete sich auf wie eine Blume, die sich der Sonne entgegenstreckte. Deana bemerkte, dass ihre von Natur aus mit einem makellos tiefen Rot gesegneten Lippen feucht waren. Kein Kuss könnte ihren Lippenstift ruinieren, denn diese fremde, wundervolle Frau benötigte schlichtweg keinen.

«Guten Abend, Vida», sagte Jake nonchalant, während

er sich in seinem Stuhl umdrehte, um den Neuzugang an ihrem Tisch mit lässiger Eleganz zu begrüßen.

«Auch dir einen guten Abend, Kazuto, mein japanisches Juwel», erwiderte Vida spöttisch und streckte die Hand aus, um seine hohen Wangenknochen zu berühren. «Ich habe mich schon gefragt, wie lange ich wohl auf dich warten muss.»

«Geschäfte, meine Liebe», gab er zurück, wobei er nach ihrem Handgelenk griff, um es auf die Innenseite zu küssen. «Einige von uns müssen sich abrackern, um ihren Lebensunterhalt zu verdienen. Wir können schließlich nicht alle wie die kreative Elite leben.»

Sie war seine Geliebte gewesen!, dachte Deana, deren Instinkt sich zurückmeldete. Sie fühlte sich ausgeschlossen. Was, wenn sie *noch immer* seine Geliebte war? Was bin ich dann für ihn?

Doch als sich die mysteriöse Vida zu ihr drehte, fühlte Deana sich, als bade sie im warmen Schein ihrer Aufmerksamkeit. Die rothaarige Frau lächelte sie aus der Tiefe ihrer Augen und mit ihrem weichen, karmesinroten Mund an, und nachdem sie Jake spielerisch in die Wange gekniffen hatte, ließ sie von ihm ab und richtete ihr ganzes Augenmerk auf Deana.

«Hallo, ich bin Vida Mistry. Wer sind Sie denn?» Ihre Augen waren so grün wie Smaragde, und ihr Blick bohrte sich in Deanas Scham, was sie daran erinnerte, wo sich ihre Hand noch immer befand. Der Name kam ihr bekannt vor. Diese Frau war Schriftstellerin, und zwar eine ziemlich bekannte. Deana besaß sogar einige ihrer Bücher!

«Hände weg, Mistry!», befahl Jake amüsiert. «Dee ist heute Abend mein Schützling. Geh selbst auf die Jagd!»

Etwas verkrampft hatte Deana es geschafft, den Rock zumindest teilweise über Po und Schenkel nach unten zu ziehen. Doch ihre Bewegungen waren plump und unelegant, und das schien Vida, die sie beobachtet hatte, köstlich zu amüsieren.

«Ach ja, Dee», sagte sie zuckersüß, während sie sich einen Stuhl heranzog und sich setzte, «das macht er manchmal auch mit mir.»

Noch bevor Deana etwas erwidern oder sich rühren konnte, hatte Vida ihre Hand ergriffen und küsste ihr den Geschmack ihres Liebessafts von den Fingern.

«Delikat», flüsterte sie mit funkelnden grünen Augen. «Warum vergessen Sie diesen Versager nicht einfach und begleiten mich nach Hause?» Sie machte eine zärtliche und zugleich wegwerfende Geste in Jakes Richtung, den Deanas schamrot gefleckten Wangen ebenso belustigten wie die in Latex gekleidete Schriftstellerin.

«Heute nicht, Mistry», sagte er, und plötzlich erhob er sich leichtfüßig. «Es wird langsam spät, und ich habe Dee noch nicht genommen.» Er ließ seine schlanke Hand wie beiläufig zu seinem lederbedeckten und unübersehbar erigierten Schwanz gleiten.

Deana wäre vor Scham am liebsten gestorben. Sie erzitterte und fühlte sich hilflos, als Jake sich mit der Präzision eines Magiers nach ihr streckte, um ihr auf die Füße zu helfen, und ihr dabei den Rock mit einer formvollendeten und kaum wahrnehmbaren Bewegung glatt strich. Er und die bizarre Vida behandelten sie wie ein Objekt, wie etwas, das man besaß – und Deana musste zugeben, dass sie dieses Gefühl wider Willen großartig fand. Es war vollkommen verrückt, doch als er nebenbei erwähnte, dass er sie noch nicht «genommen» hatte, war in Deana plötzlich das leidenschaftliche Verlangen nach *ihm* aufgekommen. Ihre nackte Möse prickelte, als der Rock über den Unterrock nach unten glitt. Auf einmal verspürte sie den unergründlichen Drang, sich für beide auf den Tisch zu werfen. Sie wollte, dass Jake mit ihr spielte und sie nahm. Und sie wollte, dass Vida ihm dabei zusah.

«Komm, meine Liebe», flüsterte Jake Deana ins Ohr, während sie ihren Gedanken nachhing. «Wir haben nicht mehr viel Zeit, und ich glaube, ich halte es nicht länger aus, nicht in dir zu sein.» Er glitt an ihre Seite und presste seinen Unterleib unauffällig gegen ihren. Die beachtliche Ausbuchtung in seiner Lederhose war kein optischer Trick gewesen. Sein Schwanz war hart wie Stein. So hart wie in der Galerie oder, falls das überhaupt möglich war, sogar noch härter.

«Auf Wiedersehen», sagte Vida Mistry heiter, als sich die beiden entfernten. «Wir werden uns schon bald wiedertreffen.» Es lag ein Funkeln in ihren Augen, das selbst im Halbdunkel des Raums zu sehen war. Ein blitzendes, helles Glitzern, das zugleich aufregend und angsteinflößend war. Deana spürte, wie sie zwischen den Beinen wundervoll empfänglich wurde, obwohl ihr das bei einer Frau eigentlich nicht passierte. Deshalb war sie fast erleichtert, als Jake ihr eine Hand auf den lederbedeckten Po legte, um sie hinauszudirigieren. Als er sich umdrehte, um Vida noch ein Zeichen zu geben, wagte sie es nicht, seinem Blick zu folgen.

Als sie das Haus verließen, bog Jakes Limousine vor ihnen um die Ecke, obwohl Deana nicht mitbekommen hatte, dass er dem Fahrer Bescheid gegeben hatte. Konnte Fargo am Ende Gedanken lesen? Oder war Jake ein Telepath? O Gott, bei *diesem* Gedanken wurde ihr wirklich angst und bange!

«Was hältst du von Mistry?», wollte Jake wissen, nachdem sie auf den Rücksitz geschlüpft waren und der Wagen losfuhr. Er hatte anscheinend tatsächlich telepathische Fähigkeiten. Er hatte nicht nur Deanas verwirrte Gedanken über die exzentrische Autorin erraten, die Art, mit der er nun die Hände über ihre Schenkel nach oben gleiten ließ, verriet, dass er auch ihr Verlangen erraten hatte. Ihr neu entflammtes Verlangen nach *ihm*.

Diesmal behandelte er ihre Strümpfe weitaus weniger behutsam. Deana fühlte Laufmaschen an ihren Beinen entlangkriechen und das Nylon zerreißen, als er sie an sich zog.

Der enge Lederrock wurde erneut nach oben geschoben.

«Ich ... ich finde, sie ist sehr ... äh ... beeindruckend», stotterte sie, ohne einen vernünftigen Satz zustande zu bringen, denn Jake spreizte ihr ungestüm die Beine und fuhr mit der Hand durch die Löckchen ihres Schamhaars.

«Sie will dich, so viel ist klar!», erwiderte er, als er ihre Klitoris mit dem Finger berührte, wie es vielleicht auch Vida getan hätte.

«Nein!»

Es war ein Jammern, ein Laut der Verweigerung, doch wem oder was sie sich verweigerte, wusste Deana nicht genau. Dem Schmerz in ihrer vor Lust wunden Klitoris? Dem unglaublich guten Gefühl, dass sie trotz dieses Schmerzes überkam? Der Tatsache, dass eine dominante Lesbierin sie begehrte und sie dieses Begehren erwiderte?

«Ja, meine hübsche Dee.» Aus Jakes Stimme war ein Lachen zu hören, doch sie bemerkte auch seine Begierde. Er spielte mit ihren Liebeslippen, indem er zärtlich an ihnen zog und sie rieb. Immer wieder durchzuckte Deana ein schwacher Schmerz, doch dieser Schmerz war es auch, der ihren Liebessaft heftiger in Wallung brachte.

«Ich möchte sehen, wie du es mit einer Frau treibst», sagte Jake fast geistesabwesend, während er die wunde, weiche Stelle zwischen ihren Beinen rieb, streichelte und liebkoste.

«Ich frage mich, was du tun würdest», wisperte er. «Wie du vorgehen würdest ... O Gott, ich halte es nicht mehr aus!»

Mit einem Mal setzte er sich ruckartig und ohne die ihm sonst eigene Eleganz auf und öffnete rasch seine Hose. «Wir werden wohl schon wieder eine schnelle Nummer schieben müssen, meine Liebe. Die Pflicht ruft. Ich fliege heute noch nach Zürich, doch bevor ich gehen muss, möchte ich in dir kommen.» Er grinste über das kleine Wortspiel und kniff die Augen sinnlich zusammen, als er mit den

Händen nach unten fuhr. Ohne hinzusehen, klappte er die Gürtelschnalle auf, öffnete den schmalen Reißverschluss und holte seinen Schwanz hervor. Dieser war erwartungsvoll aufgerichtet wie ein Turm. Wie ein mächtiger roter Turm zwischen zwei Reihen gefährlich spitzer, glänzender Zähne. Deana wusste nicht, ob er Unterwäsche trug, doch Jake schien sich keine Sorgen zu machen, dass sein bestes Stück verletzt werden könnte. Im Gegenteil: Als er begann, sich zu reiben, kam es Deana fast vor, als hätte er Spaß an der Gefahr. Vielleicht hatte das Verletzungsrisiko des Reißverschlusses seinen Schwanz sogar heftiger anschwellen lassen als jemals zuvor.

«Setz dich auf mich», verlangte er und ließ von sich ab, um ihr den Rock ganz nach oben zu schieben. Dann legte er die Hände um ihre Hüften und half ihr in die richtige Position.

Endlich! Endlich! Endlich!, schrie es in ihr, als sie sich ihm mit wiegenden Bewegungen öffnete. Deana schloss die Augen, als sie seinen riesigen Schwanz in sich eintauchen fühlte. Sie hatte das Gefühl, dass er unendlich tief in sie vordrang, und sie spürte, wie der offene Reißverschluss ihr in die Schamlippen kniff, wenn sie sich ganz nach unten sinken ließ, doch da sein Ständer sie so ungeheuerlich ausfüllte, war sie taub gegen alle Schmerzen. Es kam ihr vor, als wäre noch nie zuvor ein Mann so tief in sie eingedrungen. Sie konnte die Spitze seiner Rute von innen an ihrer Bauchwand fühlen, und ihre Möse umschloss ihn so fest, dass sie das Gefühl hatte, als zögen seidene Fäden heftig von innen an ihrer Klitoris. Deana wollte sich nicht bewegen. Sie wollte auch nicht, dass er sich bewegte. Sie wollte einfach nur auf ihm sitzen und im pulsierend heißen Zentrum ihrer Weiblichkeit von ihm aufgespießt sein.

Doch dann ließ er seine Hände über ihr Oberteil wandern, und sie öffnete die Augen und musste ansehen, was er anrichtete. O nein, bitte nicht ihr schönes, glitzerndes Top! Als er es ihr mit Gewalt nach unten zog, sprangen die

Pailletten in alle Richtungen davon, dann hatte er Deanas Brüste mit ihren roten, steifen Nippeln entblößt.

«Hey, sieh nur, was du angerichtet hast!», herrschte sie ihn an – und das, obwohl ihre Körper eins waren.

«Ich kaufe dir Hunderte solcher Oberteile», knurrte er, während er ihre Brüste mit den Händen umfasste und sie zu kneten begann. «O Gott, Dee, du bist so schön!» Er kniff in ihre zarten, lustvoll schmerzenden Knospen, bis Deana aufschrie. Ihre bis aufs Äußerste gespannte Möse pulsierte zitternd.

Als sie kam, blickte Deana in ihrer Ekstase über Jakes Schulter auf die nächtlichen Straßen. Sie zogen draußen an ihr vorbei wie immer, doch Deana betrachtete sie mit übermenschlicher Gelassenheit.

Eine Frau versuchte, in die vorbeifahrende Limousine zu blicken, und runzelte die Stirn, als sie Deanas halbnackten Körper erblickte. Etwas weiter entfernt winkte ihnen ein Teenager zu und pfiff, als könne er sehen, was gerade vor sich ging ... und Deanas Muschi schien ihm mit einem zarten Zittern zu antworten, das den Mann stimulierte, der in ihr gefangen war.

Als der Wagen an einer roten Ampel anhielt, stöhnte Jake auf, küsste Deana leidenschaftlich und begann schließlich unkontrolliert zu zucken, als sein Schwanz seinen Samen in warmen Stößen in sie spritzte.

Etwas später, in einer anderen Welt, schaltete die Ampel wieder auf Grün. Doch das Liebespaar auf der Rückbank bemerkte nichts, als der Wagen beschleunigte und davonfuhr ...

# 5 EIN GEMÜTLICHES HEIM

Es war reiner Irrsinn, jetzt aus dem Fenster zu blicken, aber Delia konnte einfach nicht anders. Sie musste Jake sehen, daran führte kein Weg vorbei. Auch wenn es bedeutete, dass das Spiel schon vorbei war, bevor es überhaupt richtig begonnen hatte.

«Was ist los, Delia? Was, zum Teufel, geschieht da? Warum willst du diesen Mann nicht treffen?»

Delia fuhr beim Klang von Peters Stimme erschrocken zusammen. Er war dicht an sie herangetreten. Sie hatte zwar erwartet, dass er Fragen stellen würde, doch dass er dies mit solcher Vehemenz tat, überraschte sie. Seine sonst so sanfte, raue Stimme klang barsch vor unterdrücktem Ärger, und interessanterweise schockierte sie das angenehm. Es war, als verwandelte sich ein dicker, träger Hauskater vor ihren Augen in eine schlanke, wendige Raubkatze, die die Ohren anlegte und fauchte.

Ein wenig aufgewühlt ließ sie den Vorhang fallen und wandte sich vom Fenster ab. Wahrscheinlich hatte sie Deana und Jake sowieso verpasst.

Peter. Gepriesen sei er. Er war immer da, wenn man ihn brauchte. Ob es um die sprichwörtliche Tasse Zucker ging, die man sich beim Nachbarn lieh, oder um andere alltägliche Notfälle.

«Das ist eine lange Geschichte, Peter», sagte sie. Sein plötzlicher Ausbruch beschäftigte sie noch immer. «Aber wenn du ein, zwei Stündchen Zeit hast, dann erzähle ich sie dir in groben Zügen.»

Seine Gereiztheit verschwand. Seine gerunzelte Stirn glättete sich, und sein schmales, regelmäßiges Gesicht trug wieder seine übliche offene Miene zur Schau.

«Umso besser, Delia.» Er grinste und war wieder ganz der liebe, nette Peter. «Ich habe den ganzen Abend Zeit, ein leeres Apartment, das dringend der weiblichen Anwesenheit bedarf, und eine Flasche von meinem selbstgebrauten Stachelbeerschnaps, die dringend getrunken werden sollte.»

Delia schauderte. Peters Gebräu war sündhaft lecker, bescherte einem allerdings einen ziemlich dicken Schädel am nächsten Morgen.

«Abgemacht!», sagte sie spontan, da ihr die Vorstellung, die Erinnerung an Jake de Guile im Alkohol zu ertränken, plötzlich ungeheuer reizvoll erschien. Insbesondere in Peters geschmackvoll eingerichtetem Apartment, das sich nur eine Etage über ihrem befand und in dem es an diesem Abend angenehm kühl sein würde. So entkäme sie wenigstens der drückenden Hitze in ihrer eigenen Wohnung. Wenn sie erst einmal genug intus hatte, wäre es ihr ohnehin egal, wie heiß es war. Sie würde später eine Etage tiefer in ihre Wohnung gehen, das Bild von Prinz Jake heraufbeschwören und es sich selbst besorgen – bis zur Besinnungslosigkeit.

Aufgemuntert von dieser Aussicht, sah sie Peter zu, der damit beschäftigt war, Gläser, Flaschen und Eiswürfel herbeizuschaffen. Wieder verspürte sie ein gewisses Interesse an ihm.

Der liebenswerte Peter, ihr Nachbar von oben, mit seinem welligen, braunen Haar, dem dünnen, blassen Körper und den großen, haselnussbraunen Augen, die er hinter einer Hornbrille versteckte, welche ihm ein eulenhaftes Aussehen verlieh. Er war kein de Guile, kein Sexgott, der einer Phantasie entsprungen war, doch heute Nacht hatte er etwas überraschend Attraktives an sich. Und damit weitaus bessere Karten als Russell, dachte sie schuldbewusst, als ihr klar wurde, wie wenig sie bislang an den Mann gedacht hatte, der eigentlich ihr fester Freund war. Zugegeben, es war ein anstrengender Tag gewesen, aber sie hatte Russells Wohnung kaum verlassen, als sie schon fast vergessen hatte, dass er überhaupt existierte. Auch darum würde sie sich bald kümmern müssen.

«Also, raus mit der Sprache. Erzähl mir die Geschichte», bat Peter und ließ seinen schlaksigen Körper in den Sessel ihr gegenüber fallen, bevor er einen tiefen und offensichtlich auch dringend benötigten Schluck seines eisgekühlten, selbstgemachten Schnapses trank.

«Ich habe dir doch von meinem Chef-Chef erzählt, oder?» Sie unterbrach sich, um einen Schluck zu trinken, und sprach dann eine halbe Minute lang nicht mehr weiter. Der fruchtige Geschmack des alkoholischen Getränks war förmlich auf ihrer Zunge explodiert und vertrieb die Trockenheit in ihrer Kehle. «Lieber Himmel, Pete, das Zeug ist ja lebensgefährlich!», ächzte sie und nahm vorsichtig einen weiteren Schluck.

«Dein Chef-Chef», nahm er den Faden wieder auf, woraufhin ihn Delia mit scharfem Blick musterte. Er hatte plötzlich wieder diese sexy, ruppige Attitüde, und seine Hundeaugen hinter den dicken Brillengläsern wirkten mit einem Mal gefährlich und streng.

Langsam begann sie zu erzählen, langsam, denn von außen betrachtet, wirkte die Geschichte ziemlich seltsam und musste daher mit Bedachtsamkeit und Sorgfalt erzählt werden. Doch sie hielt nichts zurück, denn vor ihr saß Pete, ein Freund von Deana und ihr, jemand, zu dem sie stets mit ihren Sorgen kommen konnten.

Offen über Sex zu reden war außerdem einfacher, wenn man eine Flasche Schnaps geleert hatte. Je mehr von dem schweren Fruchtnektar durch ihre Kehle rann, desto leichter fiel es ihr, Jake en détail zu beschreiben. Ohne nachzudenken, ließ sie sich über seine Lippen, seine Hände und seinen Schwanz aus. Und erzählte dann im bereits trunkenen Zustand von der Verwechslung und dem Zwillingsspiel der Schwestern. Dass dieses Spiel plötzlich die einzig logische und annehmbare Art in dieser Sache für sie gewesen war. Für sie beide.

Als ihr Bauch und ihr Schoß vom Schnaps gewärmt waren, warf sie jegliche verbliebene Schamhaftigkeit über Bord und erklärte, wie sehr sie sich wünschte, dass heute «ihre» Nacht mit dem Prinzen de Guile sei. Wie sehr sie sich nach dem sehnte, was sie heute Morgen hatte genießen dürfen. Und nach mehr. Sie wollte beim nächsten Mal *Gewissheit* haben, dass sie auserwählt war, den großen, glatten Schwanz in sich aufzunehmen, damit er sie so ausfüllte, wie er es mit Deana bei der Ausstellung getan hatte. Was diese vermutlich in genau diesem Augenblick in irgendeinem Luxushotel oder -apartment wieder erleben durfte.

«'s is' einfach nich' fair, Pete», sagte sie und merkte, dass sie lallte und sich nicht gerade damenhaft in seinem Sessel fläzte. Ihre Beine waren gespreizt, was ungefähr der Stellung entsprach, die sie auf Jakes schwarzer Ledercouch eingenommen hatte. Sie war betrunken, aber das war ihr egal. Nichts war von Bedeutung, solange Jake nicht in ihr war. Sie hatte beim Münzenwerfen verloren, und das Brennen ihrer Spalte war nun die Strafe dafür.

«Einfach nicht fair.» Sie bemühte sich um eine deutlichere Aussprache und zupfte am Saum ihrer Shorts, die ihr mit einem Mal unbequem geworden war, da sie eng zwischen ihren schlanken Beinen saß. «Er glaubt, Delia zu haben, aber das stimmt nicht, er ist mit Deana zusammen!» Sie nahm noch einen Schluck und stellte überrascht fest, dass ihr Glas wieder aufgefüllt worden war. Eine Flasche stand bereits geleert auf dem Tisch. «Ich liebe sie von ganzem Herzen, Pete, ehrlich! Aber hätte sie sich nicht den Knöchel verstauchen können oder so was?»

«Das wünschte ich auch.»

Der todernste Tonfall in Petes Stimme versetzte ihr erneut einen Schock und katapultierte sie in einen nüchternen Zustand zurück. Er tat was? Wünschte ebenfalls, dass sich Deana den Knöchel verstauchte, oder worum ging es ihm?

Sie sah von ihrem Glas auf, ihr Blick nun wieder klar, und stellte fest, dass ein ganz anderer Peter vor ihr saß als der, den sie zu kennen glaubte. Dieser Mann war wütend. Voller Leidenschaft und feurig erregt und nicht mehr der wohlerzogene, beinahe geschlechtslose Freund, für den sie ihn immer gehalten hatte.

«Du liebst sie, stimmt's?», fragte sie – und diese Erkenntnis strömte in zahlreichen Bildern auf sie ein.

«Ja», erwiderte er knapp, und plötzlich schien ihm warm zu werden, denn er zog sich sein T-Shirt über den Kopf und verwuschelte seine Frisur. Vorher hatte er schon seine «Professorenbrille» abgenommen, und nun schienen seine Augen zehnmal heller zu strahlen. Nun, vielleicht hatte auch ihre aufkeimende Lust etwas damit zu tun? Delia konnte das nicht mehr auseinanderhalten, als der zurückkehrende Schwips ihre Sinne benebelte.

«Es mag dir seltsam vorkommen», sagte er, bevor er einen weiteren Schluck trank, «dass ich in eine Frau verliebt bin, die genauso aussieht wie du.»

«Weniger, als du glaubst», entgegnete Delia und trank ebenfalls von ihrem Schnaps, als ihr eine unerhörte Idee kam.

Weit davon entfernt, wieder nüchtern zu sein, gaukelte ihr schwerfällig arbeitender Verstand ihr die eleganteste Lösung schlechthin vor. Für ihres und Peters Sexdilemma.

«Würdest du gern mit ihr schlafen?», fragte sie geradeheraus, während feurige Leidenschaft durch ihren Unterleib zu strömen begann. Sie hatte die Bilder bereits im Kopf. Bilder von Deana mit weitgespreizten Beinen, die von einem dunklen, unnachgiebigen Jake in Besitz genommen wurde.

Aber nein, das war nicht Deana, sondern sie selbst! Delia. Ihr Gesicht! Ihr Körper! Sie schloss die Augen und begab sich in die Szene – erlebte sie, und es war möglich. Alles, was sie dazu brauchte, war ein harter männlicher Schwanz.

Und wie wäre es, wenn sie dem Mann, von dem sie gevögelt wurde, ebenfalls zu seinem Wunsch verhelfen könnte?

Sie trank ihr Glas in einem Zug aus, erhob sich und begann, durch den Raum auf ihn zuzugehen. Sie bewegte sich extrem vorsichtig, denn der Raum schien – wenn auch kaum merklich – zu schwanken ... Delia zog sich das T-Shirt über den Kopf und ließ sich neben Peter auf dem Sofa nieder. Sie umfasste ihre nackten Brüste mit beiden Händen und bot sie ihm dar wie zwei köstliche, reife Früchte.

«Liebe mich, Peter», flüsterte sie. Sie zupfte keck an ihren Nippeln, damit sie sich zu harten Knospen zusammenzogen. Für ihn.

«Delia .. ich denke nicht –»

«Ich heiße Dee», korrigierte sie ihn. «Dee Ferraro. Und ich liebe diese Spielchen, schon vergessen?» Gestärkt von der Wirkung des Schnapses, griff sie nach seiner schmalen, gepflegten Hand. Er erschauderte sichtlich, als sie sie auf die Wölbung ihrer Brust legte.

«Nur heute Nacht, Pete. Bitte?» Seltsamerweise wirkte ihr Bitten keineswegs fehl am Platz. Wäre er de Guile, wäre sie regelrecht angekrochen gekommen.

«Aber ich weiß doch, wer du bist», antwortete Peter mit brüchiger Stimme. Er protestierte zwar, aber seine Hand hatte bereits begonnen, ihr weiches Fleisch zu kneten. Es war offensichtlich, wie sehr er die Situation genoss.

«Dann sieh es als Trost ... falls dir die Vorstellung zu schwer fällt.»

«Oh, Dee», seufzte er und rückte näher. Sie wusste allerdings nicht, ob er es tat, weil er *tatsächlich* getröstet werden wollte. Oder wollte er doch seine Phantasien mit ihr ausleben?

Einen Augenblick lang zog sie sich in sich zurück. Ruhig und gelassen betrachtete sie den echten Mann vor ihr, der keineswegs jener Sexteufel war, der sich heute Morgen ihres Körpers bemächtigt hatte. Peter war nicht Jake. Er war keine dunkle, geheimnisvolle Erscheinung oder ein unersättlicher, mächtiger Lüstling. Aber sein sehniger, drahtiger Körper war weit davon entfernt, ihr zu missfallen.

Seine schlanken Arme zogen sie kräftig heran und hielten sie geradezu schockierend fest gegen sich gepresst. Ihre Nippel pressten gegen seine, und als seine Lippen von ihren Besitz nahmen, stöhnte er auf und schauderte, als würden seine kleinen, braunen Brustwarzen all jene Lust empfinden, die auch die ihren durchströmte.

Auch seine Zunge wagte sich unverzagt vor, probierte und schmeckte, als sich ihr Speichel mischte. Es war der Auftakt zu einer noch größeren, weitergehenden Vermengung von Körperflüssigkeiten. Sie seufzte und sog an seinen Lippen.

«Du tust mir so gut, Dee», murmelte er und saugte nun seinerseits kräftig an ihrer Zunge, als handelte es sich um einen Lutscher. Einen Nippel oder eine Klitoris. Delia hob stöhnend ihre Hüften an und presste sich an ihn mit einer Lust, die ganz im Hier und Jetzt war.

Ihr Unterleib vibrierte und prickelte, was ihr keinesfalls unangenehm war, und der Mund zwischen ihren Beinen schien zu quengeln und zu betteln. Sie war hungrig, lechzte nach Männlichkeit. Nach nacktem Fleisch, das sie ausfüllte ... Schlimm genug, dass sie wusste, den perfekten Zustand der Erfüllung zu erreichen, wenn Jake de Guile in ihr war, und das, obwohl sie sich in Gesellschaft von Peter befand. Peter, dessen Penis verfügbar war. Eine stramme Rute, die sich hart gegen sie presste und auf ihr Geschlecht zielte wie eine Rakete, die automatisch gesteuert auf direktem Zielflug war und nicht vom Kurs abgebracht werden konnte. Auch nicht von mehreren Stoffschichten.

Mit einem Mal wünschte sie sich nichts sehnlicher, als

mit weitgespreizten Beinen auf seinem Bett zu liegen und ihn in sich aufzunehmen.

«Komm, Pete, lass es uns machen!», schnurrte sie, während ihr auffiel, dass sie es an Subtilität mangeln ließ. Doch sie konnte nichts dagegen tun. Delia zupfte am Bund seiner Shorts, weil sie endlich seinen Schwanz aus seinem Gefängnis befreien und zwischen die Finger bekommen wollte.

Der Knopf glitt mühelos durch das ausgefranste Knopfloch seiner Shorts, aber als sie den Reißverschluss aufziehen wollte, spürte sie seine Hand, die ihre Finger mit festem Griff umschloss.

«Langsam, Dee», wisperte er und drückte ihre eifrigen Finger fest in ihren Schoß. «Ich habe zu lange darauf gewartet ...» Er hielt inne und grinste jungenhaft. «Ich will, dass ... dies hier länger dauert. Ich möchte jede Sekunde auskosten. Wie ich es mir immer erträumt habe.»

Das war eindeutig eine Abweichung von der Phantasie, denn Jake hatte sich weder bei ihr noch bei Deana Zeit für Zärtlichkeiten gelassen, sondern sie zügig gevögelt. Zugegebenermaßen hatten die Umstände eine gewisse Eile erfordert, aber irgendwie war genüsslicher Sex nichts, das Delia mit Jackson Kazuto de Guile verbinden konnte.

Und noch während sie darüber sinnierte, hatte sie eine Entscheidung getroffen. Sie war jetzt mit Peter zusammen, und es würde Peters Schwanz sein, der in sie eindrang. Jake würde ihr in einer anderen Nacht gehören, oder sie ihm.

«Lass uns ins Schlafzimmer gehen, ja?», schlug sie vor und erhob sich mit wackeligen Beinen. Dann öffnete sie den Bund ihrer Leinenshorts und schob sie zusammen mit ihrem Slip nach unten. Nackt, wie sie war, griff sie nach Peters Hand und zog ihn auf die Füße. «Ich habe genug von Quickies auf Polstermöbeln, jetzt hätte ich nichts gegen deinen Vorschlag, uns einander ‹auszukosten›, einzuwenden!»

Ein neuer, verführerischer Peter stand vor ihr, ein Peter, dessen ausgewaschene Shorts vorne eine vielversprechende Wölbung aufwies. Deana war für alle Vergnügungen bereit.

«Du hast recht. Lass uns die Sache richtig angehen.» Er nahm sie bei der Hand und führte sie mit formvollendeter Höflichkeit aus dem Zimmer. «Wir sollten uns zum Bett begeben, nicht wahr … Delia?»

Die Laken von Peters Bett fühlten sich angenehm kühl an. Delia seufzte genüsslich, als sie sich darauf niedersinken ließ und alle Glieder von sich streckte. Sie griff in ihr Haar und zog das Zopfgummi heraus, damit die glänzende, braune Mähne ungehindert über das blütenweiße Kopfkissen fallen konnte. «Komm zu mir, Peter», lockte sie.

Doch er blieb eine ganze Minute lang stillstehen und betrachtete hingebungsvoll ihren nackten, honigbraunen Körper.

«Du bist wunderschön», flüsterte er und ließ seine Shorts und die Unterhose nach unten gleiten, bevor er sich auf dem Laken neben ihr ausstreckte.

Wer ist hier schön?, dachte sie, als er sie zu streicheln begann. Erregt durch den Schnaps, spürte sie, dass die Hitze und die Erregung sie träge machten. Es war nicht mehr wichtig, ob er Deana oder sie selbst begehrte – oder die seltsame Gestalt namens «Dee», die sie selbst erschaffen hatte. Und es war ebenfalls unbedeutend, dass die Finger an ihren Brüsten Peters waren. Sie waren kühl auf ihrer Haut. Sanft und geschickt. Vielleicht würde es später wieder etwas ausmachen, wer er war, wenn nämlich Deana erhitzt und strahlend von Jake zurückkehrte. Doch im Augenblick war sie völlig mit ihrem einfühlsamen Liebhaber zufrieden, der ihr wenig abverlangte. Diesem schlanken, zurückhaltenden Mann, der sich zögernd vorwagte, während sein Ständer bereits eine beachtliche Größe aufwies.

Er streichelte sie langsam und mit außergewöhnlicher Sinnlichkeit – als wollte er sich jede Wölbung ihres Körpers genau einprägen. Seine geschmeidigen Finger glitten genüsslich über ihren Körper, mieden jedoch die eindeutigen Zonen. Er schien vollkommen damit zufrieden zu sein, sich unverfänglicheren Stellen zu widmen. Einem Schulterblatt. Der Innenseite ihres Oberarms oder ihrem Spann.

Sie fragte sich, ob er wohl vorhatte, sie zu lecken, und spreizte erwartungsvoll die Beine, während sie mit aller Macht den Gedanken zu verdrängen suchte, dass Jake sie erst an diesem Morgen an dieser Stelle oral verwöhnt hatte.

Aber Peter schien sich völlig damit zu begnügen, sie zu berühren. Er streichelte ihren Bauch, strich am Rand ihres Schamhaars und die lange Bahn ihrer Schenkelinnenseite entlang, die bereits feucht war.

Und während er sie berührte, küsste er sie auf den Mund, doch er legte seine Lippen dabei nur leicht auf ihre. Dann fuhr er mit der Zunge über die Innenseite ihrer Lippen und tippte ihre Zungenspitze zärtlich an.

Die Langsamkeit seiner Berührungen, die Umwege, die er nahm, waren fast unerträglich köstlich. Wusste er, wie heiß er sie damit machte? Vermutlich schon. Dies war eine einmalige Gelegenheit für ihn, eine Phantasie, die wahr wurde. Auch wenn er sie bloß aus reiner Freundlichkeit «Delia» genannt hatte. Er wollte ihre Lust langsam ansteigen lassen, und wer war sie, ihm zu widersprechen? Was für ihn richtig war, würde sicherlich unvergesslich für sie beide sein, und es würde vermutlich nie wieder eine Nacht geben, in der der Alkohol sämtliche Barrieren niederriss.

Als er schließlich ihren Kitzler berührte, schrie sie heiser auf und kam unverzüglich zu einem Höhepunkt, der unglaublich intensiv war. Und als sie wieder zu sich kam, stellte sie überrascht fest, dass sie noch nie zuvor in solch eine Ekstase verfallen war, ohne die geringste Unterstützung einer Phantasie. Als sie ihre Schenkel weiter öffnete und sich seiner reibenden Hand entgegenstreckte, war sie sich voll und ganz der Tatsache bewusst, dass es sich um Peter handelte, der ihr zu dieser Lust verhalf. Und als sich sein Name mit einem Aufstöhnen ihrer Kehle entrang und sie die Augen öffnete, hätte sie schwören können, dass Tränen in seine liebevollen, wenn auch ein wenig kurzsichtigen Augen traten.

«Geht es dir gut?» Sie hob die Hand und berührte seinen Mundwinkel, als er plötzlich ihre Fingerspitze einsog, als hätte er nie etwas anderes gewollt, und daran knabberte. Seine Lippen fühlten sich kühl an, während seine feuchte Zunge sie streichelte.

«Ja», antwortete er gedämpft und fuhr damit fort, nun auch an den anderen Fingerspitzen zu knabbern. «Sehr gut sogar. Und dir?»

«Ja, du weißt einfach wundervoll mit deinen Händen umzugehen, ist dir das überhaupt klar?», brach es aus ihr hervor.

«Du doch aber auch», meinte er und versenkte seine Zähne in den fleischigen Berg an der Wurzel ihres Daumens, woraufhin sich ihre Möse lustvoll zusammenzog. Mittlerweile wünschte sie sich nichts mehr, als ihn endlich in sich zu spüren. Sie presste ihren schweißüberströmten Körper an ihn und lud ihn mit unverblümten Gesten ein, endlich in sie einzudringen.

«O Dee», seufzte er und legte sich auf sie. Sein Körper fühlte sich überraschend groß und stark an für seine schlanke und sehnige Gestalt. Als seine Schwanzspitze in ihre heiße, feuchte Spalte stieß, blickte sie seinen blassen Rücken hinab und stellte ihn sich einen Augenblick lang von exotischer, brauner Färbung vor.

Doch als Peter, der Mann aus Fleisch und Blut, in sie hineinglitt, war Jake vergessen. Zwar wusste sie noch immer nicht, was sie Peter bedeutete, aber für sie war er immer noch der gute, alte Peter, der sich gerade ganz wunderbar anfühlte. Sein Schwanz war hart und befriedigend, seine Stöße lang und gleichmäßig, und er vermittelte ihr auf wunderbare Weise Stärke und Verlässlichkeit.

Er wird lange brauchen, dachte sie glücklich, und ich werde so oft kommen, wie ich möchte, ohne dass er zu früh kommt, wie es peinlicherweise Russell manchmal ergangen war.

Ihr sanfter, liebevoller Peter mochte vielleicht wie ein sehniger Langstreckenläufer aussehen, aber als er in einen stetigen Rhythmus verfiel, wurde ihr voller Freude klar, dass er sehr viel Durchhaltevermögen besaß.

Und das allein reichte aus, um sie wieder kommen zu lassen. Ihr Orgasmus war stark und überwältigend und voll süßer Trance. Das Wissen, dass ihrem Vergnügen keine Grenzen gesetzt waren ...

Keuchend hob sie die Hüften an und schlang ihre Beine um seine Hüften, um das wunderbare Gefühl noch zu verstärken. Ihr Kitzler stieß hart gegen sein Schambein und seinen Ständer, der in sie hinein- und hinausglitt. Sie stöhnte auf, als er sein Gewicht mit einer geschmeidigen Bewegung verlagerte und nun noch enger über ihr war, was ihren Kontakt noch viel besser machte ...

Peter schlief, als sie aufstand und ging, und sie fragte sich kurz, von welchem Zwilling er wohl träumte. Welche von ihnen beiden ihn gerade zum Lächeln brachte.

Delia trottete barfuß die Treppe hinab und stellte fest, dass sie ebenfalls lächeln musste.

Wer hätte das gedacht? Ausgerechnet der ruhige, zuverlässige Peter von nebenan entpuppte sich als Superlover, der sie mehrere Stunden lang in einen Rausch versetzt hatte. Worüber sie Jake fast vergessen hätte. Fast ...

Als sie ihre stickige, schummrige Wohnung betrat, kehrten die Gedanken an Jake mit aller Macht zurück. Gedanken und Spekulationen.

Was hatte er letzte Nacht mit Deana angestellt? Welchen wilden, ungezügelten Phantasien hatte er sie unterworfen? Welche Positionen und Perversionen hatten sie gemeinsam genossen?

Delia erwog, sich unverzüglich schlafen zu legen und alles um sie herum zu vergessen. Jake. Peter. Russell. Deana. Das Leben und der Sex waren mit einem Mal so kompliziert geworden, dass sie sich am liebsten die Decke über den Kopf gezogen und alles vergessen hätte. Aber ihr gesunder Menschenverstand und aufziehende Kopfschmerzen sorgten dafür, dass sie sich anders entschied. Wenn sie jetzt nicht gleich etwas trank, und zwar schnell, würde sie ihr Versäumnis am nächsten Morgen bitter bereuen. Sie hatte schon einmal einen Kater von Peters Stachelbeerschnaps bekommen, und ein zweites Mal würde sie das nicht überleben!

Nach zwei Gläsern Wasser bekam sie plötzlich große Lust auf Kräutertee, doch als sie den Wasserkocher anstellen wollte, bemerkte sie, dass dieser bereits gefüllt und kurz vor dem Kochen war.

Nachdem sie rasch einen Teebeutel in ihren Becher getunkt hatte, nahm sie ihn in die Hand und begab sich auf die Suche nach ihrer Schwester ins Wohnzimmer.

Deana saß im Dunklen da.

Eine kalte Hand legte sich um Delias Kehle. Stimmte etwas nicht? Deana liebte das Licht und das Leben, warum saß sie trübselig im Dunklen da?

Delias Furcht verwandelte sich in Ärger und dann, als sie das Licht anschaltete und in das Gesicht und auf den Körper ihrer Zwillingsschwester blickte, in heißen Zorn.

Deana sah aus, als habe man sie mitten durch einen Hurrikan geschleift! Ihre hübsche Lockenfrisur, an der sie so lange gearbeitet hatten, war ein verfilztes Durcheinander, und ihr Lippenstift war über ihr ganzes Gesicht verschmiert, als habe sie beim Kirschsafttrinken gekleckert. Einige Fäden hatten sich von ihrem bestickten Bustier gelöst, und ihre Strümpfe wirkten geradezu gestreift von diversen Laufmaschen.

«Dieser Mistkerl! Er hat dich vergewaltigt! Dieser miese Scheißkerl!»

Delias Schuldgefühle verursachten ihr beinahe körperliche Schmerzen. Das war alles ihre Schuld. Ihretwegen war ihre tollkühne, sexuell aufgeschlossene Schwester verletzt und gedemütigt worden. Natürlich war ihr klar, dass es sich bei dem Ergebnis des Münzenwerfens um reinen Zufall handelte, doch sie hatte trotzdem das Gefühl, an allem schuld zu sein. Dass sie diejenige sein sollte, die erledigt und in aufgelöstem Zustand hier saß … während sich die schlimmsten Verletzungen vermutlich unter ihrem Rock befanden.

«Das hat er nicht getan.»

Etwas in der Stimme ihrer Schwester ließ Delia aufmerken.

Deana hielt eine Tasse Tee umklammert, doch auf ihrem Gesicht lag ein breites Lächeln. Ein Lächeln, das Delia schon oft gesehen hatte, eines, das sexy war und sich langsam voller Befriedigung ausbreitete. Ihr selbst war es noch nie vergönnt gewesen, so zu empfinden, wenn sie auch dieselben Gesichtszüge besaß.

«Oh …»

«Ja, oh.»

«Und was ist passiert?», fragte sie. «Du siehst aus, als hätte es dir eine ganze Bande ausgehungerter Kanalarbeiter besorgt!»

«Nun, vermutlich war er tatsächlich ein wenig ausgehungert.»

Deanas Worte klangen verträumt, was exakt zu dem Lächeln auf ihrem Gesicht passte. Sie fuhr mit dem Fingernagel über eine der Laufmaschen, die sich prompt vergrößerte. «Aber daran ist er wohl selbst schuld.»

«Was meinst du damit?»

«Wappne dich, Schwesterherz.» Das Lächeln wurde

schelmisch und immer breiter, während sich Deana mit sanfter Stimme in der detaillierten Beschreibung des Abends erging.

Delia wurde heiß, kalt und wieder heiß. Sogar sehr heiß. Sie hatte geglaubt, bereits wilde Stunden mit Jake verbracht zu haben, aber was Deana ihr da beschrieb, war geradezu irrsinnig. Ein perverser, dunkler Traum, der sowohl die Erzählerin als auch ihre lauschende Schwester erregte.

Masturbation. Entblößung. Fetischklub. Lesbierin. Orgasmen vor Publikum. Herzeigen des Geschlechts vor der Dienerschaft. Alles ging ins Extreme, war so viel stärker, intimer und abartiger als ihr eigener leichter Kitzel. Was in Jakes Büro passiert war, war für ihn harmlos. Fast schon normal ...

Plötzlich fiel ihr ein, dass auch sie «Dee» war.

«Aber ich kann so etwas nicht tun», rief sie mit Panik in der Stimme.

«Doch, Liebes, das kannst du», erwiderte Deana sanft. «Auf gewisse Weise bist du sogar schon so weit. Wir haben nicht nur die gleichen Gesichtszüge, nicht wahr? Tief in deinem Inneren ...»

Mit einem Mal hätte Delia gern ein Glas von Peters Schnaps getrunken, um mit all dem hier zurechtzukommen, denn der Kräutertee war zu schwach. Schließlich hatte Deana recht.

Ihre Vergnügungen der letzten Nacht mochten zwar unterschiedlich gewesen sein, doch ihre Gier nach Sex war die gleiche. Deana hatte woanders gefunden, wonach sie suchte, und das aus reinem Wagemut. Doch sie selbst hatte zu Hause die Erfüllung ihrer Bedürfnisse gefunden. Mochten ihre Erlebnisse auch unterschiedlich sein, so war das Resultat letztlich das gleiche.

«Und überhaupt», Deana blickte sie nun eindringlich an, «was hast du denn so getrieben, während ich fort war?» Ihr geschultes Auge hatte offensichtlich etwas erkannt. Eine

Veränderung, die Delia selbst noch nicht bemerkt hatte. «Du hast einen Blick, den ich in all der Zeit mit Russell nie an dir gesehen habe. Es wirkt, als seist du auch auf deine Kosten gekommen.»

O nein, wenn sie Deana von Peter erzählte, würde sie ihr auch berichten müssen, in wen er verliebt war!

«Du schlaue Hexe», sagte Deana lächelnd. «Du und Peter. Sieh an, wer hätte das gedacht. Weiß Russell, der Terrier, davon?» Sie verengte die Augen zu Schlitzen, während sie ihre Chancen abwog. «Soll das heißen, ich habe Jake ganz für mich?»

«Nein, keinesfalls!» Wilde Panik überfiel Delia, während sich jede Faser ihres Körpers dagegen sträubte. Es war verrückt und schien ihr gar nicht ähnlich zu sehen. Aber nach dem, was ihre Schwester erzählt hatte, wollte sie Jake mehr denn je.

«Zwischen Peter und mir ist nichts Ernsthaftes», fuhr sie fort und zwang sich, vernünftig und ruhig zu sprechen. «Und mit Russell ist es auch vorbei.»

Deana wirkte aufrichtig entzückt und öffnete den Mund, um etwas zu sagen. Doch bevor sie die unvermeidlichen Fragen stellen konnte, wurde sie von Delia unterbrochen.

«Das Zwillingsspiel ist noch nicht vorbei, Deana», sagte sie mit sanfter Stimme, die einen stählernen Unterton besaß. «Und ich bin als Nächste dran. Also solltest du mir jetzt lieber sagen, wann es sein wird ...»

# 6 IM LAND DES EWIGEN LÄCHELNS

Deana hatte ihr nichts über den Ort oder den Zeitpunkt sagen können, das hatte Delia selbst erfahren, und zwar zwei Tage später, als sie ihr Büro betrat und sich auf ihren Schreibtischstuhl setzte. Mitten auf ihrer Schreibunterlage lag ein blauer Umschlag, darunter eine dünne Ledermappe, ebenfalls in Blau. Stirnrunzelnd schlitzte sie den Umschlag mit einem Fingernagel auf und holte seinen spärlichen Inhalt heraus. Ein einziges Blatt aus himmelblauem, dünnem Papier.

*Dee*, lautete die Anrede in fester Handschrift. *Ich bin wieder zurück und schicke dir heute Abend um acht Uhr einen Wagen vorbei. Sei vorbereitet wie beim letzten Mal, aber zieh dich leger an, der Anlass ist eher zwanglos.* Der Brief war nicht unterschrieben.

Aus einem Impuls heraus hielt sie sich den Brief unter die Nase und schnupperte daran. Normalerweise parfümierten nur Frauen ihre Briefe, doch dieser spezielle Absender brach diese Regel unverfroren.

Delia lächelte. Sie hatte recht gehabt, der Bogen war mit seinem wunderbaren, blumig-herben Duft getränkt. Als sie tief einatmete, stürmte eine Vielzahl von Erinnerungen auf sie ein. Ihre und Deanas Erinnerungen … eine verräterische Hitze stieg ihr in die Wangen, als sie sich an die deutlichen und doch schwärmerischen Erzählungen ihrer Schwester erinnerte. Während der letzten beiden heißen Tage hatte sie unentwegt an die deutlichen Details und an Sex allgemein denken müssen.

Dabei waren ihre Gedanken nicht allein um Jake gekreist. Auch Peter war mit im Spiel gewesen. Es kam ihr immer noch wie ein Wunder vor, dass sie ihren freundlichen, sanften Nachbarn als Sex-Supermann erlebt hatte. Welche Rolle wohl der Alkohol dabei gespielt hatte? Und wäre Peter wohl auch im nüchternen Zustand so überzeugend? Und sie selbst?

Na, großartig, Delia, schalt sie sich seufzend. Jetzt hast du dich in eine schöne Zwickmühle hineinmanövriert. Es reicht wohl nicht, dass du dich – sanft – von Russell getrennt hast, während du dieses Wahnsinnsspiel mit Jake und Deana treibst, nein, du musstest dich auch noch auf *einen weiteren* Mann einlassen!

Würde es wohl bei diesen dreien bleiben?

Seit jenem Morgen in Jakes Büro ertappte sie sich regelmäßig dabei, wie sie alle möglichen Männer prüfend begutachtete. Männliche Kollegen, denen sie zuvor keinen zweiten Blick gegönnt hatte. Der junge Typ, der morgens die Sandwiches ins Büro lieferte. Männer, die ihr zufällig auf der Straße oder in Geschäften begegneten. Fast schien sie sich gar nicht der Tatsache bewusst zu sein, dass sie ihre Gesichter und Körper anstarrte und sich vorstellte, wie sie nackt aussahen. Innerhalb weniger Sekunden lag sie in Gedanken bereits mit ihnen im Bett, und ihr Körper begann vor Erregung zu beben, wenn sie sich vorstellte, was diese Männer mit ihr anstellen würden. Das war schockierend und sah ihr überhaupt nicht ähnlich, aber Delia hatte das Gefühl, dass sich ihr Sexualtrieb ein für alle Mal verändert hatte. Ein Ventil hatte sich in ihrem Inneren geöffnet, und die Hormone begannen ungehindert zu fließen. Wildes, erotisches Begehren überwältigte sie, und ihre Libido war grenzenlos und drängend.

Und jetzt das!

Delia legte den Brief beiseite und schlug die Ledermappe auf. Ihr Blick fiel auf ungefähr ein Dutzend Kundenkreditkarten, die in ordentlichen Zweierreihen in der Mappe steckten. Sie waren allesamt auf ihren Namen ausgestellt. Dazu mehrere Computerausdrucke, die ihr mitteilten, dass sie von jetzt an über einen unlimitierten Kreditrahmen in Geschäften verfügte, von denen sie bisher nur geträumt hatte. Ein weiterer Brief von Jake informierte sie über den Grund.

*Für einhundert Oberteile, die nur dir gehören.*

Zuerst begriff sie nicht ganz, dann fiel es ihr wieder ein. Deana und das zerstörte Bustier.

Dieser Mistkerl! Er glaubt wohl, er kann uns kaufen!

Delia wurde schwindelig, als sich Erregung in ihre Wut mischte und sie zwischen Beleidigung und einem wunderbaren dekadenten Gefühl schwankte. Mit einem Mal bekam sie eine Ahnung davon, wie es sich wohl anfühlen mochte, eine Kurtisane zu sein. Eine Dame, die ausgehalten und mit Geschenken überhäuft wurde, um als Gegenleistung ihren Körper zur Verfügung zu stellen. Sie nahm eine Karte heraus und betrachtete das weltbekannte Logo, dann las sie den Brief noch einmal.

*Der Anlass ist eher zwanglos.*

Als sie das wuchtige, schwarze Logo betrachtete, spürte Delia wieder diesen unergründlichen, dunklen Sog. Das Verlockende an der Sittenlosigkeit. Mit einem Mal passte alles auf wunderbar logische Weise zusammen …

Wenn Jake derjenige war, der ihr die Kleider auszog, dann sollte er sie gefälligst auch bezahlen, oder?

Letztendlich trug sie doch ihre eigenen Sachen. Oder vielmehr ihre und Deanas.

Die weichfallende Seidenbluse in mattem Pink gehörte zu ihren Lieblingsstücken, und dazu trug Delia hautenge, schwarze Leggings, die eigentlich Deana gehörten. Sie hatte ursprünglich eine dunkle Hose mit hohem Bund tragen wollen, die Deana ihr jedoch mit der Begründung ausgeredet hatte, dass alles an ihnen sexy und verwegen sein musste. Also mussten sie sich entsprechend anziehen. *Sie beide.*

Pünktlich um acht Uhr hielt ein Wagen vor ihrem Haus. Innen küssten sich die Schwestern auf die Wangen und umarmten sich, dann trat eine von ihnen vors Haus, während sich die andere in den Schatten zurückzog.

Beim Anblick des blonden Chauffeurs überlief es Delia kalt. Sein Gesicht war eine ausdruckslose, gutaussehende Maske, die kurzgeschorene Frisur wirkte brutal. Das ist also der berühmte Fargo, dachte sie. Der harte Mann. Sie beobachtete ihn mit Argwohn, während sie sich ihn als Söldner, bewaffnet mit einer Maschinenpistole, ausmalte. Es war schwierig, sich ihn als sinnliches Wesen vorzustellen, denn dafür wirkte er viel zu asketisch.

«Guten Abend, Ma'am.» Fargos Stimme war rau und passte zu seinem Gesicht. An seinem respektvollen Auftreten hingegen war nichts auszusetzen. Als er ihr die Tür der Limousine aufhielt, konnte Delia nicht anders, als sich vorzustellen, wie er wohl nackt aussah.

Der kühle Ledersitz weckte etliche Gefühle in ihr, und auch die glatte Oberfläche verfehlte ihre Wirkung nicht, denn sie erinnerte unweigerlich an Sex. Deana hatte bereits an genau dieser Stelle mit entblößtem Geschlecht gesessen. Sie hatte Jake geritten, ihre warmen Schenkel über ihn gespreizt. Und sie war in dieser Limousine gekommen. Wieder und immer wieder. Delia hörte das Echo ihrer Lustschreie. Sie konnte Jake förmlich in sich spüren, konnte spüren, wie sie ihre inneren Muskeln um ihn zusammenpresste. Sie fuhr mit der Fingerspitze über das Leder und keuchte auf, als ihr Fleisch zitternd zum Leben erwachte und sich die feuchte Hitze in ihrem engen Höschen sammelte.

Sie wagte kaum daran zu denken, was vor ihr lag. Wohin führte es, wenn man Jake de Guile zu Hause besuchte? Von einem Dinner war keine Rede gewesen, aber sie verspürte ohnehin keinen Hunger. Jedenfalls nicht nach Essen. Es mochte anstößig erscheinen, jemanden zu sich zum Sex einzuladen, aber Jake war eben ein Genussmensch. Und er war direkt und hatte die Spielchen, die andere Männer trieben, nicht nötig.

Mit einem Mal nahm ein Bild vor ihrem inneren Auge Gestalt an. Sie sah sich vor ihm auf einer Couch liegen, mit ausgestreckten Gliedern, ihre Muschi weit geöffnet. Sie konnte sich nicht bewegen, denn sie war an Händen und Füßen gefesselt. Und ihr Geschlecht stand ihm für eine Untersuchung zur Verfügung.

Weitere Visionen folgten ...

Sie kniete vor ihm, seinen steifen Schwanz in ihrem Mund. Seine Erektion war enorm, die Haut seines Ständers dunkel gefärbt. Speichelfäden liefen seitlich herab, als sich ihre Lippen um ihn schlossen. Die Erinnerung an den Geschmack des Prinzen war noch frisch, und sie bezweifelte nicht, dass Jake genauso, wenn nicht sogar besser schmecken würde.

Die Fahrt dauerte bei weitem nicht so lange, wie sie gedacht hatte, und sie war noch immer in ihre sinnlichen Träume versunken, als sie plötzlich bemerkte, dass der fast geräuschlose Motor der Limousine bereits ausgeschaltet worden war. Ratlos blieb sie sitzen, bis die Tür neben ihr geöffnet wurde.

«Wir sind da, Ma'am», sagte Fargo mit neutraler Stimme und bot ihr den Arm, um ihr aus dem Wagen zu helfen.

Sie waren also angekommen. Aber wo?

Delia wusste nicht, was sie erwartete, doch dann entdeckte sie die große, gepflegte Stadtvilla im Regency-Stil. Eines dieser geradezu furchterregend teuren Häuser, die sich nur die Reichsten der Reichen leisten konnten. Und Jake gehörte dazu, er war unglaublich wohlhabend und einflussreich. Für sie war er der Prinz ihrer Märchenwelt, doch in Wirklichkeit überstieg sein Vermögen vermutlich noch das der königlichen Familie. Jedenfalls erweckte die blaugestrichene Tür seiner Villa diesen Eindruck.

Auf der obersten Treppenstufe stand eine junge Frau mit glänzendem, ebenholzfarbenem Haar, einem makellos weißen Kleid und schwarzen, hochhackigen Pumps. Delia konnte ihr Gesicht vom Gehsteig aus nicht erkennen, aber die schlanke Gestalt der Frau wurde effektvoll von dem goldenen Licht, das aus dem Flur hinter ihr auf die Straße fiel, in Szene gesetzt. Sie war mittelgroß, und als sie kam, um Delia zu begrüßen, stellte sie fest, dass ihr Gegenüber höchst ungewöhnliche, zarte Gesichtszüge besaß, das perfekte Ebenbild einer Geisha mit schrägstehenden Augen und einem Lächeln, das an einen Sonnenaufgang erinnerte. Im Hinblick auf Jakes fernöstliche Herkunft verwunderte es wenig, dass die junge Frau offensichtlich aus Japan stammte.

«Hallo, Dee. Ich heiße Elf. Jake wird noch ein bis zwei Stunden beschäftigt sein und hat mich gebeten, mich um Sie zu kümmern.»

Ihre Stimme war rauchig, passte jedoch zu ihrem reizenden Porzellangesicht. Delia stellte besorgt fest, dass Erregung in ihr auflöderte.

«Treten Sie bitte ein», bat Elf. Kaum war Delia ein wenig näher getreten, schlang ihr Elf in einer vertraulichen Geste einen Arm um die Taille. «Sei nicht schüchtern, Dee. Hier gibt es nichts, wovor du dich fürchten müsstest.»

Zögernd ließ sich Delia hineingeleiten, während sie aus dem Augenwinkel sah, dass die Limousine geräuschlos davonfuhr.

Wer, zum Teufel, bist du? Diese Frage hätte sie ihrer Begleiterin gern gestellt, aber sie war noch so perplex von Elfs bloßer Anwesenheit und ihrer beruhigenden Berührung, dass die Frage sich in nichts auflöste.

Der Eingangsbereich war weitläufig und so minimalistisch eingerichtet, dass er fast schon langweilig wirkte. Delia meinte, sich an ein Detail von Deanas Erzählung zu erinnern, und fragte sich, ob es sich um dieselbe nichtssagende Atmosphäre wie im *Siebzehn* handelte – eine schlichte Kulisse für unglaubliche Ereignisse.

Doch als ihr Blick auf ein großes, glänzendes Gemälde am anderen Ende der Eingangshalle fiel, musste sie ihren ersten Eindruck grundlegend revidieren.

Der schwere Rahmen war im Rokokostil gehalten, und das Bild selbst zeigte ein Paar beim Liebesakt, dessen Gliedmaßen fest ineinander verschlungen waren, die Körper so detailliert gezeichnet, dass weder Details noch eine Wölbung ausgelassen worden war. Und dennoch handelte es sich um ein geschmackvolles, schönes Werk. Delia wusste, dass Deana das Gemälde selbstverständlich kommentiert hätte, aber sie selbst wagte dies nicht. Ihre kunstsinnige Schwester würde feine Nuancen in der Farbgestaltung oder im Pinselstrich erkennen, die ihrem Auge verborgen blieben. Für Delia strahlte das Gemälde einfach nur Sex aus.

Willkommen im Lusttempel, dachte sie beunruhigt, doch als sie die breite, mit dickem Teppich ausgelegte Treppe hinaufstiegen, fühlte sie sich schon ein wenig mehr zu Hause und war vor allem sehr neugierig auf Elf.

«Wer bist du?», fragte sie, als sie im oberen Stockwerk angekommen waren und auf eine beigefarbene Tür zugingen, die offenstand. «Ich meine ... äh, Jake hat nie erwähnt ...»

«Ich denke, man kann mich seine Kammerdienerin nennen.»

Die Asiatin lächelte, und ihre Miene war offen und freundlich. «Ich kümmere mich um ihn und seine Bedürfnisse. Sorge dafür, dass er alles hat, was er braucht ...» Sie hielt inne, und als sie sich zu ihr umdrehte, war ihr Lächeln geheimnisvoll und verführerisch geworden. «Und das gilt auch für seine Gäste. Hier entlang, Dee. Jake hat mir aufgetragen, dich zu verwöhnen.»

Delias Verwirrung kehrte zurück und war stärker als zuvor. Wenn er eine so schöne Frau wie dich haben kann, dachte sie stumm, während Elf voranging, wofür braucht er dann noch mich?

Als sie den nächsten Raum betraten, befand sich Delia im größten Bad, das sie je gesehen hatte. Eine creme- und apricotfarben glänzende Höhle, die gleichzeitig ein Ankleidezimmer war, sie bot alles, was man für die Körperpflege benötigte, und allein der Nassbereich war größer als Delias gesamtes Wohnzimmer.

«Dürfte ich dir wohl beim Ausziehen helfen?», fragte Elf höflich, als sei es die normalste Sache der Welt, einen Mann zu besuchen und sich von seiner Dienerin aus den Kleidern helfen zu lassen.

«Ähm ... ja», erwiderte Delia und ließ sich aus ihren Gedanken reißen. Sie gestattete Elf, ihr die Tasche abzunehmen, und kurz darauf begann die Asiatin mit sanften Bewegungen, ihr die Seidenbluse zu öffnen. Elf schien nichts dagegenzuhaben, ihre sinnlichen Pflichten schweigend zu erfüllen, aber Delia war nervös und fing an zu plaudern.

«Ist ‹Elf› dein richtiger Name?», fragte sie verlegen. Nachdem die Dienerin Delias Bluse ordentlich zusammengefaltet hatte, griff sie an den Rücken und öffnete den Verschluss ihres BHs. Als sie ihr das spitzenbesetzte Kleidungsstück abnahm, streiften ihre Finger über die entblößte Haut. Delia schauderte heftig, dann errötete sie. Ihre Nippel hatten sich zusammengezogen und aufgerichtet. Wenige Sekunden später stöhnte sie auf, als Elf, die den BH beiseitegelegt hatte, ihren nackten Busen umfasste. Sie drückte ihn sanft und fuhr mit dem Daumen über die harten Knospen.

«Nein, das ist bloß ein Spitzname», wisperte die dunkelhaarige Frau. «Mein echter Name lautet –» Eine Aneinanderreihung von klangvollen Silben war die Antwort auf eine Frage, an die sich Delia kaum noch erinnern konnte. Sie kämpfte um ihre Konzentration, und natürlich war ihr bewusst, dass es sich um einen japanischen Namen handeln musste.

Doch was Delia anging, hätte die junge Frau auch vom Mars kommen können. Ihre Finger waren so sanft und geschickt, dass weder ihre Nationalität noch ihr Geschlecht wichtig waren. Es war wunderschön, so berührt zu werden, und unglaublich erregend. Delia ließ ihre Hüften kreisen.

«Du bist sehr empfindsam», murmelte Elf, während sie Delias Nippel zwischen Zeigefinger und Daumen nahm und ein wenig daran zog. «Jake hat mir schon gesagt, wie wunderbar du reagierst.»

Sie hätte wütend sein müssen, wie kam Jake dazu, ihren Körper und ihre Reaktionen mit einer Bediensteten zu erörtern? Aber so war es nicht. Elf streichelte sie auf so wundervolle Weise, dass nichts anderes mehr wichtig war. Ihre schlanken, olivfarbenen Hände liebkosten, kniffen und zwickten mit all dem Können, das ihr Herr erst vor wenigen Tagen an ihr ausgeübt hatte. Dies war eine bizarre Art von Ersatzspiel – da Jake selbst verhindert war, schickte er seine Kammerdienerin als Vertretung, damit diese seiner neuen Mätresse Lust bereitete.

Lust ... und einen Orgasmus. Delia schluchzte laut auf und hatte Mühe, sich auf den Beinen zu halten, als heiße Liebessäfte wie Seide aus ihren geschwollen Schamlippen in den weichen Saum ihres Höschens flossen.

«Oh! O Gott», wimmerte sie und hielt sich an Elfs Schultern fest. Wie Schilf im Wind neigte sich ihr Körper zu Elf, während ihre Vulva pochte wie ein zusätzliches Herz.

«Schon gut, alles ist gut, ich halte dich», sagte Elf und stellte ihre Liebkosungen ein, nachdem sie ihren Zweck erfüllt hatten. Sie hielt Delia fest, als diese zu fallen drohte, und führte sie zu einer weißen Ledercouch, die in der Nähe stand. Sie half Delia, sich darauf niederzulassen, tröstete sie und sprach auf sie ein, wie man es bei einem Kind tat, das sich vor etwas erschrocken hatte.

«Komm, Dee, lass uns das hier mal ausziehen.» Sie hockte sich hin und streifte Delias weiche, schwarze Ballerinas ab, dann glitten ihre Hände nach oben, und sie hakte ihre beiden Daumen in den Bund der geliehenen schwarzen Leggings. «Hilf mir mal, meine Liebe», flüsterte sie.

Delia gehorchte aufs Wort, hob die Hüften und gestattete Elf, ihr das enganliegende Kleidungsstück auszuziehen.

Nun hatte sie nichts mehr am Leib außer einer einfachen, aber hübschen weißen Unterhose, deren extraweiche Ränder dafür gedacht waren, unter engen Kleidungsstücken nicht aufzutragen. Auch das Höschen wurde ohne viel Aufhebens heruntergezogen, was Delia peinlich war, denn im Saum befand sich ein dunkler, klebriger und nasser Abdruck, aber das schien Elf nicht aufzufallen.

Frauen kamen hier wahrscheinlich ständig, dachte Delia und begann sich allmählich manisch zu fühlen, fast schon hysterisch. Sie lachte nervös auf, als Elf sie auf die Beine zog.

«Entspanne dich, Dee. Lass dich gehen. Ich werde dich jetzt am ganzen Körper massieren, und ich glaube, du wirst das genießen. Jake gefällt es jedenfalls immer.»

Delia drehte sich auf den Bauch und stellte sich vor, wie Jake dasselbe tat und sein harter Schwanz gegen die Couch gepresst wurde. Wenn Elfs Hände einen Gast so rasch und mühelos zum Höhepunkt bringen konnten, dann lag der Rückschluss nicht fern, dass sie ihre Kunst auch häufig ihrem Herrn angedeihen ließ.

Als hätte sie ihre Gedanken gelesen, ergriff Elf das Wort, während sie die duftenden Öle vorbereitete. «Und, was hältst du von Jake?», fragte sie, als handelte es sich bei ihm um einen gemeinsamen Bekannten statt um ihren Arbeitgeber. «Hat er nicht einen wundervollen Körper?»

«Ich, äh ...» Delia biss sich auf die Fingerknöchel. Fast wäre ihr ein «Ich habe ihn noch nicht gesehen» herausgerutscht. Doch im letzten Augenblick war ihr eingefallen, dass Deana seinen Körper sehr wohl schon gesehen hatte. Wenn auch nicht komplett unbekleidet, so doch einen großen Teil und auf jeden Fall ... Jakes Schwanz!

«Ja», murmelte und schnurrte sie unwillkürlich vor Wonne, als kräftige japanische Hände ihr Bein der Länge nach massierten. «Er ist wunderschön», fügte sie verträumt hinzu, denn sie wusste, dass das der Wahrheit entsprechen musste. Wenn sie ihren Traummann gesehen hatte, dann war es unerklärlicherweise immer der nackte Jake gewesen. «Ich habe noch nie einen Mann mit so makelloser Haut gesehen.»

«Danke», sagte Elf, und Stolz schwang in ihrer Stimme mit. «Ich bin für seine Hautpflege verantwortlich, und ich verbringe viele Stunden damit. Dazu benutze ich Öle wie dieses hier ...» Sie gab einiges davon auf Delias rechte Pobacke und verteilte es auch auf die linke. «Dann fange ich an zu massieren. Es folgt die Tiefenreinigung und das Peeling. Er mag es, wenn seine Haut glatt und geschmeidig ist.»

«O ja», entfuhr es Delia, als sie sich vorstellte, wie es sich wohl anfühlen mochte, wenn sich seine glatte geschmeidige Haut an sie presste. Und wenn Elfs Hände zu denen ihres Herrn wurden. Dass es Jake wäre, der sie massierte und ihre Verspannungen löste. Es waren jetzt seine Finger, die in jede Furche und Spalte fuhren, manchmal sanft wie ein Schmetterling, manchmal fast schon brutal. Und es war Jake, der ihre Pobacken umfasste, daran zog und sie knetete. Seine Fingerspitzen, die unverschämt in sie eintauchten, die prüften, wie feucht sie schon war, und die nur so wenig Druck ausübten, um ihrer Erregung doch keine Erleichterung zu verschaffen.

«Noch nicht», sagte Elf leise und bestätigte damit, dass ihre Massage nun erotisch war. Wenn sie überhaupt jemals etwas anderes gewesen war. «Lass noch etwas für Jake übrig.»

«Ja, ist gut.» Doch das fiel ihr schwer. Sie war bereits einmal gekommen und sehnte schon die nächste Erfüllung herbei. Sie sehnte sich nach Fingern zwischen ihren Beinen. Oder einer Zunge oder einem Schwanz. Ein Mann oder eine Frau – der Unterschied war egal. Sie wand sich ein wenig und strafte mit diesen sinnlichen Bewegungen ihre vorherigen Worte Lügen.

Sex war etwas Neues für sie. Echter Sex, wohlgemeint. Heiße, schwelende Sinnlichkeit, die das verrückte Wetter des verfrühten Sommers mit sich gebracht hatte. Delia wusste, dass sie bislang noch wenig Erfahrung hatte, aber sie hatte den Verdacht, dass ihre Möglichkeiten unbegrenzt waren. Sie verspürte ungezügelten, gierigen Appetit auf Sex.

Wie soll das hier noch enden?, fragte sie sich. Konnte sie so sexy wie Deana sein? Wieder durchfuhr ein Prickeln ihren Körper, als sie sich vorstellte, wie es wohl wäre, ihre Schwester zu übertreffen. Das Spiel zu gewinnen. Und Jake, die Siegertrophäe, ganz allein für sich zu haben. Sie war sich nicht sicher, ob sie das überhaupt wollte, aber allein der Gedanke, dass es *möglich* war, war für sie elektrisierend und fuhr ihr wie ein Stromstoß durch ihre Brustwarzen und ihren Kitzler. Mit einem Stöhnen drehte sie sich um und bot Elf ihre Brüste, den Bauch und ihre entblößte Spalte dar.

«Berühre mich noch einmal», befahl sie und erfreute sich an ihrem ungewohnten Befehlston. Vermischt mit einer kehligen Sinnlichkeit, die sie noch nie zuvor an sich bemerkt hatte. «Es bleibt noch genug für ihn übrig.»

«Gewiss», erwiderte Elf, ohne ihr Tun zu unterbrechen, ein Paradebeispiel für die Fügsamkeit einer Geisha.

«Du darfst dich gern mit mir unterhalten», fuhr Delia fort, entzückt über ihr plötzlich erwachtes Machtbewusstsein. «Erzähle mir von ihm und von seinem Körper. Davon, was er mag und was du für ihn zu tun hast.»

«Ich erledige alles für ihn.» Elfs Stimme war leise und sehr sanft geworden. Liebte sie Jake ebenso sehr, wie es ihr Freude bereitete, für ihn zu arbeiten? Das schien sehr wahrscheinlich ... «Ich diene ihm vom Morgengrauen bis abends, bis er mich für die Nacht entlässt.»

Während sie noch sprach, öffnete Elf erst den Gürtel, dann die Knöpfe ihres Kleids. Innerhalb weniger Sekunden trat sie aus dem weißen Stoff und schob ihn achtlos beiseite, ganz im Gegensatz zu der Sorgfalt, mit der sie Delias Kleidung weggelegt hatte.

Delia hätte eigentlich erwartet, dass die schöne Frau nackt unter ihrem Kleid war, doch sie trug einen winzigen BH in Blassrosa mit passenden, lose geschnittenen French Knickers. Ihr Körper war schlank, wirkte aber kräftig, und obwohl sie sehr kleine Brüste hatte, waren ihre Nippel groß und sehr dunkel und deutlich durch den dünnen Stoff ihres rosafarbenen BHs zu erkennen. Auch ihr Venushügel zeichnete sich ab, und seidige Haarbüschelchen blitzten reizend aus dem Bündchen hervor. Als sich Elf zu einer Marmorablage hinüberbeugte, um nach einer weiteren Flasche Öl zu greifen, war sogar noch ein wenig mehr davon zu erkennen.

«Und auf welche Weise dienst du ihm?», wollte Delia wissen, wobei ihre Stimme leicht bebte, da Elf begann, ihren Körper einzucremen und Delias Leistengegend mit kleinen, kreisenden Bewegungen zu bearbeiten. Ihre aufreizenden Finger glitten keinesfalls auch nur in die Nähe von Delias Schamlippen oder ihrer Klitoris, und das machte die Berührung fast unerträglich. Delias Hüften bebten, und sie stieß ein Wimmern aus.

«Ich stehe um halb sechs Uhr auf und bereite meinem Herrn eine Tasse seines Lieblingskräutertees. Während er sie zu sich nimmt, lege ich ihm seine Sportkleidung heraus. Er geht dann entweder joggen oder trainiert mit leichten Hanteln.» Der Druck ihrer Fingerspitzen verstärkte sich, und prompt öffnete sich Delias Vulva wie ein Schmollmund, mit der Klitoris im Mittelpunkt. «Doch bevor er sich ankleidet, verschaffe ich seiner Erektion Erleichterung. Sei es mit meinen Fingern oder meinem Mund, so kann er sich ganz seinem Training widmen, ohne abgelenkt zu sein.»

Elf sprach ruhig und gelassen, doch ihre Worte hatten einen unmittelbaren Effekt auf Delia, deren Kitzler sich lustvoll zusammenzog und weitere Lustschauder durch ihren Körper sandte. Sie schrie auf, krallte sich an der Ledercouch fest und trat um sich, während der Orgasmus sie vom Kopf bis zu den Zehen erfasste. Sie verfiel in totale Ekstase, und das aus gutem Grund ... es war der Gedanke an Elf, die Jakes Schwanz in ihrem Mund hatte, und an sein Fleisch zwischen ihren weichen, roten Lippen.

Selbstvergessen packte Delia Elfs schlanke Hand und schob sie sich grob zwischen die Beine. Sie rieb ihr nasses Geschlecht daran, genoss das himmlische Gefühl und auch das Nachbeben zwischen Elfs Fingern und ihrem Daumen. Delias Liebessäfte flossen über und vermischten sich mit dem warmen, duftenden Öl.

Obwohl der Raum klimatisiert war, hatte Delia das Gefühl, zerschmolzen zu sein, als sie sich zurücklehnte und allmählich wieder zu Atem kam. Aufmerksam lauschte sie Elfs sinnlicher Beschreibung der intimen Morgentoilette ihres Herrn. Gelegentlich bewegte sie sich ein wenig, um Elf die Massage zu erleichtern, die diese nun fortführte, doch abgesehen davon war sie ein kraftloses Etwas, das in einer öl- und liebessaftgetränkten Lache schwamm. Eine recht stark riechende Liebesgabe, dachte sie trocken und fragte sich, wie Jake wohl reagieren würde, wenn er jetzt hereinkäme und sie riechen würde ...

«Ich würde gern ein Bad nehmen, bevor ich Jake begegne ...»

Elf blickte von Delias linkem Fußknöchel auf, den sie gerade bearbeitete. Ihr Lächeln war rätselhaft. «Selbstverständlich. Ich werde das veranlassen.» Sie massierte das letzte bisschen Verspannung aus ihrem Bein und legte es dann auf der Couch ab. «Entspann dich einfach für ein paar Minuten, und ich lasse dir ein Bad ein.»

«Das wäre wunderbar», erwiderte Delia dankbar, dann schloss sie die Augen. Sie brauchte jetzt ein wenig Zeit für sich. Um ungestört nachdenken zu können.

Dann bin ich also bisexuell ...

Ihre Muschi erbebte bei diesem Gedanken, und Delia

war versucht, sich an dieser Stelle zu berühren. Stattdessen versuchte sie, sich mit weiteren Fragen abzulenken.

Wie mochte es wohl Deana gehen? Ob sie auch so fühlte? Schließlich war sie diejenige, die mit Sex wesentlich freizügiger umging. War sie vielleicht sogar schon mit einer Frau zusammen gewesen? Das wäre durchaus typisch für sie, schließlich probierte sie gern Neues aus. Und was Vida Mistry anging, hatte sie sich ziemlich zugeknöpft gezeigt. War es sogar Deana peinlich, diesbezüglich offen zu sein? Die Sehnsucht nach dem weiblichen Körper …

Aber wie steht es um mich?, dachte Delia und merkte, dass sie der Kernfrage bislang ausgewichen war. Sie warf der gelassenen Elf einen langen Blick zu.

Die Japanerin bewegte sich elegant und bedachtsam, als sie kostbare Essenzen in die riesengroße Badewanne gab und anschließend einen Stapel flauschiger Handtücher bereitlegte. Graziös stellte sie Porzellanschalen mit verschiedenen Seifen auf, die die Form von Früchten hatten, dazu Lotionen und Puder in wunderschönen Kristallbehältern. Elf war rank, schlank und geschmeidig, ihre olivfarbene Haut wunderschön gepflegt. Auch ihr Körper darunter war perfekt, wie die dünne Seide ihres BHs und Höschens verriet.

Ist es wirklich Elf, die ich begehre?, dachte Delia verwirrt. Oder war sie bloß ein Ersatz … für Jake?

Delia richtete sich auf der Couch auf. Sie war unruhig und gierig nach Sex, trotz ihrer Orgasmen, und das brachte sie spontan zum Lächeln. Sie hatte in der Tat noch genug übrig. Ihre Schamlippen waren noch immer angeschwollen und empfindlich. Außerdem war sie gedehnt und bereit für weitere Berührungen. Sie wollte, dass an ihr gesaugt wurde. Oder dass ihr Körper unter dem eines starken Mannes lag und dieser mit seinem Schwanz in sie hineinglitt.

Sie schob eine Hand zwischen ihre Beine und begann, sich zu streicheln. Nach all den Finessen, die Elf ihr hatte angedeihen lassen, war ihr nach etwas Gröberem zumute.

Und obwohl sie bislang vor diesem Wort immer zurückgeschreckt war, so war es doch das treffendste, um ihren Zustand zu beschreiben.

Sie wollte gefickt werden, wollte Jakes Schwanz in sich haben und wollte es dieses Mal mit allen Sinnen genießen. Die Augen weit geöffnet, den Blick klar. Wie mochte es wohl sein, ihn in sich zu spüren und seine Reaktionen zu erleben? Keine Phantasien, keine Träumereien, nur Jake de Guile, der sie vögelte, bis sie nicht mehr klar denken konnte. Als sie leichtfüßig von der Couch sprang und Elf anlächelte, war sie bereit für ihn. Die zarte Japanerin hatte sich zu ihr umgedreht, so als spürte sie Delias erwachende Lust.

«Wie weit ist mein Bad?», fragte Delia und spürte einen Hauch von Befriedigung über die Selbstsicherheit in ihrer Stimme.

Elf verbeugte sich graziös und deutete mit einer Handbewegung auf die Wanne, dann trat sie mit einem Band auf ihren Schützling zu und band ihr das Haar hoch, bevor sich Delia ins Wasser gleiten ließ.

Wie wunderschön sind die beiden doch anzusehen, dachte der Mann vor dem Bildschirm.

Seine unersetzbare Elf – und seine neueste Eroberung. Die italienischstämmige Ferraro-Brünette mit ihrer entzückenden Verwirrung, dem heißen Körper und den explosiven Reaktionen. Was würde sie wohl sagen, wenn sie wüsste, dass er sie beobachtete? Dass eine winzige Kamera in der phantasievollen Einrichtung des Badezimmers versteckt war? Er stellte sich ihre Empörung, ihren vorgetäuschten weiblichen Zorn vor. Der zwar gerecht, aber dennoch gespielt sein würde, denn er ahnte bereits, dass es sie erregte, den Blicken anderer ausgesetzt zu sein.

Diese Mädchen sind wirklich unglaublich, dachte er, zufrieden, dass er diese Kombination gewählt hatte. Die schlanke, geishaähnliche Elf, dunkelhaarig, graziös und präzise in den Bewegungen, und Dee, die ebenfalls dunkelhaarig und schlank, doch gleichzeitig viel kraftvoller und urwüchsiger war. Sie war wild und heißblütig, ein Raubtier, das unter der eleganten Oberfläche schlummerte. Er pries sein Glück – und sein Urteilsvermögen –, dass er sie ausgewählt hatte. Als sie vor Lust aufschrie, öffnete er seine Robe und fuhr mit den Fingern an seinem Schaft entlang.

Als seine Hand in den vertrauten Rhythmus verfiel, betrachtete er Elfs schlanke Hand, die gegen Dees offenen Schoß gepresst war. Es erregte ihn umso mehr, dass das neue Mädchen sie selbst dort hingeführt hatte.

Sein Gast nahm die Dinge im wahrsten Sinne des Wortes gern selbst in die Hand, so viel stand fest. Sie rieb sich an dem V zwischen Elfs Zeigefinger und dem Daumen und sorgte aktiv für ihre Stimulation, statt sich einfach zurückzulehnen und alles mit sich geschehen zu lassen. Beim Anblick ihres sich windenden Körpers zogen sich seine Eier schmerzhaft zusammen.

Sie war genau das, was er jetzt brauchte. Das optimale Weib. Und während sie sich wimmernd hin und her warf, tastete er nach seinen eigenen Lustzonen. Zum Beispiel gab es da diese Stelle unter dem pilzförmigen Kopf seines Schwanzes ... ja! Er hatte sie gefunden und stöhnte laut auf, den Blick starr auf den Bildschirm gerichtet, auf dem Dee gerade zum Höhepunkt kam.

Er verspürte Erleichterung, weil sie noch so unverbraucht und frisch war. Sie war seine Nymphe, perfekt für das Spiel geeignet. Vertraute, oft benutzte Szenen würden dank ihr zu frischem Leben erweckt werden. Sie war clever und doch so unschuldig, so köstlich und hinreißend, dass er ihr in diesem Augenblick gern die Brüste geleckt und seine Finger in ihre Vagina geschoben hätte. Er wollte sie berühren und streicheln, mit ihrer weichen, sexy Spalte spielen und seinen Finger in ihrer dunklen Poritze versenken. Er wollte ihren engen kleinen Hintern bearbeiten, obwohl ihm klar war, dass sie zunächst angewidert sein würde. Sie würde es hassen und dagegen ankämpfen, aber anschließend wäre sie heißer denn je. Während er seine Eichel zusammendrückte, wünschte er, außer der Kamera auch über eine Funkverbindung in den angrenzenden Raum zu verfügen, damit er Elf seine Anweisungen direkt ins Ohr flüstern könnte und Dee die Zärtlichkeiten empfing, die auf seinen Befehlen basierten.

Als hätte sie ihn gehört, drehte sich Dee auf den Bauch. Ihre festen Brüste wölbten sich seitlich unter ihrem Körper hervor, als Elf ihre Schultern zu massieren begann. Jake kannte die kräftigen Bewegungen selbst nur zu gut, und so überraschte es ihn nicht, als Dee darauf zu reagieren begann. Delia, die noch bäuchlings auf dem Sofa lag, presste sich stärker an das Leder, und mit einem schwachen, lustvollen Schluchzen, das durch die Hightech-Lautsprecher deutlich zu hören war, spreizte sie die Beine und rutschte ein wenig hin und her.

Auch Jake keuchte, sein Schwanz war dick angeschwollen und pulsierte. Mit seiner freien Hand betätigte er den Zoomknopf, und die Kamera fuhr dicht an die dunkle Furche zwischen Dees runden Pobacken heran. Sein Schwanz zuckte gefährlich, und er wusste, dass er gleich so weit war. Er stellte sich den heißen, engen Druck ihres pfirsichweichen Hinterteils vor.

Natürlich würde sie erst protestieren. Sich beschweren und versuchen, sich unter ihm hervorzuwinden. Er stellte sich vor, wie sie sich krümmte und versuchte, die verbotene, empfindsame Öffnung vor dem Vorstoßen seines Prügels zu schützen.

Aber er würde bekommen, was er wollte. Entweder durch Kraft oder durch sanftere Methoden, indem er ihr Geschlecht so lange befingerte, bis sich ihr Anus pulsierend öffnen würde. Und während Letzter vor ihm auf dem Bildschirm tanzte, legte er Dee in Gedanken Handschellen an.

In seiner Phantasie waren sie beide auf dem Bett, sie lag mit dem Gesicht nach unten, ihre schmalen Handgelenke an das Kopfgitter gefesselt. Ihr Hintern war nackt und bereit für ihn, er hatte ihr ein dickes Seidenkissen unter das Becken geschoben. Um seine Phantasie weiter auszuschmücken, beschloss er, dass sie nicht völlig nackt war. Stattdessen trug sie ein hochgeschlossenes viktorianisches Nachthemd aus Baumwolle, das sie wie ein Engel aussehen ließ und ihre missliche Lage noch zehnmal unzüchtiger machte. Ihre Arme und Schultern waren von den weichen Stoffmassen bedeckt, aber der lange Rock war ordentlich aufgefaltet und an ihrem Rücken befestigt.

So war sie von der Taille aufwärts keusch bedeckt, während ihr blasser Unterleib zuckte. Zwei perfekte Halbkugeln lagen entblößt vor ihm, makelloses, feminines Fleisch, an dem er seinen ungezügelten, perversen Appetit zu stillen gedachte. Sie konnte sich wehren, soviel sie wollte, sobald er ihre Oberschenkel festhielt, sich zwischen ihren Hinterbacken in Position gebracht hatte und sich einfach nur vorschob, würde er ihren jungfräulichen Anus mit Leichtigkeit nehmen können.

Er lehnte sich zurück, verloren in dunklen, obszönen Träumen, und beobachtete nicht mehr länger das Geschehen auf dem Bildschirm, sondern ließ weitere Phantasien mit Dee in den entzückendsten Posen vor seinem inneren Auge ablaufen, während er sich rieb.

Elf, die Dees Hände festhielt, während er verschiedene Objekte in Dee einführte. Vibratoren in ihre Vagina und den Anus, und seinen Penis zwischen ihre bereitwillig geöffneten Lippen, woraufhin sich ein Gurgeln ihrer Kehle entrang, während die elektrischen Instrumente unaufhörlich und infernalisch in ihr wüteten.

Er sah sie mit gespreizten Beinen an einen Stahlrahmen gefesselt vor sich, in der Hüfte gebeugt, und während Fargo sie in den Hintern fickte, versetzte Vida ihr mit einer schwarzen Peitsche kühl kalkulierte Hiebe auf die brennende Kehrseite.

Er sah sich selbst, wie er mit ihrer Zustimmung seinen Schaft sanft und behutsam in ihr gutgeschmiertes Rektum einführte. Sie lagen auf einem weichen Plüschteppich, wiegten sich vereint im Takt. Der Teppich lag vor einem Fenster mit Blick auf einen Garten. Ihr entfuhr ein Schrei der Lust, als er sich in ihrem Anus bewegte und um sie herumgriff, um ihre Klitoris zu reizen. Dann stieß sie voller Dankbarkeit seinen Namen aus, als sie von einem Orgasmus geschüttelt wurde und ihr Hinterteil sich wunderbar um ihn zusammenzog.

«Dee», stöhnte er leise, als er kam und sein Samen in dicken Strängen auf seine braungebrannten, geöffneten Schenkel schoss.

Delia kannte sich mit Schaumbädern gut aus. Sie liebte es, sich an Wochenenden stundenlang im Wasser zu aalen, wenn sie alle Zeit der Welt hatte.

Aber noch nie hatte sie so luxuriös gebadet wie an diesem Tag. Elf verrichtete ihre Pflichten nach der traditionellen japanischen Methode, und Delia gab sich ganz der langen Verwöhnprozedur hin. Sie saß dabei auf einem kleinen Holzschemel, der neben der Wanne aufgestellt war, und wurde gewaschen – an jeder Stelle des Körpers. Sie wurde sogar zur Toilette begleitet, und was sie dort zu verrichten hatte, blieb nicht unbemerkt, was Delia beschämend und erotisch zugleich fand. Dann wurde ihr endlich gestattet, sich langsam in das Wasser sinken zu lassen, das genau die richtige Temperatur hatte. Nicht kochend heiß, wie ein echtes japanisches Bad, denn dann wäre sie ins Schwitzen geraten. Das Wasser war lauwarm, duftete nach Rosen und Jasmin und umspielte ihren Körper wie Seide.

Sie döste vor sich hin, als eine weiche Hand sie an der Schulter berührte. «Alles in Ordnung, Dee?», fragte Elf und hockte sich neben die Wanne. Ihr locker sitzender BH gab den Blick auf ihre Brüste frei.

Die Schönheit des Anblicks rief Delias Lebensgeister wach. Sie setzte sich auf und zeigte nun ihrerseits ihren fülligeren Busen. Elf lächelte, und ihre dunklen Augen blitzten auf, doch was sie tat und sagte, war ganz und gar nicht erotisch. Sie half Delia aus der Wanne und trocknete sie ab. Dann rieb sie ihren Körper sorgfältig mit einer parfümierten Lotion ein und trug eine teure französische Feuchtigkeitscreme auf ihr Gesicht auf. Danach schminkte sie Delia mit einem leichten Make-up und bürstete ihr Haar, bis es ihr üppig glänzend über die Schultern fiel.

Der letzte Schliff brachte eine Perlenkette, die sie Delia umlegte. Eine einzelne Reihe perfekter, rosé glänzender Perlen. Der Schmuck war ganz offensichtlich echt, wie Delia mit Ehrfurcht und Staunen feststellte, als sie sich in dem hohen Spiegel betrachtete. Er musste mehrere tausend Pfund wert sein. Die Kette machte sie nervös. Sie war vermutlich das seltenste und kostspieligste Schmuckstück, das sie je am Körper getragen hatte. Außer Jake selbst, natürlich.

«Es wäre jetzt an der Zeit, Dee», sagte Elf, die hinter sie getreten war und ihrem Spiegelbild zulächelte.

«Aber sollte ich nicht etwas anziehen?»

«Er will dich nackt», sagte die Japanerin schlicht, nahm Delia bei der Hand und zog sie mit sich.

«Aber ich kann nicht –», protestierte Delia, dabei hatte sie sich schon wie von selbst in Bewegung gesetzt ...

«Doch, du kannst!» Elf lachte leise, öffnete die Tür zu einem Korridor und schob Delia sanft hinaus. «Du bist schön, Dee. Dein Körper ist perfekt. Viel zu schön, um ihn zu verstecken. Komm schon.»

Es war ein seltsam sinnliches Erlebnis, nackt durch die Gänge von Jakes phantastischem Haus zu schlendern. Die Innenausstattung war opulent, während sie hingegen in dieser geschmackvollen Umgebung völlig nackt war. Ihre

Nacktheit verlangte geradezu, dass man sie vögelte und sich an ihr ergötzte. Sie befand sich in einem Palast, dem Palast ihres Prinzen, und sie war sein unverhülltes Eigentum.

Im ersten Stock hingen Kunstwerke mit sexuellen Motiven. Sie erinnerte sich an Deanas Beschreibung der Ausstellung und fragte sich, ob hier die besten pornographischen Stücke hingen. Elf drängte sie nicht, und so blieb ihr genug Zeit, die Gemälde und Fotografien zu studieren. Genug Zeit, dass sie vor Erstaunen die Augen aufriss, ihr die Kinnlade herunterfiel und ihr wieder heiß und feucht zwischen den Beinen wurde.

Die explizitesten Kunstwerke stellten Jake selbst dar. Aufnahmen und Zeichnungen, wie Gott ihn erschaffen hatte, in verschiedenen sexuellen Akten. In einigen Szenen war er allein, in anderen mit einer Frau, in weiteren mit mehreren Frauen. Auf manchen Bildern war er sogar mit Männern zu sehen.

Delia fragte sich, was ihre Schwester von diesem privatesten Teil der Privatsammlung wohl halten würde. Mit ihrem Talent und ihrer offenen Art, mit Sex umzugehen, wäre sie vermutlich in der Lage, ebensolche Kunstwerke, wenn nicht sogar bessere, zu erschaffen. Sei es mit dem Pinsel, dem Stift oder einer Kamera. Oder vielleicht sogar durch den Einsatz ihres eigenen Körpers?

Sie waren mittlerweile an einer Tür angekommen. Eine glatte, neutral gestrichene Fläche, die in ihrer Schlichtheit geradezu bedrohlich wirkte. Delia zögerte. «Hab keine Angst», sagte Elf und griff nach dem Türknauf.

Delias Herz begann heftig zu pochen, als die Tür aufschwang ...

# 7 IM THRONSAAL

Als Deana den Raum betrat, musste sie unwillkürlich an Jakes Büro im De Guile Tower denken. Er schien eine Vorliebe für weiträumige Zimmerfluchten zu haben, denn was sich hier vor ihrem Auge erstreckte, schien eher in den Palast eines fernöstlichen Potentaten zu gehören. Dabei war es bloß ein Schlafzimmer in einer Londoner Stadtvilla.

Auch die Innenausstattung war unkonventionell. Von jeder Wand hingen durchsichtige Paneele im japanischen Stil herab, sogenannte *shoji*, doch statt der traditionellen Naturfarben waren sie mit feurigen, lebendigen Nuancen bemalt – Delia entdeckte verschiedene Orangeschattierungen, Blass- und Kirschrot und Ocker. Die Muster wirkten wie neblige Wirbel, die von geschickt platzierten Einbauleuchten indirekt angestrahlt wurden.

Die Atmosphäre war ungewöhnlich, fast wie in einem Mutterleib – ein Effekt, den Jake vermutlich auch erzielen wollte.

Auf dem hochflorigen, fast dunkellila Teppich standen mehrere niedrige Liegesofas, dazu waren riesige, weiche Sitzsäcke im Raum verteilt. Die Umrisse weiterer Möbelstücke zeichneten sich zwar ab, doch um was es sich genau handelte, konnte Delia wegen des diffusen Lichts nicht genau erkennen. Einzig erkennbar war die größte Liegestatt im Raum, die auf einer Art Podest stand, das man über eine Stufe erreichte.

Auch darauf waren dicke, weiche Kissen verteilt. Der Diwan besaß als einziges Möbelstück eine Rückenlehne – eine hohe, fast kitschige Angelegenheit aus scharlachrotem Noppensamt. Lässig dagegen gelehnt: niemand anderes als Jake, ein Gedicht in kühlem Blau vor einem rotglühenden Hintergrund. Sein schlanker, gebräunter Körper steckte in einem Morgenmantel aus azurfarbener Seide. Seine Pose war so übertrieben, dass er wie der Held eines billigen Kitschromans wirkte. Hätte Delia ihn nicht so stark begehrt, hätte sie in diesem Moment vermutlich laut aufgelacht.

So, wie er dort ruhte, strahlte er Macht aus und sah mehr denn je aus wie ihr Prinz. Beim Näherkommen überfiel Delia jedoch eine intensive, sexuell begründete Gereiztheit, als sie feststellte, dass …

… dieser prächtige Mistkerl tatsächlich eingeschlafen war!

Delia verstand sich selbst nicht mehr, als sie sich ihm behutsam näherte. Elfs Worten zufolge war Jake «beschäftigt». Was sie jetzt eigentlich tun sollte, war, auf ihn zuzustürmen und ein Höllentheater zu machen. Das jedenfalls hätte Deana gemacht. Doch sie war diplomatischer und nicht so couragiert wie Deana, die sich wenig bieten ließ.

Außerdem sah er einfach viel zu gut aus.

Delia konnte kaum glauben, dass sie diesen Mann erst zweimal getroffen hatte. Während sie nur wenige Zentimeter von ihm entfernt dastand, kam es ihr vor, als sei sie schon immer von ihm besessen gewesen. Und ihre Phantasien und Träume, zusammen mit Deanas detaillierten Beschreibungen, erweckten in ihr den Eindruck, als würde sie ihn in- und auswendig kennen. Mit Verstand, Körper und Seele.

Das mochte zwar ein Trugschluss sein, aber sie wusste, dass der Schlüssel zu ihm Sex war – darin lag das Geheimnis. Er war das erotischste Wesen, das ihr je begegnet war, und wie er dort vor ihr lag, katzenhaft und entspannt, brachte er ihre Sinne weitaus stärker zum Vibrieren als jedes einzelne seiner unerhört offenherzigen Kunstwerke.

Er lag in voller Länge auf seinem roten Samtthron ausgestreckt, und seine Füße schauten unter dem bestickten

Saum seiner Robe hervor. Sie erkannte, dass der Schnitt mit den quadratischen Ärmeln der eines echten japanischen Kimonos war, doch bezweifelte sie, dass ein echter Samurai so dünnen Stoff getragen hätte. Die Seide war so schamlos dünn, dass der Phantasie des Betrachters wenig Raum gelassen wurde. So konnte sie nicht nur die deutlichen Linien seiner Gliedmaßen und seines Oberkörpers erkennen, sondern auch die Form seines Penis, seiner Hoden und den Umriss des schwarzen Schamhaars.

Angeber!, dachte sie verärgert und spürte doch, wie die Lust aufs Neue heranwogte.

Die Farbe Blau in einem ganz in Rot gehaltenen Raum zu tragen war nichts anderes als Effekthascherei und konnte nur inszeniert sein. Der verdammte Kimono war praktisch durchsichtig und wirkte damit fast schon tuntenhaft, aber Delia war sich sicher, dass Jake auch für diese Spielart etwas übrig hatte.

Nun bewegte sich die Gestalt vor ihr, und Delia sog keuchend die Luft ein, als sie sein Haar bemerkte. Er trug es heute Abend offen, und als es durch seine plötzliche Bewegung wie eine Welle über die Kissen fiel, wirkte es länger als je zuvor. Einige Strähnen lagen über seinem Gesicht und dem Hals und fielen ihm über die Schultern. Dann glitten sie über seine Haut, als er sich im Schlaf umdrehte. Der Effekt war unglaublich verführerisch, und Delia wurde schwach, als sie ihn anstarrte. Sie spürte, dass Elf dicht neben ihr stand.

«Prächtig, nicht wahr?», wisperte die Japanerin, und trotz ihrer Verwirrung konnte Delia nicht anders, als zustimmend zu nicken.

«Ja, das ist er», flüsterte sie.

Eine Zehntelsekunde später wurde ihr klar, dass Jake nur so tat, als schliefe er. Er verstand es eben perfekt, andere zu manipulieren. Er war *natürlich* wach, hörte ihnen zu und spielte sein Spielchen mit ihr.

«Nun, vielen Dank, Miss Ferraro», schnurrte plötzlich

eine Stimme, die nach geschmolzener Schokolade klang und ihr nur allzu vertraut war. Mit einem genüsslichen Dehnen setzte sich Jake auf. Durch die Bewegung fiel seine Robe auseinander, und seine Augen – die, wie sie in diesem Augenblick feststellte, dasselbe Blau besaßen – glitzerten schelmisch.

«Auch Sie sehen prächtig aus, wenn ich mir die Bemerkung erlauben darf», fuhr er fort und rieb sich gemächlich über den Körper, bevor er den Arm ausstreckte und sie berührte, ehe sie protestieren, erröten oder sonst wie reagieren konnte. Seine Fingerspitzen glitten über ihr Kinn, die Perlen an ihrem Hals, dann tiefer, bis er ihre linke Brust umfasste. Er neckte den aufgestellten Nippel mit seinem Daumennagel, dann beugte er sich vor und küsste ihn. Als er sein anschließendes Lecken, Saugen und sanftes Beißen beendet hatte und sich wieder aufrichtete, war ihre Haut am ganzen Körper gerötet, und ihre Schamlippen waren angeschwollen und tropfnass.

Er ließ sich zurückfallen, und der dünne Stoff seiner Robe blähte sich auf und entblößte seine Leistengegend. Delia entdeckte feine, schwarze Härchen, doch sein Schwanz lag noch unter den Stoffschichten verborgen. Allein der Anblick seines Schamvlieses brachte sie zum Erzittern. Es sah seidenglatt aus und stand in einem seltsamen Kontrast zu seinem ansonsten unbehaarten Körper. Ihr fiel wieder ein, dass Elf von einer Rasur gesprochen hatte ... und sie stellte sich vor, wie die messerscharfe Klinge über sein Gesicht und weiter über die Beine, Arme und Bauchmuskeln glitt.

Den Kopf voller bizarrer Bilder, wusste sie nicht, was sie sagen sollte. Splitternackt stand sie hier vor ihm, zitternd vor Lust. Ihr fehlten schlichtweg die Worte. «Guten Abend, Jake», brachte sie schließlich hervor. «Elf sagte, du seiest beschäftigt.»

«Nun, das war ich auch gewissermaßen», antwortete er und schob sich eine dicke, schwarze Haarsträhne, die ihm ins Gesicht gefallen war, über die Schulter. Seine Lippen zuckten spitzbübisch, und ein kurzer Seitenblick aus seinen schrägen Augen brachte Delia dazu, in dieselbe Richtung zu blicken.

Auf einem niedrigen Holztisch mit geschnitzten Beinen, die die Form von Drachen hatten, stand ein kleiner Fernseher mit Flatscreen. Der Film war angehalten worden, und der Raum, den es zeigte, war ihr vertraut. Das luxuriöse, wenn auch jetzt verlassene Badezimmer und die weiße Massagecouch befanden sich in der Bildschirmmitte.

«Du Scheißkerl!», kreischte sie und nahm wie aus weiter Ferne vage wahr, dass sie Deana noch nie ähnlicher gewesen war. «Du Ekel hast uns beobachtet!»

«Selbstverständlich habe ich das», sagte er und ging in den Schneidersitz, was ihr einen weiteren Blick auf sein rabenschwarzes Schamhaar erlaubte. «Frauen pflegen sich natürlicher zu bewegen, wenn sie sich unbeobachtet fühlen.»

Sie wäre am liebsten vor Zorn explodiert. Er war so ein chauvinistisches Schwein! Sie hätte ihm am liebsten in sein großartiges Gesicht geboxt oder … ihn dazu gebracht, sie auf der Stelle zu nehmen. Die Bedürfnisse waren gleich stark, und ihr Zorn und ihre Empörung wurden nur durch die Scham übertroffen. Sie hatte wie eine Nymphomanin auf Elf reagiert. Hatte vor Lust aufgeschrien. War gekommen. Hatte geschluchzt.

«Was ist los, Dee?», fragte er sanft, griff nach ihr und zog sie neben sich auf die Kissen. «Es hat dir doch mit Elf gefallen, nicht wahr? Du kannst nicht behaupten, es hätte dir kein Vergnügen bereitet.» Er rückte sie an seiner Seite zurecht, als kuschelte er mit einem widerspenstigen Kind. Er hielt sie dicht an seinen Körper gepresst und streichelte dann mit großem Geschick ihre Brüste, bevor er seine Fingerspitzen über ihren Bauch gleiten ließ.

«Na, komm schon, süße Dee», schmeichelte er und hob ihr Gesicht dem seinen entgegen. Eine Hand hielt ihren Kopf im Nacken fest, während die andere bereits mit ihrem Schamhaar spielte. «Du willst doch Elf bestimmt nicht enttäuschen, stimmt's?»

Seine Finger glitten fast schon beleidigend forsch über ihre Klitoris. «Wenn du nicht aufhörst, dich zu beschweren, wird sie denken, sie habe dir nicht gefallen.» Er blickte sie aus weit geöffneten, blauen Augen an und verzog keine Miene. Fast schien es unmöglich zu sein, dass er sie zwischen den Beinen streichelte. Langsam, erbarmungslos und unwiderstehlich.

Delia begann, mit den Hüften zu kreisen. Sie hasste sich dafür, aber sie konnte nicht anders. Er behandelte sie wie ein Spielzeug, wie eine willenlose Puppe, doch es waren genau diese seine herabwürdigenden Handlungen, gepaart mit seinen aufbauenden Worten, die ihren Körper zum Lodern brachten und ihre Haut dort schmerzen ließen, wo er sie mit den Fingern berührte.

Als sie mit dem nackten Hintern auf den Kissen umherzurutschen begann, wurde sie sich auf schamvolle Weise ihres Liebessafts bewusst. Glitschige Nässe floss aus ihr heraus über Jakes Finger und auf die teuren Seidenkissen. Rasch wurde ihre Lust immer größer und schoss wie ein elektrischer Strom durch ihren Körper, stürmte durch ihre Nervenbahnen, Gliedmaßen und Adern und kehrte mit doppelter Wucht zu ihrer Vulva zurück – und zu der feingliedrigen, gebräunten Hand, die sie beherrschte.

«Dee, oh, Dee», murmelte er. «Das D steht für sinnliche Daseinsfreude, stimmt's? Ich glaube nicht, dass ich je zuvor eine Frau hatte, die so empfänglich war.»

«Aber du besitzt mich nicht!», keuchte sie und hob die Hüften an, als er eine Sekunde lang seine Hand wegzunehmen drohte.

«Ah, aber das werde ich», flüsterte er, seine Lippen an ihrem Ohr, während seine Hand die Folter fortsetzte und sich so sanft an sie presste, dass sie die Schenkel einladend öffnete. «Sobald Elf das Vergnügen mit dir hatte, meine Süße, und du mit ihr!»

«Ich verstehe nicht. Ich … o Gott! Nein! Ah! Ah! Ah.»

Und wieder überkam es sie, dieses heftige Pulsieren und Ziehen in ihrem Inneren. Eine Lust, die so überwältigend war, dass es fast wehtat, und die sie das Gesicht verlieren ließ …

Das bin ich nicht!, dachte sie benommen, während die Wellen der Lust abebbten und sie sich erschöpft in Jakes Arme zurückfallen ließ.

Ich bin doch keine Orgasmusmaschine. Normalerweise fällt es mir schwer zu kommen. Wie, zur Hölle, kann er mir das antun? Können *sie* mir das antun? Sie öffnete ihre schweren Lider und sah Elf, die neben dem Liegesofa am Boden kniete und das Geschehen genau verfolgte.

Und dann erinnerte sie sich an Peter.

Bei ihm bin ich doch auch ohne Mühe zum Höhepunkt gekommen, nicht wahr? Keine Probleme, kein Zwang. Ich habe mir nicht einmal Sorgen deswegen gemacht. Was ist mit mir bloß los? Sie blickte zu Jake auf und fragte sich, ob er wohl teuflische Kräfte besaß. Hatte er vielleicht das Wetter beeinflusst und irgendetwas mit der Ozonschicht angestellt, weswegen die ganze Stadt unter einem glühheißen, erotischen Nebel versank? War er sogar der Teufel selbst – der jeden in einen ihm ergebenen Sexsklaven verwandelte?

Fast schien es so, denn während Delias Körper noch vibrierte, erhob sich Elf und griff sich, auf Jakes zustimmendes Kopfnicken hin, nach hinten und öffnete den Verschluss ihres winzigen, rosafarbenen BHs. Kaum war dieser geöffnet, hielt sie den dünnen Stoff mit einer Hand gegen den Körper gepresst, in einer wunderschönen Geste jungfräulicher Keuschheit. Der Blick hingegen, den sie Jake zuwarf, war Verführung pur und schien direkt aus der *ukiyo*, der «fließenden Welt» der Geishas zu stammen. Als Antwort schnippte Jake hochmütig mit den Fingern. Es sei ihr gestattet, fortfahren …

Gehorsam, doch unbeugsam ließ Elf das pinkfarbene

Kleidungsstück zu Boden fallen. Ihre Brüste waren klein, aber wunderschön geformt, leicht hochstehend mit den dunkelsten Spitzen, die Delia je gesehen hatte. Kräftige, kastanienbraune Knospen, die sich von der olivfarbenen Haut abhoben. Sie waren hoch aufgerichtet, und Elf streichelte sie, um ihre exotische Perfektion noch zu unterstreichen.

«Auch den Rest, bitte, Elf», befahl Jake mit rauer Stimme. Er leckte sich die Lippen – offenbar ließ ihn ihr Anblick nicht kalt, auch wenn die Frau vor ihm seine ständige Begleiterin und ihr Körper ihm gewiss vertraut war.

«Selbstverständlich», erwiderte Elf, hakte die Finger in den Bund ihres Höschens und zog es langsam und aufreizend nach unten, bevor sie daraus hervortrat – dieses Mal ohne die geringsten Anzeichen von Schüchternheit.

Delia beneidete sie, und das nicht nur für ihre anmutige Selbstbeherrschung, sondern auch ihren süßen, strammen Körper. An Elfs feingliedriger Figur gab es nicht das Geringste auszusetzen: Sie hatte eine schlanke Taille, sanft geschwungene Hüften und einen straffen Bauch mit einem tiefen Nabel, an dem kein Gramm zu viel saß. Unbewusst veränderte Delia ihre Haltung, um ihre Kurven in ein besseres Licht zu rücken. Sie war beileibe nicht fett, aber sie hatte trotzdem dort ein Bäuchlein, wo sich der Körper der anderen quasi nach innen wölbte.

«Mach dir keine Gedanken, schöne Dee», flüsterte ihr Jake ins Ohr. Seine Finger glitten von ihrer Vulva hoch und streichelten die Schwellung ihres Bauchs. «Ich mag diese Stelle sehr gern an dir.» Er ließ seine Hände in zarten, kreisenden Bewegungen über sie gleiten, und Delia stöhnte auf. Dann zog er wieder an ihren Schamlippen und neckte ihre noch empfindliche Klitoris. Als sein Daumen in ihren Nabel glitt, hob sie sich ihm entgegen. Jake hatte lange Hände, und als er sie ausstreckte, konnte er mit dem Mittelfinger zwischen ihre Schamlippen gleiten. Er berührte den stark empfindlichen Punkt, dann drückte er mit der gesamten Handfläche zu. Delia stöhnte erneut auf und stellte sich kurz vor, dass ihre Blase voll war und wie stark sich der Druck damit wohl anfühlen mochte.

In Delias Kopf begann sich alles zu drehen, als Jake sie weiterhin liebkoste, während Elf, seine japanische Dienerin, wieder unterwürfig vor ihnen kniete. Ihre Finger glitten an Delias Schenkeln empor, streichelten immer näher zu der Stelle, die vor Bereitwilligkeit weit geöffnet war ...

«Sie gehört ganz dir», raunte Jake.

Verwirrt merkte Delia, wie er seine Hand zurückzog und ihr Körper auf den Kissen zurechtgelegt wurde. Als er schließlich mit ihrer Position zufrieden war, begab er sich an das andere Ende des Diwans, stopfte sich ein paar Kissen in den Rücken und begann ... sie in aller Ruhe zu beobachten.

Sie blickte ihn mit einem stummen Flehen an, weil sie sich einerseits verwirrt fragte, was er von ihr erwartete, und sie andererseits mit wildem Verlangen erfüllt war. Es waren Elfs Hände und Lippen, die die Tat vollbrachten, aber Jake war derjenige, der über alles die Kontrolle behielt. Er war ein Puppenspieler, entspannt neben ihnen ausgestreckt, dirigierte er ihrer beider Sinnlichkeit, ohne sich sonderlich anstrengen zu müssen. Er schien mit seiner Position als Beobachter zufrieden zu sein.

«Entspann dich, süße Dee.» Jake lächelte sie liebenswürdig an. «Sie ist die Beste, das verspreche ich dir.»

Noch immer nicht überzeugt, erschauderte Delia und biss sich auf die Lippe. Jake sah das und lehnte sich vor, als wollte er sie beruhigen. Er küsste sie auf die Wange und streichelte ihren Busen, bevor er sich wieder auf seinen Beobachtungsposten zurückzog. Dort öffnete er seinen Kimono ganz und entblößte seine massive Erektion – die hochsprang und laut gegen seinen Bauch klatschte.

Hin und her gerissen zwischen dem Wunsch, sich Elf hinzugeben, und der totalen Faszination für Jake, entfuhr Delia ein Wimmern. Sie hielt den Blick auf seinen wippenden, roten Schaft gerichtet und wollte ihn in sich spüren, das wurde ihr in diesem Augenblick klar, als sie ihn zum ersten Mal sah.

Wie auch der Rest von ihm war sein Schwanz ein Klischee, denn an Jake de Guile war einfach alles großartig, einzigartig und unübertroffen – da bildete sein Penis keine Ausnahme.

Delia hatte noch nicht viele nackte Männer in ihrem Leben gesehen, aber Jake stellte sie alle in den Schatten. Sein Schwanz war nicht nur lang, sondern auch breit, mit wunderbar gewölbten Adern, die an der gesamten eleganten und kräftigen Länge hervortraten. Ehrfürchtig beobachtete sie, wie sein Penis zwischen seinen Fingern pulsierte. Seine dicke, beschnittene Eichel war hart geschwollen und verführerisch.

Er rieb sich nun völlig schamlos der ganzen Länge nach, hob die Hüften von der Liegecouch hoch und erfreute sich ungehemmt seines Geschlechts. Mit einem Mal ließ er den Kopf zurückfallen, schnurrte wie ein Kater und schloss die langbewimperten Augen voller Zufriedenheit.

Elf hatte aufgehört und beobachtete ihren Herrn. Sie fing Delias Blick auf und zwinkerte ihr komplizinnenhaft zu. Ihre Zunge erschien zwischen ihren Lippen, als stellte sie sich vor, damit über Jakes köstliches Fleisch zu streichen.

Sämtliche vornehme Zurückhaltung war nun verschwunden, als der Mann vor ihnen sich lustvoll einen runterholte und ohne Umschweife direkt auf sein Ziel zusteuerte, wie es das Tier in ihm verlangte.

Mit Elf und Delia als seine Zuschauerinnen winkelte er ein Bein an, während er das andere ausstreckte, und schwang sein Becken mit rasanten Pumpbewegungen in die Höhe. Dieser Akt war ungeheuer sinnlich und athletisch, und sein rotgeschwollener Schwanz pumpte vor ihren Gesichtern auf und ab ...

Als der Höhepunkt nahte, weitete sich die winzige Öffnung an seiner Schwanzspitze, als wollte sie ihnen zublinzeln, bevor er seine Ladung abspritzte.

«Ja! Ja!», rief er, und sein Samen spritzte in hohem Bogen heraus. Einiges davon landete auf dem Diwan, einiges auf Jakes Körper. Auch Delia wurde bespritzt, auf ihren blassen, gerundeten Bauch, nur wenige Zentimeter von Elfs olivfarbenen Fingern entfernt.

Jake ließ sich keuchend in die Kissen zurückfallen, aber die Blicke aller waren auf die silbrig weißen Tropfen gerichtet, die so herrlich aus seinem Körper geschossen waren. Sie lagen auf Delias Haut wie eine Kette aus echten Perlen. Unwillkürlich berührte sie das Schmuckstück an ihrem Hals.

Nach einem kurzen Augenblick beugte sich Elf vor und begann zu lecken. Ihre pinkfarbene Zunge schleckte Jakes Samen von Delias Haut, bis nichts mehr davon übrig war. Dann schluckte sie ihn, als sei es ein besonders köstlicher Nachtisch.

Delia war verblüfft. Und eifersüchtig. Sie verspürte plötzlich heftige Lust, Elf beiseitezuschubsen und sich so weit vorzubeugen, bis sie ihren Bauch selbst sauberlecken konnte. Sie starrte wie gebannt auf ihren Unterleib und fuhr zusammen, als sie mit einem Mal leises Gelächter hörte. Männliches Gelächter, halblaut und befriedigt.

«Keine Sorge … du bekommst noch deine Gelegenheit.»

Zu ihrem Erstaunen widmete sich Jake bereits wieder seinem Penis und zog und zupfte an seinem klebrigen Stück, das sich gerade erst entladen hatte.

«Falls dann noch etwas übrig ist», konterte sie. Er war wirklich gut und potent, doch auch er war schließlich nur ein Mensch!

Wieder lachte Jake, als habe er ihre Gedanken gelesen. «Süße Dee», sagte er leichthin, die Stimme von Humor gefärbt, «die Quelle ist noch nicht versiegt, und es gibt noch jede Menge zu holen.»

«Eingebildeter Mistkerl.»

Wütend wollte sie sich auf ihn werfen, um ihm einen Schlag zu verpassen, doch Elf war schneller.

Delia jaulte protestierend auf und wollte sich wehren, aber da fand sie sich auch schon liegend auf dem Diwan, ohne zu wissen, wie dies so schnell hatte passieren können. Elf hatte sich über sie geworfen und hielt sie an den Armen fest, während Jake, der selbstgefällige Teufel, noch immer lachte.

«Die meisten glauben, Fargo sei so etwas wie mein ‹Chef-Bodyguard›», sagte er mit seidenweicher Stimme und lehnte sich vor, um Delia in die Augen zu sehen, «aber da täuschen sie sich.» Er fuhr seiner Dienerin sanft über das rabenschwarze Haar. «Lass sie los, Goldstück», murmelte er. Die Japanerin gehorchte umgehend. Sie lächelte Delia zärtlich an, fast als hätte sie sie gerade gestreichelt, statt sie mit einem Todesgriff auf die Seite zu schleudern. «Vergib mir», bat sie und half Delia, sich aufzusetzen. «Es geschah aus einem Reflex heraus. Wir hatten in der Vergangenheit schon seltsamen Besuch gehabt, und ich kann Jakes Sicherheit wegen kein Risiko eingehen.»

«Ist schon gut.» Delia griff in ihr Haar, um es zu richten, und fragte sich, was Elf wohl mit «seltsam» gemeint haben könnte, wenn doch alle hier ein wenig seltsam waren … Sie wandte sich dem noch immer ironisch grinsenden Jake zu. «Aber du hast mich richtig wütend gemacht!»

Das Problem war allerdings, dass sie ihn auch begehrte, dafür sorgten allein sein Lächeln und seine blitzenden blauen Augen.

Du bist wahrhaftig ein Teufel, Jake!, dachte sie und glaubte ihm, dass er seine Versprechungen stets hielt. Vermutlich würde er innerhalb weniger Minuten erneut einen steil aufgerichteten Ständer vorweisen können. Und sie dazu bringen, ihn anzuflehen, damit er ihn ihr hineinsteckte.

Sie war noch nie einem Mann wie ihm begegnet, und sie

wollte auch keinen anderen. Es war schon beängstigend genug, dass er diese Macht über sie besaß, und sie fragte sich, wie ihre Schwester wohl damit umgegangen war.

Deana hätte sich hier wie zu Hause gefühlt, entschied Delia. Sie war wagemutig und hatte Erfahrung und hätte die aufregende Mischung aus dem Exotischen und der schwelenden Spannung genossen.

«Woran denkst du, Dee?», fragte Jake beiläufig. Er lag noch immer ausgestreckt auf dem Rücken, und seine Finger glitten über seinen Schaft. «Gerade eben hast du mir eine Szene gemacht, und jetzt wirkst du, als seiest du meilenweit entfernt! Was ist los, meine Süße? Gehe ich dir etwa nahe?»

Natürlich tust du das, du Mistkerl, kochte sie innerlich, doch sie riss sich zusammen.

«Ich dachte gerade an meine –» Delia unterbrach sich. Fast hätte sie ihre Schwester verraten. «An meinen festen Freund. Nachdem ich all das hier gesehen habe ...», sie machte eine weitumfassende Geste, die den Raum, Elf und Jake mit einschloss, «kommt er mir so langweilig vor. Ich denke, wir werden uns trennen ...»

«Tu das», erwiderte Jake nüchtern und streichelte langsam und genüsslich seinen Ständer, während er scheinbar über ihr Dilemma nachdachte. «Du bist zu klug für einen Dummkopf, der dich bloß runterzieht, Dee. Du brauchst einen Partner, der dich beflügelt, der dich anheizt, statt deine Leidenschaft zu dämpfen.» Er warf Elf einen kurzen Seitenblick zu. «Jemand wie Elf. Küss sie und mach es wieder gut, ihr hattet schließlich eine Auseinandersetzung.»

Obwohl sie nicht verstand, warum sie Jake gehorchte, lehnte sich Delia zu Elf hinüber und presste ihre Lippen fest auf den Mund der Japanerin. Elfs Lippen waren so weich wie Blütenblätter und der Kuss so perfekt wie die Küsse, die sie schon mit Männern geteilt hatte.

Erst verharrten die beiden Frauen ein paar Sekunden reglos, dann, plötzlich, geschah alles auf einmal. Bislang war Delia passiv gewesen und hatte sich hingegeben, nun wollte sie die Führung übernehmen, denn sie begehrte Elf. Sie wollte sie küssen, und Elf sollte spüren, wie sehr auch Delia sich diesen Kuss wünschte. Und Jake sollte darum wissen, auch wenn sie spürte, dass er dies bereits tat.

Der Unterschied zwischen dem Kuss eines Mannes und dem einer Frau war gering, erkannte Delia, und ließ sich in die Kissen zurückfallen. Sie lag unter Elf, die beim Küssen so viel Druck ausübte wie ein Mann und deren Zunge kräftig war. Sie schob sie mühelos zwischen Delias Lippen und verteilte kleine Zungenschläge in ihrer feuchten Höhle.

Delia liebte es zu küssen, manchmal waren ihr Küsse sogar lieber als der eigentliche Sex, aber von einer Frau geküsst zu werden, während ein Mann zusah, war neu und aufregend für sie. Während sie ihre eigene Zunge um Elfs steife und pfeilschnelle Zunge kreisen ließ, war sich Delia mehr denn je Jakes Anwesenheit bewusst. Seine intensive, dunkle Ausstrahlung war wie eine Aura, die sie alle umschloss, wie ein zweiter Mund, der sich vorwagte und schmeckte. Ein zweiter Körper, der sich auf Elf legte, die Delia bereits bedeckte, sodass sich ihre Körper nun überall berührten.

Elf bewegte sich auf ihr mit langsamen, sinnlichen und streichelnden Bewegungen, während ihre zierlichen, aber geübten Finger an Delias Flanken und Oberschenkeln entlangfuhren. Brüste rieben gegen Brüste, Nippel gegen Nippel. Auch ihre Nabel schienen sich so lüstern zu begegnen wie ihre Münder, und die feinen, dunklen Haare von Elfs Scham schoben sich in Delias.

Ob sich auch unsere Säfte vermischen werden?, fragte sich Delia verträumt. Ihrer beider geöffneten Münder waren zu einem vereint, in dem ein starker, sinnlicher Nektar entstand, eine Mischung aus Elfs und ihrem Speichel, der bei diesem schockierenden Gedanken stärker zu fließen begann. Sie hatte sich noch nie selbst geschmeckt, ganz zu schweigen von dem Mund einer anderen Frau. Delia spürte, wie Elf auf ihr immer erregter wurde, als auch sie von ihrem Cocktail kostete. Sie begann zu stöhnen, ein leises, zusammenhangloses Gemurmel in ihrer Muttersprache, dessen Vibration Delia durch den Kuss spüren konnte.

Nun war der Kreis geschlossen, und obwohl sie sich noch allzu sehr Jakes Anwesenheit bewusst war – mehr als zuvor, um ehrlich zu sein –, fuhr Delia mit festem Griff über Elfs schlanken Rücken bis zu ihrem kleinen, gerundeten Hinterteil. Ihre Haut war kühl und einladend.

Elf hatte einen herrlich geformten Körper, wunderbar fest, muskulös und doch leicht und schön anzufassen. Ihre Hinterbacken waren wie zwei Nektarinen, die Delia sanft drückte, als wollte sie ihren Reifegrad ertasten. Elf wand sich unter ihrem Griff, flüsterte sinnlose Worte, während sie nasse Küsse tauschten, und Delia begriff, dass ihre Liebkosungen, je fester sie wurden, eine bestimmte Wirkung auslösten. Und genau das schien Elf zu gefallen …

Elf drängte ihr Becken nun gierig Delia entgegen und bewegte sich wilder, während Delia ihre Pobacken knetete.

Delias Selbstvertrauen wuchs und damit auch der Wunsch, die Führung zu übernehmen. Sie konnte bewirken, dass sich Elfs Körper in einem erotischen Tanz um ihren schlang, und das, indem sie einfach ihren Po berührte. Verzückt schob sie einen nackten Oberschenkel zwischen Elfs Beine und hielt sie dort, in ihrer eigenen Feuchtigkeit, fest.

Delia konnte alles fühlen, jede Faser der geheiligten weiblichen Form: weiche, nachgiebige Fältchen, eine steinharte Klitoris, warmer Saft, der sie beide benetzte. Sie griff erneut beherzt nach Elfs Hinterteil und begann mit ihr vor- und zurückzuschaukeln. Und während sie dies tat, spürte sie ein weiteres Paar Hände, das sie und Elf liebkoste.

Jake lag nun längs neben ihnen ausgestreckt, und seine Körperwärme vermischte sich mit dem Sog ihrer Energie.

Auch er war in eine Art Trance verfallen, der sie ermutigte, und seine kehlige Stimme fiel in ihr Stöhnen ein. Als Delias Finger sich zu Elfs Poritze vorwagte, stellte sie fest, dass seine schon dort waren und rhythmisch die enge, rosige Öffnung liebkosten.

Elf warf sich nun zwischen ihnen wild hin und her. «So warm und süß …», schluchzte sie lustvoll und fuhr mit den Lippen über Delias Gesicht, bevor sie kleine Küsse von ihrem Hals bis zur Schulter hauchte. Sie stieß einen wilden Schrei auf Japanisch aus und rieb ihre Spalte heftig an Delias Oberschenkel, während sie ihre scharfen Fingernägel in ihr Hinterteil krallte.

Die Asiatin flog ihrem Orgasmus förmlich entgegen. Delia wandte den Kopf und blickte in Jakes blaue Augen. Sie waren wie feurige Schlitze, die vor Lust brannten. Er liebkoste Elf noch immer im gleichmäßigen Rhythmus, aber als seine Dienerin schließlich erzitterte und kam, lehnte er sich weit vor und küsste Delia über ihre verschlungenen Körper hinweg fest auf die Lippen. Sie spürte, wie seine Zunge in ihren Mund eindrang, und erschauerte.

Bald, dachte sie wie im Delirium, bald wird er mir seinen Schwanz hineinschieben, diesen geilen Stab, der sich in mir bewegt, mich dehnt und in mich eintaucht. Der von ihrer ausgehungerten Vagina so selbstverständlich Besitz ergriff, wie sein Mund es mit ihren Lippen getan hatte.

Mit einem Mal schien Elf vollkommen überwältigt, was ungewöhnlich für eine durchtrainierte Frau wie sie war. Sie erschlaffte zwischen ihnen, ihr schlanker Körper wurde bewegungslos, als wäre sie allein von der Wucht ihrer Lust ohnmächtig geworden. Delia hielt sie fest an sich gedrückt, genoss ihren weichen, leichten Körper und seinen starken Duft nach Sex.

Delia hätte stundenlang so daliegen können, aber Jake hatte offenbar andere Vorstellungen. Er erhob sich graziös von der Couch, nahm Elf auf die Arme und legte sie sanft auf den Teppich. Dann griff er sich ein Kissen, klopfte es kräftig auf und legte es ihr unter die Wange. Er schob Elfs lange, seidenweiche Mähne nach hinten, sodass sie ihr wie ein Vorhang über die Schulter fiel. Er tat dies mit so viel Zärtlichkeit, dass Delia die Eifersucht wie ein scharfer Stoß durchfuhr. Sie sah, wie er seine Dienerin andächtig auf die Stirn küsste, um anschließend wieder im Lotussitz seinen Platz auf dem Diwan einzunehmen.

«Jetzt gibt es nur noch dich und mich, süße Dee.» Er blickte sie unverwandt an, was sie ziemlich enervierend fand.

«Aber wird sie nicht aufwachen? Als dein Bodyguard muss sie doch auf das kleinste Geräusch achten.»

«Nicht, wenn sie sich zwingt, es nicht zu tun.» Er lächelte. «Elf verfügt über viele besondere Fähigkeiten, und diese ist nur eine davon. Wir sind unter uns, Dee. Was ist dein Begehr?»

«Ich will, dass du mich fickst.»

Es war, als habe sie sämtliche Vernunft fahren lassen und funktionierte nur noch auf der Basis von Sex. Eine Sekunde nachdem sie die Worte ausgesprochen hatte, konnte sie es immer noch nicht fassen. Sie, die supercoole, umsichtige Deana Ferraro, die selten fluchte, hatte bis zu diesem Zeitpunkt alles Vulgäre schlichtweg abgelehnt. Und trotz allem, was bislang hier geschehen war, errötete sie.

«Herrlich», murmelte er, und sein Schwanz erwachte zum Leben, richtete sich steif und groß zwischen seinen gespreizten Schenkeln auf. «Du bist wunderschön, Dee. So rosig. Und warm.» Er griff nach seiner Erektion und begann sich langsam zu reiben, was das winzige Liebesauge dazu anregte, sich zu öffnen. «Dann willst du das hier, nicht wahr?» Er drückte auf die Eichel, und ein klarer Tropfen Flüssigkeit trat hervor.

«Ja.»

Warum abstreiten? Es stimmte. Außerdem würde es ihr ohnehin nicht gelingen, ihm etwas vorzumachen. «Und *wie* willst du es?» Er schloss kurz genießerisch die Augen, während er sich rieb, dann veränderte er ein wenig seine elegante Sitzhaltung, und der Tropfen Samen schimmerte hell auf. Hätte Delia genug Selbstvertrauen besessen, hätte sie sich vorgebeugt, um den Tropfen von der Schwanzspitze abzulecken.

«Nur zu», lockte er und bewegte sich erneut, um ihn zum Erzittern zu bringen.

«Ich …» Es sah so verführerisch aus, so verlockend. Wie würde es wohl schmecken?

«Tu es, und ich werde dich für deine Wahl lieben. Auch wenn dies bedeutet, dass ich nicht komme.» Er zuckte mit den Schultern.

Was für ein teuflisches Spiel trieb er mit ihr? Ihm würde doch sicherlich nicht ein einziger Zungenschlag über seine Eichel reichen? Dieser winzige Austausch von Körperflüssigkeiten?

Sie zögerte. Doch als Jake gerade die Hand nach ihr ausstrecken wollte, beugte sie sich zu seinem Penis hinab und berührte ihn mit den Lippen. Er hielt ihren Kopf zwischen seinen Händen und fuhr ihr einmal kurz durch das Haar, bevor er ihr sanft über die Wange streichelte.

Er schmeckt fade, wie seltsam, dachte Delia. Eine Spur salzig, aber nicht besonders stark. Nichtsdestotrotz fand sie Gefallen daran und leckte gierig über die winzige Öffnung, die ihr zuzublinzeln schien. Als sie ihn den ersten dicken Tropfen saubergeleckt hatte, umwirbelte sie mit der Zunge die stramme Eichel, bevor sie sich mit raschen Zungenschlägen an die Rille darunter wagte.

«Mein Engel», keuchte er und glitt mit den Fingern durch ihr Haar, um ihre Bewegungen mit sanftem Griff zu kontrollieren. «Mein schlauer, schlauer Engel …»

Während er sprach, spürte sie mehr Feuchtigkeit in ihrem Mund und einen salzigeren Geschmack. Delia fragte sich, ob er nun die Kontrolle verlor und so übererregt war, dass er in ihren Mund ejakulierte. Der Gedanke wiederum erregte sie und brachte ihre eigenen Säfte zum Fließen. Sie sog die Wangen ein und lutschte ihn, entschlossen, ihn zu Höchstleistungen anzuspornen.

«O nein, du kleines Biest!»

Er lachte, als wollte er sie wissen lassen, dass er sie genau durchschaut hatte. Er ließ seinen Daumen seitlich an seinem steifen Fleisch herabgleiten, drückte gegen ihre Lippen und zwang sie, ihn freizugeben.

Die Versuchung, in seinen Daumen zu beißen, war so groß wie die Lust, ihn zu saugen, aber dieses Mal hielt sich Delia zurück und schob lediglich seine andere Hand, die noch an ihrer Wange ruhte, beiseite.

«Warum nicht?»

«Weil ich dich lieben möchte, Dee. Ich will es einfach halten, keine Tricks. Wir könnten es sogar in der Missionarsstellung tun, wenn du das möchtest.» Er grinste sie mit funkelnden Augen an. Sie hätte alles für ihn und mit ihm getan.

Und doch spürte sie, dass er immer noch mit ihr spielte, denn für einen Mann wie Jake konnte die Missionarsstellung in der Tat etwas erfrischend anderes sein. Sollte sie zustimmen? Oder widersprechen, bloß um der Widerworte willen?

Doch letzten Endes ließen sich alte Gewohnheiten nur schwer ablegen ...

«Das würde mir gefallen», sagte sie und blickte zu ihm auf. «Dann kann ich dir dieses Mal wenigstens ins Gesicht sehen, wenn wir ... wenn wir zusammen sind.»

Er schob sich eine dicke Haarsträhne aus dem Gesicht und runzelte die Stirn. Delia spürte, wie kalte Panik sie überkam. Rasch kramte sie in ihren Erinnerungen. Besonders in denen ihrer Schwester.

Deana hatte rittlings auf Jake gesessen, und zwar auf der Rückbank der Limousine. Und Deana war kein Kind von Traurigkeit. Sie hatte immer gesagt, dass sie gern hinsah ...

«Ich ...» Delia zögerte, dann ging sie das Risiko ein. «Es war dunkel in der Limo, Jake», sagte sie. «Und in der Galerie bist du hinter mir gewesen.» Seine Augen verengten sich. «Na ja, und in deinem Büro war ich noch so geschockt, als ich herausfand, wer du warst. Ich war eigentlich fast die ganze Zeit ein wenig ‹neben der Spur›.»

Er schenkte ihr ein dünnes Lächeln.

«Stimmt», murmelte er und berührte ihren Mund mit seinen Lippen. «Du hast ja so recht. Also sollten wir es dieses Mal anders machen. Ich werde meine Augen weit geöffnet lassen. Aber nur, wenn du dasselbe tust, abgemacht?»

Sie nickte, obwohl sie sich nicht sicher war, ob sie sich daran halten würde. Es fiel ihr jetzt schon schwer, ihm in die Augen zu sehen. Sie glänzten wie zwei kalte, saphirblaue Sterne in einer glühend heißen Nacht. Und sie versprachen Sex. Wenn er kam, würde sie vermutlich erblinden. «Wenn das so ist, süße Dee –», er löste seine Haltung auf, «lass uns beginnen.»

Jake war ein starker, durchtrainierter Mann, der es gut verstand, seine physischen Kräfte zu verbergen. Ehe sie es sich versah, lag sie auf dem Rücken und hatte alle viere von sich gestreckt. Er war zwar noch nicht auf ihr, doch wurde sie von seinem Oberschenkel, der quer auf ihrem Bauch lag, zu Boden gedrückt. Ein Arm glitt unter sie und hielt sie fest, der andere schwebte über ihr, bereit, sie zu berühren. Er war im Begriff, sich sein erstes Ziel auszusuchen, während sein Schwanz wie eine stählerne Lanze gegen sie drückte.

Wieder hatte sie das starke Gefühl, nichts als ein Spielzeug zu sein. Als wartete sie darauf, dass er die richtigen Knöpfe drückte ... doch jetzt gefiel es ihr. Jake schien sich extra viel Zeit zu nehmen. Er hielt sie fest an sich gepresst und brauchte sie zum Erschauern, während er aus sämtlichen Stellen ihres Körpers seine Auswahl traf. Wie hält er das bloß aus?, fragte sie sich. Wie konnte überhaupt ein

Mann, der so erregt war wie er, gleichzeitig so präzise und gelassen agieren?

Würde er zuerst ihren Busen oder ihren Bauch berühren? Ihre Haut zog sich dort bereits zusammen und erwartete seine Berührung. Oder vielleicht zuerst einen ihrer Schenkel? Ihre Nippel? Ihren Nabel? Oder würde er mit ihrer Spalte beginnen? Einen Finger direkt in ihr Inneres schieben?

Letztendlich fiel seine Wahl auf ihr Gesicht.

«Du hast doch nicht etwa Angst vor mir, oder?», fragte er und wischte ihr ein paar Haarsträhnen aus dem Gesicht.

Doch, sie fürchtete sich. Hatte Angst vor dem Spiel, das gerade begann. Vor seinem Zorn und, ja, auch vor ihm.

Doch mit diesen lächerlichen Ängsten käme sie zurecht.

Wovor sie sich wirklich fürchtete, war sie selbst. Und wie Jake sie verändern würde. Er hatte es schließlich bereits getan. In den wenigen Tagen, die sie ihn nun kannte, hatte sie unvorstellbare Dinge getan, und er wollte, dass sie noch weiter über sich selbst hinauswuchs ...

«Nein!», log sie mutig, mit allem, was ihre Familie ihr an Mut und Verwegenheit mitgegeben hatte. Deanas Kampfgeist. Sie streckte eine Hand aus, um Jakes Geste zu erwidern und ebenfalls sein Gesicht zu berühren. Sein Duft brachte sie zum Erschauern. Eine männliche Mischung aus Parfüm, Schweiß und Samen.

Mit einem Mal reichte ihr das bloße Berühren nicht mehr. Sie ließ die Finger in seinen Nacken gleiten und griff tief in sein dichtes, glattes Haar, als sie seinen Kopf zu sich herabzog und ihn küsste.

Er begegnete ihr mit Kraft, doch war er auch nachgiebig. Seine Lippen waren fest und kühl und öffneten sich ihr, als sie mit der Zunge dagegen drückte. Sie fühlte sich stark und gleichzeitig benommen, als sei sein Mund mit einer Droge gefüllt.

Er beugte sich tief über sie, während sie sich küssten,

und seine freie Hand glitt zu ihrer Brust, die er mit großer Selbstverständlichkeit leicht umfasste. Sein Daumen lag auf ihrem Nippel. Er drückte ein wenig zu, dann begann er, die Knospe zu necken. Seine Berührung war zart und beharrlich, und einen Augenblick lang fühlte sie sich an Peter erinnert. Es war dieselbe Art von zurückhaltender Gier ... Doch als sie die Augen öffnete und Jakes dunkelblauem Blick begegnete, wusste sie, dass er unvergleichlich war.

Peter war ein netter Mann, der sie wirklich mochte. Jake war ein gewissenloser Jäger nach Sex. Prächtig, aber bereit, jederzeit ein Spielchen oder eine Rolle zu spielen, um von einer Frau alles zu bekommen, wonach ihn gelüstete. Und das Schlimmste war, dass sie ihm nichts entgegenzusetzen hatte, obwohl sie seine egoistische Ader sehr wohl erkannte.

Jakes langsames Verwöhnen ihrer Brust erzeugte eine vorhersehbare, fast schon reflexartige Reaktion in ihr. Sie bäumte das Becken unter seinem Oberschenkel auf, und frischer Saft lief aus ihrer Spalte.

Sie wollte, dass er seinen Schenkel zwischen ihre Beine schob, doch er behielt seine Position bei und berührte ihre Scham nur leicht.

Delia hätte beinahe frustriert aufgeschrien. Ihre Vulva sehnte sich nach kräftigen, harten Stößen. Sie wollte seinen Schwanz in sich spüren, in ihrem Körper, der für ihn bereit war, damit er sich hemmungslos an ihrer feuchten, weit geöffneten Muschi bedienen konnte. Sie wollte, dass er sie gnadenlos nahm und ohne Rücksicht vögelte.

Aber wieder spielte er mit ihr und widerstand der Versuchung, sie um den Verstand zu bringen.

Ich werde nicht betteln, dachte Delia grimmig und presste die Zähne aufeinander. Ich will ihn. Ich brauche ihn, und ich sterbe vor Sehnsucht nach ihm. Aber ich werde nicht wie eine läufige Hündin um seinen Schwanz betteln.

Doch ihr Körper dachte anders. Doch noch während sie sich ihm erneut entgegenbäumte, erhob sich Jake und trat beiseite.

«Hör auf, mich zu quälen, du Mistkerl! Mach gefälligst weiter!», zischte sie. Sie war furchtbar aufgebracht – ein rasender Zorn wütete in ihrem Geschlecht und fraß sich durch ihren Körper. Sie konnte fast das Zischen in ihren Adern hören.

«Mit Vergnügen», flüsterte er und sah sie aus strahlend blauen Augen an, während er sich wieder auf sie zubewegte, um ihrem Wunsch nachzukommen. Er schob sich auf sie und stützte sich dabei auf die klassische Weise mit den Ellenbogen auf. Sein Schwanz stieß beharrlich gegen ihre Oberschenkel. Als sie spürte, wie seine blinde Eichel sanft gegen ihre Öffnung drängte, zog sie die Knie an, um ihn besser in sich aufnehmen zu können, wobei sie ihren Unterleib so in Position brachte, dass er ohne Mühe zwischen ihre seidenweichen Schamlippen glitt. Seine Eichel hatte zunächst ihre nassen, weichen Fältchen mehrfach gestreift, bevor sie schließlich in ihre Spalte eindrang.

Delia bäumte sich heftig auf, um ihn noch tiefer in sich aufzunehmen, aber Jake hielt sich zurück. Nur seine Schwanzspitze war in ihr und stupste ihre feuchte Enge an.

«Halt still! Nicht so ungeduldig ... wir haben genug Zeit.»

Wütend verstärkte sie ihre Bemühungen und griff nach seinem Hinterteil, um daran zu zerren, wie sie es schon bei Elf getan hatte. Sie wusste, dass es ihm schwerfiel, sich zurückzuhalten, denn seine Oberschenkel und Pobacken zuckten. Sie erwog, seinen Anus zu streicheln, um ihrem Ziel näher zu kommen.

Doch während sie noch mit dem Gedanken spielte, begann er sich in ihr zu versenken.

«Langsam, langsam, langsam», gurrte er und hielt ihren Blick gefangen. Millimeter um Millimeter schob er sein kräftiges Fleisch in sie hinein und dehnte die natürliche Elastizität ihrer Liebespforte, während eine Vielzahl von Nerven stimuliert wurden, die bislang übergangen worden waren.

Die Empfindungen brachten ihren Puls zum Rasen. Delia wurde weiter von seinem enormen Schwanz gedehnt, und ihre Vagina kribbelte so wunderbar, wie sie sie noch nie zuvor erlebt hatte. Über ihr schwebte Jakes Gesicht, seine Augen waren wie Leuchtfeuer, die ihrem Körper den Weg zu neuem, geheimem Wissen wiesen.

Er stieß noch ein kleines bisschen tiefer in sie hinein, und seine Schwanzspitze war zwischen ihren Muskeln gefangen, die prompt anfingen, sich um ihn zusammenzuziehen. Im gleichen Augenblick überfiel sie kalte Angst.

Was, wenn das hier ein Test war? Sie hatte sich bislang noch nie Gedanken darüber gemacht, weil es auch nie eine Rolle gespielt hatte, aber was, wenn sie und Deana an diesen speziellen Stellen tatsächlich unterschiedlich waren?

Durch die Panik wurde ihr noch heißer, und sie schwitzte. Was, wenn sie enger gebaut war als Deana? Oder weiter? Oder wenn ihre Fältchen unterschiedlich aussahen? Es könnte doch sein, dass sie sich rauer anfühlte. Oder feuchter, glitschiger, ihn mehr oder weniger stark umhüllte?

Und auch der Augenblick schien sich unendlich in die Länge zu ziehen. Sie wartete auf seine Nachfrage. Auf wütende Worte und darauf, dass er sich aus ihr zurückzog. Beinahe erwartete sie, dass Jake jeden Augenblick sagen würde: «Ich weiß ...»

Aber nichts dergleichen geschah.

Stattdessen seufzte er tief auf und legte seine Lippen auf ihren Mund. Und seine Zunge glitt in genau dem Augenblick hinein, als sein Schwanz sich endgültig ihres Geschlechts bemächtigte.

Das Gefühl, ausgefüllt zu sein, war jetzt so intensiv, dass

es ihr fast den Atem verschlug. Nun war er in ihr, tief in ihr, und blieb fast regungslos. Es war, als wollte er sich in ihr verewigen, ihre Körper zusammenfügen und sie für immer als die seine kennzeichnen.

Als seine Bewegungen schließlich einsetzten, war es für Delia wie ein Schock. Jakes Stöße waren langanhaltend und geschmeidig. Jedes Mal, wenn er sich aus ihr zurückzog, hielt er einen Augenblick inne und sah ihr direkt in die Augen, während sein Schwanz in ihr pochte.

Jake sagte kein Wort, weder stöhnte er, noch schrie er auf, doch sein ganzer Körper sagte ihr unmissverständlich: «Das bin ich, und ich bin, was du wolltest. Sieh mir in die Augen.»

Delia ging völlig in ihren Gefühlen auf, und nur ein sehr kleiner Teil ihres Verstands arbeitete noch. Sie konnte keinen klaren Gedanken mehr fassen, höchstens beten, dass sich sein Blick nicht plötzlich veränderte und er sie fragte: «Welche von euch beiden bist du?»

Aber sie konnte sich kaum noch erinnern, wer er eigentlich war. Sie empfand ihn als Fleisch. Als Kraft, als eine enorme männliche Präsenz in ihrem Körper. Sie spürte, wie sie von ihm gedehnt wurde, seine Härte sich an ihr wetzte und ihr zartes Inneres aufgerieben wurde, während Zeit und Raum um sie herum verschwanden. Delia hörte sich bei ihrem eigenen Orgasmus und sah die Lustwellen des Höhepunkts wie silbrige, gespenstische Nebelschwaden auf sich zukommen. Sie schmeckte das Licht und sah sich selbst, als die Ekstase sie packte und durch die dünne Trennwand zurück in die Realität katapultierte.

Zuletzt erinnerte sie sich nur noch, dass alles um sie herum in hitziger Röte versank und etwas Blaues darin auftauchte. Es waren Jakes Augen, der sie eindringlich anblickte, während er unablässig in sie hineinstieß …

# 8 DIE TRÄUME DES SAMURAI

Zum ersten Mal beneidete Deana ihre Schwester aus vollem Herzen, und dieses Gefühl behagte ihr gar nicht.

Sie schob das Laken von ihrem nackten, verschwitzten Körper, verwarf den Gedanken an etwas Schlaf, schob die Beine über die Bettkante und stand auf. Zwar wusste sie nicht, ob sich durch das Aufstehen etwas ändern würde, aber sie war immer schon lieber in Aktion getreten, als untätig dazusitzen. Deana griff nach ihrem Morgenmantel aus dünner Baumwolle, schlüpfte hinein und trottete in die Küche.

Deana liebte das kleine Apartment, und sie hatte viel Zeit und Geld in die Ausstattung investiert, doch jetzt kam es ihr langweilig vor. Kein Vergleich zu dem Ort, an dem sich Delia gerade aufhielt. Und mit wem sie dort war ... Deana nahm einen Schluck Mineralwasser und schaltete das Licht aus. Im Dunklen ließ es sich leichter trüben Gedanken nachhängen.

Und sich allerhand vorstellen, obwohl das jetzt vielleicht nicht gerade der geeignete Augenblick dafür war. Heute Nacht sollte sie ihrer Phantasien lieber enge Zügel anlegen und ihnen widerstehen, denn sie konnten ihr unter Umständen höllische Schmerzen zufügen.

Als sie die Augen schloss, war es jedoch schon zu spät, ihre Visionen deutlich da ...

Du bist verrückt, schalt sie sich und liebkoste ihre Oberschenkel durch den Stoff, während sie an Jake dachte. Der coole, dunkle Jake und ihre Schwester Delia. Sie vögelten wie die Tiere in einem riesigen Bett und schrien vor Lust ...

Na prima, Deana, man könnte dich wirklich für eine Masochistin halten!

Es war kaum zu glauben, wie heftig sie auf diesen Gedanken reagierte. Delia hatte in dieser Lage viel mehr Vernunft an den Tag gelegt. An ihrem «freien Abend» hatte sie die Gesellschaft eines anderen Mannes gesucht.

Für einen kurzen Moment erwog Deana, dies ebenfalls zu tun. Sie könnte nach oben schleichen und sich als Delia ausgeben. Es könnte funktionieren, doch würde sie ziemlich auf Draht sein müssen, denn Peter könnte man nicht so leicht täuschen wie Jake. Er war schon jahrelang mit Delia und ihr befreundet, und ihm würden die Unterschiede vielleicht auffallen. Diese waren zwar fast nicht zu erkennen, doch sie existierten.

Ihr Plan hatte allerdings einen großen Makel, und insgeheim war Deana froh darüber. Peter wusste, dass Delia heute Abend ausgegangen war, weil sie es ihm selbst erzählt hatte. Verdammt!

Unzufrieden erwog sie ihre Alternativen. Vielleicht sollte sie sich einen starken Drink einschenken und die ganze Nacht fernsehen? Oder vielleicht zeichnen oder ein gutes Buch lesen ...

Moment mal!

Bei dem Wort Buch kam ihr ein anderer Gedanke. Der sich erheblich von den anderen unterschied. Vor ihrem geistigen Auge erschien die gedämpfte und dekadente Atmosphäre des *Siebzehn*. Und dann eine gewisse, wunderschöne Autorin mit einem langen, feuerroten Zopf und einem außergewöhnlichen Modegeschmack.

Vida Mistry.

Sie schrieb Bücher.

Deana ignorierte ihren bauschenden Morgenmantel und den fehlenden Gürtel und lief ins Wohnzimmer. Auf dem Weg dorthin schlug sie sich einen Zeh an und stieß einen Fluch aus, dann tat sie den Schmerz mit einem Schulterzucken ab. Das gehörte wohl zu einem Abend wie diesem dazu.

Neben dem Fenster stand ein mit Büchern vollgestopftes

Regal, das jeden Augenblick umzustürzen drohte. Deana schaltete eine Leselampe an und ließ den Blick über die Buchrücken schweifen.

Wonach sie suchte, befand sich verborgen im untersten Regal. Zweifellos war es von Delia versteckt worden, die noch bis vor ein paar Tagen stets darum besorgt war, «die gesellschaftliche Haltung zu wahren». Das Werk von Vida Mistry würde zwar nie einen bedeutenden Literaturpreis erhalten, doch das machte ihre Bücher nicht weniger bemerkenswert. Die Bücher, die Deana nun hervorzog, gehörten zu den schlüpfrigsten Werken moderner erotischer Literatur. Sie blätterte mehrere Bücher durch, unbewusst auf der Suche nach etwas Bestimmtem. Eine Verbindung. Ein Name, der ihr seit dem Tag nach der Ausstellung im Kopf herumspukte. Doch es überraschte sie nicht, dass sie noch nicht darauf gekommen war, schließlich war sie letzthin ein wenig durcheinander gewesen.

Während sie Seite um Seite umblätterte, lächelte sie, als sich einige wie von selbst aufzuschlagen schienen. Diese Bücher waren so sexy. Und einige waren sogar noch aufregender als andere.

*Palast der Freuden. Rückkehr zum Palast der Freuden. Ein Typ zum Verlieben.* Das waren alles «heiße» Titel, doch wonach sie suchte, fand sich nicht in einem Roman.

Am Boden des Stapels wurde sie schließlich fündig. *Sieben Märchen von V. Mistry.* Eine Kollektion erotischer Kurzgeschichten, die ursprünglich im Erotikmagazin *Encounters* erschienen waren.

Der Buchdeckel der Mistry-Märchen war an den Ecken ausgefranst, und mehrere Seiten waren gewellt. Sie waren mehrere Stunden der feuchten Luft eines Badezimmers ausgesetzt gewesen, als Deana versucht hatte, darin zu lesen, und sich gleichzeitig befriedigte. Manchmal hatte wohl die Berührung mit einer Fingerspitze gereicht, ein anderes Mal hatten die mitreißenden Schilderungen sie veranlasst, die Dusche oder den Wasserhahn aufzudrehen, um das laute Summen des Vibrators zu übertönen. Eigentlich, denn es gab nichts, weswegen sie sich schämen müsste. Außerdem wusste sie, dass Delia Bescheid wusste.

Doch jetzt stand sie nicht im Badezimmer, und duschen musste sie auch nicht. Noch nicht einmal der Vibrator war vonnöten. Sie wurde bereits innerlich von Flammen verzehrt, und das aus bloßem Neid. Weil ihre Schwester das bekam, was sie selbst haben wollte.

Doch Eifersucht war sinnlos, denn es war nur ein Spiel, und nun war eben Delia an der Reihe und genoss ihren Anteil am Paradies ... Deana war sich der Tatsache bewusst, dass sie sich selbst um ihr Vergnügen und ihre Lust kümmern musste. Und dabei sollte ihr das zerlesene Buch helfen. Langsam und mit bewussten Bewegungen ließ sie sich auf dem Sessel nieder, öffnete ihren Morgenmantel und spreizte die Schenkel. Dann schlug sie das Buch auf, schloss die Augen und fuhr mit einem Finger über das Inhaltsverzeichnis.

Als sie sie wieder öffnete, hatte ihr Gehirn endlich die fehlende Verbindung hergestellt, und ihr fiel wieder ein, wonach sie gesucht hatte. Sie fragte sich, weshalb es ihr nicht früher eingefallen war.

Die Geschichte war mit dem phantasievollen Titel *Das Antlitz des Lord Kazuto* überschrieben.

Warum bin ich nicht gleich daraufgekommen?, grübelte Deana. Es war doch im *Siebzehn* offensichtlich gewesen, dass Jake und Mistry einmal ein Liebespaar gewesen waren und ihre Liaison vielleicht noch nicht vorbei war. Doch erst jetzt begriff Deana, welche Bedeutung diese Beziehung gehabt haben musste. Vida hatte ihrem Lover eine eigene Geschichte gewidmet – Kazuto, ihrem japanischen Juwel.

Ihr Körper begann sanft zu vibrieren. Erregt blätterte Deana zum Anfang der Geschichte. Sie hatte sie schon oft gelesen, aber niemals mit dem Wissen, dem Helden im wirklichen Leben bereits begegnet zu sein. Einem gutaussehenden Samurai mit langem, schwarzem Haar, einem kräftigen, gebräunten Körper und seiner prächtigen, frauenmordenden Lanze.

*Das Antlitz des Lord Kazuto* gehörte nicht gerade zu Vida Mistrys heißesten Geschichten, doch sie besaß eine Art stille Poesie. Sie war altmodisch, fast schon poetisch geschrieben mit Figuren, deren Sanftmut sie erstaunte, wo sie doch die echten Charaktere kannte.

Jetzt war sie bereit. Deana hielt kurz inne und überlegte, ob sie wirklich Lust auf Selbstbefriedigung hatte. Noch vor wenigen Augenblicken hatte sich ihr Körper verzweifelt danach gesehnt, aber jetzt wollte sie es fast nicht mehr. Hatte es nicht mehr nötig. Die Geschichte, ihre nächtliche Umgebung und eigene Phantasie waren alles, was sie an Stimulation brauchte. Deana holte tief Luft, konzentrierte sich und begann zu lesen …

*Es war eine schwüle Nacht, wie so oft zu dieser Zeit des Jahres. Keiko blickte in das Antlitz des Mannes vor ihr, der tief in Schlaf versunken war, und betete, dass er von ihr träumen möge.*

*Ich bin es, Lord Kazuto, Eure Keiko-chan. Eure Gemahlin. Erinnert Ihr Euch, welche Freuden wir auf diesem Futon miteinander geteilt haben? Bevor Ihr in den Krieg ziehen musstet und mit leerem Blick zurückkamt, weil Euch der Tod zu oft begegnet war.*

*Die bestickte Seide ihres Kimonos raschelte, als sie sich neben das niedrige Lager hockte und eine Ecke der gepolsterten Matte berührte. Sie wagte es nicht, die Hand nach dem Mann auszustrecken, denn es schmerzte sie zutiefst, dass sie mit dieser Angst zu kämpfen und sich die Dinge zwischen ihnen so drastisch geändert hatten, wo sie noch vor wenigen Monaten so eng verbunden waren, dass es manch einem bereits unziemlich erschienen war.*

*Sie war seine junge, frischvermählte Braut gewesen, war auf dieser Bettstatt von jungen Mägden vorbereitet worden.*

*Sie hatten sie gebadet und ihren Körper parfümiert und ihr langes, schwarzes Haar gebürstet, bis es glänzte. Ihre naiven Proteste ignorierend, drückten sie ihre jungfräulichen Schenkel auseinander und liebkosten die empfindliche Öffnung zu ihrer Weiblichkeit, um sie auf die Berührungen ihres Gemahls vorzubereiten. Gleichzeitig schlugen sie die Kopfkissenbücher auf, die ihre Mutter ihr mitgegeben hatte – Kopulationsbilder in exquisitem Pinselstrich, die Paare in eindeutigen Posen beim Liebesspiel zeigten. Sie hatte jedes Bild eingehend betrachtet und sich anschließend mit jeder Faser nach dem gesehnt, was ihr gezeigt worden war, und ihre Lenden hatten vor Lust nach ihrem Herrn gebrannt.*

*Dann war ihr Liebestunnel mit seiner Erlaubnis für ihn geöffnet worden. Ihre Dienerin, die zwischen ihnen lag, hatte sie mit einem schmalen Stab aus Elfenbein entjungfert. Sie hatte nur einen kurzen schmerzenden Stich verspürt, dann war sie für ihn bereit gewesen. Sie hatte zuvor die Ahnen um Stärke angefleht, denn wenn Lord Kazuto sich als so hart wie der* harigata, *jener Dildo aus Elfenbein, erwies, würde sie ihm trotz der Schmerzen mit Würde begegnen wollen.*

*Wie unwissend ich doch war, dachte sie. Der Harigata war eine wunderbare Schnitzarbeit, und sie verspürte nichts als Dankbarkeit, dass er der mächtigen Rute ihres Gatten glich. Doch ging die Ähnlichkeit nicht über ein gewisses Maß hinaus, denn dieser kalte, harte Gegenstand war doch nichts anderes als eben ein Gegenstand – ohne Seele oder Eigenleben. Als Lord Kazuto selbst sie schließlich in Besitz genommen hatte, war er so steif und unnachgiebig wie der Harigata gewesen, doch gleichzeitig so warm und seidig in ihrem Körper, dass ihre hemmungslosen Schreie von den* shoji *widergehallt waren und den gesamten Haushalt aufzuwecken drohten.*

*«Kazuto-chan», sprach sie ihn leise und respektvoll an, während ihre weiblichen Säfte sie zu überschwemmen drohten wie ein Fluss, der über seine Ufer trat.*

*Während seiner Abwesenheit hatte sie jede Nacht geweint, Tränen, die wie Morgentau auf Lotusblättern glänzten, als sie sich an die vergangenen Freuden in diesem Gemach erinnerte. Dämonen hatten sie in ihren Träumen heimgesucht, und wenn sie erwachte, feucht und voll schmerzender Sehnsucht, hatte nur der Harigata die Sehnsucht nach ihrem Herrn stillen können. Während der kühle Stab in ihr steckte, spielten ihre Finger mit ihren blütenzarten Fältchen, wie es ihr Gatte stets getan hatte. Wenn der Moment kam und sie losgelöst dem Paradies entgegenschwebte, hatte sie deutlich sein geliebtes Antlitz vor Augen und seinen edlen Namen auf den Lippen gehabt ...*

Die Geschichte ist wirklich großartig und entfaltet ihre Wirkung, stellte Deana fest. Ohne nachzudenken, hatte sie begonnen, das Becken leicht vor und zurück zu bewegen und ihre inneren Muskeln wie zu einem Streicheln reflexartig zusammenzuziehen. Und als sie eine Hand zwischen ihre Beine schob und sich streichelte, stellte sie fest, dass ihr Geschlecht so feucht war wie Keikos. Nachdenklich liebkoste sie ihre Spalte und wandte sich wieder ihrer Lektüre zu.

*In den Anfängen ihrer Ehe, gesättigt von den Liebesspielen, die auf ebendiesem Futon stattfanden, hatte Keiko kein Bedürfnis nach dem kalten Harigata verspürt. Ihr Herr hatte zudem jede Nacht ihre Gesellschaft erbeten und sie dabei manchmal zurückhaltend, fast respektvoll umworben, sie ein anderes Mal brutal genommen, denn auch als Liebhaber war er der Krieger, den man vom Schlachtfeld kannte. In der Welt der Kopfkissenbücher war Kapitulation jedoch keine Schande. Wenigstens nicht für Keiko. Sie schwelgte noch in dem Gefühl süßen Schmerzes, wenn seine Rute in ihren Liebestunnel eindrang.*

*Wie bedauerlich, dass dieser himmlischen Konstellation nur so kurze Zeit beschieden war.*

*«Ich vertraue Euch meine geschäftlichen Angelegenhei-*

*ten an, Lady Keiko», hatte er ihr am letzten Morgen eröffnet und sich tief vor ihr verbeugt, bevor er auf sein Schlachtross aufgesessen war. Ihr Abschied entsprach allen Regeln der Höflichkeit, und obwohl Keiko traurig war, ertrug sie ihn mit Fassung. Was sie aufrecht hielt, war die Erinnerung seines wahren Abschieds in dem duftenden Dämmerlicht ihres Schlafgemachs.*

*Die Zeit der Kämpfe war schwer, und als er zurückkehrte, war ihre Begrüßung vor den Augen der Dienerschaft ruhig und gemessen, um ihm mit dem gleichen Respekt zu begegnen, den er ihr beim Abschied erwiesen hatte. Keiko beunruhigte jedoch, dass ihre privaten Begegnungen nun so distanziert ausfielen wie ihre öffentlichen. Es verletzte sie so sehr, dass sie es kaum verhehlen konnte.*

*Wenigstens war Keikos Gatte heil zurückgekehrt, was nicht jede Dame am Hofe des Shoguns von ihrem Ehemann behaupten konnte. Seine Verletzungen waren gering, die physischen zumindest. Doch zu ihrem Kummer musste sie feststellen, dass seine Psyche viel stärker gelitten hatte als sein Körper. Die Schrecken des Krieges, wie nobel und gerechtfertigt sein Anlass auch sein mochte, hatten ihm als Mann heftigen Schaden zugefügt.*

*Er bat sie nicht mehr länger, des Nachts in sein Gemach zu kommen, obwohl sie manches Mal ein Feuer in seinen dunklen Augen lodern sah.*

*Obwohl diesbezüglich kein Wort zwischen ihnen fiel, gab es eine weise Stimme in Keikos Innerem, die ihr verriet, dass ihr Ehegatte in großem Maße die Impotenz fürchtete. Und dass sein Stolz, gepaart mit der immensen Furcht, sein Gesicht zu verlieren, ihm riet, es unter keinen Umständen auf einen Versuch ankommen zu lassen.*

*Würden sie jemals wieder Liebende sein?*

*Schluss, Keiko!, schalt sie sich und blickte auf seine schlafende Gestalt hinab. Du gehörst in gleichem Maße zum Kriegerstand wie er, und aufgeben kommt nicht in Frage. Ihre blassen Gesichtszüge verrieten Entschlossenheit, als sie sich dem kleinen Lackkästchen zuwandte, das sie mitgebracht hatte.*

*«Kazuto.» Stumm bewegte sie ihre Lippen. Wie gern hätte sie ihn berührt, doch sie wusste, dass der Augenblick noch nicht gekommen war. Er hatte einen Schlaftrunk zu sich genommen, den ihm sein Leibarzt verschrieben hatte, doch mittlerweile sollte der Effekt nachgelassen haben.*

*Sie überlegte kurz, ob er nur vorgab, zu schlafen. Hatte er sich die Maske der temporären Bewusstlosigkeit aufgesetzt, um ihnen die Peinlichkeit zu ersparen? Der furchtlose Lord Kazuto, die rechte Hand des Shoguns, war der Letzte, der ein Versagen eingestehen würde.*

*Bei dem Gedanken an Masken lächelte sie und fuhr mit dem Finger über das Lackkästchen. Es wäre doch schade, so viel männliche Schönheit zu bedecken, dachte sie beim Anblick des Schlafenden.*

*Es war Kazuto-chans Gesicht gewesen, das sie von Anfang an in seinen Bann gezogen hatte. Seine Züge waren so fein, so edel und vornehm, als gehörten sie einer Frau. Dann wiederum hatte er einen perfekt getrimmten Bart und eine auffallende Narbe aus einem längst vergangenen Kampf. Und doch war sein Antlitz so symmetrisch und fein gezeichnet wie die kostbarste Holzschnitzerei. Ohne seine männliche Gesichtsbehaarung wäre Lord Kazuto wohl so wunderschön wie die beliebteste Kurtisane am Hofe gewesen. Für diese Schönheit, gepaart mit seiner raschen Auffassungsgabe und seiner Intelligenz, seinem kräftigen, athletischen Körper, seinem Können und den vielen Auszeichnungen, liebte und bewunderte Keiko ihren Gatten. Und vor allem liebte sie sein Geschick zwischen den Laken, und sie war fest entschlossen, dieses Talent wiederzuerwecken ...*

*Doch der Mann vor ihr zählte zu den stolzesten Kriegern und war ein meisterhafter Stratege, sodass sie schon zu einer außergewöhnlichen List würde greifen müssen, um seine Ehre als Samurai nicht zu verletzen.*

*Durch die feuchte Hitze war es stickig im Raum geworden, daher schlief Lord Kazuto ohne eine Decke, den muskulösen, hochgewachsenen Körper lediglich mit einem dünnen Baumwollkimono bekleidet, einem* yukata. *Dieser stand offen, denn Lord Kazuto schien unruhig geschlafen und sich im Traum hin und her geworfen zu haben, ähnlich wie es Keiko ergangen war. Es war ein Leichtes, ihre schlanken Finger unter den Rand des Stoffs zu schieben und seinen ausgestreckten Körper vollends zu entblößen ...*

Sich dieses Bild vorzustellen fiel Deana nicht weiter schwer. Sie hatte Jake zwar noch nie nackt gesehen, aber sie konnte sich sein Bild trotzdem sehr gut vor Augen führen ...

Manche Details waren jedoch knifflig. Der glattrasierte Jake mit Bart? Sie war fasziniert, und nach kurzer Überlegung, während sie in Gedanken den Schnauzer und Bart ihrem Bild hinzufügte, stimmte sie Keiko zu. Er würde immer noch großartig aussehen! Lächelnd las sie weiter ...

*Keiko seufzte.*

*Sogar wenn er sich ausruhte, fand sie ihn so erregend, dass ihre Säfte über ihre seidenweichen Schenkel flossen und einen Abdruck auf ihrem dünnen Kimono hinterließen. Sie kniete sich mit unterschlagenen Beinen hin. Ihre kleinen, wohlgeformten Brüste schmerzten und lechzten nach der Berührung ihres geliebten Ehegatten.*

*Er war nicht erregt, doch auch seine schlaffe Rute war imposant. Sie erinnerte sich, wie er sich in ihr bewegt hatte, kühn wie ein Schwert, und das bekräftigte sie in ihrem Entschluss. Sie würde ihn wieder in sich haben, und zwar schon bald. Steif wie ein Holzstab und doch so geschmeidig wie eine Brise, die durchs Schilf fuhr, würde er in ihren Liebestunnel gleiten. Und schon bald würde sie seinen Samen spüren, der ihr Innerstes benetzte, und ein stummes Gebet zu den Göttern sprechen, dass ihre Bemühungen von Erfolg gekrönt wären.*

*Sie riss sich vom Anblick ihres edlen Gatten los und öffnete das Lackkästchen, in dem sich allerlei ungewöhnliche Gegenstände befanden.*

*Zunächst zwei Masken aus Pappmaché, bunt bemalt auf weißer, glattpolierter Grundierung mit fein gearbeiteten Löchern für Augen, Nase und Mund. In der Ausgestaltung erinnerten sie stark an die traditionellen Masken des Nō-Theaters, doch diese hier waren aus Papier statt Zedernholz gefertigt und leichter und angenehmer zu tragen. Eine stellte einen mächtigen, unbekannten Meister dar, die andere ein Bauernmädchen von niedriger gesellschaftlicher Stellung, aber mit Schönheit und Intelligenz gesegnet. Keiko lächelte wehmütig, als sie sich an die ruhigen Zeiten vor dem Krieg erinnerte, als sich oft der ganze Haushalt an den einfachen, aber eleganten Darbietungen erfreut hatte.*

*Unter den Masken befanden sich mehrere Keramikflaschen, die mit einem Stopfen verschlossen waren. Keiko holte sie hervor, und ihre Nasenlöcher weiteten sich durch die köstliche Duftmischung, die zu ihr emporschwebte.*

*Die wunderbaren Gerüche mussten in das Bewusstsein ihres Herrn eingedrungen sein, denn mit einem Mal begann er sich zu bewegen. Seine dichten, schwarzen Wimpern zuckten.*

*Instinktiv wagte Keiko sich vor und befestigte die Maske des Lords über seinem Gesicht. Einen Augenblick lang befürchtete sie, dass seine ausgeprägten Sinne ihr Tun vereiteln und er sie angreifen oder seine Leibwächter herbeirufen würde, aber dann schlug er bloß die nachtschwarzen Augen auf. Sie glitzerten durch die Schlitze der Maske, als er sie dabei beobachtete, wie sie ihre eigene, papierdünne Maske aufsetzte. Sie wusste, dass er mühelos den Zweck dieses Unterfangens erraten konnte. Dass er verstand, wie sie versuchte, ihre Vertrautheit wiederherzustellen, ohne dass ein drohender Gesichtsverlust damit einherging.*

*«Entspanne dich, edler Unbekannter», sagte sie im leichten Singsang, um die Natur des Spiels zu unterstreichen.*

«Ich bedaure die Umstände und den Verlust Eurer kostbaren Zeit, aber dürfte ich Eure Lordschaft um einen Gefallen bitten?»

Er nickte ein wenig, und ihr Herz begann zu singen. «Geschätzter Herr», fuhr sie fort und verneigte sich tief, «ich bin bloß eine bescheidene Studentin der medizinischen Künste, und ich ersuche Euch, mir die Ehre zu erweisen, Euren edlen Körper für wissenschaftliche Zwecke untersuchen zu dürfen.»

Eine lange Pause entstand, in der Keiko kaum Atem zu schöpfen wagte.

«Gewiss, Gelehrte», sagte er schließlich. Seine Stimme klang tief und beherrscht. «Ich schätze ebenfalls die Wissenschaften, und es behagt mir, Euch behilflich zu sein.»

«Ich danke Euch, Ihr seid zu gütig.» Wieder verbeugte sie sich, und dieses Mal so tief, dass ihre Maske fast die Tatami-Matte berührt hätte. «Bitte, Ihr braucht Euch nicht zu bewegen, Eure Lordschaft», murmelte sie und richtete sich auf, als sie spürte, dass er sich rührte. «Für meine Examination befindet Ihr Euch bereits in der besten Stellung.»

Sie entkorkte eine der Flaschen, goss ein wenig von dem Inhalt in eine feine Porzellanschüssel und schnupperte anerkennend an dem berauschenden Aroma. Sie wiederholte diese Prozedur mit dem zweiten Fläschchen, dann folgte ein drittes, dann noch eines, und nun wurde ihr fast schwindelig, als die parfümierte Mischung sie einhüllte. Mit einem kleinen Quirl vermengte sie die Zutaten gründlich und lächelte, als sie an die kräftige Wirkung des Gemischs dachte.

Der Apotheker hatte für diese Kombination gebürgt, allerdings hatte er nicht wissen können, wem er sie empfahl, da Keiko einen Schal über dem Gesicht getragen hatte.

Ylang-Ylang-Öl und Vanille für die erotische Stimulation, wohltuende Pelargonie für die Harmonie. Doch erst das letzte Element stand für die größte Wirkung – reines, veredeltes Lotusöl von höchster Qualität, das den Ruf hatte, das stärkste Aphrodisiakum überhaupt zu sein.

*Unter dem Vorwand, ihren kostbaren Kimono schützen zu wollen, entkleidete Keiko sich und bemerkte den stärkeren Glanz in den Augen ihres Geliebten in der Hoffnung, es handele sich um ein gutes Zeichen. Sie wagte nicht, einen Blick auf seine Genitalien zu werfen.*

*Keiko benetzte die Finger mit dem öligen Elixier und begann, mit langsamen Bewegungen seine Brust zu massieren. Sie ließ sich Zeit, sämtliche Muskelgruppen so zu bearbeiten, als sei sie wirklich an deren Aufbau in wissenschaftlicher Hinsicht interessiert. Am liebsten wäre sie unverzüglich dazu übergegangen, seine Männlichkeit zu liebkosen, doch es gelang ihr unter größten Mühen, ihre Leidenschaft in Zaum zu halten. Zwar wagte sie noch nicht zu hoffen, was das Öl mit Lord Kazuto anstellen würde, doch sie spürte bereits die starke Wirkung an sich selbst. Ihre eigene Lotusblüte begann anzuschwellen und sich zu öffnen, und die Fältchen schmerzten vor Gier, berührt und von ihrem Geliebten gestreichelt zu werden.*

*Mehrere Minuten verstrichen, die ihr endlos erschienen, als sie sich pflichtbewusst seinem Oberkörper widmete und dankbar war, dass die Augenschlitze in ihrer Maske ein Abschweifen des Blicks verhinderten. Erst als ihr «Forschungsobjekt» ein leises Grunzen hinter seiner Maske ausstieß und sich sein Körper unter ihren Fingern unruhig hin und her bewegte, gestattete sie sich, einen Blick auf seinen Unterleib zu werfen.*

*Gepriesen sei Buddha! Der mächtige Stab ihres Geliebten erwachte vor ihren Augen zum Leben. Die glatte Spitze schwoll an und vergoss eine Träne in seiner freudigen Auferstehung. Ganz der Lanze eines Samurai würdig, ragte sie von den schmalen, männlichen Hüften ihres Herrn auf und lud die Hand oder den ganzen Körper einer Frau ein, sich seiner zu bedienen. Keiko zügelte ihr drängendes Verlangen, ihn umgehend in sich aufzunehmen, da sie spürte, dass die Gefahr noch nicht vorüber war. Sollte seine neue Manneskraft ihn ausgerechnet jetzt verlassen, dann würde sein Gesichtsverlust sogar noch schlimmer ausfallen. Mit außergewöhnlicher Willenskraft, die ihr mehr abverlangte als je zuvor, fuhr sie mit der Erkundung seines Oberkörpers fort.*

*«Ehrwürdige Studentin», keuchte der Mann hinter der Maske, und seine autoritäre Stimme war plötzlich rau geworden, «seid so gut und erweitert den Umfang Eurer Untersuchung ein wenig tiefer ... ich befürchte, dass bestimmte Stellen sonst vernachlässigt werden.»*

*«Oh, ich danke Euch für Eure Umsicht, Eure Lordschaft», erwiderte Keiko bescheiden und verbarg ihre jubelnde Freude. «Es geschieht nicht jeden Tag, dass eine so nichtswürdige Studentin wie ich jemanden trifft, dem der wissenschaftliche Fortschritt so sehr am Herzen liegt.»*

*Noch immer zögernd, ließ sie ihre Hand weiter nach unten gleiten und streifte die Wurzel seines hochaufgerichteten Stabs. Sie bewunderte das seidenweiche Schamhaar ihres Geliebten und ergötzte sich noch mehr an seiner Struktur, als sie mit ihren eingeölten Fingern hindurchfuhr. Fast ängstlich berührte sie seine stolz aufgerichtete Rute, und als diese in ihrer Hand noch weiter wuchs und anschwoll, statt in sich zusammenzufallen, entfuhr ihr ein Seufzer der Erleichterung und des Glücks. Sie liebkoste ihn sanft, doch nun war die Zartheit ihrer Berührung mehr dem Wunsch geschuldet als der Vorsicht. Nun hielt sie eine mittlerweile ausgewachsene Keule in der Hand, die ihre Steifheit nicht so schnell verlieren würde – höchstens unter den Umständen höchster Glückseligkeit, wie ihr nun klar wurde.*

*Sie ließ die Finger neckend über ihn gleiten und genoss, wie das Blut durch seine Penisadern pumpte und die dicke Spitze pulsierte, als sie nach ihrem Körper verlangte und danach, in den Hafen ihres feuchten Liebeskanals einzufahren. Mit der anderen Hand liebkoste sie die beiden Bälle wie reife Früchte in ihrem warmen, zerfurchten Sack.*

*«Meine Keiko-chan», gurrte er und hob ihr die Hüften*

*entgegen. «Meine wunderbare, sanfte Frau ... erlöse mich von meiner Qual ... erlaube mir Zutritt zu deiner himmlischen Pforte!» Mit einer Handbewegung riss er sich ungeduldig die Maske vom Gesicht, mit der anderen Hand wollte er sie packen.*

*«Aber, Mylord», sagte sie züchtig hinter ihrer Maske hervor. «Ich bin doch bloß eine einfache Medizinstudentin, die sich dem Willen der Forschung beugt ...»*

*«Du bist ein Luder und eine Göttin zugleich, meine Keiko-chan!», rief er. Seine Stimme troff vor lustvoller Zufriedenheit. «Spreize deine Schenkel über meiner Lanze, oder ich werde mich erheben und dich auf deinen geschmeidigen, weißen Rücken werfen!»*

*«Wie Ihr wünscht, mein Herr», wisperte sie und ließ sich graziös auf dem Futon nieder ... und auf dem Penis ihres Gatten.*

*Ihre Pforte schien vor Wonne aufzulachen, als er in sie hineinstieß und sie ausfüllte. Auch Keiko riss sich die Maske vom Gesicht, damit ihr langanhaltender Aufschrei der lustvollen Erfüllung in keiner Weise gedämpft wurde.*

*«Mein Liebster, o mein Liebster!», rief sie – und als die Freuden ihre Seele in den Himmel hoben ... blickte sie hinab, blickte in das hocherfreute Antlitz ihres Lord Kazuto.*

Deana legte das Buch zur Seite. Ihre Finger kribbelten, ihre Phantasie war angeregt und ihre Spalte gieriger denn je. Es fiel ihr schwer, sich gedanklich von Keiko zu lösen, aber Dichtung und Wahrheit waren in diesem Fall weit voneinander getrennt. Mistrys Samurai-Dame war nun beglückt und zufrieden. Sie, Deana, hingegen war keines von beiden.

Ob die Geschichte wohl auf einer wahren Begebenheit basierte?, fragte sie sich. Hatte Jake ernsthaft an seiner Männlichkeit gezweifelt und Vida hatte ihn beruhigen können?

Das war unwahrscheinlich, wenn auch eine faszinierende Vorstellung.

Denn wie könnte Jake nicht stark sein? Sein Selbstbewusstsein ließ nicht den geringsten Raum für Zweifel. Er behielt stets die Kontrolle, und doch war die Vorstellung eines weniger omnipotenten Jake auf bizarre Weise erregend. Deana war es gewohnt, in ihren Beziehungen den Ton anzugeben, insbesondere, wenn es um Sex ging, aber bei Jake hatte sie nie die Chance gehabt, das Zepter in die Hand zu nehmen.

Wie es wohl wäre?, sinnierte sie. Ihn dazu zu bringen, dass er sich verneigte, ihn gefügig zu machen. Sollte sie hart mit ihm umspringen, wie Vida es vermutlich tat? Oder es mit sanfter Dominanz probieren, wie die kluge Keiko es mit ihrem Samurai getan hatte? Für welche Methode sie sich auch entscheiden würde, jetzt konnte sie nicht mehr stillsitzen.

Bislang hatte sie sich nur kurz gestreichelt, doch jetzt überkam sie eine unerträgliche Erregung. Die Lust zerrte gnadenlos an ihr, und ihr Geschlecht war geschwollen.

Es war, als sei Vida Mistry in ihren Kopf eingedrungen und hätte ihre subversive Wortmagie dazu genutzt, um sie zu erregen. Deana erlebte geistige Masturbation, durchtriebene Sinnlichkeit am größten Sexualorgan des Menschen – seinem Verstand. Deanas Sinn für räumliches Denken, für Visualisierung machte sie besonders anfällig dafür, und jetzt war sie heiß und feucht. Ihre Schamlippen hatten sich wie Blätter einer besonders fleischigen Blume geöffnet. Sie wagte kaum, ihren Kitzler zu berühren, also fuhr sie mit zwei Fingern seitlich daran vorbei und ließ die Dehnung Zärtlichkeit genug sein. Die kleine Knospe trat pulsierend hervor und schien auf ihre doppelte Größe anzuschwellen.

Und vor Deanas geistigem Auge spielte sich ein wahres Panoptikum aus ungewöhnlichen Eindrücken ab. Illusionen, die aus einem dunklen Winkel hervortraten. Sie sah sich selbst in Leder gekleidet, den straffen Körper des sich windenden Jake in Fesseln legen. Sie hielt seinen Schwanz in der Hand und drückte ihn, woraufhin ihm ein Aufschrei entfuhr, während Vida Mistry unaussprechliche Dinge mit seinem Hinterteil anstellte. Er winselte und schluchzte, dann schoss sein Samen hervor, und Deana spürte, wie ihre eigene heiße Muschi in Lustschaudern erbebte und gegen den teuflischen Gurt rieb, der ihr Geschlecht umgab …

Im echten Leben war sie diejenige, die schluchzte und stöhnte und sich, die Hände zwischen den Schenkeln vergraben, auf der Couch krümmte, als der Höhepunkt ihre Vagina zum Zucken und Pulsieren brachte.

«O Jake, o Jake», flüsterte sie und wünschte, er wäre bei ihr. «Warum, um alles in der Welt, gibt es nicht zwei von deiner Sorte?»

Als Delia in der Nacht nicht nach Hause kam, machte sich Deana viel mehr Sorgen, als dass sie eifersüchtig war.

Normalerweise wäre sie nicht beunruhigt, denn sie selbst blieb oft genug einmal über Nacht weg, während Delia hin und wieder bei Russell schlief. Sie persönlich hätte es keine ganze Stunde mit ihm ausgehalten, aber über Geschmack lässt sich bekanntlich nicht streiten.

Doch das war nicht der Punkt, denn Jake war nicht Russell. Ihre Welten und Geschmäcker waren Lichtjahre voneinander entfernt, und Jake selbst war ein ziemlich gefährlicher Typ.

Deana beschloss, auf ihr Frühstück zu verzichten, weil ihr kalter Hass den Appetit verdarb. Nicht auf ihre Schwester, denn was ihnen zugestoßen war, konnte man nur als Zufall bezeichnen. Oder Schicksal. Oder Glück. Und sie hatten nun einmal eine Münze geworfen, die die Reihenfolge bestimmt hatte, und es hätte ebenso gut sie selbst sein können.

Nein, ihr Zorn richtete sich gegen Jake und weckte ihren

Beschützerinstinkt, denn Delia verbrachte eine ganze ausschweifende Nacht mit ihm, und sie würde am wenigsten darauf vorbereitet sein, wenn seine Forderungen unersättlich würden. Er war schon während ihrer kurzen Intermezzi ziemlich erfinderisch gewesen, wie würde es erst sein, wenn ihm eine ganze Nacht zur Verfügung stand? Deana überfuhr bei dem Gedanken eine Gänsehaut, und sie spürte ein Vibrieren in ihrer Spalte. Sie hatte mehr denn je Angst um Delia.

Zudem war sie völlig hilflos, denn es gab nichts, was sie hätte tun können. Sie wusste nicht, wo Jake wohnte, und selbst wenn, wäre es trotzdem riskant, Kontakt aufzunehmen. Delia war vermutlich noch bei ihm. In seinem Bett.

Angespannt und besorgt machte sich Deana auf den Weg in die Agentur. Es sah ihr sonst gar nicht ähnlich, aber heute achtete sie ständig auf die Türklingel, das Telefon und alle Geräusche in ihrer Umgebung. Außerdem marschierte sie mehrere Male vor dem Fenster auf und ab. Später ertappte sie sich dabei, wie sie die Menschenmengen in der U-Bahn nach dem vertrauten Gesicht, das ihrem bis aufs Ei glich, absuchte. Eine irrationale und alberne Reaktion.

Als Freiberuflerin konnte Deana selbst entscheiden, wann sie kam und ging. Dies nutzte sie häufig aus, um von zu Hause aus zu arbeiten, aber gelegentlich verlangte Robin, der die Agentur leitete, dass sie sich potenziellen Kunden zeigte und sich wieder mehr ihren Pflichten widmete. Ausgerechnet heute war so ein Tag.

Und es war außerdem ein Tag, an dem die Zeit unerträglich langsam verstrich. Ihre Inspiration war völlig verdörrt, und sie brachte nichts Vernünftiges zustande. Sie empfand ihre Arbeit bedrückend, und auch die Stadt wirkte öde in der ungewöhnlichen Hitze. Deana versuchte mehrere Male, Delia bei De Guile International anzurufen, aber es hieß jedes Mal, sie sei gerade «in einem Meeting», «beim Mittagessen» oder einfach «beschäftigt».

Beschäftigt. Was genau sollte das heißen? War sie bei Jake? Wurde von ihm umgarnt oder gequält? Oder vielleicht sogar beides? Deana ließ ihren Stift auf den Schreibtisch fallen. Ihre Gedanken kreisten pausenlos um Jake. Jake, der in seiner Schönheit auf einem ledernen Bürostuhl saß, Delia rittlings auf ihm – so wie er sie selbst in der Limousine genommen hatte. Sie schüttelte den Kopf, um den Gedanken zu verjagen, doch es gab kein Entrinnen. Als Nächstes sah sie sich – oder war es Delia? – der Länge nach ausgestreckt auf einem großen Schreibtisch aus Eichenholz liegen. Jake, der zwischen ihren Schenkeln stand und in sie hineinstieß.

Als sie erschöpft und ausgelaugt zu Hause ankam, hörte Deana von draußen, dass der Fernseher eingeschaltet war. Wie es schien, war Delia wieder da. Aber ging es ihr auch gut? Deana wagte kaum, nach ihr zu rufen.

Als sie das Wohnzimmer betrat, stach ihr zuerst eine jener weißen, rechteckigen Schachteln ins Auge, wie sie von exklusiven Boutiquen zum Verpacken der kostbaren Stücke benutzt wurden. Deana war schon öfter mit solchen Kartons nach Hause gekommen, Delia hingegen nie. Ihre Kleidung kam in einer Plastikhülle … wenn überhaupt.

Das Logo des Designers kannte sie nicht, dabei hätte sie etwas wie «Janet Reger» oder «La Perla» oder ein anderes Label vermutet, aber die Aufschrift lautete lediglich «Circe». Deanas geübtes Auge erkannte sofort den Schrifttyp, Palatino kursiv, 36 Punkt. Sehr schlicht, sehr edel … aber warum der Name einer Zauberin, die Männer in Schweine verwandelte? Sicher, Jake war ein Chauvinist, aber ein Schwein war er nicht. Im Gegenteil, er war zügellos, dekadent und besaß einen ausgeprägten Hang zu perversen Spielereien, und doch war er der kultivierteste Mann, dem sie je begegnet war. Keine Frau – sie selbst in ihren wildesten Momenten mit eingeschlossen – könnte ihn je seiner natürlichen Eleganz berauben.

Die Schachtel stammte vermutlich von ihm, obwohl sich Delia, berauscht vom ausschweifenden Liebesspiel, vielleicht etwas gegönnt haben mochte. Deana kannte dieses Bedürfnis und befriedigte es in der Regel mit einem Gemälde oder ein paar Büchern. Oder einigen von diesen riesigen, handgemachten belgischen Pralinen, die das Gourmet-Äquivalent eines Orgasmus waren.

Als sie die Schachtel öffnete, waren sämtliche Zweifel bezüglich der Herkunft ihres Inhalts auf einen Schlag ausgelöscht. Es gab momentan nur eine Person in ihrem und Delias Leben, die so etwas kaufen würde ... Deana berührte das Leder, und ihr Bauch verkrampfte sich. Als sie den Inhalt schließlich herausnahm, wurde ihr ein wenig schwindelig vor Erregung. Typisch Jake, ihr so etwas zu kaufen.

«So etwas» war das außergewöhnlichste Stück Damenunterwäsche, das sie je gesehen hatte. Ein steifes Korsett aus reinem, weißen Leder, das mit Spitze verziert war. Sie strich mit zitternden Fingern über das glänzende, erotische Mieder.

Trag es für mich, hörte sie ihn sagen, und Deana konnte ihn hören, sehen und spüren, kaum dass sie sich das Mieder an die Brust gepresst hatte. Es entsprach eigentlich nicht ihrem Stil, aber sie hatte keine Zweifel, dass die Größe passte. Es war ein kleines Meisterwerk, das Leder so dünn, dass es sich fast flüssig anfühlte, beinahe wie Sahne, dachte sie, als sie mit den Fingerspitzen darüberfuhr. Jungfräulich und verdorben zugleich, eine Mischung, die sie herausfordernd fand. Geschmeidig und fremdartig, es war ein angenehmes Gefühl, das Stück an den Körper zu schmiegen. Doch würde sie ein solches Korsett auch tragen wollen? Es war nicht typisch für sie.

«Es passt», sagte Delia gelassen. «Ich habe es selbst anprobiert.»

Deana hätte das Mieder fast fallen lassen, als ihre Schwester lautlos den Raum betrat.

«Himmel, du hast mich erschreckt!» Diana ließ das Mieder zurück in die Schachtel fallen und blickte ihre Schwester an.

Stirnrunzelnd wurde ihr klar, dass sie erwartet hatte, dass Delia anders aussehen würde. Strahlender, glückseliger. Durch und durch gesättigt vom Sex ... aber Delia schien so gelassen und effizient wie immer zu sein. Und es waren auch keine Hinweise auf Ausschweifungen zu erkennen. Keine Knutschflecke, keine Ringe unter den Augen, kein schlechter Teint oder wenigstens ein unterdrücktes Gähnen.

Deana starrte sie eindringlich an, aber Deana zuckte mit keiner Wimper. «Du hast nicht viel Zeit, Deana», sagte sie knapp und holte das Korsett wieder aus der Schachtel hervor. «Er lässt dich um halb sieben abholen, und er will, dass du das hier trägst.» Sie schüttelte das ungewöhnliche Kleidungsstück ein wenig, sodass die daran befestigten Strapse vor ihren Augen tanzten. «Du solltest dich also besser beeilen und es anlegen.»

Deana nahm ihrer Schwester das Korsett aus der Hand und befühlte noch einmal das sinnliche Leder. «Immer mit der Ruhe», erwiderte sie. «Hättest du mir nicht vorher sagen können, dass du die ganze Nacht wegbleiben würdest? Ich habe mir Sorgen gemacht.» Sie hielt inne, als das schlechte Gewissen sie überkam. Es stimmte zwar, dass sie beunruhigt gewesen war, aber sie war vor allem von Eifersucht gequält gewesen. «Ich schlage vor, dass ich mich anziehe, während du uns ein Glas Wein einschenkst und mir alles erzählst, was passiert ist.»

«Für dich gibt's Tee», erwiderte Delia bestimmt. «Und dann sage ich dir, was dich erwartet, während du dich fertig machst.»

Und schon war sie in Richtung Küche verschwunden.

Wird mein Schweiß Flecken auf dem Leder hinterlassen?, fragte sich Deana und hoffte, dass dem nicht so war.

Ihr war heiß in dem Lederkorsett, und sie fühlte sich unbehaglich, während sie wartete, aber noch mulmiger wurde ihr bei dem Gedanken, welche Richtung sie in ihrem Leben eingeschlagen hatte. Die besorgniserregenden Parallelen ... und die seltsamen Zufälle. Es kam ihr vor wie ein Leben in der Twilight Zone. Sie phantasierte von Geishas und Samurais, während ihre Schwester mit einer japanischen Dienerin Liebesspiele in einem opulenten Bad genoss.

Doch realistisch betrachtet waren die Ereignisse gar nicht so unwahrscheinlich. Jake war zur Hälfte Japaner, warum sollte er also keine Landsmännin einstellen?

Und warum sollte Vida Mistry Jakes exotische Herkunft nicht in ihren Geschichten erwähnen? Das schwarze Haar, die mandelförmigen Augen – sie passten perfekt zu einem strahlenden Helden. Insbesondere wenn man mit dieser Figur bereits eine Affäre gehabt hatte. Andererseits war es auch nicht seltsam, dass alles so rasch aufeinanderfolgte, denn seit jenem Abend in der Galerie hatte sich alles verändert.

Jake ließ sich also von einer Kammerdienerin ankleiden, na und? Viel schockierender war doch Delias Bericht. Es hatte Deana zutiefst erstaunt, wie gelassen ihre Schwester von ihrer ersten lesbischen Liebesnacht erzählt hatte, und das lag weniger an den Details. Und sie war noch immer perplex, dass Delia so wenig erschüttert wirkte. Ruhig beschrieb sie die Berührungen der Frau, ihre Hände auf ihrem Körper und ihr Geschlecht. Sie, Deana, konnte der Nacht, die vor ihr lag, nicht so gelassen entgegensehen.

Am Schluss ihrer Erzählung besaß Delia wenigstens so viel Anstand, zu erröten, trotzdem fragte sich Deana, ob sie und ihre Schwester sich in Sachen Sex vielleicht doch nicht allzu sehr voneinander unterschieden.

Delia hatte sich mit Elf vergnügt, und sie, Deana, war von der seltsamen und doch wunderbaren Vida angetan gewesen. Es machte keinen Unterschied, sie waren beide latent bisexuell und hatten schließlich herausgefunden, wonach es ihrem wahren Ich gelüstete.

Deana veränderte ihre Sitzhaltung. Das Mieder schnürte sie ein, diese Enge war so ungewohnt, da sie normalerweise wenig oder gar keine Unterwäsche trug. Federleichte Baumwolle oder Seide entsprach ihrem Geschmack, Slips, die man kaum spürte, BHs, die diese Bezeichnung kaum verdienten. Weich fallende Hemdchen oder G-Strings. Stattdessen diese höllischen Häkchen und Ösen. Es war vermutlich bloße Einbildung, aber sie hatte den Eindruck, kaum Luft zu bekommen, als würde ihr Körper und Verstand durch die Enge kontrolliert. Das Mieder besaß ein Eigenleben und brachte ihren Körper in Form, statt sich ihren Kurven anzupassen. Sie musste sich den Schnüren ergeben, und doch war das Ergebnis wunderschön.

Das fetischähnliche Lederkorsett ließ ihren ohnehin fast perfekten Körper vollends zur Figur eines Mannequins werden, und sie bewegte sich so elegant wie nie zuvor. Es entsprach eigentlich eher Deanas Art, sich schlendernd oder tanzend zu bewegen, doch das war jetzt nicht mehr möglich. Nun war sie gezwungen, aufrecht zu stehen oder majestätisch durch den Raum zu schreiten. Sie fühlte sich wie eine völlig andere Frau, und das fand sie zutiefst aufwühlend.

Auch das Cocktailkleid, das sie sich von Delia geliehen hatte, verbesserte ihre Lage nicht. Es trug sich ebenso ungewohnt wie das Mieder, aber in Deanas Kleiderschrank gab es nichts, das man zu einem Lederkorsett tragen konnte. Sie fuhr mit den Fingern über die gerüschte, magentafarbene Seide und stellte sich das weiße Leder darunter vor, das sie einschnürte. Wieder brach ihr der Schweiß aus, und sie wäre fast in Panik geraten. Am liebsten hätte sie sich alles vom Leib gerissen, aber sie tat es nicht, denn durch die Schichten aus Unwohlsein und Enge bahnte sich ein neues, ein von Erregung in ihrem Genitalbereich geprägtes Gefühl. Ihr Blut und ihre Organe wurden nach unten gepresst, was sich wiederum als erhöhter Druck auf ihre Spalte äußerte.

Plötzlich änderte sich Deanas Einstellung zu dem weißen Lederkorsett. Und zwar vollkommen. Während der Druck in ihrer Liebesgrotte stetig zunahm, verstand sie mit einem Mal, was es mit der Einschnürung auf sich hatte, welche Magie sich hinter dem Gefühl verbarg, gefesselt zu sein. Ihr Kitzler erwachte zu neuem Leben und zu köstlicher Empfindlichkeit. Sie hätte ihn am liebsten sofort liebkost, hätte sich gern eine Hand zwischen die Schenkel geschoben, doch das leuchtend magentafarbene Kleid war dafür zu eng geschnitten.

«Miststück!», zischte sie, und es war nicht klar, ob sie das Korsett oder den edlen Spender desselben meinte. Er kontrollierte sie, indem er sie in ein schneeweißes Lederkorsett steckte und sie durch diese eingeschränkte Bewegungsfreiheit zu seiner Sklavin machte. Und dabei war er noch nicht einmal hier!

Doch mit einem Mal lief ihr ein eiskalter Schauder den Rücken hinab. Wie der Geist eines langen, eleganten Fingers ... der zu einem schlanken Mann gehörte.

Deana stand auf und ging zum Fenster, wo sie die Limousine entdeckte, die mit laufendem Motor vor ihrer Tür stand ...

# 9 KOMMEN UND GEHEN

Was für eine komische Art, eine Beziehung zu beenden, dachte Delia, nachdem sie das Taxi bezahlt hatte. Am liebsten wäre sie die Stufen zur Haustür hinaufgehüpft.

Sie fühlte sich frei und beschwingt, fast schon albern.

Lüstern. Und sehr, sehr sexy. Als sie die Tür zu ihrem Apartment aufschloss, lachte sie leise in sich hinein. Eigentlich hatte sie die Zeit mit Russell nie besonders genossen. Welch eine Ironie, dass er sie ausgerechnet bei ihrer Abschiedsszene endlich einmal befriedigt hatte!

Deana wäre stolz auf mich, dachte sie und warf die Tasche mit ihren Habseligkeiten auf den Sessel, bevor sie in die Küche ging, um sich einen Drink zu mixen. Ein solcher Anlass erforderte eine Belohnung, und so mischte sie sich einen starken Gin Tonic und trank die Hälfte davon auf einmal aus.

Delia wusste noch immer nicht genau, wie es dazu gekommen war, aber im Verlauf ihres Streits hatten sie und Russell irgendwann auf Russells makellosem, cremeweißem Wohnzimmerteppich wie wild gevögelt. Und das hatte ihr zum ersten Mal einen Orgasmus beschert, während er noch in ihr war – ohne dass sie auf ihre Phantasien zurückgreifen musste.

Als es vorbei war und er noch über ihr keuchte und schnaufte, hatte sie kurz erwogen, ihm vorzuschlagen, es doch noch einmal miteinander zu versuchen. Doch ihr gesunder Menschenverstand sowie Deana und Jake, die in Gedanken bei ihr waren, hatten das verhindert. Dieser «Glücksstreffer» heute Abend mit Russell war zufällig, eine einmalige Sache, angestachelt von ihrem gegenseitigen Zorn. Wenn sie zusammenblieben, würde binnen kurzem wieder alles verfahren sein. Derselbe Trott, dieselbe Langeweile, die jegliche Lust im Keim erstickte.

«Kommt nicht in Frage, es ist vorbei», flüsterte sie und trank einen weiteren Schluck. Dann hob sie ihr Glas. «Auf dein Wohl, Russ, es war zwar todlangweilig … aber wenigstens habe ich etwas gelernt. Die zweite Wahl lohnt sich nicht!» Es war die Parodie eines echten Trinkspruchs, und doch schien sie damit endgültig einen Schlussstrich zu ziehen. Sie kippte den Rest ihres Gin Tonics hinunter und machte sich daran, einen zweiten zu mixen.

Wenn das so weitergeht, werde ich noch zur Alkoholikerin, dachte sie, noch immer sinnlich beschwingt. Sie hatte in den letzten Tagen eindeutig mehr als sonst getrunken, aber diese wilde, erotische Zeit war auch mehr als ungewöhnlich. Sosehr sie diese Phase auch genoss, so war ihr doch klar, dass sie nicht ewig dauern würde. Auf jeden Fall nicht für sie, vielleicht für Deana, deren Wunsch nach Ausgeglichenheit weniger stark ausgeprägt war. Delia geriet höchstens aus dem Gleichgewicht, wenn sie sich um Deana sorgte oder vielleicht ein kleines bisschen eifersüchtig auf sie war.

So musste es Deana gestern Abend gegangen sein, dachte sie, ließ sich auf dem Sessel nieder und streifte die Schuhe von den Füßen. Delia schlug die Beine unter und machte es sich gemütlich. Gerade als sie nach ihrem Gin Tonic greifen wollte, spürte sie ein klebriges Rinnsal zwischen ihren Beinen. Die letzten verbliebenen Erinnerungen an Russell verließen sie und ihr Leben. Das Gefühl war erstaunlich angenehm und erinnerte sie an jenen Morgen im Büro, als sie schockiert Jakes flüssige Hinterlassenschaft in ihr entdeckt hatte. Erst dieses kühle, seidige Fließen hatte sie begreifen lassen, was geschehen war und was er getan hatte ... nämlich sie schon kurz nach ihrer Begegnung einfach zu nehmen.

Was Jake wohl gerade tat? Hielt er in seinem protzigen Thronsaal Hof? Mit einer lederbekleideten Deana zu seinen Füßen? Delia grinste in ihr Glas, als ihr wieder einfiel, wie überrascht Deana gewirkt hatte, als sie erfuhr, dass weibliche Gäste nicht zwangsläufig im de-Guile'schen Schlafzimmer nächtigen durften.

Sie hatte es ebenfalls erstaunt. Nach dem phantastischen Sex auf Jakes Diwan war sie sofort fest eingeschlafen, doch sie hatte nicht erwartet, woanders aufzuwachen. Allein aufzuwachen.

Sie hatte noch nie zuvor einen so wunderschön eingerichteten Raum gesehen, das Boudoir einer Kurtisane mit einem antiken Himmelbett. Allerdings war sie nicht lange allein geblieben, denn als sie sich gerade gefragt hatte, ob sie von Jake höchstpersönlich, dem getreuen Fargo oder von der unglaublichen Elf hierhergetragen wurde, hatte die Japanerin ihr das Frühstück ans Bett gebracht. Und wieder war sie verwöhnt worden, mit frischgebackenen Croissants, Butter und Marmelade. Und einem wunderbar starken Kaffee. Während Delia das Frühstück genoss, hatte ihr Elf ein Bad eingelassen. Anschließend, nachdem sie ausgiebig in dem duftenden Schaumbad gelegen und sich entspannt hatte, stellte Delia fest, dass ihre Kleidung bereits für sie herausgelegt worden war. Frisch gewaschen und gebügelt. Sogar ihr Slip.

Der vielbeschäftigte Jake war offenbar bereits verschwunden, doch sein Haushalt schien auch in seiner Abwesenheit reibungslos zu funktionieren. Als Delia gerade aufbrechen wollte, hatte Elf ihr die Schachtel mit dem Lederkorsett und einen Brief ausgehändigt, in dem Jake präzise Anweisungen gab, wie es getragen werden sollte.

Anweisungen, über die ihre rebellische Schwester zunächst gelacht hatte und die sie nicht zu befolgen gedachte.

Das war typisch für Deana, die sich schon immer jeglicher Art von Autorität, insbesondere männlicher, widersetzt hatte. Delia hingegen fühlte sich wohler, wenn sie mitten im Strom schwamm, so hatte sie es auch bei Jake gehalten. Wenn Deana sich in den Kopf gesetzt hatte, über das Ziel hinauszuschießen, würde ihre Scharade mit Sicherheit auffliegen.

Delia war gerade damit beschäftigt, die möglichen Konsequenzen zu verdrängen, als es an der Tür klopfte. Mit einem gereizten Grunzen, in dem ebenso viel Erleichterung mitschwang, nahm sie die Beine vom Sessel und ging zur Tür.

Vor ihr stand Peter, sein schlaksiger Körper steckte in

lächerlich weiten Surfershorts und einem überdimensionierten T-Shirt. Was sie jedoch weitaus mehr beunruhigte als sein schlechter Geschmack war das Lodern in seinen Augen.

Er schien sie mit seinen Blicken förmlich zu verschlingen. Sie hatten am Tag nach ihrer zufälligen Sexorgie wieder ganz normal miteinander gesprochen, und so weit es Delia betraf, war zwischen ihnen alles geklärt.

Doch Peters umwölkter Blick sprach Bände, und seine dunklen Pupillen wirkten riesig vor Erregung. Er schien sowohl ihre Aufmachung als auch ihren Körper zu beäugen, was Delia zunächst überraschte, doch dann begriff sie, warum.

An diesem Abend hatte Delia die hohen Temperaturen als besonders belastend empfunden. Und so hatte sie auf ein Kostüm verzichtet und sich stattdessen aus Deanas Schrank bedient. In dem bunten Sammelsurium war sie auf ein fließendes, kurzärmeliges Top mit einem passenden Rock gestoßen. Ein überraschend elegantes Complet für Deana. Der dünne, anschmiegsame Stoff hatte sich zunächst ungewohnt angefühlt, aber da das Outfit schön luftig war, hatte Delia es anbehalten. Und auch deswegen, weil Russell es vom ersten Augenblick an verabscheut hatte. Er hatte schon oft spitze Bemerkungen über Deanas Kleidungsstil fallen lassen und Delia prompt gescholten, als sie bei ihm auftauchte und wie ihre Schwester angezogen war.

Und genau das war in diesem Augenblick das Problem, denn sie ähnelte gerade viel zu sehr der Frau, in die der arme Peter verliebt war!

Er zuckte zusammen, als sie ihn am Arm berührte und hereinbat. «Hey! Ich bin's doch, Pete ... Delia. Ich trage heute bloß Deanas Sachen, weil sie angenehmer sind.»

Er blieb im Wohnzimmer stehen und starrte sie mit einem verwirrten und enttäuschten Gesicht an. Einem Gesicht, das sich erst auf den zweiten Blick als gutaussehend entpuppte. Nach einer Minute nahm er kopfschüttelnd seine Brille ab und putzte sie nervös mit einem Zipfel seines T-Shirts.

«Das ist das erste Mal seit Jahren, dass ich euch verwechselt habe», meinte er leise und setzte die Brille wieder auf. Matt blickte er sie durch die dicken Gläser an.

«Wunschträume, was?», fragte sie, bemüht, nicht allzu bissig zu klingen. Heute war offenbar keiner von ihnen mit der Person zusammen, die er begehrte, mit Ausnahme von Deana ...

«Ich bin mir da nicht so sicher ... keine Ahnung», erwiderte er unsicher und verlagerte sein Gewicht von einem Bein auf das andere. «Seit unserer Nacht weiß ich ohnehin nicht mehr, was ich denken soll.»

Lieber Himmel, dachte Delia verzweifelt. Als wären die Dinge nicht schon kompliziert genug!

Und trotzdem spürte sie einen Anflug von Selbstgefälligkeit. Bislang hatte es nie Rivalitäten zwischen den Schwestern gegeben, da sie einen unterschiedlichen Männergeschmack besaßen. Doch mit Jake hatte sich alles geändert. Sie befanden sich nun in einer Art Wettstreit, und obwohl Delia ihre Schwester deswegen nicht weniger liebte, fühlte sie sich im Nachteil. Deana war wild, extrovertiert und von einer robusten Sinnlichkeit – und damit viel mehr für die Liebe geschaffen. Daher gefiel es Delia, dass Peter – der sich erst kürzlich als begehrenswert entpuppt hatte – *sie* genauso attraktiv fand wie Deana – wenn nicht sogar noch mehr.

So unauffällig wie möglich ließ Delia den Blick abwärts wandern und blieb bei Peters quietschbunten Shorts hängen, die zwischen seinen Beinen eine deutliche Wölbung aufwiesen ...

Peter errötete, als er ihren Blick bemerkte, und das wiederum berührte Delia. Er sieht niedlich aus, wenn er rot wird, dachte sie überrascht. «Tut mir leid», murmelte er und ballte unwillkürlich die Hände zu Fäusten, als wollte er in diesem Augenblick lieber seine Lenden und den herausragenden Beweis seiner Lust bedecken.

«Das muss es nicht.»

Delia spürte plötzlich ein beglückendes Gefühl von Macht, als ihr bewusst wurde, dass sie die Kontrolle hatte und dem sympathischen Mann vor ihr seine Lust gewähren oder verweigern könnte. Sie hatte sich heute Abend bereits Erleichterung verschaffen können, nun lag es an ihr, ob Peter – der arme lüsterne Peter – zu seiner Lust kam oder nicht.

Doch sie hatte nicht vor, sich ihm in diesem Zustand anzubieten, denn obwohl er ihre Freiheit und die Wahl ihrer Bekanntschaften respektierte, wäre er sicherlich tödlich beleidigt, wenn er entdecken würde, dass sie noch feucht vom Samen eines anderen Mannes war.

Ich könnte rasch duschen, überlegte sie, entschied sich jedoch dagegen. Bei Peter musste man den Augenblick nutzen, da sein natürlicher Anstand ihn zweifellos auf Abstand gehen ließ, sobald sie auch nur ein bisschen zögerte. Sie verspürte große Lust auf ihren Drink, und während ihr schon das Wasser im Mund zusammenlief, fiel ihr ein Ausweg ein.

Sie hatte sich noch nie so weiblich gefühlt, als sie ihn anlächelte und fragte: «Wie wär's mit einem Drink?»

«Ja. Sehr gern!» Dankbar erwiderte er ihr Lächeln und wirkte sofort ein bisschen weniger nervös.

«Setz dich doch, während ich etwas zu trinken hole. Ich habe mir gerade einen Gin Tonic gemacht, wie wär's damit?»

«Wunderbar! Gern!» Er ließ sich umständlich auf dem Sofa nieder und blätterte in einer der vielen Zeitschriften, die Deana dort liegen hatte, während Delia auf dem Weg in die Küche mit einem boshaften Lächeln nach ihrem Glas griff.

Grinsend leerte sie ihr Glas, nahm dann einen großen Schluck Tonic, behielt ihn im Mund und ließ ihn dort herumwirbeln, bevor sie ihn schließlich hinunterschluckte. Sie hatte wenig Erfahrung in besagten Dingen – bis jetzt –, doch ihr gesunder Menschenverstand sagte ihr, dass der Alkohol einen stimulierenden Effekt auf den menschlichen Organismus hatte. Insbesondere des männlichen ...

In diesem Augenblick hätte sie sich gern mit Deana ausgetauscht, die erfahren und mutig war. Und die nie Zweifel an ihren Fähigkeiten aufkommen ließ. Deana, die vermutlich schon fast alles viel öfter als Delia ausprobiert hatte.

Gleichzeitig wünschte sie, Deanas Talent zu besitzen für das, was sie nun mit Peter vorhatte. Doch mehr nicht, sie wollte schließlich nicht Deana selbst *sein*. Mit einem Mal war sie einfach nur Delia Ferraro, die mit Peter Sex haben wollte. Und nicht Deana Ferraro in den düsteren Fängen eines Jake de Guile. Dieser Gedanke machte sie glücklich. Sie brauchte sich weder abzumühen noch sich wegen irgendetwas Sorgen zu machen – sie konnte ganz sie selbst sein und alles genießen. Lächelnd mixte sie sich einen weiteren Gin Tonic, gefolgt von einer starken Mischung für Peter, und stolzierte ins Wohnzimmer zurück.

Peter hatte die Zeitschrift zurück auf den Tisch gelegt und sich weit in die Couch zurückgelehnt. Seine Brille hatte er abgenommen und die Augen geschlossen, als sei er erschöpft.

War er etwa müde? Delia wusste nur zu gut, wie sehr emotionaler Aufruhr einen Menschen auslaugen konnte. Ihr eigener Schlafrhythmus von ehemals regelmäßigen acht Stunden war mittlerweile völlig durcheinandergeraten. Barfuß schlich sie zu dem schlafenden Mann und stellte das Glas geräuschlos auf dem Tisch ab. Als sie sich auf die Knie niederließ, bauschte sich ihr Rock, und das seidenweiche Material streifte Peters Knöchel. Alarmiert riss er die Augen auf.

Sie wusste zwar, dass er kurzsichtig war, doch in diesem Augenblick trafen sich ihre Blicke und führten ein stummes Zwiegespräch. Sie machte ihm ein Angebot, das er erkannte und akzeptierte.

«Du musst das nicht tun», flüsterte er, als würde der Zauber des Augenblicks zerstört, wenn er normal mit ihr sprach.

«Aber ich will.» Sie legte die Hände auf seine entblößten Oberschenkel, just über den Knien, und spürte, wie er erzitterte.

«Nun, wenn es so ist ... o mein Gott!» Seine Stimme brach, als sie mit den Fingerspitzen über den locker sitzenden Stoff seiner Shorts fuhr und weiter zu den noch verborgenen Schätzen. «O ja, bitte! Hör nicht auf!»

Sie zog ihre Hände absichtlich zurück und ließ sie auf seinen Knien ruhen, als müsse sie erst über den nächsten Schritt nachdenken. Sie ertastete einen Schweißfilm auf seiner Haut und die Art von Gänsehaut, die von Erregung herrührte, nicht von Angst. Delia fühlte sich stark und freudig erregt, als sie an der Kordel seiner Shorts zog.

Der Knoten war innerhalb von Sekunden gelöst, dann griff sie nach dem Bündchen und zog es nach unten. Unterwegs hakte sie die Finger in den Bund seiner Unterhose.

«Hep!», drängte sie leise, und Peter hob gehorsam seinen Po an. Während er die Hüften noch hielt, zog sie ihm Unterhose und Shorts mit einem kräftigen Ruck bis zu den Knöcheln und unterdrückte ein Kichern, als sein Schwanz wie ein Springteufel gegen seinen Bauch schlug und zurückwippte. Die Spitze glänzte feucht und schien ein wenig an seiner verschwitzten Haut zu kleben.

Delia ließ sich auf die Fersen zurückfallen und genoss den Anblick. Ein nackter, erigierter Penis ragte in all seiner Pracht zum Firmament empor ...

Seltsam, wie etwas, das sie zuvor nie besonders genossen hatte, plötzlich zu ihrer völligen Obsession wurde. Es hatte ihr selten Freude bereitet, Russells wenig beeindruckendes Organ zu lutschen, aber jetzt war der Gedanke an das männliche Fleisch zwischen ihren Lippen höchst erfreulich.

Peter verfügte zwar nicht über die elegante Rute eines Jake – die harte, unnachgiebige Lanze eines Samurai-Kriegers des einundzwanzigsten Jahrhunderts –, doch war sein Schaft durchaus stramm und dick und mit einer guten Länge. Die feuchte Eichel wartete nur darauf, in den Mund genommen zu werden. Beim Hinsehen entdeckte Delia einen Tropfen Samen.

Wird er wie Jake schmecken?, fragte sie sich und kehrte in Gedanken in das schwülstige rote Gemach und Jakes Diwan zurück. Eher neutral und leicht salzig? Oder hatte er eine individuelle Geschmacksnote? Es gab nur einen Weg, dies herauszufinden.

Delia umschloss den Schaft mit den dick hervortretenden Adern und begann, ihn ein wenig zu reiben. Sie befand sich in einem Zustand höchster Konzentration. Peter keuchte und sog scharf den Atem ein, dann schloss er die Augen, und seine Miene verriet Hingabe an das, was mit ihm geschah ...

Delia war begierig auf das, was vor ihr lag, nichts konnte sie mehr in ihrer Verzückung aufhalten, und doch behielt sie in jeder Sekunde die Kontrolle. Sie rückte näher, zog die zerknitterte Shorts von seinen Füßen und schob sie auseinander. Er schob sein Becken vor, und sein Schwanz reckte sich in einem perfekten Winkel ihren Lippen entgegen. Ein hoher, fast kindlicher Schrei entrang sich seiner Kehle, als sie sich vorbeugte und seine Schwanzspitze in den Mund nahm.

Sie nahm nur vage wahr, dass er sich zurückfallen ließ und den Kopf hin und her warf. Bestimmt bot er einen wunderbaren Anblick, doch jetzt war ihre Konzentration tiefer gerichtet, auf seine entblößten Hüften und Oberschenkel und seinen Schwanz, der dazwischen hervorragte ...

Als sie probeweise zu saugen begann, ruckte Peter hoch

und bäumte sich in dem Sessel auf. Fast drohten ihn seine Empfindungen zu übermannen, und es wirkte, als wollte er ihr entkommen, doch Delia weigerte sich, ihn freizugeben. Er war ihr Leckerbissen, und sie war entschlossen, ihn zu genießen. Sie verstärkte ihren Griff um seinen Schaft, während sie mit der anderen Hand seine Hoden umfasste.

Sein Schwanz gehörte nun ganz und gar ihr, und sie würde zuerst seine feurige Hitze haben, bevor sie jeden Tropfen aus ihm heraussaugen würde, bis nichts mehr übrig war.

Aber nicht zu schnell, sie wollte schließlich etwas dabei lernen, jede Minute genießen und Peters Reaktionen genau beobachten, seinen Geschmack und die Beschaffenheit seines Körpers erfahren. Und obwohl sie in diesen Dingen noch Anfängerin war, wusste sie genau, dass dieser Mann, wenn sie mit ihm fertig war, ihr dankbarer Sklave sein und alles tun würde, was sie von ihm verlangte.

Diese Vorstellung war so verlockend und köstlich wie der Geschmack seines pulsierenden Fleischs in ihrem Mund. Salzige Tropfen traten nun aus der winzigen Öffnung seiner Eichel, und Delia saugte instinktiv fester, um sie noch stärker hervorquellen zu lassen. Peter stöhnte, als litte er Folterqualen. Seine Arme zitterten, als er ihren Kopf umfasste. Er musste sich sehr beherrschen, um sie nicht einfach grob im Haar zu packen und ihr seinen steifen Schwanz tief in den Mund zu stoßen. Dabei war ihr Mund bereits so zum Bersten von ihm angefüllt, dass Speichelfäden über ihr Kinn rannen. In diesem Augenblick arbeitete ihr Verstand mit außerordentlicher Klarheit. Sie spürte, wie er einen inneren Kampf ausfocht, wie er liebend gern fester zustoßen und kräftig in sie hineinpumpen wollte und wie er zögerte, weil er sie nicht zum Würgen bringen wollte.

Mittlerweile schluchzte er, jammerte und rief ihren Namen aus. *Ihren* Namen, Delia, nicht etwas Deana oder Dee.

Wenn sie triumphierend hätte auflachen können, hätte sie keine Sekunde gezögert, aber so umspielte sie seine Eichel mit der Zunge, fuhr über die zarte Haut und saugte an ihm, bis ihr die Augen vor Anstrengung zu tränen begannen.

Ihre Belohnung war ein langer, gebrochener Aufschrei, der beinahe unheimlich von den Wänden des kleinen Zimmers widerhallte. Peter war einer der sanftesten Menschen, die sie kannte, doch während er kam, kratzte er mit den Fingernägeln über ihre empfindliche Kopfhaut, bevor er seinen zähen, heißen Samen in sie ergoss. Schwall um Schwall floss er ihr die Kehle hinab, und nach wenigen Sekunden hatte sie Schwierigkeiten, alles hinunterzubringen. Noch während sie schluckte, strengte sie sich an, um etwas von seinem Stammeln zu verstehen. Ihres Liebhabers, den sie mit den Lippen fast um den Verstand gebracht hatte.

Seine Brust hob und senkte sich heftig, er keuchte und hechelte. Delia hätte sogar schwören können, an irgendeiner Stelle eine Liebeserklärung herausgehört zu haben ...

Ach was, Männer fangen alle an zu schwafeln, wenn sie kommen, dachte sie und ließ seinen erschlafften Penis aus ihrem Mund gleiten. Sie drückte der roten, glänzenden Spitze einen Kuss auf.

Dann küsste sie seine Oberschenkel, den dunklen Flaum seines Schamhaars, und schließlich konnte sie nicht widerstehen und übersäte seinen klebrigen, weichen Penis mit Küssen.

Mit einem Mal erwachte die Hand in ihrem Haar zu neuem Leben. Sie bewegte sich nun viel sanfter, und jedes Streicheln war eine Antwort auf ihre Zungenschläge an seinem Schwanz.

«Ich liebe dich, Delia», murmelte er, als sie ihre Position wechselte und seine Eier sanft umfasste.

Alle schwafeln, dachte sie verträumt ... und fing wieder an zu saugen.

«Du siehst phantastisch aus, Dee», stellte Jake fest, als Deana zu ihm in die Limousine stieg. Ihr Herz hämmerte so wild, dass sie sich fragte, ob er es bemerkte und sie darauf ansprechen würde. Sie versuchte, sich so unnahbar wie möglich zu geben, wusste aber, dass sie nicht sehr überzeugend war. Nie zuvor hatte sie sich heißer und erregter gefühlt.

Außerdem schwitzte sie in Delias Kleid und in dem, was Jakes lächerlicher, perverser Vorstellung von Dessous entsprach. Zudem war ihr heiß, weil der Mann selbst nur wenige Zentimeter von ihr entfernt saß und sie es nicht erwarten konnte, ihm noch näher zu sein, bis sie ihn endlich in sich hatte.

Halb in Trance, wie sie war, kamen ihr die seltsamsten Ideen. Hatte er etwa das Lederkorsett mit einer Art Liebestrank imprägniert, der durch ihre Haut direkt in ihre Adern sickerte? Sie begehrte ihn jedes Mal, wenn sie ihm begegnete, doch der heutige Abend übertraf alles.

Deana war verwundert, dass Jake an diesem Abend kaum Leder trug, schien er es doch sonst fast wie ein Fetisch zu vergöttern. Sein schwarzes Hemd war aus schwerer Seide. Er trug es ohne Krawatte, jedoch anständig bis zum Hals zugeknöpft. Seine Hose war, ebenso wie das Hemd, italienischen Designs, wunderbar weich und fließend, und erweckte einen atemberaubend sinnlichen Effekt. Und als hätte er sein Aussehen noch steigern wollen, trug er eine Schwarz in Schwarz bedruckte Brokatweste. Lediglich sein schmaler Gürtel war aus Leder, die unauffällige Schnalle aus Silber und schwarzer Emaille.

«So still heute Abend, meine Süße», raunte er und beugte sich vor, um sie auf den Hals zu küssen – eine Geste, die überraschend zärtlich war. Deana stieg sein Duft in die Nase. Er war schwer, süß und würzig und schien von seinem straff zurückgebundenen Haar mit einer Intensität aufzusteigen, die sie fast lähmte. Zu ihrem Kummer schmiegte sie sich sogleich an ihn und spürte, wie ihr von seinem harten, unnachgiebigen Körper schwindelig wurde.

«Dir ist doch hoffentlich nicht unwohl, oder?», fragte er und kniff die schmalen Augen zusammen, was ihrem Strahlen keinen Abbruch tat.

Sie dachte: «Mistkerl!», doch sie antwortete: «Nein, nicht im Geringsten», und versuchte wieder, sich kühl und unnahbar zu geben. Ihr gelang sogar ein kleines, unbekümmert wirkendes Lächeln. «Wie, um alles in der Welt, kommst du denn da drauf?»

«Mit dir ist es nie einfach, stimmt's?», erwiderte er und rückte ein winziges Stück näher. Seine wie modelliert wirkenden Lippen öffneten sich, und er fuhr sich mit der Zunge über die Oberlippe – ein Wolf, der im Begriff war, sein Abendessen zu verspeisen ... oder einen anderen Hunger zu stillen.

«Einfach für wen?», fragte Deana und spürte, wie sich ihr die Nackenhaare aufstellten, als drohe unmittelbar Gefahr. Er wollte sie auf die Probe stellen, und ihre instinktive Reaktion bestand darin, ihn ebenfalls auszutesten.

«Einfach für uns», sagte er – unverändert näher rückend, unverändert dreist und noch immer entschlossen.

«Und wer soll dieses ‹uns› sein?», beharrte sie, und ihr Herz sprengte ihr vor Aufregung fast die Brust, während ihr gleichzeitig das Adrenalin durch die Adern strömte.

Er war nur noch Millimeter von ihr entfernt, und sie konnte nicht sagen, wie ihm das so schnell gelungen war.

«Dee ...»

«Was ist?»

«Sei still!»

Und dann war nichts mehr zwischen ihnen, zwischen ihren drängenden, saugenden Lippen und ihren Körpern, als er sie in den Sitz zurückdrängte und zu erforschen begann. Seine Hände bewegten sich fiebrig über ihren Körper, fast so grob wie ein unerfahrener Teenager. Ihr wurde klar, dass er nach dem Korsett suchte, als seine Finger über ihre eingeschnürte Taille und die gut verpackten Brüste glitten – sie drückten und prüften die Geschmeidigkeit ihres Fleischs und des Gefängnisses, das er ihr auferlegt hatte.

Sie hätte ihm am liebsten ein «Ja, du Mistkerl, ich trage das verdammte Ding!» an den Kopf geworfen, aber das wollte ihr nicht gelingen, auch, weil er es nicht zuließ. Ihr Mund war von seiner Zunge ausgefüllt, die plötzlich doppelt so groß wie sonst schien und jeden Protest im Keim erstickte.

Mittlerweile lag sie fast rücklings auf der gepolsterten Sitzbank, als er ihre prallen Pobacken, die unter dem Korsett hervorragten, packte und sie lüstern knetete und massierte. Deana keuchte auf. Zwischen ihrem Po und ihrem Geschlecht wurde eine Spannung erzeugt, die sie fast um den Verstand brachte. Winzige, miteinander verbundene Muskelgruppen bewegten sich und ließen ihre Klitoris schlagartig erwachen. Die kleine Knospe richtete sich auf, dehnte sich aus und wurde heiß und bereit für die Berührung ihres Herrn und Meisters.

Gerade als Deana dachte, sie müsste vor Lust aufschreien, zog Jake sich abrupt zurück. Seine Augen glühten im Dämmerlicht, als er auf ihren ausgestreckten Körper starrte. «Lass mich nachsehen, ob du meinen Anweisungen gefolgt bist ...» Seine Stimme klang rau, als er den hübschen Seidenrock ihres Kleides grob ein Stück hochschob.

«Böses Mädchen», schalt er und streichelte ihren Schamhügel durch den glatten, weißen Stoff ihres Höschens, das sie in offenkundiger Verweigerung seiner Anordnungen angezogen hatte. Seine Finger wurden brutal und stießen ohne Sanftheit in ihre Spalte und gegen ihren Kitzler. Er erregte den empfindlichsten Teil ihres Körpers, jedoch ohne einen Funken von Zärtlichkeit.

Als sie reagierte und ihm die Hüften entgegenhob, zog er seine Hand weg und drückte ungeduldig auf einen der Knöpfe, die seitlich neben seinem Sitz eingelassen waren.

«Anhalten», befahl er, und sofort verlangsamte die Limousine ihre Fahrt.

«Nein», stöhnte sie. Fargos kalten, herablassenden Blick auf sich zu spüren, wenn er ihre entblößte Scham anstarrte, war einfach zu viel für sie.

«O doch», erwiderte Jake ruhig, doch dann fiel ihre Strafe anders aus, als sie erwartet hatte.

Rücklings auf dem Sitz liegend, konnte sie zwar nicht aus dem Fenster sehen, doch sie bemerkte, dass sie in einer ruhigen, wenn auch gut beleuchteten Straße angehalten hatten. Gelähmt vor Erregung und Lust, wartete sie darauf, dass Jake seinen roboterhaften Diener zu sich nach hinten beordern würde, doch stattdessen fuhr er die Trennscheibe herunter und sagte: «Dein Messer, bitte, Fargo.»

In düsterer Vorahnung zog sich alles in ihr zusammen.

Dann hörte sie den Befehl «Weiterfahren», und ein Summen bestätigte ihr, dass die Trennscheibe wieder hochfuhr.

«Hatte es nicht geheißen, dass du keine Unterwäsche tragen darfst?»

Jakes Stimme klang gefährlich leise, als er ihr mit einer Hand überraschend sanft das gerüschte Kleid bis zur Taille hinaufschob und den elastischen Bund ihres Slips dehnte. Es gab ein leises Ratschen, dann wiederholte sich das Geräusch, und mit einem Mal begriff Deana, welche Funktion das Messer hatte.

Er hatte ihr befohlen, keine Unterwäsche zu tragen, also schnitt er ihr jetzt das Höschen vom Leib und zerfetzte es in kleine Streifen. Er wirkte dabei völlig ruhig und gelassen, als ob er regelmäßig weibliche Dessous mit einem Messer öffnete. Vielleicht ist das ja auch wirklich so?, durchfuhr es sie plötzlich. Ihm war schließlich alles zuzutrauen.

Als er sein Werk beendet hatte, ließ er das Messer wieder zuschnappen, legte es beiseite und raffte die weißen Stoffstreifen zusammen. Die meisten davon stopfte er in seine

Westentasche, einige ließ er jedoch spielerisch durch die Finger gleiten. Geistesabwesend wickelte er sie sich um den linken Zeigefinger.

«Nun denn», sagte er schließlich, «ich werde dich nicht bestrafen, süße Dee, weil es an dem Ort, zu dem wir fahren, jemanden gibt, der das noch viel besser kann, als ich es jemals könnte.» Er schob die dünnen Baumwollstreifen von seinem Finger, bis sie eine Reihe winziger Wimpel in der schwachen Beleuchtung der Limousine bildeten. «Dein Vergehen muss trotzdem bestraft werden.» Wieder schien er nachzudenken. Dann breitete sich ein boshaftes Grinsen auf seinem Gesicht aus. «Zieh das Kleid aus.»

«Was?» Ihr Geschlecht pulsierte vor köstlich beängstigender Vorahnung. «Bist du verrückt geworden?»

«Ganz im Gegenteil. Würdest du jetzt bitte dein Kleid ausziehen, Dee? Oder soll ich es dir auch vom Leib schneiden?»

Sie *wollte* ja das Kleid ausziehen, und jetzt lieferte ihr Verstand ihr eine perfekte Ausrede dafür. Schließlich trug sie eines von Delias Lieblings-Partyoutfits, und ihre Schwester wäre stocksauer, wenn etwas damit geschähe.

Stolz hielt ihm Deana den Rücken entgegen, beugte sich vor und streifte graziös ihr Haar beiseite.

«Der Reißverschluss», bat sie leise. So schnell würde sie sich nicht unterkriegen lassen. Auch wenn dies bedeutete, dass sie ihm ihren Unterleib, ihr Geschlecht und ihr Hinterteil präsentieren müsste – das Ganze von Strapsen geschmückt, die ihre seidenweichen Strümpfe hielten.

Langsam und behutsam erfüllte Jake ihr diese Bitte, und die lässige Art, mit der er ihr den Reißverschluss hinunterzog, offenbarte, wie viele Dutzende, nein, Hunderte von Frauen er zuvor bereits entkleidet hatte. Sie waren in genau der gleichen Situation gewesen, hatten sich in diesem Auto für ihn ausgezogen oder waren von ihm zu unglaublichen Dingen gezwungen worden. Ihr fiel wieder der Besuch im *Siebzehn* ein, die Männer und Frauen, die kaum mehr als in Ketten gelegte nackte Sklaven gewesen waren. Sie war sich absolut sicher, dass Jake dorthin ebenfalls schon gefesselte Frauen gebracht hatte. Bei diesem Gedanken fing ihr Kitzler an zu pulsieren, und ihre Schamlippen schwollen an.

Aber so bist du nicht, Deana!, protestierte die Stimme ihres Verstands, während sie versuchte, sich mit Gelassenheit aus dem Kleid zu schälen.

Ah, natürlich bist du das, flüsterte eine zweite Stimme, die tief aus ihrem Inneren zu kommen schien, während sie das pinkfarbene Seidenkleid zusammenfaltete und neben sich auf den Sitz legte. Ihre Schenkel zitterten, als sie gegen den fast überwältigenden Wunsch ankämpfte, die Beine zu überschlagen, um ihre feuchte Spalte vor Jakes Blick zu verbergen.

Aber doch nicht so, oder?, flüsterte ihre versteckte devote Seite. Zeig dich. Du würdest schließlich alles für ihn tun, gib es zu. Nackt eine Einkaufsmeile entlangspazieren, von Fremden befingert und geschlagen werden, am helllichten Tag die Schenkel spreizen und dich selbst befriedigen, und das in einem Raum voll fremder Menschen. Reicht nicht allein der Gedanke aus, dass dir die Säfte in die Muschi schießen?, stichelte das Teufelchen in ihr. Wenn Jake in diesem Augenblick die Limousine anhalten ließe und Fargo befehlen würde, dich auf der Motorhaube zu vögeln, dann wärst du schon gekommen, bevor der Typ mit der eiskalten Miene die Hose geöffnet hätte.

«Spreiz deine Beine, Dee», bat Jake freundlich, während er noch immer mit den Baumwollstreifen ihres Höschens spielte.

Deana tat, wie ihr geheißen, wobei sie sich der Feuchtigkeit zwischen ihren Schenkeln mehr denn je bewusst war. Sie wagte nicht, den Blick nach unten zu richten, doch war sie sich sicher, dass ihre dunklen Löckchen bereits von ihren Lustsäften glänzten und ihre feuchten Fältchen so geschwollen waren, dass Jake mühelos erkennen konnte, wie erregt sie war. Als sie ihre Schenkel bewegte, fing ihr Kitzler bereits gefährlich an zu zucken. Wenn Jake sie nur einmal an dieser Stelle berührte, würde sie auf der Stelle heftig kommen.

Aber er streichelte nicht mal die Nähe ihres Kitzlers. Stattdessen knotete er die Überbleibsel ihres Slips zusammen und schob sie ihr ohne Vorwarnung in die Muschi, bis nur noch die Enden der weißen Stofffetzen hervorlugten.

Es war ein beschämendes Zeugnis ihres «Ungehorsams» und ließ ihre Scham zehnmal nackter erscheinen, und rückte diese Stelle, und damit ihre Liebessäfte, erst recht in den Mittelpunkt der Aufmerksamkeit.

«Jeder soll sehen, dass du nicht folgsam gewesen bist», sagte Jake. Es war ihr unheimlich, wie leicht er ihre Gedanken erraten konnte. «Wenn ich dich zu Vida bringe, wird sie sofort wissen, dass man dich gehörig bestrafen muss.»

«Vida? Wir besuchen Vida Mistry?» Der Gedanke war aufregend, und das Pulsieren in Deanas gestopfter, geschmückter Vulva wurde von ihrer aufkommenden Begierde weiter angefacht.

Sie würde Vida wiedersehen, nackt vor ihr umherstolzieren ... O Gott, das bedeutete wiederum, sie würde halbnackt aus dem Auto steigen müssen, und alle Welt würde sehen, wie ihr das zerrissene Höschen aus der Muschi hing.

Jakes Grinsen war ungeheuer attraktiv und boshaft. «Ja, du wirst durch das Foyer von Vidas Haus gehen, und zwar so, wie du bist. Mit nacktem Hintern. Zeig allen deine weißen Wimpelchen und dein dunkles Vlies.» Er beugte sich vor und küsste sie auf den Mundwinkel. Ihre Lippen zitterten, als er die Kontur ihres Mundes mit der Zungenspitze nachfuhr. Sein Speichel fühlte sich kühl an. «Du bist ein ungezogenes Mädchen, Dee, und jetzt musst du dich dafür schämen. Aber keine Sorge, ich werde deine Augen bedecken und dir die Ohren verstopfen, sodass du nicht weißt, wer dir auf deine Spalte und deinen Po starrt ... und du wirst auch keine der Bemerkungen des Publikums über deine Schätze hören können.»

«Ich kann das nicht», krächzte sie an seinen Lippen. Sie schwitzte nun heftig unter dem Korsett, und die ersten kleinen Wellen eines Orgasmus drohten die weiße Stoffrosette von ihrem Platz zu vertreiben.

Und doch strafte sie ihre Worte Lügen, denn sie konnte sehr wohl tun, was von ihr verlangt wurde. Im Gegenteil, sie verlangte sogar danach. Deana hatte die Grenze zwischen ihrem normalen Leben und Jakes dunkler, perverser Welt überschritten. Diese beiden Welten waren so unterschiedlich wie Tag und Nacht, doch mit einem Mal war sie froh, in die Schattenwelt getreten zu sein.

Und hier war es durchaus akzeptabel, das Foyer eines Apartmenthauses mit entblößtem Unterleib zu durchqueren. Es war quasi normal, und Deana brauchte sich bloß entsprechend zu verhalten.

Als die Limousine an einer Straßenecke abbog, fragte sich Deana unwillkürlich, wie viel Schonfrist ihr noch bliebe. Nun blickte sie zum ersten Mal während dieser seltsamen, sinnlich aufgeheizten Fahrt aus der getönten Fensterscheibe. Sie fuhren mit erhöhter Geschwindigkeit eine halbmondförmige Straße am Flussufer entlang, doch schon nach wenigen Minuten bogen sie ab und gelangten auf einen weiträumigen Vorplatz. Vor ihnen erhob sich ein imposanter, moderner Apartmentblock mit einer glatten, nichtssagenden Luxusfassade. Ein Ort, an dem die Reichsten der Reichen wohnten, und Gerüchte besagten, dass Vida Mistry neben ihren Autoreneinkünften über weitere Quellen von nicht unbeträchtlichem Ausmaß verfügte.

Als die Limousine anhielt, sank Deanas Mut, und sie blickte Jake flehentlich an. Er lächelte und nickte ihr zu, sein Gesicht zu einem spitzbübischen Grinsen verzogen. Seine Augen glitzerten wie blaue Sterne. Zum ersten Mal während ihrer merkwürdigen und kurzen Beziehung fragte sich Diana, wie alt er wohl sein mochte. Delia würde es vielleicht durch den Bürotratsch wissen, aber Deana selbst würde nicht wagen, sein Alter zu erraten.

Sein Haar – das im Schein der Außenbeleuchtung sanft schimmerte – war rabenschwarz, ohne dass sich darin auch nur eine einzige graue Strähne befunden hätte. Sein Körper war schlank, durchtrainiert und biegsam wie der eines Athleten, und er bewegte sich wie ein Mann, der zum Anführer bestimmt war. Sein Teint war makellos, und in seinen Augen lag stets ein Leuchten. Beim Näherkommen, wenn er zum Beispiel kurz davor war, sie zu küssen, hatte Deana festgestellt, dass er keine Alterserscheinungen aufwies. Die kleinen Fältchen rund um seine exotischen Augen kamen allein vom Lächeln. Dieser Mann war ein wunderschönes Rätsel, und ohne zu wissen, warum, würde sie alles tun, wonach er verlangte. Mochte es auch noch so abstoßend sein oder ihrer Natur zuwiderlaufen.

Während ihr diese Gedanken durch den Kopf gingen, öffnete er ein Fach und entnahm einige faszinierende Gegenstände: ein winziges Paar Schaumohrstöpsel, eine schwarzsamtene Maske – bei deren Anblick Deana ein wohliger Schauer überlief – und ein Paar ultraleichte Handschellen aus Stahl.

«Man sollte die Dinge stets richtig tun», sagte er und ließ die Schellen um ihre Handgelenke zuschnappen, bevor Deana auch nur ein Wort des Protests äußern konnte. Ihre Hände waren nun vor ihrem Körper gefesselt, nicht auf dem Rücken, wie man es häufig in Krimiserien sah.

Ihr erster Impuls war, sich gegen die Fesseln zu sträuben, aber mit einem Mal überkam sie ein ganz anderes Gefühl. Eine Art verschobene Wahrnehmung. Eine Metamorphose. Plötzlich fühlte sie sich sicher in den Fesseln, hatte sie doch nun jegliche Verantwortung abgestreift, und das war ein Gefühl, das ihr durchaus zusagte. Ihr Körper war locker und entspannt trotz der eingeschränkten

Bewegungsfreiheit, und sie war ganz mit sich im Reinen, erlöst von dem Zwang, eigene Entscheidungen treffen zu müssen. Jake war nun ihr Gebieter, und darauf reagierte sie mit einer neuen Welle der Lust, die sich sogar bei der leichten Bewegung, mit der sie sich nach vorn beugte, um die Maske zu empfangen, bemerkbar machte.

«Vertrau mir, ich führe dich», flüsterte er ihr ins Ohr, bevor er die weichen Ohrstöpsel einführte und dunkle Halbstille sie einhüllte.

Ein leichter Luftzug bedeutete ihr, dass die Tür der Limousine geöffnet worden war, dann halfen ihr starke männliche Hände, auf den Gehsteig hinauszutreten. Dieselben Hände führten sie einige Schritte weiter, über eine Schwelle und schließlich auf einen harten Boden, der entweder aus Marmor oder Fliesen bestand. Aus dem Stimmengewirr, das wegen der Ohrstöpsel nur leise zu ihr drang, war lediglich Jakes Stimme auszumachen. Allerdings konnte sie nicht sagen, ob er gerade etwas zu dem schweigsamen Fargo sagte oder ob sie von einem Portier oder zufällig vorbeikommenden Passanten angestarrt wurde, weil sie mit entblößtem, stofffetzengeschmücktem Geschlecht herumstand.

Der Gedanke machte sie heiß, und als ihr die sanft lenkenden Hände bedeuteten, anzuhalten, tat sie dies instinktiv mit gespreizten Beinen, um ihrem unsichtbaren Publikum einen besseren Ausblick auf ihre Spalte zu gewähren. Sie schob die Hüften vor, jetzt regelrecht davon besessen, sich zur Schau zu stellen. Mit einem Mal waren kühle Lippen an ihrem Ohr, die ihr durch die Dämpfer das Wort «Schlampe» einflüsterten. Es durchfuhr Deana, als sei sie gebrandmarkt worden. Eine Hand, eben noch sanft, grub sich jetzt in ihre nackte Pobacke und drückte das muskulöse Fleisch lange und fest. Sie stöhnte leise, ungeachtet der Umstehenden, und ihr Kitzler zitterte vor Wonne. Sogar Beleidigungen wie diese verschafften ihr nunmehr Lustgefühle.

Ein schwaches Vibrieren, das ihr irgendwie bekannt vorkam, machte sich an ihren Fußsohlen bemerkbar, und Sekunden später wurde sie von der Hand, die ihren Po mit festem Griff umschloss, in einen Aufzug geleitet. Dabei stieß ein vorwitziger Finger in die enge Furche ihres Hinterns.

Als der Lift aufwärts fuhr, versuchte sie verzweifelt zu erspüren, ob sie allein waren. In der kleinen Kabine war es sehr heiß und die Enge bedrückend. Deana konnte bloß jene Hände fühlen, die vermutlich Jake gehörten, aber sie wusste nicht, ob noch jemand neben ihnen stand.

Sie stellte sich vor, inmitten von einem Dutzend Männern zu stehen, die ihrem Peiniger dabei zusahen, wie er sie betastete. Er begann nun, tiefer in ihre Poritze vorzudringen und die winzige Rosette zu stimulieren, woraufhin sie nicht mehr anders konnte, als mit den Hüften zu rotieren und die Beine noch ein wenig mehr zu öffnen. Von vorn legte sich nun eine Hand auf ihr Geschlecht, und als Fingerspitzen ihren Kitzler reizten, wurde ihr von hinten ein weiterer Finger kräftig in den Anus geschoben. So war sie praktisch von vorn und hinten aufgespießt, und die beiden Finger begannen nun, abwechselnd vor und zurück zu gleiten und dabei in einen unerbittlichen Rhythmus zu verfallen. Deana stöhnte tief auf, und noch während sie einen heftigen Orgasmus bekam, bei dem die Säfte nur so aus ihr herausschossen, bemerkte sie, dass sich die Tür des Fahrstuhls geöffnet hatte. Noch immer durch den Finger in ihrem Anus kontrolliert, taumelte sie aus dem Lift und hatte den schrecklichen Verdacht, dass sich hier Leute aufhielten, die Zeugen ihrer Demütigung wurden und sich daran ergötzten.

«Bitte», flehte sie unzusammenhängend, während sie einen Flur entlanggetrieben wurde, der ebenso gut der Eingangsbereich eines weiträumigen Penthouses sein könnte.

Nach wenigen Metern schien sich die Atmosphäre ihrer

Umgebung zu ändern, und sie hörte gedämpfte Geräusche.

Gelächter und Begrüßungen. Stimmen. Jakes Stimme und die einer weiteren Person, die Deana bekannt vorkam, weil sie sie erst kürzlich gehört hatte ...

# 10 SÜSSE MISTRY

«Wie entzückend, Kazuto, mein Liebling», ertönte Vida Mistrys Stimme, als die Stöpsel sanft aus Deanas Ohren entfernt wurden. Die Geräusche um sie herum wirkten klar und aufregend nach der gedämpften Stille zuvor. Sie konnte es kaum erwarten, wieder zu sehen und die bekannte Autorin mit anderen Augen zu betrachten, jetzt, nachdem sie ganz neue Einblicke in deren Werk bekommen hatte. Zwar waren keine guten Feen am Werk, die Deanas stumme Gebete erhört hätten – sie war hier eher von Dämonen umgeben –, doch nach wenigen Sekunden verschwand wenigstens die Maske. Eine Hand bedeckte noch für einen kurzen Moment ihre Augen, doch kurz darauf konnte Deana feststellen, wie viele Personen sich dort aufhielten und ihrer Demütigung beiwohnten.

Tatsächlich waren es nur vier Menschen, die sich im Wohnzimmer eines extrem luxuriös ausgestatteten Penthouse aufhielten. Sie selbst, immer noch mit Handschellen gefesselt, Jake, der lächelnd neben ihr stand, eine junge Frau in einem ungewöhnlichen Dienstmädchenkostüm und schließlich die legendäre Vida Mistry selbst. Die Autorin, in leuchtenden Farben gekleidet, stand in ihrem in Hellbeige und Creme eingerichteten Wohnzimmer.

Graziös und selbstbewusst trat Vida, auf ihre außergewöhnliche Art genauso schön wie bei ihrer letzten Begegnung im *Siebzehn*, einige Schritte vor. Ihr langes, leuchtendes rotes Haar war wie eine Krone auf ihrem Kopf zusammengesteckt. Sie trug hohe Absätze und einen sehr gut geschnittenen Hausmantel aus Satin. Ohne den Gürtel hätte er wohl eher wie ein Staubmantel gewirkt, aber Deana bezweifelte, dass Miss Mistry jemals in ihrem Leben selbst Staub gewischt hatte. Sie wirkte vielmehr wie eine Frau, die entweder Personal für solche Dinge hatte oder andere Leute überredete, dergleichen für sie zu erledigen ... während ihr Daseinszweck allein der Lust diente. Und natürlich ihrem umwerfenden Aussehen.

Der glänzende, taillierte Mantel war in einem frischen Apricot gehalten, das wunderbar mit Vidas greller Haarfarbe harmonierte. Er betonte die wunderbare Blässe ihrer Haut, das Glitzern ihrer großen grünen Augen und ihre dunkelroten vollen Lippen. Diese Frau war ein echter Hingucker, ein Sex-Happening, von der glänzenden Haarkrone bis hin zu den schwarzen Stilettos. Deana spürte, wie ihr Blut gefährlich in Wallung geriet, als sie sich an die aufregenden Erlebnisse ihrer Schwester erinnerte, als ebenfalls eine Frau mit im Spiel gewesen war ...

Es steckt in uns beiden, dachte Deana und merkte, wie die Erregung sie erneut durchströmte. Delia hatte sich Elf hingegeben, und ich stehe jetzt für Vida bereit. Was ist es bloß, das Jake de Guile in uns berührt? War es immer schon da gewesen? Oder handelt es sich um eine Art Zauber, der verschwindet, sobald Jake weg ist?

Der Gedanke, von Jake verlassen zu werden, war schlimm, aber zum Glück war jetzt nicht der Zeitpunkt für Grübeleien.

«Wie nett von dir, an meinen Geburtstag zu denken, Kazuto», schnurrte Vida, als sie Jake zur Begrüßung auf die Wangen küsste. Es gelang ihr währenddessen trotzdem, Deana aus dem schwarz umrahmten Augenwinkel zu beobachten. «So ein appetitliches Geschenk hätte ich wirklich nicht erwartet.» Sie drehte sich Deana zu. «Ein brandneues Spielzeug. Sie ist doch für mich bestimmt, oder?»

Sie berührte Deanas gerötete Wange, und dieses Mal war es Jake, dem sie einen Seitenblick zuwarf.

In einem anderen Leben hätte Deana schon längst Gift und Galle gespuckt und das Pärchen zum Teufel gewünscht. Sie war eine erwachsene Frau, die ihre eigenen Entscheidungen traf, und nicht «das Geschenk» von irgendjemandem. Aber das hier war Jakes und Vidas Welt, und so blieb ihr nichts anderes übrig, als in ihrem Korsett und gefesselt vor ihnen zu stehen und zu spüren, wie die Erregung sie von Kopf bis Fuß durchströmte.

«Sie gehört dir, meine Liebe», erwiderte Jake mit besonders rauer, sanfter Stimme. Deana schämte sich für diesen Anflug von Eifersucht und zwang sich, ihn zu unterdrücken, denn ihre Reaktion kam ihr unpassend vor. Ein «Objekt» konnte nicht eifersüchtig auf seine Besitzerin sein, denn ein Spielzeug besaß keine Rechte und durfte keine Ansprüche stellen. Weder an Jake noch an seine literarisch gebildete, grandiose Geliebte. Deanas Aufgabe bestand einzig und allein darin, ihnen zu Diensten zu sein.

«Ich danke dir, Liebling», antwortete Vida und drückte flüchtig Deanas Brust, bevor sie sie wieder losließ und Jake fest zu sich heranzog und umarmte.

Es war eine der sinnlichsten Umarmungen, die Deana je beobachtet hatte, und übertraf alles, was sie im Kino oder Fernsehen bislang gesehen hatte. Jakes und Vidas Münder verschmolzen, ihre Lippen pressten sich aufeinander, tupften winzig kleine Küsse hier und knabberten dort, während ihre Zungen hervorschossen und deutlich sichtbar ein Duell ausfochten. Vidas Hand glitt über Jakes Brust hinauf zu seiner Schulter und in seinen Nacken, dann vergrub sie ihre Finger in seinem schwarzen Haar und brachte seinen makellosen Pferdeschwanz durcheinander. Beinahe hätte sie seine Frisur ganz ruiniert. Mit der anderen

Hand fuhr sie zwischen seine Beine, legte sie auf seine rasch wachsende Erektion und massierte seinen Ständer durch den Stoff seiner Hose. Deana sah fasziniert zu, als er die Hüften gegen Vidas kreisende Handfläche drückte. Sie konnte fast das süße Aufbäumen seines anschwellenden Penis spüren. Würde er kommen, solange er noch seine Hose trug? Würde er aufschreien und sich dann erschlafft gegen sie fallen lassen, während der Beweis seiner Lust hervorspritzte, wenn auch versteckt, hervorgerufen von ihren geschmeidigen, rotlackierten Fingern?

Jake bäumte sich noch stärker auf, dann löste er seine Lippen von Vidas Mund. Er warf den Kopf zurück, und sein gutaussehendes Gesicht war vor Lust verzerrt. In seiner Kehle arbeitete es, als er seinen gebräunten, festen Hals reckte und einen langgezogenen Lustseufzer ausstieß. Dann erstarrte er und zuckte in ihren Armen. Vidas rote Lippen waren auf seinen Hals gepresst und saugten an ihm, als sei sie ein Vampir und schlüge ihre weißen Zähne in sein Fleisch.

Der Kuss schien ihn wieder zur Besinnung zu bringen, denn er schüttelte Vida ab und hielt sie auf Abstand, während er ihren seidenbekleideten Oberarm mit festem Griff umklammerte. «Du verrücktes Biest!», zischte er, doch war er nicht wütend auf sie, das war deutlich zu erkennen. Vielmehr schien er aufrichtig erstaunt, und Delia erkannte, dass er am ganzen Körper zitterte und seine Lippen dunkel verschmiert von Vidas Küssen waren. Auf seinem geschmeidigen Hals zeichneten sich dunkelviolette Bissmale ab.

«Und wirst *du* mir ebenfalls zu Diensten sein?», fragte Vida mit seidenweicher Stimme, während sie mit den Fingern über seinen Hals fuhr und ihre Nägel über die Male kratzten, die sie selbst hervorgerufen hatte.

«Nicht heute Nacht, Vida», erwiderte er ernst, «aber schon bald ... bald werde ich es brauchen.»

Für Deana, die sich mittlerweile in einem tranceartigen

Zustand befand, war die Szene, die sich vor ihren Augen abspielte, ungeheuer faszinierend, und sofort spann ihre Phantasie den Bogen weiter. Sie sah Jake, gefesselt und devot, sein kräftiger Körper einer herrischen Vida unterworfen, sein Schwanz auf beschämende Weise entblößt. Unwillkürlich seufzte Deana vor perversem Vergnügen auf ...

«Ah, mich dünkt, unsere Kleine hier verlangt nach Aufmerksamkeit», sagte Vida mit schleppender Stimme und wandte sich Deana zu. Obwohl die Stimme der Autorin ruhig klang, war ein Flackern in ihren Augen zu erkennen. Sie glitzerten wie smaragdgrüne Pfeilspitzen, die Deana zum Ziel ihrer bizarren Gelüste hatten.

«Hast du sie heute Abend schon gehabt?», fragte Vida und schlang Deana einen Arm um die Taille, während ihre andere Hand in ihrer Spalte verschwand. Deana spürte, wie ihr Fleisch von geübten Fingern erkundet wurde, die auch ihre Säfte testeten, und wie viel davon in welcher Qualität vorhanden war. Die Finger fuhren durch ihre glitschigen Fältchen, kreisten in ihr und glitten hinein und wieder heraus.

«Nein ... noch nicht», antwortete Jake, als Vida ihre Finger wieder aus Deana herauszog und sich in den Mund steckte.

«Hmm ...», machte sie, während sie daran sog. Ihr blasses Gesicht wirkte konzentriert, wie eine Weintesterin, die einen besonders guten Jahrgang verkostete. «Vorzüglich, süß, fast so lecker, wie Ihr es seid, Lord Kazuto.»

Eine Erkenntnis drang aus der Wirklichkeit in Deanas Bewusstsein. Ich hatte recht, dachte sie. Die Geschichte aus der Märchensammlung hatte also einen realen Hintergrund. Wenn sie doch bloß Fragen stellen dürfte ...

Jake nickte stumm und lächelte, woraufhin Vida fortfuhr, Deana zu taxieren. Ich bin ihr Geburtstagsgeschenk, fiel es Deana wieder ein, die den schwachen Versuch unternahm, sich trotz ihrer Aufmachung einen Rest von

Würde zu bewahren, während Vidas Hände überall auf ihrem Körper waren und keine Stelle ausließen.

Wie unheimlich, dass ihre Geburtstage so dicht beieinanderlagen und diese dynamische, sinnliche Frau mit dem außergewöhnlichen Kleidungsstil und den noch ungewöhnlicheren Vorlieben wie Delia und Deana im Zeichen des Zwillings geboren war. Ihr fiel wieder ein, was in der Nacht vor *ihrem* Geburtstag geschehen war. Wie sie mit ein wenig gutem Weißwein intus und aus einer Laune heraus auf die Knie gegangen und Jake auf dessen schamloser Ausstellung um Sex angefleht hatte. Es kam ihr vor, als sei dieser Abend Ewigkeiten her und als habe sie eine Riesenwandlung vollzogen, die sie zu dem machte, was sie heute Abend war.

«Sollen wir anfangen, Vida?» Jake stellte sich mit einer geschmeidigen Bewegung hinter Deana. Seine Hände gruben sich in ihre Hinterbacken und brachten sie zum Wippen, während seine satingewandete Komplizin Deanas Brüste aus dem weißen Korsett befreite und sie wie ein Paar reife Pfirsiche auf den nach unten geklappten Körbchen präsentierte.

«Ja, das sollten wir», erwiderte Vida und fuhr sich mit ihrer spitzen rosa Zunge in einer langsamen Kreisbewegung über die Lippen. «Sie ist so appetitlich, Jake. Ein echter Gewinn ... ich kann es kaum erwarten, dass sie die Kontrolle verliert.» Mit wildem Blick zwickte sie Deana fest in die Brustwarzen und lachte leise, als sich ihr Opfer stöhnend in Jakes zupackende Hände zurückfallen ließ. «Bentley, würdest du bitte die Tür schließen?», befahl sie der stummen Dienerin, deren Anwesenheit Deana entfallen war, die nun jedoch erst recht dazu beitrug, dass sie sich schämte.

Sie konnte sich kaum noch aufrecht halten, aber irgendwie gelang es Deana doch, sich in Bewegung zu setzen, unterstützt von Jakes kräftigen Händen an ihrem Po und Vidas Führung, die sie an der Kette der Handschellen hinter sich herzog wie eine Sklavin. Was genau dem entsprach, was sich hier abspielte. Die dominante Herrin und ihr Spielzeug. Göttin und Verehrerin. Macht und Unterwerfung. O Gott, wie passte Jake in dieses Szenario? Würde er beobachten oder mitmachen?

«Willkommen in meinem Lusttempel, Dee», verkündete Vida mit Grandezza, als sie einen sanft beleuchteten, duftenden und ziemlich bizarren Raum betraten, der teils Boudoir, teils Schlafgemach mit einer unerhörten Ausstattung war. In Vidas Lusttempel fügten sich die unterschiedlichsten Möbelstücke zu einem harmonischen Ganzen. Deana hätte Stunden damit verbringen können, alle edlen Details zu studieren, aber es gab einige Stücke, die ihre volle Aufmerksamkeit erforderten.

Ehrfürchtig betrachtete sie einen mannshohen, geschnitzten Rahmen, der keinem anderen Zweck als der Bestrafung des menschlichen Körpers diente. Rote Lederriemen mit glänzenden Metallschnallen waren strategisch günstig an allen vier Ecken platziert. Deana stellte sich vor, wie sie selbst dort hing, alle viere weit von sich gestreckt, ausgedehnte Folter über sich ergehen ließ und es ihr eins war, ob dabei Lust oder Schmerz überwog.

In ihrer Phantasie stand Jake hinter ihr. Er war bekleidet, nur der Reißverschluss seiner Hose stand offen, als er seinen Penis in ihre Muschi schob ... oder vielleicht in eine andere Öffnung? Sie dachte an das Gemälde in der Galerie – *Gegen die Brüstung* – und schauderte unwillkürlich bei der auf obszöne Weise freudigen Vorstellung, in den Hintern gefickt zu werden.

Der Rahmen war nicht das einzige Objekt, das allein der Lust diente. In einer anderen Ecke stand ein perfekt restaurierter alter Arztstuhl, an dem ebenfalls Fesseln befestigt waren. Das Leder war von dunklem Violett, und die Fuß- und Schenkelstützen waren so hergerichtet worden, dass man die Beine des Sitzenden jeweils einzeln fesseln konnte. So war es dem Peiniger – oder dem Geliebten –

möglich, zwischen den Schenkeln seines Opfers zu stehen und ungehindert Zugang zu dessen Genitalbereich zu haben. Deanas Magen krampfte sich zusammen, ihre Nerven lagen blank. Sie war aufs Äußerste erregt, dabei hatte sie erst einen Blick auf die Auswahl der Lustinstrumente geworfen.

Die etwas alltäglicheren Gegenstände des Raums bestanden aus einem großen Bett mit Messinggestell, gepolsterten Sitzhockern und einer französischen Chaiselongue, einer echten Antiquität, die sowohl kostbar als auch wunderschön anzusehen war.

Weniger schön war ein Sitzmöbel, das man nur als Strafbank bezeichnen konnte. Sie war mit dem gleichen dunklen Leder bezogen wie der Stuhl und besaß einen horizontal befestigten Holm zwischen zwei Halterungen in der Form eines umgedrehten Vs. Es handelte sich um die Luxusausgabe eines Prügelbocks, der vorn in den polierten Fußboden eingelassen war und hinten die unvermeidlichen Ledermanschetten aufwies.

«Es gibt so viele Wege, dich schön herzurichten», flüsterte ihr Vida ins Ohr, während sich Jake zur Chaiselongue begab und mit lässiger Eleganz Platz nahm. Die Dienerin, Bentley, ging von einer Lampe zur nächsten und dimmte das Licht, wie es ihr zweifellos zuvor präzise aufgetragen worden war.

«Wie lautet Eure Wahl, Lord Kazuto?» Vida öffnete ihren Gürtel, während sie sprach, ließ den Hausmantel über die Schultern rutschen und streckte die Arme aus, doch bevor das seidige Material den Boden berührte, war Bentley bereits zur Stelle und fing es auf. Deana keuchte überrascht auf. Auch Vida trug ein Korsett, es war jedoch nicht mit ihrem eigenen zu vergleichen.

Ein unkultivierter Betrachter hätte vielleicht laut aufgelacht, denn Vida trug ein klassisches Korselett der sechziger Jahre mit bestickten Körbchen und einem starren Mieder aus elastischem Netzstoff. Die Farbe war ein greller, lachsfarbener «Fleischton», mit schweren Strapsen und einem Paar typisch amerikanischer Netzstrümpfe, die hervorragend zu den glänzenden Lederpumps passten.

Deana blickte von Vidas verblüffendem Aufzug zu Jake, der seine Geliebte anerkennend betrachtete. Es war offensichtlich, dass sie ihn erregte, denn er massierte sich bereits mit langsamen, kreisenden Bewegungen zwischen den Beinen.

«Verfahre, wie es dir beliebt, süße Vida», schnurrte er und hob seine Hüften im Rhythmus seiner offen vollzogenen Masturbation an. «Es ist schließlich dein Geburtstag, doch bedenke, dass sie ein Neuling auf diesem Gebiet ist. Sie war ungezogen und sollte bestraft werden, aber bitte ohne sichtbare Spuren zu hinterlassen. Ihr Hintern ist perfekt, und es wäre eine Schande, ihn zu verschandeln.»

«Keine Sorge», erwiderte Vida knapp und holte mit einem Fingerschnipsen Bentley heran. «Es wird keinen einzigen blauen Fleck geben. Vielleicht glüht ihr Hintern ein wenig nach, aber nichts Dramatischeres.»

«Abgemacht, ich nehme dich beim Wort», sagte Jake grinsend.

Es ist, als sprechen sie über einen unbelebten Gegenstand, dachte Deana, deren entblößte Scham vor Erregung pulsierte. Ihr Körper, ihr Fleisch hatten für Befriedigung zu sorgen, und für ein kleines Vergehen würde sie nun bestraft werden wie ein ungehorsames Kind.

«Nun dann, Dee, es ist an der Zeit, dass du dich nützlich machst.» Vida richtete ihre Aufmerksamkeit auf Deana. «Ich will, dass du deinen Herrn entkleidest. Ich will ihn nackt sehen. Los, Mädchen, und reiche seine Kleider an Bentley weiter, damit seine exquisite Garderobe nicht zerknittert.»

Deana blickte auf die Handschellen hinab, woraufhin Jake in leises Gelächter ausbrach. «Keine Sorge, meine Süße», sagte er fast liebevoll, erhob sich von der Chaiselongue und nahm ihre Handgelenke zwischen seine kräftigen, gebräunten Finger. Mit einer kleinen Bewegung ließ er den Verschluss der Schellen aufschnappen, dann nahm er sie ihr ab und reichte sie stumm der bereitstehenden Dienerin.

Deana kam sich dämlich vor und merkte, wie sie zornig wurde. Da hatte sie wie ein Dummerchen vor ihnen gestanden, dabei hätte sie sich vermutlich innerhalb von Sekunden selbst von den Handschellen befreien können. Sie waren ein Spielzeug wie sie selbst. Jake hatte sie hereingelegt.

Doch ihr Ärger verschwand so schnell, wie er gekommen war. Ob echt oder eine Attrappe, die Handschellen waren letztlich ein Symbol ihrer Fesselung, eine Teil des sorgfältig entworfenen Szenarios, das nötig war, um ihre Rolle zu manifestieren.

Und nun stand Jake vor ihr und wartete darauf, dass sie ihm diente und die Kleider abnahm. Gnädigerweise schien er ihr helfen zu wollen, denn als er sich wieder auf die Chaiselongue setzte, hob er nacheinander seine Beine an, damit sie ihm die schwarzen Lederslipper von den Füßen streifen konnte.

Vida hatte natürlich recht, Jakes Garderobe, seine Schuhe eingeschlossen, waren von höchster Qualität. Deana bewunderte die handgefertigten Slipper einer italienischen Marke, als sie sie Bentley reichte, und seine Socken aus reiner Seide. Jakes Füße waren schmal und lang, und seine Zehen perfekt gepflegt. Sie dufteten ebenso gut wie der Rest von ihm.

Jake hatte sich nun für die weitere Prozedur erhoben, und Deanas Erregung wuchs, je weiter diese fortschritt. Sie hatte ihn noch nie ganz nackt gesehen, im Gegensatz zu Delia, während ihren raschen Vereinigungen hatte er lediglich den Reißverschluss seiner Hose geöffnet. Dabei hatte sie natürlich seinen Schwanz gesehen und ihn in sich fühlen dürfen, aber die nackte Haut seines Körpers war ihr bislang verwehrt geblieben.

Als Nächstes ging sie daran, ihm die schwarze Brokatweste auszuziehen. Sie kamen routiniert voran: Jake, der seinen geschmeidigen Körper zuvorkommend mal in die eine, dann in die andere Richtung streckte. Deana, die ihn im Gegenzug auszog und jedes Kleidungsstück an Bentley weiterreichte, die es wiederum über einen Stuhl legte und gegebenenfalls zusammenfaltete.

Unter seinem schwarzen Seidenhemd kam ein Oberkörper zutage, bei dessen Anblick die Künstlerin in Deana scharf den Atem einsog und sich nach Papier und Stift sehnte. Er war unglaublich geschmeidig, mit festen, sehnigen Muskeln, die kräftig, aber keineswegs protzig wirkten. Sie vermutete, dass sein Workout aus Tanzen und Jogging bestand, sicherlich war er ein Kampfsportler, vielleicht machte er sogar Tai Chi. Ausgeschlossen, dass dieser Mann Gewichte stemmte, so viel war klar. Stattdessen formte er seinen Körper mit Präzision, dehnte ihn, ohne sich dabei abstoßende Muskelberge anzutrainieren. Sie hätte ihn zu gern gezeichnet. Und ebenso gern geküsst. Der Wunsch, ihre Lippen auf seine glattglänzende Haut zu pressen, war so stark, dass sie anfing, an seiner Gürtelschnalle herumzufummeln.

«Aufgepasst, Dee», sagte er sanft, wenn auch mit drohendem Unterton, hielt inne und zwickte sie in den rechten Nippel. Der Schmerz durchfuhr sie wie ein scharfer Stoß, und das zweifach: Zum einen wurde ihr Kitzler lustvoll attackiert, zum anderen ihre Brust. Sie konnte nicht anders, als unwillkürlich aufzustöhnen. Bentley, die neben ihr stand, wirkte völlig ungerührt. Vida hingegen hatte sich auf der Bettkante niedergelassen, das spitze Kinn in die Hand gestützt, und verfolgte interessiert jede ihrer Bewegungen.

Als Deana Jake die Hose auszog, geriet sie erneut ins Stocken. Diesmal war es allerdings schlimmer, denn ihre Sinne spielten verrückt, als sie sah, was sich unter dem schwarzen Leinenstoff verbarg.

Sie hatte sich zu Beginn des Abends – der mittlerweile Lichtjahre entfernt schien – bereits gefragt, warum Jake an diesem Abend kein Leder trug. Doch wie sich nun herausstellte, hatte sie sich getäuscht, statt der erwarteten Designer-Boxershorts aus Seide bedeckte ein viel ausgefalleneres Kleidungsstück seine Lenden. Es handelte sich um einen sehr knappen, sexy Jock-Strap, dessen vorderes Lederdreieck lediglich von ein paar Schnüren an Jakes männlichen Hüften gehalten wurde. Als Jake sich bewegte, um aus der Hose zu schlüpfen, stellte Deana fest, dass seine Kehrseite komplett nackt war – abgesehen von einem String, der durch die Furche seines Hinterteils führte und am Rücken mit den Hüftschnüren zusammenlief.

«Nett», murmelte Vida von ihrer Position auf dem Bett aus, während Deana am liebsten vor Ehrfurcht auf die Knie gesunken wäre, um ein Objekt von solcher Schönheit mit Küssen zu bedecken.

Der Jock-Strap war winzig und vermutlich dazu gedacht, die Genitalien seines Besitzers zu bedecken, wenn sich diese im Ruhezustand befanden. Doch an Jake ruhte nichts auch nur im Geringsten, was dazu führte, dass eine obszöne Wölbung mehrere Zentimeter von Jakes Lenden abstand, da es dem hauchdünnen Lederstring nicht gelang, in Schach zu halten, was eigentlich bedeckt sein sollte. Deanas Finger zitterten heftig, als sie die Hände nach Jakes Leiste ausstreckte.

«O nein, lass es an!», rief Vida heiser und verließ ihre Position auf dem Bett. «Es gefällt mir sehr gut, Kazuto-san. Ich habe es doch gewusst, dass du irgendwo am Körper Leder trägst.»

Vergeblich wünschte sich Deana, dass sich Jake bewegen würde, damit sie einen Blick auf seinen dicken, seidenglatten Schwanz werfen könnte. Wenigstens war es ihr vergönnt, den Umriss seiner Hoden zu erkennen, die schwer in dem dünnen Stoff hingen, und einen Schatten dunklen Schamhaars, das am Rand hervorlugte.

«Nein, nein, nein! Solch erhebende Aussichten sind nicht für dich gedacht! Dir werde ich erst den Hintern versohlen.»

Vidas leise, klare Stimme klang freundlicher als ihre Worte. Und ihre Finger waren sanft, wenn auch bestimmt, als sie Deana am Oberarm nahm und von Jake wegführte, hin zu dem bedrohlich wirkenden Prügelbock.

«Ich werde dir jetzt mit einem Paddle den Hintern versohlen, Dee», erklärte sie, als wäre es das Normalste der Welt. «Es wird dir mehr wehtun als alles, das du je erlebt hast, aber mit ein wenig Glück wirst du auch sehr geil werden.» Sie lächelte gelassen, als hätte sie soeben eine Zen-Weisheit verkündet. «Bist du ein braves Mädchen, werden wir dich zur Belohnung kommen lassen.» Sie schob Deana auf die Bank zu und schnippte nach Bentley. «Solltest du jedoch versagen, dann bleibst du unbefriedigt. Ich denke, du kannst dir vorstellen, wie unangenehm das wäre.» Während sich Deana langsam auf den lederbezogenen Holm zubewegte, spürte sie die weichen, kühlen Finger ihrer Peinigerin auf ihrem Hintern.

Das starre Korsett machte es fast zu schmerzhaft für Deana, sich über den Holm zu lehnen, aber es gelang ihr dennoch, sich ohne Proteste vorzubeugen. Die Gefahr, nach ihrer Bestrafung noch scharf zu sein, war zu schrecklich, als dass sie länger darüber nachdenken wollte. Wie groß die Schmerzen auch sein mochten, die Jake und Vida ihr zufügen würden, sie war entschlossen, diese stoisch zu ertragen und sich damit sowohl ihren Orgasmus als auch Respekt für ihre Stärke und ihr Durchhaltevermögen zu verdienen.

Beinahe wäre sie jedoch an der ersten Hürde gescheitert, als Bentley ihr die Lederriemen um Hand- und Fußgelenke schnallte und ihre Gliedmaße in einem unangenehmen Winkel gestreckt und ihr das Korsett stark in den Bauch gepresst wurden.

Sie biss sich auf die Lippen, als Hände sie auf dem gepolsterten Holm zurechtlegten und ihre Schenkel so weit spreizten, dass alles von ihrer Scham zu sehen war. Vorwitzige Finger tasteten unterdessen über ihre Fältchen und ihre Pospalte.

«Sie sieht phantastisch aus», kommentierte Vida ihren Anblick beiläufig. «Ich werde mich köstlich amüsieren, dessen bin ich mir sicher.» Die Fingerspitzen setzten ihren groben Erkundungsgang fort, aber Deana vermochte immer noch nicht zu sagen, wem sie gehörten.

Eine längere Pause entstand, und obwohl Deana Vidas grüne Augen nicht sehen konnte, spürte sie, dass sie weit geöffnet waren und ihren Anblick in sich aufnahmen. «So viel also dazu», bemerkte Vida selbstzufrieden. «Ich denke, ich werde mir ein Glas Champagner gönnen, bevor wir anfangen. Das macht alles gleich viel lustiger.»

Anschließend entstand eine weitere, frustrierend lange Pause, als Bentley losgeschickt wurde, eine Flasche zu besorgen. Deana konnte es mittlerweile kaum noch erwarten, dass sie endlich anfingen und sie den Schmerz erfuhr, um auszuloten, ob sie ihn aushalten würde. Und noch viel mehr als das, murmelte eine subversive Stimme in ihrem Inneren, du willst auch wissen, ob es dir gefällt!

Es war schockierend, aber die Antwort darauf hatte sie bereits parat. Allein der bloße Gedanke an Schläge auf ihr Hinterteil hatte einen teuflischen Effekt auf ihre Vulva. Sie spürte, wie sie sich dehnte, öffnete und ihre Säfte zu fließen begannen. Die sanften, weichen Lippen waren angeschwollen und standen stolz hervor, während ihr das Blut in den Adern rauschte. Ihre Klitoris war ein fester, pulsierender Knopf, der so stark wie nie zuvor hervorragte und stumm flehte, berührt zu werden. Am schlimmsten war die Gewissheit, dass die anderen sie in diesem Zustand sahen und wussten, dass ihr Körper danach lechzte, von seiner Qual erlöst zu werden.

Die Tür wurde geöffnet und wieder geschlossen, und nach ein, zwei Sekunden hörte man das Zischen eines

Korkens und ein leises Gluckern, als das edle Getränk eingeschenkt wurde.

Die Gläser klirrten leise.

«Auf den Überfluss!»

«Auf alles!»

Zur Hölle mit euren Trinksprüchen, lasst mich nicht warten!, dachte Deana, als die Muskeln ihres Hinterteils vor Anspannung zu zucken begannen. Sie spürte, dass die beiden dicht hinter ihr standen, vermutlich wie Gäste auf einer Cocktailparty, die beiläufig ihre bizarre Fetischaufmachung betrachteten, beziehungsweise bei Jake selbst wiederum das Fehlen derselben.

«Du hast recht, Kazuto, mein Liebling, sie hat wirklich ein entzückendes Hinterteil …» Ein Fingernagel glitt hauchzart über die Rundung einer Hinterbacke, was Deana automatisch den Schließmuskel ihres Afters zusammenkneifen ließ.

«Äußerst entzückend», bestätigte Jake, und seine Stimme klang seltsam zärtlich. «Aber ich denke, ein wenig Styling kann nicht schaden … so zum Beispiel.» Ein weiterer Finger, dieses Mal eindeutig ein männlicher, fuhr in Deanas Poritze und schob sich vorsichtig in die enge Öffnung.

Sie ächzte. Es ließ sich einfach nicht vermeiden. Als er sie an dieser Stelle berührte, durchfuhr sie ein Luststrom, der unwiderstehlich war, wenn er auch mit dem Gefühl einherging, besudelt zu werden. Eine verrückte Gier nach Dingen dieser widerlichen Art brachte ihre arme, tropfnasse Möse noch weiter zum Erbeben. Ihre Fesseln ließen ihr wenig Bewegungsspielraum, aber sie versuchte trotzdem, verführerisch mit dem Po zu wackeln, obwohl sie ihr erbärmliches Ich dafür hasste.

«Ich hätte nur das hier anzubieten.» Deana hörte, wie sich Vida ein paar Schritte entfernte und wiederkam. Jake lachte.

«Darling, du bist unmöglich!», schalt er, doch Deana hörte das kindliche Vergnügen aus seiner Stimme heraus und fragte sich ängstlich, was «das hier» wohl sein mochte.

«Glaubst du, dass es in sie hineinpasst?» Sein Finger bewegte sich leicht in ihrer hinteren Öffnung. «Sie ist sehr eng. Ich möchte nicht, dass sie verletzt wird.»

«Das wird schon gehen», erwiderte Vida zuversichtlich. «Ich hatte auch schon einen in mir stecken ... mit viel Gleitcreme dürfte es leichter gehen.»

Jake lachte leise, und Deana ahnte, wie er angesichts von Vidas sexgeilen Ideen ungläubig den Kopf schüttelte.

Wovon reden sie?, fragte sich Deana aufgeregt, und ihre Gedanken überschlugen sich. Was wollen sie in mich einführen? Vermutlich einen Dildo. Oder einen Vibrator. Aber dann, als sie hörte, wie Jake ihre Gläser auffüllte, *wusste* sie mit einem Mal, wovon die Rede war. Das Ding war tatsächlich der *Korken*, den sie ihr in den After schieben wollten.

Bentley wurde befohlen, Gleitcreme herbeizuschaffen, und einige Sekunden später spürte Deana, wie man ihr die Rosette großzügig von innen und außen einschmierte. Die Creme fühlte sich zäh und schwer an.

«Halt sie auf», instruierte Vida.

Fingerspitzen gruben sich in ihre Pobacken und zogen sie sanft, aber bestimmt auseinander. Dann fühlte sie es an ihrem Anus ... dieses Ding ... den Champagnerkorken. Dick und unnachgiebig. Sie begannen mit dem Einführen, schoben ihn vor und zurück, um ihre jungfräuliche Öffnung zu dehnen.

«Ohhhh! O nein!», wimmerte sie, als die Sinnesreize auf sie einstürmten. Sie hatte sich geschworen, tapfer und stumm zu bleiben, aber das hier war viel schlimmer, als sie befürchtet hatte. Winselnd und klagend warf sie den Kopf hin und her, aber sie hörten nicht auf. Nach einigen Sekunden trat Jake an das andere Ende des Bocks – vermutlich assistierte nun Bentley – und hockte sich, wunderschön und fast nackt, wie er war, vor sie hin, um ihre Qual ein wenig zu lindern.

«Ruhig ... ganz ruhig, meine Süße», wisperte er, streichelte ihr Gesicht und strich ihr das Haar aus den Augen. «Entspann dich. Es ist bloß dein Verstand, der dir weismachen will, dass es schlecht ist. Weil jeder dir jahrelang eingeredet hat, dass man keine Freude an seinem Hintern haben darf ...» Er begann, sie zu küssen, sog und leckte an ihren Lippen. Er knabberte daran und lockte sie, sich zu entspannen, bevor er seine Zunge in dem gleichen Rhythmus hervorschießen ließ, den Vida an ihrem Po praktizierte.

Deana stöhnte an seinem Mund. Es war unerheblich, was er ihr sagte, ihre Empfindungen waren noch immer seltsam. Ihr Geschlecht pulsierte, vibrierte und wurde von Lustschaudern erfasst, und fast hätten die verdorbenen, verbotenen Empfindungen sie zum Höhepunkt gebracht. Als der Korken schließlich in sie hineinglitt, kam es ihr mit stechender, schmerzhafter Intensität. Deanas gefesselter Körper begann heftig zu zucken, und ihr Schrei klang wie der eines verletzten Tieres, als Jake die Lippen von ihrem Mund nahm.

Als sie wieder zu sich kam, stand er vor ihr. Der lederne Jock-Strap hatte der Kraft von Jakes enormem Ständer nachgeben müssen. Seine Erektion stand stolz von seinem gebräunten Bauch ab, männliches Fleisch, in dem das Blut hämmerte. Trotz ihrer Fesseln und der Demütigung, oder vielleicht gerade deswegen, überfiel Deana eine große Lust, ihn zu saugen. Sie ignorierte das gefährliche Grummeln in ihren Eingeweiden und beugte sich so weit vor, wie es ihre Fesseln erlaubten. Sie streckte den Hals und hielt den Kopf in einem unbequemen Winkel hoch in dem Versuch, seinen Penis in den Mund zu bekommen.

«Na gut, ein bisschen saugen ist erlaubt», ertönte die spitzbübische Stimme von Vida, als sei sie Tausende von Meilen entfernt. Jake schob seine Hüften vor, ließ die Muskeln seiner Oberschenkel spielen und rückte seinen Schwanz vor ihr Gesicht. Deana strengte sich an, den Hals die letzten möglichen Millimeter vorzustrecken, und nahm die dicke, rotglänzende Eichel zwischen die Lippen.

Sein Geschmack war köstlich – stark und salzig vom Samen seiner ersten Ejakulation, scharf von seinen frischen Säften, die nun hervortraten und den nächsten Höhepunkt ankündigten. Deana sog ausgehungert an ihm und ließ ihre Zunge kreisen, was bei dem unbequemen Winkel, in dem sie den Kopf hochhalten musste, nicht einfach war.

Doch ihre Freude war nicht von langer Dauer. Kaum hörte sie Jake leise stöhnen, war er auch schon einen Schritt zurückgetreten, und sein praller Schwanz glitt aus ihrem Mund. Er tätschelte ihr den Kopf wie ein Herrchen seinen treuen, wenn auch nicht besonders klugen Hund. Sie schluchzte laut auf, und ihr Schwur, stoisch zu bleiben, war völlig vergessen.

Jake war nun hinter ihr. Er stand neben Vida, und gemeinsam ergötzten sie sich an dem Anblick der gefesselten Frau vor ihnen, in deren Hintern ein Champagnerkorken steckte.

«Sieh dir das an, Kazuto», murmelte Vida, dann erklangen saftig-klebrige Geräusche, die Deana sagten, dass Jake nur wenige Zentimeter neben ihrem missbrauchten Körper gewichst wurde. «Ist sie nicht einfach exquisit? Ein Eins-a-Hintern, würde ich sagen», fuhr ihre Peinigerin fort und berührte die zarte, brutal gedehnte Haut rund um den Champagnerkorken.

Deana stöhnte auf und regte sich. Es war widerwärtig, aber ihre Erregung war wieder voll zurückgekehrt, und wieder hörte sie eine Stimme wie aus weiter Ferne, nur dass es dieses Mal Jake war, der ein gequältes Stöhnen ausstieß. «O Gott, es geht nicht mehr! Ich muss sie jetzt haben!»

Kräftige Hände packten Deana an den Hüften und neigten sie vor, und in der nächsten Sekunde schob sich das dicke Ende seines Penis in die Öffnung ihrer Vagina. Mit einem groben, unkoordinierten Stoß glitt er in sie. Sein praller, dicker Ständer lag nun parallel zu dem Korken.

Obwohl er sich nicht bewegte, überfielen sie erschreckende Empfindungen. Sie war ganz und gar gedehnt und ihre intimen Öffnungen verschlossen. Und doch war ihr überstrapazierter Körper von Lust durchströmt – ihre schmerzenden Nippel waren steinhart, ihre Klitoris, hervorgepresst durch den Stopfen in ihrem Rektum, war so heiß und geschwollen, dass sie glaubte, jeden Augenblick platzen zu müssen.

«Ich kann nicht ... nein», heulte sie, ihre Stimme erhob sich zu einem animalischen Schrei, als Jake begann, in sie hineinzupumpen. Es wurde ihr alles zu viel. Der Korken war zu groß, *Jake* war zu groß. Ihr Unterleib würde bald auseinandergesprengt, wenn sich der Druck weiterhin verstärkte.

Als ihr Schrei verebbte, sollte auch ihre letzte verbliebene Öffnung gestopft werden. «Saug», befahl Vida und schob Deana drei ausgestreckte Finger in den weit geöffneten Mund.

Wie im Delirium sah Deana Flammen hinter den fest geschlossenen Augen tanzen. Sie war jetzt bloß noch ein Ding. Ein Körper. Noch mehr ein willenloses Spielzeug, als sie es sich je vorzustellen vermocht hätte. Sie hatten ihr Mund und Hintern nach ihrem Gutdünken zugepfropft, während Jakes Penis unerbittlich in sie hineinstieß. Sie merkte, dass er mittlerweile laut geworden war, und wünschte, sie wäre ebenfalls dazu in der Lage. Jake stieß irgendein unzusammenhängendes Gebrabbel aus, während er dem nächsten Orgasmus entgegenflog, dem zweiten in dieser Nacht und dem ersten in der Enge ihrer Weiblichkeit. Er war kurz davor, sich in ihr zu ergießen, und ihre Säfte umspülten ihn und liefen ihr über die Oberschenkel. Darunter auch kleine Urinspritzer, die aus ihrer Blase rannen, ohne dass sie etwas dagegen hätte tun können. Als Deana begriff, dass sie im Begriff war, sich einzunässen, schluchzte sie herzzerreißend auf ... doch nicht allein aus Ekel.

Dies war der absolute Tiefpunkt ihres erotischen Niedergangs, aber doch erregte sie der Akt in all seiner Verkommenheit. Ein ungeheures Lustgefühl raste wild durch ihren Unterleib – ihren Kitzler, ihre Schamlippen, ihr Rektum – und konzentrierte sich schließlich in ihrer Vagina, um Jakes rasch zustoßenden Schwanz fest zu umschließen. Als *sie* kam, entrang sich *seiner* Kehle ein erlösender Aufschrei, und er schien mit seinem letzten Stoß tief in ihr Inneres vordringen zu wollen.

Als Jake fertig war, zog er sich rasch aus ihr heraus, und kurz darauf gab Vida ihre Lippen frei. Jake taumelte auf schweren Beinen davon, fast wie ein Betrunkener. Deana stöhnte auf, seiner Nähe beraubt, aber auch vor Verwunderung und Staunen. Er war in ihr gekommen, war sehr heftig gekommen, aber er hatte auch an sie gedacht. Schließlich hätte er sich mit seinem vollen Gewicht auf sie fallen lassen können – aber das hatte er nicht getan. Sie konnte ihn hinter sich keuchen und nach Luft schnappen hören, mitgenommen von dem Akt, wie sie es selbst war.

Sie bekam ebenfalls mit, wie er von Vida zur Chaiselongue geführt wurde, während sie selbst, das Lustobjekt, über dem Holm der Strafbank hängend zurückgelassen wurde. Ihr Oberkörper steckte noch immer in dem weißen Lederkorsett, dessen unnachgiebiges Material sie stützte. Auch hatte sie noch immer alle viere von sich gestreckt, war gefesselt und ihr Anus mit einem Korken zugestopft. Alles in allem befand sie sich in einem völlig desolaten Zustand, verschwitzt und bespritzt mit Jakes Samen, ihrem eigenen Liebessaft und Urin ...

Ihr Zustand war verständlich, und doch fühlte sie sich beflügelt, ihr war, als könnte sie es ewig gefesselt aushalten. Zufrieden, zu existieren, als ein Gefäß, das Lust empfing. Ein williger Körper, der nur dazu diente, Jakes Hunger zu stillen ...

Wie wunderschön sie doch aussah. Wie stark. An Händen und Füßen gefesselt, ausgestreckt über der Stange, und trotzdem war es ihr gelungen, gegen ihn aufzubegehren. Er konnte es kaum glauben, welch eine Lust sie ihm geschenkt hatte.

Jake lag reglos auf der Chaiselongue, bis sich sein Atem und sein Pulsschlag wieder beruhigt hatten. Sein verschwommener Blick ruhte noch immer auf der außergewöhnlichen jungen Frau, die er gerade gefickt hatte. Seine Dee. Seine stolze, bewundernswerte Dee. Im Augenblick war sie noch völlig aufgewühlt und schluchzte, doch in ihr steckte ein stahlharter Kern, den niemand verbiegen oder brechen konnte. Er am allerwenigsten.

Er würde es aber versuchen, das schwor er sich in diesem Augenblick, obwohl er bereits wusste, dass er versagen würde. Er würde sie wieder nehmen und sie bis an die äußerste Grenze treiben, und dabei ein Stück des Himmels berühren. Allein der Gedanke, wie es mit ihr sein würde, brachte seinen Schwanz dazu, sich wieder zu regen, obwohl er gerade erst einen Orgasmus gehabt hatte.

Als das Blut in seinen Unterleib floss, hätte er Dee am liebsten noch einmal genommen. Bis ihr lustvolles Winden und ihr Stöhnen ihm den Boden unter den Füßen wegzureißen drohten und ihre Kraft ihn besiegte. Sie war sogar stärker als Vida, und das hätte er nicht für möglich gehalten. Er war seiner wilden Autorin sehr zugetan und wusste, dass dies auf die eine oder andere Weise stets so bleiben würde. Aber hier vor ihm lag eine Frau, die es mit Vida aufnehmen und sie sogar übertrumpfen konnte. Eine Frau, die wie ein Puzzleteil in sein Leben und das von Vida passte. Bei dieser Vorstellung zuckte sein Penis vor Lust und richtete sich auf wie ein tollkühner Krieger, der bereits eine Schlacht geschlagen hatte ...

Er sah sie an, entdeckte die Nässe auf ihren Oberschenkeln und wäre am liebsten von der Chaiselongue aufgesprungen, hätte den Raum durchquert und sie gestreichelt. Ihn überfiel das dringende Bedürfnis, ihr Hinterteil zu kneten, ihre Brüste zu massieren, sich vor ihr hinzuknien und den Saft von ihrer Haut zu lecken. Aber er wusste, dass er damit preisgab, wie viel sie ihm bedeutete. Sie würde sein Zittern spüren und wissen, wie schwach und angreifbar sie ihn machte. Und für dieses Wissen war es noch zu früh. Das Spiel hatte gerade erst begonnen, und es gab noch so viel zu erkunden ...

Hier und heute Nacht musste sie demütig sein. Den süßen Schmerz der Schläge zu fühlen, die Lust zu erfahren und was es hieß, zutiefst erniedrigt zu werden.

Bei diesem Gedanken wanderte sein Blick zu dem Korken. Ihr rosiges Fleisch dehnte sich geschmeidig, und er stellte sich vor, wie es wäre, von dieser engen Öffnung umschlossen zu sein. Was ihn anging – und seinen Penis –, so war es reine Ekstase. Sie war so eng und heiß. Mit ihr würde es heißer sein als mit allen anderen Frauen, die er je gehabt hatte. Er überlegte, wie sie wohl auf ihn reagieren würde, und sein Schwanz wurde praller, bis er voll erigiert war.

Jake war die derbere Spielart des Analverkehrs nicht fremd. Er wusste, was es hieß, wenn einem das hintere Loch gestopft oder man gar hineingefickt wurde, während die Angst vor der Scham und Demütigung immer stärker wurde. Das wilde, verkommene Bohren in den Eingeweiden, gepaart mit der Furcht, etwas Schmutziges zu tun, was dann in einem Gefühl reiner Lust gipfelte. Wenn er Dees Po entjungferte, würde es für sie nicht so sein, wie es damals für ihn gewesen war, als man es ihm zum ersten Mal von hinten besorgte, aber es gäbe doch ein paar Parallelen, allen voran ein Gefühl perverser Freude.

«Sollen wir sie noch bestrafen?», fragte Vida mit einem Mal.

«Ja, ich denke, schon», erwiderte Jake entschieden, nachdem seine Kräfte so gut wie wiederhergestellt waren. «Es geht hier schließlich ums Prinzip, nicht wahr, Dee?»

Der Klang ihres Namens war wie ein Schock für Deana – nach ihrer Unterwerfung hatte sie fast vergessen, wer sie war. Eine eigenständige Person und eine Frau, die nun *gefragt* wurde, ob sie mit den Schmerzen, die man ihr zufügen würde, einverstanden war. So unwahrscheinlich es ihr auch vorkam, so schien sie doch jetzt die Wahl zu haben.

«Ja, ich will es!», rief sie, ohne sich selbst eine Bedenkzeit zu gönnen. Sie würde es mit ihnen aufnehmen. Sie würde es schaffen. Nach allem, was sie bislang mitgemacht hatte, wollte sie nun auch noch den Rest, wollte alles erleben.

«Braves Mädchen», raunte Jake, die Stimme so seidenweich wie ein göttlicher Bezwinger der Weltwinde. Sie spürte, wie er sich hinter ihr bewegte, dann trat er in ihr Blickfeld. Er war nackt, bis auf den winzigen Jock-Strap, der noch immer so weit verrutscht war, sodass seine Genitalien hervorlugten. Sein Schwanz war wieder steif geworden, und auf der karamellfarbenen Haut seiner Oberschenkel zeichneten sich die silbrigen Schlieren seines getrockneten Samens ab.

«Du bist gefragt, Vida», bemerkte er, und rückte an Deanas Gesicht heran. Jakes strenger Geruch stieg ihr in die Nase.

«Mit Vergnügen», murmelte Vida mit wohl modulierter Stimme. «Bentley, das Paddle bitte.»

Deana hätte fast die Anwesenheit der Dienerin vergessen. Einen Augenblick lang fragte sie sich, was sie wohl von alldem hier halten mochte, aber wahrscheinlich war sie es längst gewohnt. Die Ausstattung dieses Zimmers legte den Schluss nahe, dass sich bei Vida regelmäßig Sexorgien ereigneten. Und dass Jake de Guile nicht der einzige Mann – oder sie die einzige Frau – war, die diese Erlebnisse mit ihr teilten.

Deana empfand diese Erkenntnis seltsamerweise als beruhigend. Jake und Vida standen sich offensichtlich sehr nah, aber wenn die Autorin noch andere Liebhaber hatte, bedeutete dies auch, dass Jake frei war. Und dass es in seinem Leben vielleicht Platz für andere, längere Beziehungen gab ... und die sich als seiner würdig erwiesen und die es mit ihm aufnehmen konnten. Und die die Lust ebenso wie den Schmerz zu schätzen wussten.

Ihre Überlegungen wurden jäh unterbrochen, als sich zwei kräftige, jedoch unverkennbar weibliche Hände auf ihre prallen Hinterbacken legten.

«Sie ist stramm und kräftig», stellte Vida fest. Ihre Stimme klang nüchtern und sachlich, als sie Deanas Fleisch prüfte, die Konturen nachfuhr und ein Urteil fällte. «Schön geformte Muskeln, die einen Schlag gut verkraften können. Offensichtlich ist sie sehr empfindsam, daher sollte das Schmerzniveau nicht zu niedrig sein.» Ihre Finger glitten zwischen Deanas Hinterbacken und befühlten den gedehnten Ringmuskel ihres Afters und glitten weiter zu ihrer Klitoris, die sie mit der Fingerspitze umkreiste, ohne sie jedoch zu berühren. «Ich genieße das hier wirklich sehr, Kazuto, mein Liebling. Ein schöneres Geschenk hättest du mir wirklich nicht machen können.» Ein einzelner Finger schlüpfte für einen Moment in Deanas Vagina, dann war er wieder verschwunden.

«Zeig Dee das Paddle, Bentley», wies Vida das Dienstmädchen an, woraufhin Jake einen Schritt beiseitetrat, damit Bentley den Befehl ausführen konnte. Vor Deanas schreckgeweiteten Augen erschien ein Gegenstand, dessen Form ihr bekannt vorkam.

Als Kind war sie ziemlich gut in Tischtennis gewesen, und Delia und sie hatten viele Partien ausgefochten mit Schlägern, die dem ähnelten, den Bentley ihr gerade vor die Nase hielt. Das Holz des Paddle, wie Vida den Gegenstand nannte, war mit bedrohlich wirkendem, schwarzem Leder bezogen statt mit einer Gummischicht. In Form und Größe ähnelte es jedoch einem Tischtennisschläger.

«Sie soll es küssen.» Vidas Stimme klang nun gepresst

und hart, als sei sie tiefer in ihre Rolle eingestiegen. Die heitere Gelassenheit war verschwunden, an ihre Stelle die grausame Domina getreten. Wie viele haben das Paddle wohl vor mir schon geküsst?, fragte sich Deana, als sie die Lippen auf das geschmeidige Leder presste. Und es dann haben durch die Luft schwirren hören, bevor es auf ihr nacktes Hinterteil klatschte, um Madam Mistry zu Diensten zu sein?

«Wünscht Ihr sie geknebelt, Mylord?», fragte Vida, als Bentley ihrer Herrin das Paddle reichte. Deana spürte, wie es über ihren Po gehalten wurde, und ihre dominante Gastgeberin genau Gewicht, Geschwindigkeit und Kraftaufwand abschätzte.

«Nein, noch nicht.» Jakes Stimme klang gepresst vor Erregung. Es traf Deana unerwartet, dass sie seine Vorfreude nachfühlen konnte. Tief in ihrem Inneren, wo sie erwartungsfroh schauderte und wo eine real existierende Angst vor dem Schmerz saß, brachen sich die seltsamsten Vorstellungen Bahn. Jake erschien vor ihrem inneren Augen, über den Holm der Prügelbank gestreckt. Sein straffes, muskulöses Hinterteil zitterte wie ihr eigenes in diesem Augenblick, und sein Penis war bretthart und steil aufgerichtet. Erste Tropfen seines Liebessaftes hatten die Eichel bereits benetzt. Es war bloß eine Vorstellung, und doch wusste sie, dass ihre Instinkte sie nicht trogen. Jake war in der Lage, zu geben und zu nehmen – mochte er jetzt in all seiner Pracht vor ihr stehen, so war er doch auch willens, selbst Schmerz zu ertragen.

«Nun, dann wollen wir beginnen.»

Noch bevor Vida geendet hatte, spürte Deana einen Schlag, und heißer Schmerz breitete sich auf ihrer linken Pobacke aus. Sie schrie vor Pein und Überraschung auf.

Es war unglaublich und kaum zu ertragen. Es ging weit über das hinaus, was ihr Verstand zu begreifen vermochte. Binnen Sekundenbruchteilen hatte sich ihr Vorsatz, dem Schmerz gefasst entgegenzutreten, in nichts aufgelöst.

Und es fühlte sich an, als befände sich die eine Hälfte ihres Pos ebenfalls im Stadium der Auflösung, da alles ein stechend heißes Brennen war. Sie schluchzte wie ein Kind und brabbelte unverständliches Zeug vor sich hin – und das nach bloß einem Schlag.

Als der zweite Hieb auf ihrem Po landete, noch fester als der erste, keuchte sie auf und bekam kaum noch Luft. «Nein! Nein!», stöhnte sie. Der Schließmuskel ihres Rektums schloss sich krampfhaft um den Korken, als sie kurz davor war, die Kontrolle zu verlieren. Eine zähe, geschmolzene Masse tobte in ihren Eingeweiden und brachte sie an ihre Grenzen. Ihre Schamlippen waren nun so dick wie die fleischigen Blätter einer Pflanze, und ihre Klitoris war auf das Zehnfache ihrer normalen Größe angeschwollen. Deana schluchzte erneut vor Scham, als sie eine klare Flüssigkeit von ihrem Geschlecht herabtropfen spürte und sie merkte, dass sie sich wieder bepinkelte.

Der Schmerz war unglaublich intensiv und schien nicht mehr vergehen zu wollen, aber das Schlimmste war der qualvolle Wunsch, zwischen den Beinen berührt zu werden. Sie bäumte sich auf und zerrte wie rasend an ihren Fesseln, um selbst Hand an ihre pulsierende Knospe legen zu können.

«Streichle mich, bitte», krächzte sie und schrie auf, als zwei weitere Schläge hart und schnell auf sie niedersausten.

Tränen strömten ihr über die Wangen, und dann, mitten in ihrem Elend, wischte ihr jemand mit einem hauchdünnen Taschentuch, das nach Rosen duftete, über das Gesicht. In dieser schmerzhaften Welt gab es wenigstens einen Engel, der um ihr Wohlergehen besorgt war.

«Schon gut, Süße, alles ist gut», flüsterte die gütigste und himmlischste Stimme des Universums, und seine Finger strichen ihr über Wangen und Haar, bevor sie sich auf ihre Lippen legten. «Sei ein tapferes Mädchen, Dee, tu's für mich», wisperte Jake, bevor er seine Finger durch seine Lippen ersetzte und sie küsste. Der Augenblick hatte etwas von einem Priester, der eine Ungläubige salbte.

Er sog ihre Zunge zwischen seine Lippen und hörte nicht auf, an ihr zu saugen, während er ihren Kopf hielt und Vida weiter auf Deanas Hinterteil einhieb. Deana weinte nun so heftig wie nie zuvor, und ihre Tränen benetzten ihre und Jakes Wangen, während das Paddle unablässig auf ihren Po niedersauste und das Verlangen sie von innen aufzufressen schien.

Der Schmerz war weitaus schlimmer, als Deana erwartet hätte, aber ihre Frustration war weit schrecklicher. Sie litt entsetzliche Qualen, und jetzt, nachdem sie ihre Beherrschung längst verloren hatte, würde sie weitere tausend Schläge in Kauf nehmen, wenn ihr jemand dafür auch nur eine Fingerspitze auf den Kitzler legte.

«Bitte, berühre mich», flehte sie Jake an, als er sich von ihren Lippen entfernte und ihr erhitztes, schweißüberströmtes Gesicht küsste. «Bitte! Bitte, lass mich kommen ... ich ertrage es nicht mehr. Streichle mich!»

«Das geht leider nicht, mein Liebling», entgegnete er leise, als spräche er zu einem begriffsstutzigen Kind, bevor er ihr einen neuen Schwall Tränen von den Wangen küsste. «Du sollst leiden. Deine Gier nach einem Höhepunkt vertieft die Strafe und lässt sie dich stärker empfinden. Außerdem macht das Versohlen deines Hinterteils nur einen kleinen Teil deiner gesamten Strafe aus.» Mit diesen Worten langte er an ihr herab und berührte ihre steinharten Brustwarzen mit einem sanften Streicheln. Sie stieß einen Klagelaut aus, doch seine Antwort bestand aus dem Lächeln eines Heiligen und weiteren, winzigen Berührungen ihrer Brüste, die das Verlangen zwischen ihren Beinen nur noch verschlimmerten.

«Bitte ...», wimmerte sie.

«Nein, Dee, du musst jetzt tapfer sein», entgegnete er leise und küsste ihr Gesicht, ihr Haar und ihre Lippen.

Auch Vida setzte ihr düsteres Treiben fort und stellte

mit jedem Schlag ihr zweifelhaftes Geschick unter Beweis. Deana fühlte sich, als sei sie in einem surrealen Universum aus Schmerz und unstillbarem Verlangen.

In ihr stimmte ein Triumvirat der unterschiedlichsten Schmerzpunkte seinen Gesang an: die Marter in ihrem Hintern, die nervenzerreißende Spannung in ihrem Kitzler und das Gefühl liebevoller Zuneigung durch Jakes Küsse auf ihren Lippen.

Sie hatte mittlerweile aufgehört zu zählen, wie viele Schläge mit dem Paddle sie bereits hatte ertragen müssen. Und so dauerte es eine Weile, bis sie begriff, dass es zu Ende war. Sie nahm lediglich wahr, dass Jake ihr einen besonders zarten Kuss auf die Stirn hauchte, seine Lippen dann aus ihrem Blickfeld verschwanden und mit dem Verschwinden seiner Präsenz ihr Bewusstsein für ihre Umgebung zurückkehrte.

«Du hast das sehr gut gemacht, Vida», hörte Deana ihn sagen. Es sprach echte Anerkennung aus seinen Worten, und mit einem Mal begriff sie, dass ihr Herr und ihre Gebieterin gemeinsam ihr Hinterteil begutachteten.

«Und jetzt bekomme ich meine Belohnung, Kazuto», erwiderte Vida, und ihre Stimme klang noch immer ein wenig rau.

«Selbstverständlich, meine Liebe. Wo hättest du sie gern?»

«Auf der Chaiselongue, Mylord. Diese Kreatur dort soll uns dabei zusehen.»

«Wie du wünschst, meine Geliebte. Aber glaubst du, dass sie noch so lange durchhält?»

«Aber gewiss», entgegnete Vida bestimmt. «Diese hier hat einen stählernen Willen, mein lieber Kazuto. Sie ist zwar recht laut, aber sie hat viel mehr ausgehalten als die anderen. Du hast eine gute Wahl getroffen …»

Das Gefühl des Entrücktseins, das Gefühl, alles durch einen Schleier zu betrachten, stellte sich wieder ein, dieses Mal war es sogar noch stärker. Deana hatte den Eindruck, als lauschte sie einem Filmdialog, und als sie von Bentley losgebunden, aufgerichtet und umgedreht wurde, erwartete sie fast, das Geschehen auf einer riesigen Leinwand verfolgen zu können.

Benommen gestattete sie der Dienerin, ihr die Hände auf dem Rücken zu fesseln. Dazu benutzte Bentley die Handschellen, die Deana bereits bei ihrer Ankunft getragen hatte. Einen Augenblick lang hatte sie Bedenken, wenn ihr der Korken aus dem Po gezogen wurde, aber das war schnell vorbei, und sie konnte sich fast wieder entspannen, als die überraschend kräftige Bentley sie auf die Arme nahm und mit dem Gesicht nach vorn auf einen gepolsterten Hocker legte. Deana blieb dort eine Weile mit geschlossenen Augen liegen. Ihr Atem ging noch immer schwer, als sie auf Bentleys Schritte lauschte, die sich entfernten, und allmählich ebbte der Schmerz ab. Als Deana schließlich aufblickte, glaubte sie tatsächlich, einen Film anzusehen.

Ein Mann und eine Frau – beide von erstaunlicher, fast überirdischer Schönheit – zogen sich gegenseitig die wenigen Kleidungsstücke aus, die sie am Leib trugen, und küssten und streichelten sich währenddessen.

Interessanterweise verspürte Deana keinerlei Eifersucht, während sie Vida und Jake zusah, wie sie sich liebten. Sie nahm ihre Gefühle von weit her wahr, auf eine diffuse Art war sie beiden dankbar, und daher erschien es ihr nur angemessen, dass sie die körperliche Liebe als Belohnung ihrer Mühen genossen. Außerdem fühlte sie sich seltsam privilegiert, dass es ihr *erlaubt* war, zuzusehen, obwohl die anregende Sinnlichkeit des Liebesspiels ihre eigene Begierde unerfüllt ließ.

Irgendwann während Deanas Bestrafung hatte Vida ihr Haar gelöst, das jetzt wie rote Flammen über das Polster der Chaiselongue zu fließen schien, während sich Jake über ihren Körper hermachte. Ein klagendes, lang anhaltendes Stöhnen entrang sich der wunderschönen Autorin, als Jake sie bestieg, ihr die Schenkel spreizte und tief in sie hineinglitt. Es war offensichtlich, dass Deanas Bestrafung mit dem Paddle sie ebenso sehr erregt hatte wie Deana selbst ...

Mit einem wilden Aufschrei hob Vida ihren schlanken Körper Jakes kräftigen Stößen entgegen. Es stand außer Zweifel, dass sie mehrere Male hintereinander kam und dass dieser multiple Orgasmus in dem Augenblick begonnen hatte, als Jake in sie eingedrungen war. Auch er wirkte wie berauscht, das Gesicht mit dem dunklen Teint war lustvoll verzerrt, als er seine Geliebte, die sich unter ihm wand und vor Lust schrie, mit gleichmäßigen, schnellen Bewegungen fickte und sich seine Pobacken dabei zusammenzogen.

Erregt und frustriert vergoss Deana Tränen der Ehrfurcht vor der Schönheit des Liebesspiels, das sich vor ihren Augen ereignete. Und noch währenddessen begann ihr künstlerisches Ich, das wieder klar denken konnte, zu applaudieren. Während sie Vidas und Jakes bebende Körper beobachtete, skizzierte sie in Gedanken ein Gemälde, das sie schon bald in Angriff zu nehmen gedachte. Ein Werk, das sie für ihre eigene Befriedigung erschaffen würde. Es würde ein außergewöhnlich sinnliches Paar eng verschlungen beim Sex zeigen.

Vielleicht werde ich es sogar an Jake verkaufen!, dachte sie frohlockend, erfreut, dass sie wieder bei Verstand war. Ihr Körper schmerzte, und die tiefe Enttäuschung hatte mitnichten nachgelassen, aber wenigstens war sie geistig wieder da.

Mit einem weiteren Aufschrei bäumte sich Vida ein letztes Mal auf, schlug wild mit Armen und Beinen um sich, während sich Jake in ihr ergoss und sein Hinterteil erzitterte. Durch ihren Tränenschleier sah Deana, wie sich die beiden Liebenden zurückfallen ließen, und ihre offensichtliche Befriedigung ließ das schwelende Verlangen in ihr erneut aufflammen.

Deana war im Begriff, auf dem Hocker zusammenzusinken, als leise Geräusche zu ihr drangen. Sie blickte auf und sah Vida, die sich in Embryohaltung auf der Chaiselongue zusammengerollt hatte, die wunderschönen Augen geschlossen und ein glückliches Lächeln im Gesicht. Sie war unverkennbar befriedigt und hatte sich vom Rest der Welt abgeschottet. Doch dem Mann, der sie soeben geliebt hatte, ging es ganz anders!

Jake war aufgestanden und bewegte sich unsicher auf den Beinen. Er war blass und konnte vor Erschöpfung kaum noch geradeaus blicken, doch näherte er sich langsam Deanas Hocker. Als er bei ihr war, kniete er sich hinter sie und zog ihren Körper zu sich heran.

«Süße, tapfere Dee», murmelte er ihr ins Ohr, während er sich fest an sie drängte. Deana stöhnte auf, und das aus vielerlei Gründen: Da war zum einen sein langer, feuchter Penis, der gegen die Rückseite ihres Oberschenkels stupste, zum anderen sein raues Schamhaar, das über die empfindliche Haut ihres Pos kratzte, und schließlich sein flacher, schweißglänzender Bauch, während Jake sie fest zu sich heranholte. Sie streckte ihre Finger aus und versuchte, Jake zu streicheln, so gut es ihre gefesselten Handgelenke zuließen.

Kaum konnte sie ihn berühren, verblasste die Erinnerung an ihre Folter und wurde immer verschwommener. Und als Jakes wohlgeformte Finger über ihren Bauch strichen, war sie endgültig vergessen. Seine Hände streichelten tiefer bis zu dem klebrig-süßen Vlies ihres Schamhügels.

Deana schluchzte auf, als ein einzelner Finger – ein findiger, kluger Finger – sich zwischen ihre Schamlippen schob, sein Ziel fand und es sanft kitzelte.

Und sie hörte nicht auf zu schluchzen, als ihre Klitoris erblühte wie eine Liebesblume und ihr Geschlecht, ihr ganzer Körper und ihr Verstand sich in einer weißen Wolke von Glückseligkeit auflösten …

# 11 IM WHIRLPOOL

Welchen Nährwert besitzt eigentlich Sperma?, fragte sich Delia, während sie an ihrem vormittäglichen Kaffee nippte.

Sie wusste, dass ihre Frage albern war, aber das Aroma des frischen Kaffees hatte sie auf diesen Gedanken gebracht … es war zwar etwas ganz anderes, jedoch mindestens so köstlich.

Der Liebessaft eines Mannes.

*Davon* hatte sie letzte Nacht mehr als genug gehabt, dachte sie und grinste selbstgefällig. Wenn auch die Art und Weise bislang nur selten in ihrem Leben vorgekommen war.

Göttlicher Nektar, dachte sie und dachte daran, wie sie ihn direkt aus Peters großem Schwanz empfangen hatte. Und vermutete, dass sein Samen der Grund für ihre ausgesprochen gute Laune an diesem Morgen war. Sie fühlte sich fit und munter. Energiegeladen und getrieben von der Lust, unanständig zu sein.

Eigentlich lustig, dass Sperma selbst fast geschmacklos war. Sie leckte sich über die Lippen, auf die sie einen Hauch Gloss aufgetragen hatte, und stellte sich vor, dass sie salzig wären. Denn das war die einzige Geschmacksnuance, an die sie sich erinnerte. Und es hatte ein winziges bisschen bitter geschmeckt. Doch es war nicht der Geschmack, der Sperma so außergewöhnlich machte, sondern woher es kam.

Nachdem sie Peter letzte Nacht mit einem sanften *au revoir* verabschiedet hatte, hatte sie so gut wie nie zuvor geschlafen. Und ihr Versprechen, am nächsten Tag «über alles zu reden», hatte sie keine Sekunde lang am Einschlafen gehindert. Auch nicht Deanas späte Heimkehr irgendwann in den frühen Morgenstunden.

Deana ... sie hingegen war etwas anderes.

Als Delia nach ihr gesehen hatte, bevor sie zur Arbeit aufgebrochen war, hatte sie festgestellt, dass Deana so tief geschlafen hatte wie sie selbst. Ein tiefer, fast schon komaartiger Schlaf. Zunächst war sie besorgt gewesen, aber als sie näher an ihre Zwillingsschwester herantrat, entdeckte sie, dass sich Deana an ihr Kopfkissen schmiegte und friedlich wie ein Engel vor sich hin lächelte.

Deana hatte so gesund und glücklich ausgesehen, wie sie sich selbst fühlte. So war ihr nichts weiter geblieben, als zur Arbeit zu gehen und zu rätseln, was Jake de Guile für Wunder vollbracht hatte, um solch eine Zufriedenheit auszulösen.

Ist er wirklich so gut, Deana, Liebes?, sinnierte Delia, während sie an ihrem Schreibtisch saß und sich ihren Tagträumen mehr hingab, als sie es sich je zuvor erlaubt hatte. Doch sie fragte sich, wie abgefahren der Sex wohl sein würde, wenn er nach Jakes Ansicht das Tragen eines Lederkorsetts erforderte. Ob Deana wohl in Schwierigkeiten geraten war, weil sie ein Höschen getragen hatte?

Wir sollten uns bald ausführlich unterhalten, Schwesterherz. Letzte Nacht ist nämlich etwas ganz Besonderes geschehen, und darüber sollte Deana Bescheid wissen, bevor sich «Dee» wieder mit Jake traf.

Was durchaus schon heute Abend der Fall sein könnte ...

Delias Magen zog sich zusammen, als ihre Phantasie zur Höchstform auflief. Es war so seltsam. Sie hatte gerade erst Russell den Laufpass gegeben, und nun schien sich etwas zwischen ihr und Peter anzubahnen, obwohl sie immer noch scharf auf Jake war. Er machte sie heiß, er brachte ihren Puls zum Rasen und ihre Hormone zum Durchdrehen. Und entgegen ihrer früheren Meinung war sie verrückt danach.

Jake war gefährlich, denn er manipulierte gern und trieb seine Spielchen. Und doch hatte er etwas so unglaublich Unwiderstehliches an sich, dass allein der Gedanke an ihn schon erregend war.

Sie schwelgte in den Erinnerungen an ihn, und ihr lief buchstäblich das Wasser im Mund zusammen, als sie an seinen schlanken, gebräunten, geschmeidigen Körper dachte. Ihre Vagina zog sich lustvoll zusammen bei der Vorstellung, wie er ihr seinen prallen Schwanz hineinschob und seine Finger sie an ganz bestimmten Stellen streichelte, während er sie bis zur erlösenden Ekstase vögelte.

Lieber Himmel, wie unanständig sie doch geworden war!

Als die interne Firmenpost eintraf, war sie noch immer in ihrer Phantasie gefangen und reagierte gereizt auf die Unterbrechung. Normalerweise hatte sie Freude an ihrer Arbeit, aber heute wollte ihr das nicht so recht gelingen.

Zum Schluss des Briefstapels fand sie ein Fax, das sie gerade in den Ablagekorb mit der Aufschrift «Zu erledigen» werfen wollte, als ihr Blick auf die Unterschrift fiel. Sie richtete sich schlagartig auf, und ihr Herz begann zu hämmern.

*An Delia Ferraro*, stand da auf dem Fax. *Nach erneuter Durchsicht Ihrer Akte musste ich feststellen, dass es noch einige wichtige Punkte zu besprechen gibt. Da ich heute zu Hause arbeite, wäre ich Ihnen dankbar, wenn Sie baldmöglichst vorbeikämen.* Dem Schreiben fehlte sowohl die Anrede als auch eine abschließende Grußformel, es war lediglich in gestochen scharfer Handschrift mit *Jackson K. de Guile* unterzeichnet.

Was soll das alberne Spiel, Jake?, dachte Delia wütend, als sie im Lift stand, der mit aufreizender Langsamkeit an jeder Etage anzuhalten schien. Am liebsten hätte sie dem Fahrstuhl befohlen, gefälligst schneller zu sein.

Doch als sie schließlich im Foyer ankam, war ihre Wut

bereits verraucht. Wie konnte sie Jake der Spielchen bezichtigen, wenn sie und Deana keinen Deut besser waren? Dabei würde ihr eigenes wohl bald zu Ende sein, dachte sie resigniert.

Fargo wartete bereits neben der Limousine auf sie und hielt ihr die Tür auf, damit sie hinten einsteigen konnte.

Und so fuhr sie also hinein ins Verderben, denn sie hatte weder irgendwelche Anweisungen bekommen, noch wusste sie, was Deana letzte Nacht erlebt hatte. Allmählich begann die Fassade zu bröckeln ...

Wären ihre Rollen vertauscht, würde es Deana mit Sicherheit gelingen, sich irgendwie durchzuschummeln, doch Delia war dazu nicht imstande. Dafür war sie viel zu konventionell, und das schon ihr ganzes Leben lang. In diesem Spiel war sie bereits an die Grenzen ihres bescheidenen Talents gestoßen, und es würde ihr nichts anderes übrig bleiben, als Jake alles zu gestehen, sobald sie bei ihm eingetroffen war.

Elf begrüßte sie vor der dunkelblau gestrichenen Haustür der Villa, doch war der Japanerin hinter ihrem höflichen Blick nichts von den Zärtlichkeiten anzumerken, die die beiden Frauen bereits ausgetauscht hatten.

«Jake liegt im Whirlpool», informierte sie Delia, die ihr durch den Flur und die Treppe hinauffolgte. «Er wünscht, dass du ihm dort Gesellschaft leistest.»

So viel zum Thema «meine Akte durchgehen».

Am Ende der Treppe schob Elf Delia mit einem reizenden Lächeln vor sich her und forderte sie mit einer graziösen Geste auf, das Badezimmer zu betreten, das sogar größer und noch pompöser ausgestattet war als der Luxustempel vom letzten Mal.

Der überwiegend in Dunkelblau gehaltene, üppig ausgestattete Raum mit den hohen Decken beherbergte in seiner Mitte einen Whirlpool und ein großes Becken, in dessen himmelblauem, sprudelndem Wasser Jake thronte.

«Das wäre dann alles, Elf», sagte er, und seine Kammerdienerin war entlassen. «Ich denke, Dee und ich kommen im Augenblick ganz gut allein zurecht.»

Elf verneigte sich leicht und trat einige Schritte zurück, bevor sie schließlich mit einem hinreißenden, wenn auch undurchsichtigen Lächeln den Raum verließ.

«Ich sehe nirgendwo Aktenordner», bemerkte Delia frech und überlegte, ob sie ihr Geständnis sofort ablegen oder noch ein wenig Zeit schinden sollte.

«Das war bloß ein Scherz», erwiderte er unbekümmert und erhob sich ein wenig aus dem Wasser. Seine muskulöse Brust glitzerte, als das Wasser an ihm herablief. Sein Haar hing ihm in dicken und glatten Strähnen über die Schultern, doch einige Strähnen hatten sich gelöst und klebten an seinen Wangen. «Warum kommst du nicht einfach zu mir?», schlug er vor und schnippte mit den Fingern. «Das Wasser ist sehr entspannend, und du wirkst ein wenig nervös.» Er kniff seine schrägstehenden Augen zusammen. «Ich hätte nicht gedacht, dass du heute schlecht gelaunt bist, Dee. Nach einer Runde mit Vida sind eigentlich immer sämtliche Verspannungen verschwunden ... Du solltest dich wunderbar fühlen, ich tue es jedenfalls.»

Delia blickte ihn ratlos an. Dann erinnerte sie sich an das sanfte Lächeln ihrer schlafenden Schwester ... und daran, welchen Ruf Vida Mistry genoss. O Gott, was war geschehen?

«Alles in Ordnung», sagte sie mit unverbindlicher Miene. «Mir geht's prima, wirklich. Nur bei der Arbeit läuft es nicht ganz rund, aber es ist nichts Schlimmes.»

«Ein Wort von dir genügt, und die Sache wird erledigt», erwiderte Jake knapp und erinnerte Delia mehr denn je daran, dass sie gerade ihren eigenen Boss mit irgendwelchen Geschichten von der Arbeit abspeiste.

«Danke, Jake, aber ich komme selbst zurecht. Das ist mein Job», erwiderte sie kühl und trat von einem Fuß auf den anderen, unfähig, den Blick von der Gestalt im Wasser abzuwenden.

«Natürlich», erwiderte er, und seine Stimme klang mit einem Mal heiser und lockend. «Und jetzt steig gefälligst aus deinen Klamotten, Weib, und komm ins Wasser!»

Ihr Widerstand schmolz dahin. Der Whirlpool wirkte ebenso verlockend wie Jake selbst. Mit einer Unbefangenheit, die ihr vor einer Woche noch völlig unbekannt gewesen war, begann sie sich langsam auszuziehen und mit steigender Erregung jedes einzelne Kleidungsstück abzustreifen.

Es überraschte sie keineswegs, dass Jake sie dabei beobachtete, aber sie zuckte doch zusammen, als er plötzlich aus dem Wasser geschossen kam und sie packte, während sie noch Büstenhalter und Slip trug. Delia blieb wie angewurzelt stehen, als er seine Hand auf ihr Hinterteil legte und sein nasses Gesicht an ihren Bauch drückte. Seine langen Finger hielten ihren baumwollbedeckten Po fest umschlossen.

Eine ganze Weile lang küsste und leckte er sie, während seine Finger ihr Fleisch kneteten. Seine Berührungen wirkten auf eine gewisse Art prüfend, als wollte er sich vergewissern, ob sich etwas verändert hatte. Fast behandelte er sie wie ein Stück Vieh, das er zu erwerben gedachte. Er war unglaublich grob und erniedrigend, aber zu ihrem Schreck stellte sie fest, dass er sie erregte.

Mit einem leisen Aufschrei schob sie ihm die Hüften entgegen und griff haltsuchend nach seinen Schultern.

«Ja!»

Jake klang triumphierend und verstärkte seinen Griff. Ohne großes Getue holte er sie zu sich ins Wasser und drückte sie auf die Sitzbank neben ihm, wobei er ihre Proteste wegen der durchweichten Unterwäsche und ihrer Frisur ignorierte. Nachdem er sie so platziert hatte, wie es ihm gefiel, senkte er seinen Mund auf ihre Lippen und verlangte, dass sie seiner steifen, spitzen Zunge Einlass gewährte. Sein Kuss war wild und zeigte, was gleich folgen würde. Er zwang sie, den Mund weit zu öffnen, während seine Hände flink über ihren Hinterkopf strichen und ihre Haarnadeln entfernten, bis ihr das lange Haar über die Schultern floss.

«Schon besser», murmelte er an ihren Lippen, entwirrte ihre durchnässten Strähnen und strich sie mit den Fingern glatt. Anschließend ließ er die Hände wieder ins Wasser sinken, drehte Delia an der Hüfte zu sich und begann, ihren Körper durch ihre Unterwäsche hindurch grob zu befummeln.

Er benahm sich beinahe wie ein Teenager, quetschte ihre Brüste, als wären sie ein Paar Pflaumen, und kniff sie, bis sie protestierend aufschrie. Als sie Abstand zwischen sie beide bringen und ausholen wollte, ließ er seine Hände wieder über ihren Po gleiten und umschloss ihn fest.

«Tut das etwa weh?», zischte er und verstärkte den Druck seiner Finger auf ihrem Hinterteil.

«Ja», erwiderte sie aufrichtig und fragte sich, warum er um alles in der Welt so grob mit ihr umging. Aber noch mehr fragte sie sich, warum ihr das plötzlich gefiel.

«Wie sehr?», wollte er wissen und drückte so fest zu, dass ihr Slip in die Furche zwischen ihre Pobacken geriet.

Wenige Sekunden später war er schon dabei, sie an ihrer intimen Stelle zu reiben, während die andere Hand mit ausgestreckten Fingern noch immer abwägend auf ihrem Po lag. Er spielte mit ihrem Geschlecht durch den dünnen Baumwollstoff ihres Höschens wie auf einem Instrument. Mittlerweile war er dazu übergegangen, seine Finger in beide Öffnungen zu stoßen, drückte gegen ihre geschwollenen Schamlippen und schnipste gegen ihre empfindliche Klitoris. Er tat dies so flüchtig und war dabei gleichzeitig so vulgär, dass es sich einfach köstlich anfühlte. Delias Vulva zog sich zusammen und begann zu pulsieren.

«Oh ... oh, bitte», stammelte sie. Er fasste sie nicht gerade mit Samthandschuhen an und fuhrwerkte an den intimsten Stellen ihres Körpers herum, und doch stand sie kurz vor einem Orgasmus.

«Willst du kommen?» Aus seiner Stimme troff die Bosheit wie das Wasser, das in Strömen aus seinem Haar rann. Mit einem Mal zog er die Hände weg, sodass ihr Po wieder auf der Bank des Whirlpools landete. Er lachte auf, als sie aufseufzte, überrascht von dem Verlust seiner Berührung.

Delia bewegte sich durch das schäumende Wasser auf ihn zu, auf der Suche nach dem, was sie sich am meisten ersehnte. Er zog sich weiter zurück, immer noch lachend, und in diesem Augenblick wurde ihr klar, dass dies ebenso gut der Anfang vom Ende sein könnte. Zeit für Vergeltung. Das Spiel war aus.

Während sie sich geküsst und berührt hatten und ihre Körper einander nah gewesen waren, hatte sie vergessen, was sie und Deana ihm vorgeschwindelt hatten. Doch nun kam alles wieder mit Macht zurück, klar und angeheizt durch das Adrenalin, das durch ihre Adern strömte. Tapfer hob sie die Augen, um seinem Zorn zu begegnen, und stellte fest, dass *sein* Blick gar nicht zu deuten war. Seine Augen waren unergründliche, blaue Seen ... die ihr lediglich seine Lust auf Sex verrieten.

Unvorhersehbarer, köstlicher, aufregender Sex.

Die Essenz der körperlichen Liebe – das war Jake de Guile. Das war auch seine Art, sich auszudrücken, ob man Feind oder Freund, Angestellte oder Geliebte war. Sie hatte den starken Verdacht, dass sogar sein gesamtes Vermögen von mehreren Millionen darauf beruhte. Sie wollte sich lieber keine Details ausmalen, aber ihr Bauchgefühl und ihre weiblichen Instinkte waren sich völlig sicher.

Und doch bot diese Erkenntnis keine Lösung ihrer Not, und ihr Körper kribbelte und prickelte in dem wogenden Wasser.

«Wenn du kommen willst, dann besorg es dir einfach selbst», schlug Jake vor, der wieder einmal ihre Gedanken erraten hatte, und ließ sich bis zum Kinn ins Wasser sinken.

«Ich bin mir nicht sicher, ob ich das kann», erwiderte sie mit leiser Stimme und hoffte, dass er sie durch das Rauschen des Wassers vielleicht nicht verstehen würde. O Gott, wenn ich bloß wüsste, was Deana letzte Nacht getan hat! Vielleicht sogar das, was Jake gerade vorgeschlagen hatte.

Delia war es gewohnt zu masturbieren, und sie wusste es zu genießen. Insgeheim war sie sogar stolz darauf, sich so gut zum Orgasmus bringen zu können, aber was dabei geschah, ging nur sie und ihre Finger etwas an. Es gab niemanden, der zusah. Und ganz bestimmt keinen Jackson de Guile, der personifizierte Scharfblick, der mittlerweile sicherlich hinter das Spiel der Zwillingsschwestern gekommen war ...

«Sei keine Spielverderberin, süße Dee», tadelte er sie, und seine Augen funkelten schelmisch. «Es geht ganz leicht, soll ich es dir zeigen?» Er sah in das leicht getönte Wasser, und als Delia seinem Blick folgte, erkannte sie den schlanken Umriss seiner Hand, die sich an der vom Wasserstrudel getrübten Stelle zwischen seinen Beinen zu schaffen machte. «Sind unsere Körper auch unterschiedlich, so dürfte die Technik doch mehr oder weniger die gleiche sein.»

Wie aufregend es doch war, dass sie von ihrem Liebhaber – oder besser gesagt von *einem* ihrer Liebhaber – gezeigt bekam, wie man sich selbst Lust bereitete. Nicht, dass sie in diesen Dingen Nachhilfe nötig gehabt hätte, und auch was Jake sich gerade gönnte, war kein neuer Anblick für sie ... aber es war trotzdem wunderbar und erregend, und nur eine Närrin oder eine Zimperliese würde ihn nicht ein zweites Mal genießen wollen.

«Ich ... vielleicht sollte ich doch», murmelte sie und starrte auf das Wasser, wo sein erigierter Penis einen langen dunklen Schatten in den Wellen warf. Ihre eigenen Genitalien waren noch immer unter dem dünnen Stoff ihrer Unterhose verborgen. Sie war gerade im Begriff, nach unten zu fassen, als er rief: «Nein! Lass es! Ich habe meine Meinung geändert.»

Sie warf ihm einen scharfen Blick zu. Was trieb er jetzt wieder für ein Spiel mit ihr? Und wenn er ihr Spiel durchschaut hatte, warum sagte er es dann nicht offen, statt sie weiter herauszufordern? Außerdem, vielleicht hatte er seine Meinung geändert, ihr Körper hatte es jedenfalls gewiss nicht getan. Mit einem Mal spürte sie, wie ihr der Schweiß ausbrach, ihre Nippel hart wie Kieselsteine wurden und ihre Spalte so feucht und glitschig wurde wie das Nass, in dem sie sich befand. Ihre Pussy wollte berührt werden – ob von ihr selbst oder von ihm –, jetzt aufzuhören, bevor sie überhaupt begonnen hatte, würde eine grausame, nagende Enttäuschung bedeuten. Vielleicht beabsichtigte er jedoch genau das?

Am anderen Ende des Pools befanden sich ein paar niedrige Stufen, auf die Jake bereits zusteuerte. «Lass uns etwas anderes ausprobieren», schlug er ihr im Plauderton vor. Als er aus den Schaumwirbeln trat, rann das Wasser in einem groben Schwall von seinem halbsteifen Schwanz herab. Unbekümmert und mit sich völlig im Reinen, nahm er sich ein flauschiges, weißes Handtuch von einem Stapel von ungefähr zwanzig Stück und rubbelte sich kräftig Hüften, Bauch und seinen dunkelroten, prallen Schwanz ab.

Seine Haut war noch feucht und glänzte, als er sich das Handtuch lässig über die Schulter warf und zu ihrer Seite des Pools herüberkam.

«Komm schon, Dee», forderte er sie auf. «Raus mit dir!»

Noch bevor Delia protestieren oder seine Worte anzweifeln konnte, hatte er ihr seine kräftigen Hände bereits unter die Achselhöhlen geschoben und sie mit wenig Kraftaufwand aus dem Wasser herausgehoben. Überrascht stellte sie fest, dass sie tropfnass neben dem Whirlpool stand, ohne zu wissen, wie sie dahin gekommen war. Offensichtlich war er viel kräftiger, als sie auf den ersten Blick vermutet hatte.

Innerhalb von Sekunden wurde auch sie mit einem wunderbar weichen Handtuch abgerubbelt, dann stand sie wie ein schüchternes Kind da, während er ihr ruhig und distanziert BH und Unterhose abstreifte. Ohne auf ihren noch feuchten Körper zu achten, entwirrte und glättete er ihre nassen Haarsträhnen, nahm ein Wattepad, gab ein wenig Kräuterlotion darauf und tupfte ihr die verschmierten Reste ihres Make-ups ab.

«So ist es besser», sagte er zufrieden. Jake sprach und handelte mit so viel Gelassenheit, dass es schien, als sei er mit einem Mal völlig immun gegen ihren nackten Körper geworden ... doch weiter unten sagte sein Penis etwas völlig anderes.

Er war mittlerweile zu seiner vollen Länge angeschwollen, der kräftige, rötliche Schaft stand steil von seinem Körper ab, die Spitze dick geschwollen und feucht. Er war so erregt, wie ein Mann nur sein konnte, und doch war seine Miene so friedfertig wie die eines Gurus.

«Komm mit, süße Dee», sagte er, warf das Handtuch beiseite und griff nach ihrer Hand. «Wir sollten uns einen Drink gönnen, ich denke, es ist nicht zu früh dafür.»

Fast hätte sie erwartet, dass sie sich erst mal einen Morgenmantel oder Kimono überwerfen würden, aber kurz darauf gingen sie bereits nackt einen Flur entlang. Delias Blick hing wie gebannt an seinem großen, wippenden Geschlecht. Ihr Körper war so nackt wie seiner ... und auch so erregt.

Am meisten überraschte sie, dass sie sogar nackt die Treppe hinabgingen und in einen großen, eleganten Salon schlenderten, dessen Terrassentüren weit offen standen und den Blick auf einen gepflegten Garten freigaben. Delia konnte sogar Fargo erkennen, der eine Sonnenbrille und Jeansshorts statt des üblichen schwarzen Anzugs trug und neben einem Beet kniete, wo er Unkraut jätete.

«Lass uns im Augenblick lieber drinnen bleiben», meinte Jake, führte sie zu einem dick gepolsterten Brokatsessel und schob sie fast hinein. «Die Sonne steht recht hoch, und ich möchte nicht, dass du dir deine entzückende Haut verbrennst.» Seine Finger fuhren träge über ihre straffe Brust, und sie zitterte bei der Berührung seiner kühlen, geschmeidigen Hände. Als er sich umdrehte und zu einem Sessel ging, bewunderte sie seinen kleinen, perfekt geformten Po.

Delia hatte Jake weder einen Knopf drücken noch eine Klingel betätigen sehen, aber schon nach kurzer Zeit erschien Elf mit einem schweren Silbertablett, das sie mühelos auf ihren kleinen Händen balancierte. Sie lächelte Delia zu, als sei es für sie das Normalste der Welt, nackte Frauen mit ausgestreckten Gliedern in sündhaft teuren, antiken Sesseln sitzen zu sehen. Vielleicht geschah so etwas häufiger!

«Gin Tonic?», fragte sie Delia und hob eine schwere Karaffe aus Kristallglas auf ein Sideboard, bevor sie das Tablett ebenfalls dort abstellte.

«Oh, gern!»

Der Gedanke an das erfrischende Aroma des Getränks und den belebenden Effekt des Gins war sehr verführerisch. Und als sie ihr Glas schließlich in der Hand hielt, war die Mischung genau richtig und so stark, wie Deana sie ihnen beiden selbst vielleicht nach einem besonders harten Tag gemixt hätte.

Delia nahm einen tiefen Schluck und leerte das Glas zu einem Drittel, irritiert von Jake, der sie eindringlich anstarrte.

«Du siehst aus, als hättest du das dringend gebraucht», bemerkte er, und sein bescheidener erster Schluck wirkte auf eine gewisse Weise anklagend und erhöhte den Druck auf Delia, ihm alles zu gestehen und es endlich hinter sich zu bringen. «Gibt es etwas, das du mir sagen möchtest?», fragte er sanft, stellte sein Glas ab und erhob sich wieder. Von irgendwoher hatte Elf einen Morgenmantel für ihn geholt. Dabei handelte es sich nicht um den hauchdünnen Seidenkimono, den er vor ein paar Nächten getragen hatte, sondern um einen schlichten, anthrazitfarbenen Baumwollmantel, der auf eine spezielle Art sehr verführerisch wirkte. Jake streckte die Arme aus und erlaubte Elf, ihm das Kleidungsstück überzustreifen, ohne dass er sich die Mühe gemacht hätte, den Gürtel zu schließen. Delia glaubte, dass man ihr ebenfalls etwas zum Überziehen anbieten würde, aber nichts dergleichen geschah. Elf goss sich ein Glas Gin Tonic ein und zog sich in eine Ecke des Raums zurück, wo sie mit ausdruckslosem Gesicht auf einem Stuhl mit gerader, sprossengeschmückter Lehne Platz nahm.

Jetzt war der Moment gekommen, Jake die Wahrheit zu gestehen, dass sie eine Zwillingsschwester hatte und sie beide ihn angelogen hatten. Doch bevor Delia etwas sagen konnte, wurde Jake mit einem Mal durch etwas abgelenkt. Er kam durch den Raum auf sie zu, den Blick starr auf einen Beistelltisch gerichtet.

Delia war dieser Tisch noch nicht aufgefallen, und so hatte sie nicht gesehen, was sich darauf befand. Doch als sie jetzt Jakes Blick folgte ... spürte sie, wie sich die feinen Härchen auf ihrer nackten Haut aufstellten.

Was auf dem Tisch lag, war eigentlich alltäglich und ihr vertraut: ein dicker Block Zeichenpapier und einige Bleistifte. Letztere hatten weiche Minen, mit denen sich Konturen gut verwischen ließen. Delia sah sie jeden Tag bei sich zu Hause – auf Arbeitsflächen liegend, als Lesezeichen benutzt oder zwischen Armlehne und Sitzpolster des Sessels gerutscht. Sie hatte sogar eine gewisse Person schon einmal dabei erwischt, wie sie mit einem dieser Stifte ihren Kaffee umrührte.

«Mir ist eingefallen, dass du Künstlerin bist, Dee», schnurrte Jake, «und deshalb habe ich beschlossen, mich von dir zeichnen zu lassen ... und zwar jetzt.» Er nahm eine schauspielerische Pose ein, dann ging er zu einem Sofa hinüber, das üppig mit Kissen dekoriert war. Er ließ sich mit gespreizten Beinen darauf fallen, und sein Ständer ragte stolz geschwollen und noch härter, sofern dies noch möglich war, empor.

«Okay ... ich wäre dann so weit», verkündete er lächelnd. Fast wirkte es, als lachte er sie aus.

O Gott, verdammt! Jetzt gab es keinen Ausweg mehr ...

Delia hatte stets geglaubt, dass sich am Tag ihrer Geburt eine Supernova im Sternzeichen Zwilling ereignet haben musste, und zwar in den fünfzehn Minuten, die zwischen ihr und Deana lagen. Anders ließen sich ihre unterschiedlichen Begabungen nicht erklären. Gab man Deana Papier und Stift, erhielt man fünf Minuten später eine witzige Karikatur, einen sinnlichen, männlichen Akt oder sogar eine perfekte Zeichnung von Tom und Jerry zurück.

Aber Delia konnte nichts mit dem Zeichenwerkzeug anfangen. Sogar ihre Strichmännchen waren kaum als solche erkennbar. Stattdessen war sie gut darin, präzise Berichte zu schreiben. Außerdem wusste sie, wie man ein perfektes Käsesoufflé zubereitete, und noch besser waren die Drinks, mit denen man es hinunterspülen konnte. Sie brauchte weniger als zwei Minuten, um einen Stecker zu reparieren, und ihre Stimme war durchaus annehmbar, sodass sie einmal ernsthaft darüber nachgedacht hatte, eine Karriere als Sängerin anzustreben ... doch sie konnte nicht zeichnen, und wie sollte sie nun ihren Kopf aus der Schlinge ziehen?

Mochte ihr Leben vielleicht nicht davon abhängen, so zitterten ihre Hände doch, als sie nach einem Stift griff ...

Es war gemein von ihm, sie derart zu quälen. Er war sich dessen wohl bewusst, aber es gefiel ihm so gut und war so unterhaltsam, dass er einfach nicht anders konnte.

«Also, Dee ... wie wär's?» Jake umschloss seinen Ständer und begann, ihn mit langsamen Bewegungen zu massieren, um das «Objekt» für sie zu vergrößern. «Ich würde es gern hier aufhängen.» Mit einer weit ausholenden Geste zeigte er auf den Raum. «Oder vielleicht in meinem Haus in Genf. Ich bin sicher, dass es das Juwel meiner Sammlung wird, wie auch immer du es machst.»

Er bat um ein Kunstwerk, doch schon ihr bildhübsches, aber angstverzerrtes Gesicht war ein Bild für sich. Und ihr Körper. Beide zusammen sprachen sprichwörtlich Bände.

Delias Miene war eine faszinierende Mischung aus Angst, Trotz und Lust, und auch ihr Körper zeigte seine sexuelle Erregung unmissverständlich – ihre gerötete Haut, die extrem harten Nippel ... Jake konnte kaum verbergen, was er empfand, als er einen Blick auf ihre Spalte warf und sein Penis prompt zu pulsieren begann. Er wäre am liebsten sofort gekommen, allein bei dem Gedanken an die *andere* Frau – die ebenso anziehend war –, die in diesem Augenblick zu ihm gebracht wurde.

Die Ferraro-Zwillinge. Beide waren wunderschön, intelligent und heißblütig. Beide glichen einander wie ein Ei dem anderen – sogar was ihre seltsam hitzige Körperwärme anging – und waren doch wiederum auf betörende Art und Weise unterschiedlich. Er wollte beide lieben und von beiden geliebt werden. Ihre schlanken, heißen Körper eng mit seinem vereinen. Doch sein erotischer Instinkt sagte ihm, dass sie derartige «Zwillingsszenen» abschreckend finden würden, was ihn betrübte. Sie hatten ihr Sexspielchen nacheinander mit ihm gespielt, hatten sich abgewechselt ... aber ihn in Gegenwart der Schwester zu küssen, zu saugen und zu streicheln? Nein.

Das, so begriff er mit großem Bedauern, würde niemals passieren. Und deshalb war es von vornherein sinnlos, das Thema anzuschneiden.

Doch warum sollte er nicht trotzdem seinen Spaß mit den beiden heißblütigen Schwestern haben? Zu seinem und zu ihrem Vergnügen? Als er Delia schamrot vor sich sitzen sah, während sie nervös mit dem Stift herumspielte, dachte er an ihre Schwester und fragte sich, ob mit ihr nicht ein wenig mehr möglich wäre. Etwas, das tiefer ging ... und beständiger wäre.

«Es geht nicht, ich kann es nicht», rief Delia aus und warf den Stift beiseite.

«Aber Dee, in der Galerie hast du mir doch gesagt, du seiest Künstlerin», betonte Jake, und ein dämonisches Lächeln umspielte seine Mundwinkel. «Ich sehe doch hoffentlich nicht so abstoßend aus, dass du nicht mehr zeichnen kannst?» Während er sprach, ließ er seine Muskeln spielen und gab in dieser Pose ein noch anzüglicheres Bild ab. Während dessen glitten seine Fingerspitzen unablässig über seine pralle Rute und sorgten dafür, dass seine Härte Bestand hatte.

Er ist wirklich wunderbar, dachte Delia und wünschte, die ganze Sache wäre nicht so kompliziert und sie könnte einfach zu ihm gehen, ihre Spalte mit den Fingern für ihn öffnen und ihn in sich aufnehmen. Und sie wünschte *wirklich*, etwas von Deanas Zeichentalent zu besitzen. Ihn so auf Papier zu bannen wäre eine einzigartige Gelegenheit ...

«Ich bin nie gut im Zeichnen gewesen», sagte sie mit leiser, atemloser Stimme und hoffte, dass er sie vielleicht nicht hörte.

«Wie bitte?» Das teuflische Grinsen wurde breiter, und aus dem Augenwinkel sah Delia, dass sich Elf ein wenig vorzulehnen schien.

«Ich kann nicht zeichnen! Ich habe es nie gekonnt, und *ich* war es auch nicht, die so etwas behauptet hat!»

Er blieb stumm. Als Antwort zog er lediglich seine perfekt geschwungene Augenbraue hoch.

«Die Frau in der Galerie war meine Schwester, Deana Ferraro. Es gibt zwei von unserer Sorte, denn wir sind eineiige Zwillinge. Deana und Delia ... bist du jetzt zufrieden?»

«Nicht ganz», murmelte er, während seine Hand noch immer seinen fast schon violetten Schwanz bearbeitete und die ersten Tropfen seines Liebessafts aus der winzigen Öffnung hervortraten. Nein, er war nicht zufrieden, aber das würde sich bald ändern ...

«Willst du dazu nichts sagen? Mich etwas fragen?» Seine erotische Gelassenheit war nervtötend, seine langsamen Handbewegungen hypnotisierend.

«Nein. Das überlasse ich dir.» Er veränderte seine Lage auf dem Sofa ein wenig, fasste nach unten und umfing seine Hoden. «Weiter, Delia, erzähl mir alles.» Nun hielt er seine Genitalien fest. Er ließ den Kopf mit geschlossenen Augen zurück in die Kissen sinken, und um seine Lippen spielte noch immer ein Lächeln, während seine Kehle langgestreckt und entblößt dalag.

Es war nicht gerade einfach, vor einem nackten Mann zu reden, der sich gerade selbst befriedigte, und so gab sie ein ziemliches Gestammel von sich. Sie war zwar überrascht von ihrer sexuellen Aufrichtigkeit, kam aber dennoch nicht aus dem Stottern heraus – und fragte sich, was aus der Frau geworden war, die ein Ass darin war, vor versammelter Belegschaft überzeugende Präsentationen zu halten.

Und sobald Jake stöhnte, seufzte oder sich aufbäumte, verstummte sie vollends. Er schien sich sehr gut darauf zu verstehen, sich bis an den Rand der Erlösung zu bringen, und mehr als einmal glaubte Delia, ihn in der nächsten Minute kommen und lustvoll aufschreien zu sehen. Doch jedes Mal, wenn sie sich unterbrach und ihn ehrfürchtig mit offenem Mund anstarrte, hielt er sich kurz vor der Ejakulation zurück, verlangsamte seine Handbewegung und atmete tief durch, um den Moment hinauszuzögern.

«Hörst du mir überhaupt zu?», fragte sie patzig, als ihn die plastische Beschreibung der Trennung von Russell nicht im Geringsten zu berühren schien.

Jake schlug die Augen auf und blickte sie eindringlich an. «Aber sicher doch», erwiderte er mit seidenweicher

Stimme und ahmte ihre wilde Trennungsszene mit detaillierten Fickbewegungen nach. Bis sich sein überdeutliches Hüftrotieren schließlich wieder verlangsamte.

«Sprich bitte weiter, meine schöne Delia», sagte er, nachdem er vorerst genug davon hatte, die peinliche Situation weiter auszukosten. «Erzähl weiter und sag mir, wie lange ihr beiden Schwestern mich noch zum Narren halten wolltet.»

«Es gibt nicht mehr viel zu erzählen», flüsterte sie. «Ich... äh... ich bin letzte Nacht mit Peter zusammen gewesen, aber es ist nicht viel passiert.» Wieder zog er seine dunklen Brauen hoch. «Und als ich heute Morgen die Wohnung verließ, hat Deana noch tief und fest geschlafen. Aber sie hat gelächelt, als ich nach ihr sah, also», sie warf ihm einen fragenden Blick zu, «hat sie vermutlich eine angenehme Nacht mit dir verbracht.»

«Ich denke, so könnte man es ausdrücken...» Er lachte leise in sich hinein, und noch bevor sie weitersprechen, reagieren oder überhaupt begreifen konnte, was geschah, pumpte er mit zwei, drei langen Bewegungen seinen Schwanz, und sein Samen spritzte in hohem Bogen hervor.

«Obwohl ich bezweifeln möchte, dass das Wort ‹angenehm› dem Erlebnis gerecht wird», sprach er unbeirrt weiter, als sein Penis nicht mehr länger zuckte und die blasse Flüssigkeit in dicken Spritzern auf seinem Bauch gelandet war. Fasziniert beobachtete Delia, wie er seinen Samen einmassierte, als handelte es sich um Körperlotion.

«Aber frag sie doch selbst, wenn du wissen willst, wie es gewesen ist.» Er hielt inne und blickte auf eine kleine Uhr, die auf dem imposanten marmornen Kaminsims stand. «Sie wird jeden Augenblick hier sein.»

Er schwang seine langen Beine vom Sofa, was seinen Penis, der noch immer feucht glänzte, in sanfte Schwingungen versetzte. «Wenn du also noch kommen willst, bevor sie eintrifft, solltest du dich ein wenig ranhalten.» Sein Lächeln war spöttisch, als er näher kam. Sein dünner Morgenmantel blähte sich zu beiden Seiten auf und verhüllte nichts. «Soll ich dir vielleicht behilflich sein?»

Er hatte recht. Nachdem sie das Geschehen der letzten Minuten verfolgt hatte, sehnte sie sich verzweifelt nach einem Orgasmus. Irgendwie ... es war ihr egal, wie es geschah, ob mit den eigenen Fingern oder mit seinen. Oder mit Hilfe der zarten Elf, die still dabei gesessen und alles mitbekommen hatte.

Während die Gedanken wild in ihrem Kopf umherrasten, begriff Delia auch den tieferen Sinn seiner Worte.

Und wieder hatte er recht mit seiner Vermutung, dass sich Delia nicht von Deana in flagranti erwischen lassen wollte.

Was ihr Sexleben anging, so hatten sie und Deana stets offen und ehrlich Freud und Leid miteinander geteilt, sie standen sich schließlich sehr nahe. Auch kam es häufig vor, dass eine von ihnen halb oder ganz nackt in der Wohnung herumlief.

Doch hatten sie immer – unausgesprochen – alles abgelehnt, was in Richtung einer *ménage à trois* ging. In ihrer Jugend und auch während der letzten Tage hatten sie ihr Zwillingsspiel mit Leidenschaft und all seinen erotischen Facetten gespielt, doch dabei wäre es ihnen nie in den Sinn gekommen, gemeinsam mit einem Mann Sex zu haben.

Natürlich hatten sie dieses Verlangen oft genug in den Augen der Männer bemerkt – und nun glomm es in Jakes Augen. Aber der Unterschied zwischen Jake und den anderen lag darin, dass er ihre Gefühle zu kennen schien. Und er schien zu begreifen, dass die *ménage à trois*, die er ersehnte, nicht möglich war ... niemals eintreten würde. Und *dafür* lag sie ihm fast zu Füßen.

«Delia?», flüsterte er und ging mit einer eleganten Bewegung vor ihr auf die Knie. «Willst du, dass ich dich zum

Höhepunkt bringe, oder legst du selbst Hand an? Ich denke, du schuldest mir eine kleine Vorführung … nachdem du mich so schmählich hintergangen hast.»

Sie nickte und begriff, dass er einen erotischen Ausgleich für die Ungerechtigkeit von ihr verlangen durfte. Im Whirlpool war sie ohnehin schon kurz davor gewesen, sich vor seinen Augen zu befriedigen, warum also nicht jetzt? Sie und Deana hatten tatsächlich versucht, ihn zu täuschen, also stand sie in seiner Schuld.

Mit aller Grazie, zu der sie fähig war, spreizte Delia die Schenkel, fuhr durch ihr weichgelocktes Vlies und entblößte ihre weiche, rosafarbene Spalte. Sie berührte sie und öffnete die Schamlippen, damit er sie eingehend betrachten konnte.

Ihre Spalte war heiß, so heiß wie nie zuvor, und die für sie so typische Körperwärme wurde von Jakes saphirblauem Blick zusätzlich angeheizt. Er murmelte ihr etwas Aufmunterndes zu, als sie ihre geschwollenen, feuchten Fältchen für ihn aufblätterte und ihre Klitoris und die kleine Öffnung darunter entblößte. Sie war hin und her gerissen zwischen ihrem Bedürfnis nach einem schnellen, harten Orgasmus und dem Wunsch, ihre Schuld bei Jake wiedergutzumachen. Perfektionistisch, wie sie war, wollte sie gleich beides auf einmal erreichen. Sie ließ einen Finger ihrer linken Hand in ihre Vagina gleiten, während sie mit der anderen ihren Kitzler zu stimulieren begann.

Schon bei der ersten Berührung wuchs ihre Erregung und damit die Herausforderung, denn sie war bereits halb verrückt vor Gier nach einem Orgasmus, wollte ihn aber hinauszögern – für Jake. Sie versuchte, die Muskeln ihrer Vulva zu kontrollieren, die bereits gefährlich zu zucken begonnen hatten, als sich tief in ihrem Inneren die Erlösung aufzubauen begann und nach ihrem Finger griff, der tief in ihr steckte. Gestützt von den angespannten Muskeln ihrer langen Oberschenkel, hob sie die Hüfte an und stemmte die Fersen in den Teppich. Ein langer Lustschrei entrang sich ihrer Kehle, als ein weiteres Paar Hände sich zu den ihren in ihrem Schoß gesellte.

Eine Hand umfasste ihr Hinterteil, während ein Finger der anderen Hand ihre Bewegungen unterstützte und fest gegen ihren Anus presste, als wollte er hineinschlüpfen.

«Argh, nein!», rief sie heiser aus, als sie spürte, dass sie kurz davor war, zu kommen. Ihre Säfte strömten nur so aus ihr heraus, flossen aus ihrer Vulva und dienten Jake, dessen Berührungen zärtlich, aber unablässig waren, als Gleitmittel. Mit einem Dreh seines Handgelenks führte er seinen Finger tief in sie hinein.

Das Gefühl, ganz ausgefüllt zu sein, war zugleich schön und schrecklich. Delia wand sich, trat um sich und rieb sich wie besessen. Ihr geschwollener Kitzler fühlte sich riesig an, durch die Heftigkeit ihrer Lust stand er steil zwischen ihren schlüpfrigen Schamlippen hervor. Delia ließ ihre Fingerspitze dagegenschnalzen und schrie auf, als riesige Lustwellen über ihr zusammenschlugen und sich Muskeln, von deren Existenz sie bislang nichts gewusst hatte, in ihrem Inneren um ihren Finger zusammenzogen. Noch während sie sich lustvoll wand und stöhnte, spürte sie, wie Jake sich über sie beugte und seine Zunge in ihren Nabel drückte, um ihren Höhepunkt vollkommen zu machen.

Und da, mitten in diesem Meer aus Glückseligkeit, gab ihr ein pikantes, köstliches Gefühl einen zusätzlichen Kick, als sein glattes, kühl-seidiges Haar über ihren heißen Bauch strich …

# 12 VORSCHLÄGE

*Sie wird davon keinen einzigen blauen Fleck bekommen ...*

O doch, dachte Deana und bewegte sich vorsichtig. Aber warum, zur Hölle, hatte Vida ihr nicht gesagt, dass es am nächsten Tag auch noch wehtun würde? Diese Schlampe!

Deana trug meistens Jeans, wenn sie zur Arbeit ging, und fuhr auch gern mit dem Rad dorthin. Heute war weder das eine noch das andere möglich. Sie hatte es schnell aufgegeben, ihre Levi's anziehen zu wollen, und geflucht, als das raue Material über ihr Gesäß scheuerte. Es überraschte sie, dass das sanfte Nachglühen sie so erregte. Sie trank ihren Kaffee sicherheitshalber im Stehen. Das morgendliche Duschen hatte ziemlich lange gedauert, vor allem weil sie das Waschen immer wieder unterbrechen musste, um Hand an sich zu legen. Während ihr das Wasser über den Körper lief, bestürmten sie die Erinnerungen an Vida und Jake. An die Strafbank, das Korsett und das Paddle. Und an ihre unglaublichen Empfindungen während der Bestrafung ...

Das einzige Kleidungsstück, das sie ertragen konnte, war ein federleichter Chiffonrock, und sogar dieser verschaffte ihr einen exquisiten Kitzel, da sie ihn ohne etwas darunter trug. Obwohl der Rock aus vier Lagen bestand, glaubte sie, dass er im Sonnenlicht durchsichtig war und man leicht durch den mauvefarbenen Stoff blicken, wenn nicht sogar den Schatten ihres Schamhaars entdecken konnte. Sofern man ihr nicht sowieso zuerst auf die Brustwarzen starren würde, die sich durch ihr dünnes T-Shirt abzeichneten. Deana stellte ihren Kaffeebecher beiseite und beschloss zum hundertsten Mal seit dem Aufwachen, ihr Schicksal herauszufordern. Sie umschloss ihre Pobacken mit beiden Händen und stöhnte auf.

Autsch! O Gott! Wie konnte sich etwas so Verdorbenes bloß so herrlich anfühlen? Wie konnte es sein, dass so viel mehr als nur der Schmerz in ihr brannte? Sie war gedemütigt und geschlagen worden. Man hatte ihren Körper entblößt und sie den Blicken anderer ausgesetzt. Es war so unvorstellbar, sich so zu fühlen und sich nach Bestrafung zu sehnen. Und doch – wenn Jake in diesem Augenblick hereinkäme, wäre sie feucht und bereit für ihn, seinen Penis oder auch das Paddle.

Du steckst ganz schön in Schwierigkeiten, meine Liebe, sagte sie sich. Nicht nur, dass ihr Zwillingsspiel kein Spiel mehr war, es hatte sie auch in sexueller Hinsicht für die Zukunft verdorben, andere Männer hatten keine Chance mehr.

Als junge Frau hatte sich Deana als experimentierfreudig eingeschätzt, aber nun wusste sie, dass sie noch eine Anfängerin war. Jede Minute, in der sie von Jake manipuliert, verletzt und gedemütigt wurde und er sein Spiel mit ihr trieb, war der aufregendste Augenblick ihres Lebens gewesen. Als habe sie eine neue Dimension erreicht, in der das Leben größer und bunter war, als sie es je für möglich gehalten hätte.

Und das Problem war, dass sie jetzt, wo sie den neuen Weg beschritten hatte, nicht mehr umkehren wollte.

Die Versuchung, sich dem Ganzen hinzugeben, war so stark, dass sie sie auf der Zunge schmecken konnte. Unter normalen Umständen hätte sie auch nicht lange gezögert, aber sie musste an Delia denken. Delia, die vielleicht denselben Weg beschreiten wollte und die ihre Zwillingsschwester und damit viel mehr als eine ganz normale Schwester war.

Du willst ihn ganz für dich allein, nicht wahr, Deana?, fragte sie sich. Es ist okay, ihn mit Vida zu teilen, weil sie ihm so ähnlich ist, als wäre sie ein Teil von ihm.

Aber mit Delia lagen die Dinge nicht so einfach ... sie hat mein Gesicht und mein Herz, und sie ist meine größte Rivalin, sosehr ich sie auch liebe!

Jetzt konnte ihr nur noch der Gedanke an Sex Ablenkung verschaffen. Deana war die optimistischere der Ferraro-Schwestern, und trotz ihres schmerzenden Hinterteils und ihrer wirren Gedanken konnte sie an nichts anderes als an die Lust der vergangenen Nacht denken.

Die Stunden in Vidas Apartment und davor der Strip in der Limousine waren die seltsamsten erotischen Ereignisse ihres bisherigen Lebens, ein Höhepunkt von vielen Merkwürdigkeiten gewesen. Deana grub ihre Finger tief in ihr malträtiertes Fleisch und stöhnte auf, als Bilder in ihrem Kopf entstanden und sich die Muskeln ihres Pos protestierend bemerkbar machten. Ihre Muschi wurde feucht und begann, sich auszudehnen. Deana strich an der Kante des Beistelltischs entlang und presste die abgerundete Ecke in ihren Schritt, wodurch sie den einen Schmerz linderte und einen anderen hervorrief.

Nun hatte sie das Gefühl, ihre Erinnerungen fühlen, sehen und hören zu können. Und prompt erschienen Jakes Lippen, die sich sanft auf ihren Mund pressten, als Vida ihr den Korken einführte. Die Eleganz und Schönheit seines nackten Körpers, als er es seiner strengen, exotischen Gespielin besorgte. Und sein leises Stöhnen, als er Deana gestattete, ihn zu saugen. Deana erinnerte sich genau, wie es gewesen war, gefickt, erniedrigt und geschlagen zu werden und jede Sekunde davon genossen zu haben. Insbesondere die berauschende Gewissheit, die sie während der Tortur erlangt hatte, nämlich das instinktive Erkennen eines Gleichgesinnten, die Gewissheit, dass Jake auch «einstecken» konnte, wenn sie, Deana, mit austeilen dran war. Und die Vorstellung, dass es ihr vielleicht sogar gelänge, die allmächtige Vida auszustechen, war schockierend und so verführerisch wie eine Droge, wenngleich noch tausendmal zerstörerischer.

Sie schaukelte wie besessen vor und zurück, rieb ihren Kitzler an der Tischecke und brachte ihn so stark zum Pulsieren wie ihr Gesäß. Barfuß stellte sie sich auf die Zehenspitzen, um ihre warme, intime Stelle noch kräftiger gegen die kühle, leblose Tischplatte zu drücken.

Mochte sie hier nur eine Frau sein, die es sich in ihrer Küche selbst besorgte, so war sie doch in ihrer Phantasie eine Königin, eine majestätische Göttin des Schmerzes, die ihren Geliebten den nackten Hintern versohlte und diesen vor Pein und Lust aufstöhnen ließ. Wie seltsam, das Ich ihres Traums trug dasselbe weiße Lederkorsett, doch jetzt stand es für Macht, nicht für Unterwerfung. Sie trug Stiefel dazu und lange, weiße Lederhandschuhe, ihre Scham hingegen war entblößt, um von ihm vergöttert zu werden …

Als sie ihr Folterinstrument beiseitewarf, eine dünne Lederpeitsche mit weißem Griff, wurde ihr Opfer auf mysteriöse Weise freigelassen. Seine blauen, schrägstehenden Augen blickten sie mit hündischer Ergebenheit an. Sie befahl ihm, sich so vor sie hinzuknien, dass sie selbst die Striemen auf seinem Rücken sehen konnte, und befahl ihm, sie zu lecken.

In ihrem Traum war das der schönste Cunnilingus, den sie je erlebt hatte, im echten Leben war ihr Höhepunkt berauschend. Sie bäumte sich gegen ihre improvisierte Sexhilfe, ächzte und stöhnte vor Lust, als sie ihre Pobacken zusammenquetschte. Deana war noch immer feucht und spürte die Wellen des Orgasmus, als die Realität sie abrupt zurückholte.

Jemand klingelte an der Tür und hatte wohl seinen Daumen in die Klingel verklemmt, da das Schrillen einfach nicht aufhören wollte.

«Um Himmels willen!», knurrte sie, zog den Rock nach unten und marschierte durch den Flur zur Tür. Die Schmerzen an ihrem Hinterteil hatten nicht nachgelassen.

Es war nicht die Person, auf die Deana gehofft hatte, sondern nur ihre zweitliebste Wahl ...

«Störe ich?», fragte Vida Mistry mit seidenweicher Stimme. Der rasiermesserscharfe Blick ihrer grünen Augen glitt über Deanas rosig angehauchten Teint, das gerötete Dekolleté und ihre Kehle, was ihr unmissverständlich signalisieren musste, dass ihr Gegenüber gerade einen Orgasmus gehabt hatte.

«Nein! Doch! Was, zur Hölle, willst du hier?»

«Wie charmant», gurrte Vida, glitt an Deana vorbei in die Wohnung und durch den Flur in die Küche. Deana kam fluchend hinter ihr her. Verwirrung, Lust und Zorn tobten in ihr.

«Ich dachte, wir wären Freundinnen, Dee?» Die Expertin in Sachen Unterwerfung wirkte so kühl und unerschütterlich, wie Deana nervös und aufgewühlt war.

Diesmal war Vida diejenige, die Weiß trug. Sie wirkte in ihrem Herrenanzug aus weißem Leinen, einem weißen Hut und weißen Lederschnürschuhen wie ein eiskalter Gangster. Ihr rotes Haar war zu einem Zopf zurückgekämmt, und ihre phantastischen Brüste steckten in einem roten Spitzen-BH. Eine Bluse zu diesem Outfit zu tragen hatte sie offenbar nicht für nötig befunden ...

«Auf gewisse Weise schon», räumte Deana ein und dachte an die lustvollen Augenblicke, die diese Frau ihr beschert hatte. «Aber ich wüsste doch gern, was dich hierherführt.»

«Ich komme mit einem Vorschlag und einem Auftrag. Jake hat mir deine Adresse gegeben», entgegnete Vida. Sie sah sich in der Küche um, bis ihr Blick an der Kaffeemaschine hängen blieb. «Gestattest du?», fragte sie, bevor sie sich einen Becher vom Geschirrhaken nahm.

«Nur zu», erwiderte Deana.

Vida goss sich einen halben Becher ein und trank den Kaffee, schwarz, wie er war, in einem langen Zug aus. «Mmm ... ja! Mein erster Kaffee heute», murmelte sie mit fast sinnlicher Stimme. «Und jetzt zurück zum Geschäftlichen.» Sie ließ ihren kleinen, weißgekleideten Po auf einen Stuhl fallen. «Jake hat mir erzählt, dass du Künstlerin bist, Dee. Könntest du dir vorstellen, eine Sammlung mit meinen Geschichten zu illustrieren? Ich plane so etwas wie eine Luxusausgabe. Und für meine Texte hätte ich gern ein paar offenherzige, aber geschmackvolle Zeichnungen. Wie wär's?»

Das war eine wunderbare Gelegenheit, und einen Augenblick lang war Deana sprachlos ...

Aber dann setzte ihr kritischer Menschenverstand wieder ein, und sie erkannte, dass etwas nicht stimmte. «Aber Jake hat nie etwas von meinen Sachen gesehen. Und du auch nicht. Es könnte sein, dass dir mein Stil überhaupt nicht gefällt.»

«Da mache ich mir keine Sorgen. Jake hat den siebten Sinn für so etwas. Vermutlich weiß er intuitiv schon längst, wie du zeichnest.» Vida stellte den Becher mit einer konzentrierten, exakten Bewegung ab. «Und seit letzter Nacht, Dee, *weiß* ich genau, dass du verstehst, was ich will.»

Bevor Deana überhaupt begreifen konnte, wie ihr geschah, war Vida schon aufgestanden und hinter sie getreten. «Es handelt sich nicht gerade um romantische Märchen, meine Hübsche», flüsterte sie, während sie Deanas Rücken streichelte. «Und ich werde Jake bitten, als Modell zu posieren ...» Ihre kräftigen Finger glitten tiefer, umfassten und drückten zu. Deana stöhnte auf, als ihre Pobacken zu brennen begannen, aber ihre Lust war weitaus größer als ihr Schmerz.

Vidas Griff hatte etwas Verschwörerisches an sich und auch etwas von dem, was Deana als gleiche Gesinnung erkannt hatte. Vida Mistry hatte Deana in der Nacht zuvor bestraft, und doch hatte sie sie als ebenbürtig anerkannt. Versteckte Signale hatten ihnen zu verstehen gegeben, dass die eine die andere unterwerfen durfte.

«Was ... was ist mit deinem Auftrag?», krächzte Deana

und ließ die Frage offen, ob sie Vidas Vorschlag annehmen wollte, so, als sei ihr bereits klar, dass dieser Teil der unwichtigere von Vidas Anliegen war. Sie bewegte sich sacht und zeigte Vida, wie sehr sie die Berührung ihrer geschickten Finger genoss, während sie nicht anders konnte, als sich ihre eigene Hand zwischen die Beine zu schieben.

«Oh, das ist einfach», sagte Vida, während sie ihre Finger sanft in Deanas Furche grub. «Mein Auftrag lautet, dich zu Jake zu bringen.»

Als Umweltschützerin kannte sich Deana zwar wenig mit Autos aus, sie erkannte jedoch sofort, dass Vidas Wagen perfekt zu ihr passte. Ein italienisches Modell, spritzig, teuer und knallrot. Irgendwie passte es zu dieser dominanten Frau, ein Auto zu fahren, das ein Phallussymbol war.

Auch ihr Fahrstil war machohaft. Deana schob sich tiefer in den Schalensitz und bangte um ihr Leben, während Vida in rasantem Spurenwechsel in viel zu kleine Lücken drängte und anderen Autofahrern, ohne sich um den Lack ihres Wagens zu scheren, regelmäßig die Vorfahrt nahm.

Die Fahrt ähnelte sehr dem Mann, den sie zu besuchen gedachten: schnell, grandios und furchteinflößend. Doch erst als Deana die Stufen zu der dunkelblauen Haustür emporstieg, die sie nur aus Beschreibungen kannte, wurde ihr klar, wie groß die Gefahr war, aufzufliegen.

Dies war Jakes Zuhause, und vermutlich war er anwesend. Doch die Wahrscheinlichkeit, dass er mit seinem Geschäftsimperium in Kontakt stand, auch wenn er offiziell gerade «dienstfrei» hatte, war ebenso groß. Und damit war es gut möglich, dass er heute Morgen bereits mit einer gewissen *Delia* gesprochen hatte ... und zwar im Büro.

Doch wenn dem so war, warum hatte er dann Vida geschickt? Deanas Verwirrung wuchs, als Jakes Hausangestellte, eine wunderschöne Asiatin, sie mit einem spitzbübischen Lächeln begrüßte, das eine gewisse Vertrautheit signalisierte.

«Er ist im Salon», verkündete die Frau mit leiser Stimme. Deana vermutete, dass es sich um jene «Elf» handelte. Sie antwortete mit einem nervösen «Danke» und folgte Vidas weit ausholenden Schritten durch einen eleganten Flur. Zu jedem anderen Zeitpunkt wäre sie stehen geblieben und hätte sich den Rest von Jakes Kunstsammlung angesehen, aber in diesem Augenblick konnte sie an nichts anderes als an das Zwillingsspiel denken ... und als Vida ihr zublinzelte und den Flügel einer großen Holztür aufschob, beschlich Deana die üble Vorahnung, dass nun alles vorbei war ...

Und zehn Sekunden später hatte sie Gewissheit.

Vor ihr saßen zwei vertraute Gestalten in edlen Brokatsesseln. Eine davon war nackt, die andere bekleidet, beide nippten an etwas, das nach Gin Tonic aussah.

Jake lächelte sie in seiner nackten Pracht an, und das Glitzern in seinen blauen Augen war eine Mischung aus Triumph und Belustigung. Delia, erhitzt und zerzaust, trug einen hübschen silbergrauen Hausmantel und wirkte ebenso amüsiert.

«Hallo!», sagte sie mit einem Achselzucken, bevor sie das Glas zu einem Gruß anhob.

«O nein, verdammt!», entfuhr es Deana. Ihre schlimmsten Ängste hatten sich soeben bewahrheitet, und obwohl dies unausweichlich war, wollte sie es trotzdem nicht wahrhaben.

«Einen Drink, Deana?», fragte Vida freundlich, die Karaffe bereits in der Hand.

«Ja, gern», erwiderte Deana. Ihr Mund war mit einem Mal wie ausgetrocknet. Warum diese Begegnung also nicht mit einem Drink beginnen?

Als sie das beschlagene Glas unter den aufmerksamen Blicken ihrer Schwester und ihres splitternackten Geliebten entgegennahm, wurde ihr mit einem Mal klar, dass

Vida sie mit ihrem echten Namen angesprochen hatte. Wie lange weißt *du* denn schon Bescheid?, hätte sie am liebsten gefragt, doch in diesem Augenblick erhob sich Jake von seinem Sessel und kam auf sie zu. Dass sein harter Schwanz dabei steif nach vorn zeigte, schien ihn nicht im Geringsten zu stören.

«Willkommen in meinem Heim, Deana», sagte er, als er vor ihr stand, und seine Stimme klang herzlich, fast sanft. Er beugte sich vor und drückte ihr einen Kuss auf die Wange. Sie spürte seine heiße Erektion an ihrem Rock. «Bitte, setz dich doch ... ich denke, wir sollten miteinander reden, was meinst du?»

Kleinlaut ließ sie sich zu dem Sessel neben Delia führen. Ein wissendes Lächeln breitete sich auf seinem Gesicht aus, als sie sich mit einem kleinen Schmerzenslaut hinsetzte und einen großen Schluck aus dem Glas nahm. Deana spürte Delias neugierigen Blick auf sich ruhen, und als sie sie ansah, hob ihre Schwester fragend die Augenbrauen.

«Seit wann weißt du Bescheid?», fragte Deana ihren nackten Peiniger, um nicht in die Verlegenheit zu kommen, ihrer Schwester die Schmerzen in ihrem Gesäß erklären zu müssen.

Jakes Augen waren so unglaublich blau. Sie bohrten sich wie Laserstrahlen in ihre Seele und erstickten dort jeglichen Protest im Keim. «Ich hatte bereits einen Verdacht, als wir uns in der Galerie begegneten», begann er ohne lange Vorrede. «Du warst bezaubernd und unwiderstehlich, aber es hat nicht mit dem übereingestimmt, was in der Akte stand. Abgesehen von deinem Gesicht warst du kaum wiederzuerkennen ...»

«Was sind das für Akten?», mischte sich Delia ein. «Ich kenne meine Personalakte, und darin befindet sich nichts anderes als mein Lebenslauf. Nirgendwo ist die Rede von ... ‹persönlichen Eigenschaften›. Da steht nur drin, dass ich eine Schwester habe, aber kein Wort davon, dass wir Zwillinge sind.» Deana sah, wie sich die Augen ihrer Schwester verengten.

«Okay, ich gebe es zu», Jake lachte leise, «ich war auf der Suche nach ... ein wenig Abwechslung und hatte beschlossen, ein paar interessante Menschen einzuladen. Personalakten enthalten aber nicht die Art von Informationen, die ich brauchte, also ...», er tippte sich mit dem Finger seitlich gegen seine schmale, elegante Nase, «musste ich auf andere Quellen zurückgreifen.»

«Und was haben dir diese anderen ‹Quellen› so erzählt?», wollte Deana wissen und übernahm wieder die Gesprächsführung.

«Als ich hierher zurückkehrte, warf ich einen weiteren Blick in die Unterlagen, die ich ‹angefordert› hatte», fuhr Jake ungerührt fort. Dann ließ er sich mit einem Mal, nackt, wie er war, auf den Teppich zu ihren Füßen nieder und fuhr mit der Schilderung *seiner* Scharade fort. «Mir war sofort klar, dass ich nicht *Delia* Ferraro gevögelt hatte, sondern ihre Schwester Deana, die Künstlerin ...»

«Ich war anderweitig verabredet und wollte die Einladung nicht verfallen lassen.»

Respekt, Schwester!, dachte Deana im Stillen, beeindruckt von Delias Coolness. Überhaupt meisterte ihre Schwester die Situation mit bemerkenswerter Gelassenheit ... doch wie hätte sie wohl letzte Nacht überstanden?

«Ich hätte dasselbe getan», meinte Jake mit einem berückend-boshaften Grinsen. «Wenn ich einen Zwillingsbruder hätte ...»

«Gott bewahre», bemerkte Vida, die auf einem gegenüberstehenden Sessel Platz genommen hatte.

«Soll ich daraus schließen, dass dir ein de Guile genug ist, meine Liebe?», fragte er, ohne sich zu ihr umzuwenden.

«Mehr als genug», versicherte die Autorin mit schleppender Stimme. Sie nippte an ihrem Drink und grinste die beiden Ferraro-Schwestern verschwörerisch an. Deana merkte, wie sich auch ihre Schwester für die Frau in Weiß erwärmte.

«Sprich weiter, Kazuto», bat Vida, nahm ihren Hut ab und warf ihn quer durch den Raum auf einen Beistelltisch. «Du weißt, wie sehr ich Einzelheiten genieße.»

Und so berichtete Jake, noch immer amüsiert, dass er von Anfang an gewusst hatte, es mit Zwillingsschwestern zu tun zu haben. Mit welchem Genuss er ihre Sinnlichkeit und identische Schönheit erforscht hatte, obwohl er ein paar interessante Unterschiede hatte entdecken können.

Und diese beschrieb er ihnen mit besonderem Vergnügen. Unterschiede, von deren Existenz Deana und Delia bislang nichts geahnt hatten. Winzige Merkmale – und unterschiedliche Reaktionsweisen, die die beiden Schwestern zum Erröten brachten, als Jake sich gnadenlos in Details erging.

«Ihr beide seid ein umwerfendes Paradoxon, meine Lieben», meinte er schließlich. «So ähnlich und doch so verschieden.»

Sein Vergnügen war kaum zu übersehen. Während seiner Schilderungen hatte er unbewusst begonnen, seinen Penis zu reiben, und nun war er noch steifer geworden, und aus dem verdickten, dunkelroten Ende traten bereits klare, seidige Tropfen. Deana konnte den Blick kaum abwenden, und es bedurfte keiner Vergewisserung in Richtung ihrer Schwester, dass es *ihr* nicht anders erging ...

«So, meine verehrten Damen, kommen wir nun zu meinem Vorschlag.» Sein Tonfall war aufreizend und chauvinistisch, aber Deana hatte das untrügliche weibliche Gespür dafür, dass sein Vorschlag, wenn er ihn auch noch nicht unterbreitet hatte, so unwiderstehlich wie der ganze Mann selbst war.

Ohne ein Wort erhob sich Delia und blickte lächelnd zu Jake und Deana herab. Da war eine Kraft im Auftreten ihrer Schwester, die Deana noch nie zuvor an ihr bemerkt hatte. Delias Stimme klang ruhig, als sie zu sprechen begann.

«Diesen Teil habe ich schon gehört, bevor du herkamst, Schwesterherz, ich werde mich jetzt also anziehen, wenn niemand etwas dagegen hat.» Sie blickte Jake fragend an, der nickte – offenbar beeindruckt von ihrer Nonchalance.

«Ich komme mit dir!», rief Vida aus und sprang hastig auf. «Ich bräuchte eine kleine Erfrischung. Komm, Elf, eine Massage wäre jetzt genau das Richtige.»

Deana kam sich verloren und verlassen vor, ihr ging das alles viel zu schnell. Fast hätte sie ihr Glas fallen lassen, als sie Delia hinterherblickte.

Ihre Schwester drehte sich an der Tür noch einmal um, und als sie Deanas Blick auffing, zwinkerte sie ihr zu und formte mit den Lippen ein lautloses «Jetzt bist du dran».

Die Tür schloss sich und ließ eine völlig verblüffte Deana zurück. Was war mit der stets ernsthaften, fast grimmig dreinblickenden Delia Ferraro geschehen? Die pflichtbewusste junge Frau, die über die sexuellen Eskapaden ihrer Schwester den Kopf geschüttelt und sich mit dem langweiligen Sex eines Idioten wie Russell begnügt hatte? Jakes Einfluss auf Delia wirkte geradezu übermächtig!

Und würde sie mit der wilden Vida zurechtkommen? Eine dominante Bisexuelle ohne Moral? Die einer anderen Frau ebenso gern den Hintern versohlte, wie ihn zu küssen?

«Keine Sorge, Deana», sagte Jake, nahm ihr das Glas aus der Hand und stellte es beiseite. Seine Hand glitt langsam und geschmeidig über ihren Oberschenkel, schob ihr den Rock hoch und streichelte ihre warme Haut. «Ihr wird nichts geschehen. Vida weiß über die Unterschiede zwischen euch Bescheid und wird bestimmte Grenzen einhalten.»

Deana erkannte nach kurzer Überlegung, dass er recht hatte. Trotz Vidas Hang zur Brutalität war sie doch in ihrem Inneren eine Seele von Mensch und hatte sich gestern Nacht nach der Bestrafung ihr gegenüber sanft wie ein Engel verhalten.

Jakes Finger waren mittlerweile fast bei ihrer Scham und gingen weiter auf Entdeckungsreise.

«Wie lautet also dein Vorschlag?», fragte Deana heiser, obwohl seine Pläne sie im Moment herzlich wenig interessierten ... Sie blickte auf Jakes Beine, die er im Yogi-Sitz gekreuzt hatte, und auf seinen dicken Schwanz, der wie ein Mast von seinen schmalen, gebräunten Hüften emporragte.

«Ganz einfach ... ich möchte, dass du und Delia mit mir nach Genf kommt, um dort mit mir zu leben.»

«Wie meinst du das?»

Seine Finger schoben sich höher. «Wie ich es gerade gesagt habe. Ich möchte, dass ihr bei mir seid. In meinem Haus. Mein Leben und meine Lust mit mir teilt ...»

«Du meinst ... als deine Mätressen?»

«Wenn du es so ausdrücken willst, ja. Mir geht es darum, dass ihr bei mir seid. Verfügbar. Dass wir Sex haben können, wann immer mir danach ist.»

«*Uns beide?*»

«Ja ... aber nicht zusammen. Ich glaube nicht, dass euch das gefällt, stimmt's?» Seine Finger waren schon fast bei ihrem Schamhaar angelangt. Er streichelte sie mit federleichten Berührungen.

«Jake, das ist doch die Höhe!»

«Aber warum?», fragte er mit aller Unschuld, während er ihre Schamlippen reizte. «Es ist nichts anderes als eine Weiterführung des Spiels, das wir bereits spielen. Ich werde euch nehmen, wie ihr mich bereits gehabt habt. Nacheinander natürlich ... gefällt dir die Vorstellung nicht?»

«Aber du würdest uns aushalten. Wir wären Sexsklavinnen», murmelte sie, als eine Fingerspitze durch ihr Vlies glitt, in sie eindrang und sich auf ihren geschwollenen Kitzler legte. Nun konnte sie nicht mehr diskutieren, nur noch stöhnen. Seine Berührung war so federleicht, er bewegte sich kaum und brachte sie so an den Rand des Orgasmus, wo er sie festhielt. Deana begann, sich unruhig hin und her zu bewegen, und schrie auf, als sich ihr geschundenes Gesäß bemerkbar machte.

Roter, heißer Schmerz durchfuhr sie, der auch zartere Stellen entflammte und durch alle Fältchen und Ritzen eindrang, die bereits auf das Höchste erregt waren. Deana schrie auf, als sich ihre Spalte zusammenzog, sie konnte keinen klaren Gedanken mehr fassen. Sie presste ihren Hintern tiefer in den Brokatbezug des Sessels und spürte, wie ihr Liebessaft zu fließen begann und über die Finger strömte, die beharrlich in ihrer Grotte steckten, wie wild sie sich auch wand.

«Du bist so ein heißes Geschöpf», keuchte er und ließ seinen Finger kräftiger gegen ihren Kitzler schnalzen. «So wild, so heiß und feucht ...» Er hielt sie mit einer Hand an der Hüfte fest, damit die andere ungehindert in sie hineingleiten, sie zwicken und reiben konnte.

Deana kreischte auf, ihre Lust war auch ihr Schmerz, und beides begann wie dunkler, süßer Sirup in ihrem Inneren zu brodeln. Deana stand völlig neben sich und stammelte unzusammenhängend vor sich hin, zerrte an dem dünnen Stoff ihres Rocks und zerriss ihn schließlich in ihrem wilden Drang, ihren Po zu berühren. Sie ließ sich buchstäblich auf die eigenen Hände sinken und grub die Finger tief in ihr schmerzendes Gesäß, während sie sich den Wellen ihres Höhepunkts hingab.

Alles in ihr fühlte sich an, als wäre es in Bewegung, ihr Körper war gefangen zwischen Jakes Zeigefinger und Daumen. Er kontrollierte sie ganz und gar, zog an einer Saite, die straff zwischen ihrer Scham und ihrer Seele gespannt war ...

«Nein! Nein! Nein!», heulte sie und strampelte trotz seines festen Griffs an ihrer Hüfte wild mit den Beinen. Weit davon entfernt, sich noch aufhalten zu können, zupfte und quetschte sie ihre Pobacken und erlebte eine völlig neue Art von Höhepunkt, der sich aus dem Kern des ersten heraus entfaltete.

«Lass dich gehen, lass dich gehen», lockte er sie und hörte nicht auf, sie mit den Fingern zu reizen.

Und als schließlich nur noch eine Explosion aus Licht und Unendlichkeit war, die sie fast um den Verstand brachte, gab es auch nichts mehr loszulassen. Schlaff und noch nicht wieder Herrin ihrer Sinne, ließ sich Deana keuchend in den Sessel zurückfallen. Jakes Hände strichen sanft über ihren Körper, erst über eine Augenbraue, fuhren ihr dann glättend über das Haar, streichelten ihre Hüfte und ihre Oberschenkel und richteten das, was von dem ruinierten Rock noch übrig war.

«Sollte das ein Ablenkungsmanöver sein?», fragte sie schließlich mit schwacher Stimme. «Damit ich ‹ja› sage und einwillige, deine Sexsklavin zu werden, oder was auch immer du noch mit mir vorhast ...»

Sie hielt die Augen geschlossen, weil ihr die Lider zu schwer geworden waren, doch sie spürte, wie Jake aufstand und sich von ihr fortbewegte.

«Nein, das war nicht meine Absicht», sagte er, kam zurück und drückte ihr ein Glas in die Hand, das sich kühl und beschlagen anfühlte. «Aber wenn es funktioniert hat, umso besser.»

«Das hat es aber nicht!», schoss sie zurück, als der scharfe Gin ihre Sinne wiederbelebte. Sie schlug die Augen auf und sah, dass er sie eindringlich beobachtete, während er mit unterschlagenen Beinen ein paar Meter von ihr entfernt auf dem Boden saß, sein Penis noch immer steil aufgerichtet.

«Wir leben im zwanzigsten Jahrhundert, Jake, und in einer angeblich zivilisierten Gesellschaft. Du kannst nicht einfach Frauen entführen und in deinen Harem bringen.»

«Aber ich zwinge dich nicht, Deana», antwortete er mit einem gelassenen und ruhigen Blick seiner blauen Augen. «Ich bitte dich. Ich bitte euch beide, mein Leben eine Weile mit mir zu teilen. Aus Freude an der Gemeinschaft und am Sex.»

«Ich geb's auf!», rief Deana verzweifelt und nahm einen großen Schluck. Als das Glas leer war, stand sie auf und ging auf wackeligen Beinen zum Sideboard, um sich nachzuschenken. Wenn sie so weitermachte, würde sie bald betrunken sein, aber zum Teufel damit, die ganze Situation war sowieso völlig surreal.

«Du sprichst davon, dass wir dein Leben mit dir teilen sollen, aber was ist mit *unserem* Leben?», fragte sie, nachdem sie ihr Glas aufgefüllt hatte. «Ich weiß, dass meine Karriere nicht so toll ist, was daran liegt, dass ich zu faul bin, aber Delia hatte einen klasse Job! In deiner verdammten Firma! Ich glaube kaum, dass sie ihr Leben als deine Haremsdienerin verbringen will, die den ganzen Tag Däumchen drehend auf dem Diwan liegt und darauf wartet, dass du zum Lustmolch wirst.»

«Schön und gut», erwiderte er. «Aber es geht nicht allein um Sex. Für Delia ergibt sich vielleicht eine Stelle in meinem Schweizer Unternehmen. Ich meine damit eine echte Chance, etwas zu bewegen, und nicht, irgendwelche Sekretärinnen zu beschäftigen und Büroklammern zu sortieren.»

«Sie tut viel mehr als das!», protestierte Deana, die keinen blassen Schimmer von Delias täglicher Routine hatte.

«Ich weiß», entgegnete er achselzuckend, «aber ich denke, dass noch sehr viel mehr in ihr steckt.» Sein Blick begegnete ihrem. «Wie im Übrigen auch in dir, meine Liebe. In einer abgeschiedenen Umgebung könntest du dich ganz deiner Kunst widmen. Es wird dich überraschen, aber ich habe schon einige deiner Arbeiten gesehen, und ich glaube, dass du im Moment dein Talent verschwendest. Ich würde dich gern nach Genf mitnehmen und dich dort fördern, dir Ausstellungen ermöglichen und dich in einer anspruchsvollen Szene bekanntmachen.»

«Als Künstlerin oder als Sexsklavin?»

Wieder grinste er sein kleines, jungenhaftes Grinsen. «Beides, aber eigentlich dachte ich zunächst an die Kunst.»

«Warum ausgerechnet wir?», fragte sie und änderte ihre Taktik.

Je mehr Argumente sie hervorbrachte, desto mehr versteifte sich Jakes Schwanz, wie Deana feststellte – ein Phänomen, das sie sehr aufregend fand.

«An Delia und mir ist nichts Besonderes, abgesehen davon, dass wir eineiige Zwillinge sind. Du könntest jede Frau der Welt haben. Wozu, zum Teufel, brauchst du ausgerechnet uns?» Sie hielt inne und atmete durch. «Und glaub bloß nicht, mit uns einen Dreier machen zu können! Das kommt nicht in Frage! Delia würde es ablehnen, und ich auch.»

«Ich bin schon mit jeweils einer von euch glücklich», entgegnete er leise. «Ihr seid beide großartige Frauen, und ihr trefft eure eigenen Entscheidungen. Ich will entweder eine von euch oder alle beide, und ich werde euch alles geben, was ihr wollt, damit ihr mitkommt. Wo liegt also das Problem?»

Ein Hauch von Verdruss schwang nun in seiner Stimme mit, als könnte der allmächtige Jackson de Guile nicht begreifen, dass ihm jemand eine Absage erteilte – er wirkte verwirrt, fast schon hilflos. Deanas Erregung wuchs, besonders als sie bemerkte, in welchem Zustand sich sein Schwanz befand, der aussah, als würde er jeden Augenblick explodieren.

«Ich begreife es eben einfach nicht», meinte sie und nippte an ihrem Drink, bevor sie sich langsam mit der Zunge über die Lippen fuhr. Diese Geste war eine alte Masche, die aber immer funktionierte. Fast hätte sie laut aufgelacht, als Jakes Blick an ihren feuchten Lippen hängen blieb. «Wenn du gern mit jemandem zusammenleben und heiße Sexspielchen spielen willst, warum fragst du dann nicht Vida? Sie ist doch die Expertin, und du müsstest ihr nichts mehr beibringen.»

Jake lachte auf, und obwohl ein wenig Spannung aus seiner Stimme gewichen war, war seine Erektion noch so stolz und aufrecht wie zuvor. «Ich liebe Vida wirklich von ganzem Herzen», sagte er. «Tatsächlich würde es jedem so ergehen, der sie besser kennenlernt. Aber leider kann man unmöglich mit ihr leben. Wir haben es einmal probiert und sind uns gegenseitig fast an die Kehle gegangen.»

«Oh, dann sind Delia und ich also bloß deine zweite Wahl?»

«Deana, es reicht!» Jakes Glas fiel um, und der Inhalt ergoss sich auf den kostbaren Teppich, als er auf die Füße sprang. Seine Augen leuchteten wie glühende Kohlen, und sein Schwanz schien wie ein Schlagstock auszuholen. «Willst du mich nun nach Genf begleiten oder nicht?»

«Ich weiß es noch nicht ... vielleicht ... ich brauche Zeit zum Nachdenken.»

«Meinetwegen, du hast gewonnen», knurrte er, sein Körper war wie ein gespannter Bogen, als er auf sie zukam. «Wenn ich dir so viel Zeit gewähre, wie du brauchst, wirst du mir im Gegenzug dann *jetzt* etwas von dir geben?»

«Ja, ich glaube, das würde ich», sagte sie langsam, mit einem wissenden Lächeln. «Was hättest du denn gern?»

«Erleichterung für das hier, du Hexe!», rief er aus, nahm seinen Penis in die Hand und schob ihn ihr fast ins Gesicht.

«Gewiss doch», erwiderte sie.

Langsam und mit präzisen Bewegungen stellte sie ihr Glas auf dem Teppich ab, lehnte sich ein winziges bisschen vor und nahm seinen langen, seidenglatten Schwanz zwischen die Lippen ...

# 13 DIE ENTSCHEIDUNG

Nach einem Wochenende in vollkommener Abgeschiedenheit war Delia noch immer zu keiner Entscheidung gelangt.

Es wäre einfacher gewesen, dachte sie, wenn Jake hier gewesen wäre. Allein seine körperliche Anwesenheit hätte ihr Urteil beeinflusst und ihr altmodisches Pflichtgefühl in Wohlgefallen aufgelöst. Sie hätte einfach ja gesagt.

Doch seit jenem Morgen in seinem Haus hatten sie nichts mehr von ihm gehört. Er hatte sie und Deana für ein paar Tage allein lassen wollen, um ihnen «Zeit zu geben», wie er sich ausgedrückt hatte. Es war als verständnisvolle Geste gedacht, doch für Delia war alles noch schwerer geworden.

Deana hatte ihre Entscheidung bereits getroffen, auf der Stelle sogar, wie sie Delia verträumt mitgeteilt hatte. Sie würde nach Genf ziehen, komme, was wolle, und sie würde Jake so lange nichts davon erzählen, bis auch Delia sich entschieden hatte.

Delia beneidete ihre Schwester für ihre Entschlusskraft. Wie einfach musste es sein, zu wissen, was man will, ohne ein zweites Mal darüber nachzudenken. Wenn man eine positive Einstellung zum Leben hatte, vermischt mit ein bisschen Mut. Oder wenn man vielleicht ein kleines bisschen verrückt war.

«Ich gehe weg, Delia», hatte Deana ihr eröffnet, sobald sie Gelegenheit zu einem ungestörten Gespräch gehabt hatten. «Ich muss dorthin ziehen, egal, ob du mitgehst oder nicht. Er ist gefährlich und arrogant, und er liebt es, andere zu manipulieren … aber er hat etwas in mir berührt. Und das meine ich nicht nur in sexueller Hinsicht.

Ich fühle mich so ... voller Energie. Es ist schwer zu erklären. Aber ich werde suchen, bis ich herausgefunden habe, ob noch mehr dahintersteckt.»

«Bist du dir auch wirklich sicher, Schwesterherz?», hatte Delia gefragt, obwohl sie wusste, dass die Frage überflüssig war, denn Deana hatte noch nie lange gezögert.

«Absolut. Aber ich werde ihm erst dann Bescheid sagen, wenn *du* dich ebenfalls entschieden hast.»

Sie hatten ein paar Tränen vergossen und sich herzlich umarmt, und dann hatte Deana ihre Zweifel lachend beiseitegewischt. «Außerdem wäre ich verrückt, freie Kost und Logis in einer luxuriösen Umgebung auszuschlagen, oder?» Sie grinste. «Auch wenn du von mir noch die Miete haben willst!»

«Die du ohnehin nie regelmäßig zahlst», hatte Delia sie aufgezogen. An diesem Punkt der Unterhaltung hätte sie fast «Ach, was soll's, ich komme mit!» ausgerufen, aber sie hatte es dann doch nicht getan. Ihr kühler Verstand hatte ihr geraten zu warten, und jetzt grübelte sie immer noch über ihre Entscheidung nach.

Es war völlig überflüssig gewesen, heute ins Büro zu gehen, dachte sie, während sie lustlos aus dem Fenster blickte. Sie war gar nicht in der Lage, zu arbeiten, und außerdem wurde sie von allen neugierig angestarrt. Als wüsste alle Welt Bescheid.

Delia schloss ihre Akten und warf sie in das Körbchen mit der Aufschrift «Zu erledigen». Jetzt hatte sie sich wenigstens zu etwas entschieden. Sie würde den Rest des Tages freinehmen! Ihr «Boss» würde sie unter diesen Umständen wohl kaum feuern, oder?

Zurück in ihrem Apartment, zog sie sich aus und schlüpfte in den grauen Morgenmantel, den sie aus Jakes Haus stibitzt hatte. Sein erregender Duft stieg aus dem Stoff auf, und als sie sich auf die Couch fallen ließ, einen Drink vor sich, atmete sie tief ein und verlor sich in Erinnerungen ...

Jake in dem Whirlpool und danach. Vida und Elf. Alles war völlig unerwartet passiert und wunderbar gewesen. Sie erbebte heftig, als sie daran dachte, dass das Anziehen in der Gesellschaft der beiden Frauen ebenso sinnlich war wie das Ausziehen. Sie dachte an Vidas blasse Finger und wie unwiderstehlich sie war. *Das* war eine weitere Komplikation ...

«Ich freue mich jetzt schon darauf, wenn das hier vorbei ist und ich nicht mehr so viel trinken muss», murmelte sie und nahm einen Schluck Wein. Ihr war nach Gin, aber dafür war es noch zu früh, außerdem hatte sie noch nichts gegessen. Delia ließ die blassgoldene Flüssigkeit in ihrem Glas umherwirbeln und dachte wieder über ihr Dilemma nach.

Das Problem war, dass ihr das Leben so gefiel, wie es war. Nachdem Russell aus ihrem Leben verschwunden war, gab es Freunde, die sie treffen wollte, neue Dinge, die sie ausprobieren wollte ... Nach Genf zu entfliehen, um sich hemmungslosem Sex hinzugeben, war zwar eine verführerische Idee, und wenn Jake jetzt hier wäre und sie noch einmal fragen würde, würde sie vermutlich ja sagen, aber das war er nicht, und so hatte sie auch einen Blick für die Alternativen.

Jake war körperlich der schönste Mann, dem sie je begegnet war. Er war unglaublich potent, unwiderstehlich und auf seine eigene, bizarre Weise sogar liebenswürdig. Er bot ihr Sex im Überfluss und darüber hinaus auch noch eine Beförderung an. Aber das war eben nicht alles, was sie brauchte. Sie starrte an die weiße Decke.

Und dabei fiel ihr diese Nacht mit einem Freund wieder ein ...

Peter.

Ein wichtiger Grund, um Jakes Angebot auszuschlagen. Deana fühlte sich hier mit niemandem verbunden, doch sie selbst hatte Peter. Ein wunderbarer Liebhaber mit geschickten Fingern und einem prallen Ständer. Ein

Liebhaber, der um diese Zeit bereits zu Hause war und an seinem Computer saß.

Delia konnte gerade noch den Gürtel ihres Morgenmantels schließen, da hatte sie ihr Apartment schon durch die Hintertür verlassen und die Leiter erklommen, die zu der Wohnung über ihr führte.

«Ich … ich wollte gerade runterkommen», sagte Peter nervös, als er sie einließ. Seine braunen Augen wirkten riesig hinter der Brille. Er starrte auf ihren kaum bekleideten Körper. «Ich habe dich nach Hause kommen sehen und mich gefragt, ob du vielleicht krank bist.»

Er war so rührend. Und reizend. Reizend und ziemlich erregend.

«Mir ist es nie besser gegangen», sagte sie und trat so selbstbewusst näher, dass Peter gezwungen war, zurückzuweichen. Beim letzten Mal hatte sie auch die Initiative ergriffen, und es war großartig gewesen. Sie konnte es ganz leicht wieder tun. «Du bist doch nicht etwa beschäftigt?» Die Frage klang forsch und hintergründig, und sie spürte begeistert das aufkommende Machtgefühl in ihr.

Delias Blick glitt über Peters lässige Shorts und sein T-Shirt. Wenn er zu Hause arbeitete, brauchte er sich nicht schick anzuziehen, also war er vermutlich gerade wirklich beschäftigt … verflixt!

«Äh, eigentlich nicht», antwortete er, doch er klang eher erregt als nervös.

«Gut!»

Delia war bereits ziemlich erregt. Sie hatte alles unter Kontrolle bis auf ihre körperlichen Reaktionen. Ein Hauch von Röte glitt über ihr Gesicht, ihre Nippel waren steif, und in ihrem Geschlecht sammelte sich ihr warmer Saft.

«Gut!», wiederholte sie und öffnete den Hausmantel. Als sie ihren Körper an ihn presste, schnappte Peter überrascht nach Luft. Bevor er protestieren konnte, hatte sie seinen Kopf zu sich herabgezogen und schob ihm ihre

Zunge tief in den Mund. Seine Oberschenkel zitterten, dort, wo ihre nackten Beine sie berührten.

Triumphierend erkannte sie, dass er sich vor ihr fürchtete, auch wenn er begann, ziemlich scharf zu werden. Der raue Stoff seiner Shorts fuhr über ihren zarten Bauch und hinterließ ein Prickeln auf ihrer Haut. Sie presste ihr feuchtes Geschlecht gegen seine Lenden und suchte nach seinem Ständer, nach der Härte hinter dem Reißverschluss, die sie freudig willkommen hieß, sobald sie sie befreit hatte.

Als er stöhnte, ließ Delia lächelnd ihre Hüften rotieren und genoss das Gefühl seines zuckenden Schwanzes.

«Aber Delia!», protestierte er, als sie seinen Mund freigab.

«Nichts aber!», wischte sie seinen Einwand beiseite, nahm ihm die Brille ab und legte sie weg. Als sie ihm das T-Shirt über den Kopf zog, waren ihm seine Verwirrung und seine Lust deutlich anzusehen. Es musste ihm vorkommen, als habe sich eine sexsüchtige Außerirdische des Körpers seiner sonst so zurückhaltenden Nachbarin bemächtigt. Er trat näher heran, um trotz seiner Kurzsichtigkeit einen besseren Blick auf ihren nackten Körper zu erhaschen. Als er eine Hand nach ihr ausstrecken wollte, fing sie sie ab ...

«Was ist?», fragte er, und ein erstes Verstehen zeichnete sich in seinem leicht verschwommenen Blick ab.

«Still», befahl sie leise. «Bleib still und zieh deine Shorts und deine Unterhose aus.»

Er gehorchte ungeschickt und errötete, als sein Penis gegen seinen Bauch klatschte.

Delia verbarg ein Grinsen und versuchte, weiterhin cool zu bleiben, obwohl ihr das, was sie sah, sehr gefiel. Peters Schwanz mit seiner wunderbar geröteten Eichel war wirklich außerordentlich gut zum Lutschen geeignet. Sie wusste genau, was sie wollte, als sie in die Knie ging und ihre Brüste gegen seinen Schenkel und das Gesicht in seinen Schritt drückte. Sie genoss seinen Duft und seinen Schwanz, der an ihre Wange schlug, mit tiefen Atemzügen. Delias Zunge glitt in die schweißnasse Furche seiner Leiste, dann tiefer, und schließlich begann sie, seine Eier zu lecken, während sie seinen Schwanz mit der Hand beiseitedrückte.

Er begann vor Lust zu wimmern, als sie erst den einen, dann den anderen Hoden mit Zunge und Zähnen umspielte. Und dann, als sie beide auf einmal in die Hand nahm und so tat, als beiße sie hinein, jaulte er auf, und seine Knie zitterten.

Delia genoss den moschusartigen Geschmack seines faltigen Hodensacks mit dem kostbaren Inhalt. Natürlich war Peter ein reinlicher Mann, doch es war schon eine Weile her, seit er zuletzt geduscht hatte, und es war ein heißer Tag. Seine Haut schmeckte würzig, verschwitzt und ein wenig nach Samen – als sei er erst kürzlich gekommen und hätte sich noch nicht gewaschen.

Hast du dir meinetwegen einen runtergeholt?, fragte sich Delia und benetzte seine Eier mit ihrem Speichel. Sie spürte, wie sein Penis härter und härter wurde, wie eine gespannte Feder schlug er zuckend gegen ihr Gesicht. Einerseits wollte sie ihn saugen und schmecken, andererseits wollte sie seine süße Qual noch verlängern. Sie wirklich auskosten. Sich und seinen Körper, seinen Schwanz und seine Psyche – und die Lektionen an ihm ausprobieren, die sie kürzlich erlernt hatte.

«Bitte ... mein Schwanz», stöhnte er, als sie mit den Fingerspitzen über seine Pobacken und die Innenseiten seiner Oberschenkel fuhr. Sie sog noch immer sanft an seinen Hoden, mied jedoch seinen Penis.

Delia bediente sich einer erotischen Fertigkeit, von der sie nie geahnt hatte, dass sie sie besaß, als sie einer Eingebung folgend mit den Fingernägeln in seine Poritze glitt. Langsam und genießerisch strich sie über den Damm und seinen Anus und hielt ihn stets der Gefahr ausgesetzt, dass sie ihn vielleicht doch beißen könnte. Er keuchte mittlerweile heftig, und seine Brust hob und senkte sich wie ein Blasebalg.

Als sich seine Eier zusammenzogen, gab Delia ihn ohne Hast frei und betrachtete ihr persönliches Lustobjekt. Ein Mann, der dringend einen Orgasmus brauchte. Ihr Peter, der vor ihr stand – die Knie leicht gebeugt, die Hände an seinen Flanken aus Geilheit und Frust zu Fäusten geballt, sodass die Knöchel weiß hervortraten. Er hatte die Augen fest geschlossen, und über seinen Lippen und Brauen zeichnete sich feiner Schweiß ab, während es sich bei dem feuchten Film auf seinen Wangen durchaus um Tränen handeln konnte.

«Bitte», flehte er durch zusammengepresste Zähne.

«Leg dich auf den Boden», befahl sie und versuchte, streng zu klingen, wenn ihre Stimme doch eher Begeisterung verriet. Als er gehorchte, ließ sie den Hausmantel zu Boden fallen und bewunderte seinen Schwanz, der aufrecht stand und an der Spitze bereits ein erstes Tröpfchen zeigte. Sie spürte, wie ein Schauder durch ihre Möse rieselte, so als ob sie den schönen Eindringling anlocken wollte.

Doch statt Mitleid mit Peter zu haben, änderte sie ihre Taktik und kniete sich anmutig über sein Gesicht.

Sein Anblick war phantastisch, ein flacher Bauch mit braunem Flaum, lange, schlanke Oberschenkel, die Muskeln stahlhart angespannt, dazu sein geröteter, wippender Ständer.

«Lecken», befahl Delia Ferraro leise. «Leck mich überall und lass nichts aus!»

Eine Weile später erhob sie sich wieder, und ihr Körper glühte vor Befriedigung.

«Ich habe ein paar Anrufe zu erledigen», flüsterte sie dem fassungslosen Mann zu, der sich ihr gerade unterworfen hatte. «Du kannst mir einen Drink machen, wenn du dich wieder erholt hast.»

Mit einem versonnenen Lächeln griff Delia zum Telefon und rief die Agentur ihrer Schwester an. Sie vermisste Deana jetzt schon und wusste doch, dass es die richtige Entscheidung war.

Vermutlich ist es so besser, dachte Deana, als sie auf dem Gehsteig vor ihrer zukünftigen Ex-Agentur hin und her ging. So gab es wenigstens keine Heulkrämpfe und auch keine Gelegenheit, die eigene Entscheidung in Frage zu stellen und sich eine Närrin zu schimpfen.

Es waren nur zwei Telefonate nötig gewesen, den einen Anruf hatte sie bekommen, den anderen selbst getätigt.

Delia hatte bloß «Arrivederci, Deana» gesagt und: «Versprich mir, dass du ihm auch in meinem Namen richtig einheizen wirst.»

Und Jake hatte gesagt: «Wunderbar. In fünfzehn Minuten wirst du abgeholt. Nimm deinen Pass mit, mehr brauchst du nicht.»

Während sie auf ihre schlichte Armbanduhr blickte, überdachte sie seine Aussage. Sie hatte nichts als einen ausgemusterten Militärrucksack dabei, in dem sich Papiertaschentücher, ihr Geldbeutel, ein paar Make-up-Artikel und ein billiges Deo befanden. Und sie selbst trug lediglich ein dünnes, pinkfarbenes Sommerkleid mit kurzen Ärmeln über einem winzigen Slip. Die Uhr und ihre abgetragenen Sandalen vervollständigten ihr «Reise-Outfit» ... aber sie hatte das Gefühl, dass sie sogar diese Dinge nicht lange behalten würde. Und dass sie am Ende ihres alten Lebens stand, das sie komplett hinter sich lassen würde ... mit allem Drum und Dran.

Deana sah blinzelnd die Straße entlang, als plötzlich ein vertrauter, schwarzglänzender Schatten auf sie zukam. Die Limousine bahnte sich eine Spur durch den dichten Stadtverkehr, als sei sie von einem außerirdischen Kraftfeld wie bei *Star Trek* umgeben. Als sich die hintere Tür exakt auf ihrer Höhe befand, hielt der Wagen an und eine große, blonde Gestalt in schwarzem Anzug trat neben sie und half ihr beim Einsteigen. Als sie bequem saß, kehrte Fargo hinter das Lenkrad zurück – es dauerte einige Sekunden, bis Deana begriff, dass er kein Wort gesagt hatte.

Allein auf der Rückbank der Luxuslimousine, mit einer Trennscheibe aus Rauchglas zwischen sich und dem Chauffeur, überfiel sie ein kurzer Anflug von Panik. Und dann erschrak sie zu Tode, als plötzlich ein schrilles Piepen ertönte. Verwundert sah sie sich nach der Quelle des Lärms um.

Auf dem Sitz neben ihr ruhte eine blaue, in Leder gefasste Schachtel von ungefähr zwanzig mal dreißig Zentimetern neben einem hypermodernen Handy. Sie griff danach, klappte es auf, wie sie es bei Delia gesehen hatte, und raunte mit verführerischer Stimme ein Hallo hinein.

«Hallo, meine süße Deana.» Jakes schnurrende Stimme klang so deutlich aus dem Lautsprecher, als säße er direkt neben ihr. «Bist du bereit für dein großes Abenteuer?»

«Ja», erwiderte sie, bemüht, entschlossener zu klingen, als sie tatsächlich war. Es war eine Sache, einer theoretischen Welt voller erotischer Genüsse zuzustimmen, doch jetzt kam die praktische Umsetzung an die Reihe.

«Bist du auch bereit für *mich*?» Die Betonung war unmissverständlich, und Deana begriff, dass sie tatsächlich bereit war. Bereit für ihn, ganz und gar bereit für Sex …

Nur der Himmel wusste, wie viele Meilen Jake von ihr entfernt war, ob er bei sich daheim oder auf einem Flughafen oder irgendwo unterwegs war – aber wo auch immer er steckte, er besaß die Fähigkeit, sie nervös zu machen. Sie sah an sich herab und stellte fest, dass sich ihre Nippel wie dunkle Häubchen durch den dünnen, hellen Stoff ihres Kleids abzeichneten, und sie spürte genau, wie sie sich zusammenzogen … und sich auf die Berührung von Jakes Fingern vorbereiteten.

«Hast du mich verstanden, Deana?», fragte er. Seine leise, kehlige Stimme hatte nichts von ihrer Macht verloren. «Erwacht dein Körper? Bist du feucht und fühlt sich deine Vagina ohne mich leer an?»

«Ja», flüsterte sie, unsicher, ob jemand zuhören konnte.

«Du solltest lieber auf Nummer sicher gehen, Deana. Finde es heraus ... Zieh dein Höschen aus und schieb dir zwei Finger rein ...»

Wortlos gehorchte sie, während sie mit einer Hand das Handy ans Ohr hielt. Es kam ihr wie Ewigkeiten vor, bis sie schließlich nach einigen Verrenkungen ihren Baumwollslip ausgezogen hatte, der nun auf der Rückbank lag. Neben der mysteriösen Schachtel. Sie stöhnte, zunächst unsicher, ob sie wirklich weitermachen wollte, doch dann schob sie ihr Kleid hoch, spreizte die Schenkel und schob Zeige- und Mittelfinger in ihre feuchte Liebesgrotte.

«Sind sie leicht hineingeglitten?», hakte die Stimme aus dem Handy nach.

«Ja.»

«Gut. Jetzt schieb sie rein und raus. Benetze sie mit deinen Säften und koste dann deinen Geschmack ...»

Es war derselbe Befehl, den er ihr in jener ersten Nacht gegeben hatte, und ihre Vagina zog sich so zusammen wie damals. Sie war kurz davor zu kommen und wünschte sich verzweifelt, ihren Kitzler berühren zu dürfen, aber sie wusste, dass sie dann sofort kommen würde. Und das würde Jake mit Sicherheit bemerken. Sein Hightech-Telefon würde ihre Schreie zu ihm übertragen, sobald sie sich ihrem Mund entrungen hatten.

Dabei sollte ihm das nichts ausmachen. Sie hatten schon so viel zusammen erlebt, und nun war er dabei, die Verantwortung für ihr Leben zu übernehmen. Sie gehörte ihm mit Haut und Haaren ...

Was brauchte sie dann von sich, vielleicht etwas, das nur ihr gehörte und niemand anderem ...?

«Sag mir, wie schmeckt's», befahl er.

«Salzig», flüsterte sie. «Moschusartig ... aber nicht sehr.» Sie leckte ihre Fingerspitzen ab und schob sie ungefragt zurück. Sie zitterte, als sie wieder gedehnt wurde.

«Ja, so ist es gut», klang es aufmunternd durch die Leitung.

Deana zuckte heftig zusammen und zog die Finger mit einem vulgären Schlürfen aus sich heraus. Sie fragte sich, wo wohl die Kamera versteckt sein mochte, und starrte misstrauisch auf den schmalen, dunklen Gegenstand in ihrer Hand. Dann schüttelte sie den Kopf. Das hier war zwar ein modernes Stück Technik, aber sie glaubte nicht, dass es wirklich «Augen» und «Ohren» besaß.

«Kannst du mich sehen?», fragte sie und fuhr glättend über ihren Rock, während sie sich umsah.

«Nur vor meinem inneren Auge.» Jake lachte leise, und das Geräusch war so intim, dass es ihr vorkam, als wäre er neben ihr. Deana kam ein verführerischer Gedanke.

«Wo bist du, Jake?»

«Auf Reisen, wie du, süße Deana. Mit dem Unterschied, dass ich mich schon näher an unserem Ziel befinde. Ich war nämlich schon unterwegs, als du anriefst.»

Ein Dutzend Fragen stürmte auf einmal auf Deana ein. Woher hatte er gewusst, dass sie auf seinen Vorschlag eingehen würde? Und von wo aus würden sie losfliegen? Wer fuhr Jake, wenn sie doch von Fargo chauffiert wurde? Es gab nichts an ihrer Entscheidung zu rütteln ... aber sie musste trotzdem fragen. «Bist du allein?»

«Elf ist bei mir. Aber ich befinde mich in der gleichen Situation wie du ... abgeschottet durch schallisoliertes Glas.»

«Gut», murmelte sie in das kleine Mikrophon hinein. Und mit einem Mal wurden ihre vielen Fragen durch viele Ideen ersetzt. Sexy Ideen. «Ist deine Hose offen?», fragte sie.

«Ich bin von der Taille abwärts nackt.»

Er sprach die Worte ein wenig heiser. Sie stellte sich vor,

wie er mit weitgespreizten Beinen auf der Rückbank saß und sich rieb.

Als sie ihren Rock wieder hochschob, hörte sie sein Rascheln in der Leitung, gefolgt von einem elektronischen Klickgeräusch. Als Jake wieder sprach, klang seine Stimme zwar immer noch klar, aber sie hallte auch ein wenig.

«Deana», sagte er, und es klang, als hätte er Mühe, sich auf seine Anweisungen zu konzentrieren. «Siehst du die Klappe vor dir? Wenn du sie öffnest, kannst du dein Handy einstöpseln. Dann ist es einfacher.»

Neugierig folgte sie seinen Anweisungen, und nachdem sie das Handy mit einem kaum hörbaren Klicken in der Station befestigt hatte, schien Jakes Stimme plötzlich von überall her zu ihr zu dringen.

«So ist es besser», sagte er. «Deine Hände sind jetzt frei, Deana, du kannst dich nach Herzenslust berühren und sie auf Entdeckungsreise schicken ...»

Deana erwiderte nichts, doch in Gedanken sah sie *seine* Hände. Lange, bräunliche, schmale Hände. Finger, die sich fest um sein Fleisch schlossen und es rhythmisch massierten.

«Siehst du die lederne Schachtel dort, Deana?», fragte er und stöhnte ein wenig, was Deanas Verdacht bestätigte. Sie kannte das Flattern in seiner Stimme, das immer dann zum Vorschein kam, wenn er kurz vor dem Höhepunkt stand.

«Ja.»

«Öffne sie.»

Sie tat wie ihr geheißen – und dann war sie es, die aufkeuchte.

Die mit Samt ausgeschlagene Schachtel enthielt verschiedene, ungewöhnliche Gegenstände. Einer war sehr kostbar, die anderen weniger, aber sie waren auf ihre Art alle atemberaubend.

Mit großen Augen holte sie den teuersten Gegenstand heraus. Ein schmales, elegantes Halsband aus weichem, weißem Leder, das mit einer kleinen Schnalle geschlossen wurde, die verdächtig nach Platin aussah. Das Halsband selbst war mit barocken Perlen und Diamanten geschmückt. Deana vermutete, dass es sich dabei um ein Symbol ihres neuen Sexstatus handelte, denn es war kaum vorstellbar, dass eine normale «Sklavin» etwas so Teures und Wunderschönes tragen durfte. Sie legte sich das Halsband ohne zu zögern um.

Bei dem nächsten Gegenstand war sie sich nicht sicher.

Es handelte sich um eine dünne Glasröhre mit einer klaren Gleitflüssigkeit, daneben lagen zwei Sexspielzeuge aus glänzendem, schwarzem Latex. Eines war ungefähr zwanzig Zentimeter lang und wie ein dicker Penis geformt, das andere kleiner, abgerundeter und praller. Es brachte Deana das Erzittern und die Erinnerung an den Champagnerkorken zurück.

«Gefallen dir meine Geschenke?», erklang die Stimme abgehackt aus dem Lautsprecher. «Sie sollen dich in deinem neuen Leben willkommen heißen, Deana. Wirst du ein wenig mit ihnen spielen? Für mich? Jetzt?» Zwar war Jake im Moment nur eine Stimme, doch Deana hatte seine Augen vor sich. Seine wunderbaren blauen, schräg stehenden Augen, die in der abgedunkelten Enge der Limousine zu glühen schienen. Sie schienen sich durch ihren Verstand zu bohren und bewirkten, dass sie das Echo *seiner* Begierde wurde und sich nach seiner Anwesenheit sehnte.

Das Gleitmittel war zwar kaum erforderlich, aber trotzdem erlebte sie einen kurzen Augenblick der Anspannung beim Einführen von Jakes Spielzeugen.

Während sie sich auf dem Sitz bewegte und raschelte und er sie mit Fragen bombardierte, klang er immer verzweifelter – wie feucht sie für ihn war, wie weit sie schon geöffnet war. Wie geschwollen ihre Schamlippen und ihr Kitzler waren.

Deana sagte kein Wort. Sie wusste, dass er wusste, dass

sie ihm gehorchte und seine teuflischen Instrumente in sich einführte – aber in einer Beziehung, die auf Spielchen beruhte, hatte sie nun Lust, ein neues auszuprobieren.

Indem sie ihm die Worte verwehrte, um die er bettelte, würde sie ihn auf seine eigene Phantasie zurückwerfen, so wie er es mit ihr getan hatte. Sie gestattete ihm, ihre Seufzer zu hören, als der Dildo geschmeidig in ihre Vagina glitt, und ein harscheres Stöhnen, als der Analplug in ihr Gesäß eindrang. Doch gab sie weder einen Kommentar noch eine detaillierte Beschreibung ihrer Lust ab. Sie gehorchte seinen obszönen Anweisungen, ließ ihn aber im Ungewissen darüber, was sie tat.

Jakes Stimme wurde immer animalischer und verzweifelter. Und während Deana sich wie ein Ball auf dem Rücksitz zusammengerollt hatte, wusste sie, dass er dasselbe in meilenweiter Entfernung tat. Sie kämpfte gegen die ersten Lustwellen in ihrem Anus und ihrer Spalte an, dann hörte sie ihn aufschreien und vor Erleichterung keuchen … unterbrochen von seinen Worten, als er *ihr* genau beschrieb, was er tat.

Die Bilder, die vor ihrem inneren Auge auftauchten, waren phantastisch.

Sie hatte keine Ahnung, was Jake trug, aber sie stellte sich ein weißes Hemd vor, dessen Glanz seinen gebräunten Körper noch besser zur Geltung brachte, und das Violett seines Penis, der wie ein Pfahl aus dem üppigen Dreieck seines dunklen Vlieses von seinen Lenden abstand …

«Ja!», rief er triumphierend, und seine schlanken Hüften hoben sich in ihrer Vorstellung an. «O Gott, ja, Deana, ich werde dich bekommen. Alles von dir kriegen, jeden Zentimeter, jede Kurve. Jedes Fältchen, alles. Und ich werde jede Öffnung deines süßen, sexy Körpers ficken und dich kommen lassen, bis du um Gnade flehst. Und ich werde dich lecken, bis du schreist … Du wirst die am besten gevögelte Frau der ganzen Welt sein, und du wirst es lieben! Jede Sekunde!»

Eine gewagte Behauptung, dachte sie, während sie ihren Kitzler rieb, aber sie wusste, dass dieser Mann dazu fähig war. Er würde sie vermutlich dazu bringen, sämtliche dieser undenkbaren Dinge zu tun ... weil sie es ihm gestattete.

Deana lachte auf, und ihr Körper zuckte wild auf der Rückbank, als sich ihre Muskeln zusammenzogen. Sie hätte allein von der Berührung ihres Fingers kommen können, von den obszönen Bildern von Jake und sich selbst, die ihren Verstand durchzuckten, oder von den harten Gummischwänzen, die ihre Vagina und ihr Rektum dehnten ...

Aber nichts davon war letztlich der Auslöser für ihren Orgasmus.

Es war die Macht ... ihre eigene Macht. Süß, heiß und berauschend. Sie würde kommen, weil sie Macht über sich und über Jake hatte. Egal, wie er darüber dachte.

Und als sie da auf dem Rücksitz der schnell dahingleitenden Limousine lag, schwitzend, pulsierend und zitternd den Lustschreien eines Mann lauschte, wusste sie, dass ihr Wettstreit gerade erst begonnen hatte.

*Diese Hitze ist kaum auszuhalten*, sie erinnerte sich, vor einer Million Jahren diese Worte gedacht zu haben, während sie in einer weißen Galerie vorgegeben hatte, jemand anderes zu sein.

Aber jetzt wusste sie, dass sie sich geirrt hatte. Sie war Deana Ferraro – die Unerschrockene –, und sie konnte noch viel mehr aushalten und würde stärker und stärker und immer stärker werden.

Sie würde jeden Akt und jede Herausforderung meistern, sei sie auch noch so unglaublich oder pervers. Sie konnte es mit allem aufnehmen, jedem Funken, den Jake entfachte. Die Frage war nur, wäre er in der Lage, ihr Feuer auszuhalten?

Bei diesem Gedanken kam sie erneut ...

## Gefährliches Verlangen

**Ruth Fox
Die Schule des Gehorsams**

Cassie erlebt im Zug eine aufregende Begegnung mit einem Fremden. Danach weiß sie, dass es Seiten an ihr gibt, die sie selbst nicht kennt – die sie aber ergründen möchte. Auf eine Anzeige melden sich zwei Menschen, von denen sie in die Welt der Dominanz und Unterwerfung eingewiesen wird: Becky und der geheimnisvolle Mr. King. rororo 24426

**Deanna Ashford
Die Sklavin**

Prinzessin Sirona und ihr Geliebter, der Krieger Taranis, werden getrennt und als Sklaven verkauft. Der attraktive Taranis muss seiner Herrin auch im Bett zu Diensten sein. Sirona schwelgt schon bald im Luxus der Villa von General Lucius und der dort gebotenen Sinnesfreuden. rororo 24508

**Laura Hamilton
Die Schamlose**

Keine noch so riskante Variante sexuellen Vergnügens ist der Businessfrau Nina fremd. Ihr einziges Problem dabei ist, dass sie ihre heißen Spiele bislang allein mit sich selbst treibt. Ihre Erlebnisse mit Männern sind eher ernüchternd – bis sie Andrew kennenlernt. rororo 24423

*Weitere Informationen in der* Rowohlt Revue *oder unter* www.rororo.de

Das für dieses Buch verwendete FSC®-zertifizierte Papier
*Lux Cream* liefert Stora Enso, Finnland.